21
श्रेष्ठ कहानियाँ

गंगा प्रसाद विमल

डायमंड बुक्स

प्रकाशक : **डायमंड पॉकेट बुक्स (प्रा.) लि.**
X-30, ओखला इंडस्ट्रियल एरिया, फेज-II
नई दिल्ली-110020
फोन : 011-40712200
ई-मेल : sales@dpb.in
वेबसाइट : www.dpb.in

---

21 Shreshth Kahaniyan (Kahanee Sangrah)
by : Ganga Prasad Vimal

कुछ बातें आपसे

यदि हमें जीवन के दर्शन करने हैं, मानव-सभ्यता की पथरीली, मटमैली और कँटीली राहों का अवलोकन करना है, यदि पसीने से भरे तन और द्वंद्वों से भरे मन की गाथा जाननी है, शहरों और क़स्बों के बीच बढ़ रही दूरी तथा आदमी-आदमी के मध्य दौड़ लगा रहे अजनबीपन की खोज करनी है, पारस्परिक संबंधों और रिश्तों के बीच की गहराई नापनी है, ईर्ष्या, द्वेष, दंभ और अन्य मानवीय मानव प्रकृति के बीच विचरण करना है, आधुनिक समाज और राजनीति के आचरण का विहंगावलोकन करना है तो कहानी ही एक ऐसी विधा है, जो हर स्थिति में हमारा पूरा समर्थन करती है।

हिंदी-कहानी ने अपने विकास के अनेक सोपान चढ़े हैं और आज वह विश्व-कहानी में अपनी सार्थक पहचान बना चुकी है।

हिंदी-कहानी से, विशेषकर हिंदी-कहानीकारों की चुनी हुई और श्रेष्ठ कहानियों से, परिचित कराने के उद्देश्य से प्रत्येक कहानीकार की इक्कीस कहानियों के प्रकाशन की यह योजना निश्चित ही महत्त्वपूर्ण है।

हिंदी के अनेक सिद्ध-प्रसिद्ध कहानीकार इस योजना के द्वारा एक मंच पर उपस्थित हो रहे हैं। उनकी भागीदारी और सहज स्वीकृति ने हमारा उत्साहवर्धन किया है। इस प्रकार के संकलन नियमित रूप से प्रकाशित हों, इस दिशा में हम निरंतर सक्रिय रहेंगे।

अब आपके और संगृहीत कहानियों के बीच व्यवधान न बनते हुए प्रस्तुत हैं—श्री गंगाप्रसाद 'विमल' की इक्कीस श्रेष्ठ कहानियाँ।

16, साहित्य विहार
बिजनौर (उ॰प्र॰)

डॉ॰ गिरिराजशरण अग्रवाल
संपादक

विषय-सूची

1

हमवतन

अपने मुल्क से बहुत दूर, मध्य एशिया के एक शहर में घटी थी वह घटना है। आज वह विगत की एक चीज़ बन गई है और तमाम घटी हुई घटनाओं की तरह लगती है, पर वह बेहद रसभरी घटना है।

तो आपको बताऊँ...फ्रंजे नाम का वह शहर और उसका एक सब्ज़ी बाज़ार–सहसा मुझे दिल्ली की पुरानी सब्ज़ी मंडी की याद दिलाने लग गया था। ठंडी मज़ेदार हवा चल रही थी। शहर के दक्षिणी हिस्सों में ऊँची-ऊँची पर्वतमालाएँ थीं–उनमें सदाबहार बर्फ़ लदी हुई थी। ठीक जैसे हमारे हिमालय पहाड़ों में सदा ही रहती है बर्फ़।

अचानक ही अगर ऐसे खुशगवार मौसम में कोई सुंदर महिला आपका हाथ पकड़ ले–तो कैसा लगेगा आपको? शायद आप हैरत में अपना हाथ खींच लें या फिर अपनी आँखों से झलकाएँ कि आपका हा़थ ग़लती से पकड़ लिया है।

पर मेरे साथ तो जो कुछ घटा–वह भरे बाज़ार में सरेआम घटा था, कि मेरा हाथ पकड़कर मुझे रोकने वाली महिला ने बेहद मनमोहक मुस्कान से पूछा था–'क्या आप भारतवासी हैं?'

मैं कुछ पल उसके पारदर्शी गोरे रंग के तिलिस्म में जैसे खो गया था। वह इतनी सुंदर थी कि जवान लोग तो उसकी तस्वीर अपने कमरे में लगाना पसंद करते। उसी मुस्कान में उसने जब अपना सवाल दुहराया तो मैंने झटपट अपना सिर हिलाकर स्वीकृति दी।

दूर खड़े कुछ लोगों को उसने इशारा किया। वह लोग जब पास आ गए तो वह बोली, 'देखो! मैंने ठीक ही कहा था न? ये भारत से ही आए हैं।'

और उस झुंड के लोग मुझसे ऐसे तपाक से मिलने लगे जैसे मैं उनका कोई खोया हुआ भाई-बंधु हूँ।

आप भारत के हैं तो हुए न हमारे रिश्तेदार..., वह खिलखिलाकर बोली। उसकी मीठी आवाज़ से लगता था, कहीं पास ही जलतरंग बज उठा हो।

'कैसे रिश्तेदार...' मैंने मन में सोचा। ज़रूर इसे कोई ग़लती लगी होगी। पर वे मुझे मिल रहे थे जैसे हम एक ही वंश के हों, और वे अभी-अभी दस्तरख़ान के चारों ओर किसी उत्सव के भोज में शामिल हो जाएँगे।

मेरी आँखों के संदेह को जैसे उसने पढ़ लिया। बोली–'भई! आप हुए भारत के...और हम फरगाना के,' उसने सबकी तरफ़ इशारा किया–'ये सब फरगाना के ही हैं, जहाँ के बाबर थे। हुए न रिश्तेदार?' और उसने कसकर मेरे हाथ पकड़ लिए।

फरगाना...यह लफ्ज़ मैंने इतिहास की किताबों में पढ़ा था। कहीं बहुत पहले, ठेठ बचपन में, जहाँ से आए वे घुड़सवार विजेता। उन्होंने जीत लिया था भारत.. .इतिहास की किताबें यही बताती हैं, पर अब यह लड़की जैसे अपने उत्साह से बता रही थी–इतिहास को एक नए ही ढंग से कि भई हम तो रिश्तेदार हैं, यहाँ से वहाँ तक तमाम एशिया में फैले हुए...।

मेरे साथ खड़े-खड़े उनमें से कुछ लोग एक उज्बेक गीत गाने लगे थे। बहुत धीमी, मधुर आवाज़ में...।

'देखो, अपने लोगों से मिलकर कितने ख़ुश होते हैं हम फरगाना वाले; लड़की बोली। सच आज कितना ख़ुशकिस्मत दिन है। एक तो हम लोगों ने मौसम की पहली चिड़िया को दक्षिण की ओर जाते देखा है तो हम जान गए कि यह हमारे गर्मजोश भाइयों के पास जा रही है...सुदूर भारत में किसी झील के किनारे।'

मैं अचानक सोच में डूब गया। तो सर्दियों में जो झुंड के झुंड पक्षी जाते हैं, वे यहीं-कहीं मध्य एशिया से आते हैं।...पक्षी-विशेषज्ञों के कई पुराने लेख मुझे याद आने लगे। 'माइग्रेट' पक्षियों के बारे में कितने वैज्ञानिक अनुसंधान हुए हैं और यह लड़की बताती है कि वे पक्षी एक सिरे से दूसरे सिरे तक बस अपने लोगों के पास ही जाते हैं। अपने और ख़ास अपने लोगों के पास...।

हम लोग बतियाते, चुहल करते फ्रंजे की उस सब्ज़ीमंडी से निकल बाहर एक पार्क में आ गए थे।

'हम लोग तो पतझड़ की कुछ छुट्टियाँ बिताने यहाँ चले आए।'

'कितनी दूर है यहाँ से फरगाना।'

'अरे! बस यह रहा, पास ही तो ताशकंद है... और हम ताशकंद पहुँच गए कि फरगाना और समरकंद तो दूसरे किनारों पर बसे मुहल्ले लगते हैं। पर भई! आप बताओ हमें...आप यहाँ कैसे आए?'

मैं उसकी बात का जवाब देना भूल-सा गया था। मुझे तो फरगाना की कल्पना में डूबे रहना फिलवक़्त अच्छा लग रहा था।

'मैं अगली सुबह ताशकंद ही जा रहा हूँ।' मेरे यह कहते ही वह उछल पड़ी। उसने अपने साथियों को संबोधित कर कहा–'लो यह भी सुबह ताशकंद जा रहे हैं।'...

मुझे नहीं मालूम वह दिन कैसे बीता। रात गए मैं अपने होटल लौटा था। दुभाषिये महोदय मेरा इंतज़ार कर लौट गए थे, बस रिसेप्शन पर उनकी एक पर्ची पड़ी मिली थी–'सुबह पाँच बजे तैयार रहना।'

फरगाना के उस झुंड के बीच रहकर शायद मैं यह भी भूल गया था कि मैं इस अजनबी शहर में महज़ एक मेहमान था...होटल के कमरे में लौटकर मुझे बराबर उस लड़की की याद आ रही थी, जिसने यह लिखा था कि इस इतवार को ही, दो दिन बाद उसकी शादी है। इस शादी में भारत से आए रिश्तेदार को भी शमिल होना है।

'हम बाबर के ख़ून से हैं...और आप लोगों का ख़ून हमारे ख़ून में मिल ही गया था,' उसने हँसकर उज्बेक गीत की वे पक्तियाँ मेरे लिए अनुवाद में बताईं, 'मेरे दादा एक काली आँख वाली सुंदरी के पीछे झीलों के नगर की ओर गए थे...और वहाँ हैं मेरे भूरी आँखों वाले भाई-बहन। ओह! आने वाली चिड़िया, तुम उन्हें ज़रूर मिलना, ज़रूर। और हमारा सलाम देना।'

ये चीज़ें इतिहास की किताबों में नहीं लिखी थीं और मुझे याद आया किसी का कथन कि बाबर ने यहाँ जीत ही नहीं पाई बल्कि वह अपना दिल इस सुंदर भूमि पर इस क़दर लुटा बैठा कि वह एक हारे हुए सैनिक की तरह यहीं का बन गया। यहीं का...

सुबह ताशकंद में मेरे मेज़बान हवाई अड्डे पर मिले तो उनके पास मेरे लिए फरगाना का निमंत्रण था। यह जुल्फ़िया की शादी का निमंत्रण था। 'आप जानते हैं जुल्फ़िया ने रात में ही फ़ोन कर दिया था कि भारतवंशी को फरगाना ज़रूर ले आना।'

मुझे याद आया कि मैंने उन लोगों को ताशकंद का अपना पूरा प्रोग्राम बता दिया था।

मेरे मेज़बान मुझे ताशकंद की पुरानी इमारत दिखाते रहे। पुराने ताशकंद में, मैंने वैसे ही बड़े-बूढ़े देखे जैसे जामा मस्जिद के क़रीब दिखते हैं। इधर-उधर धूप में सुस्ताते लोग। दुकानें देखकर तो मैं हैरत में पड़ गया–ठीक वैसी ही छोटी-छोटी दुकानें भी थीं, जिनमें हम कभी अपने बचपन में सौदा- सुलफ़ लेने जाते थे।

मेरे मेज़बान बोले, 'एक बार मैं पराँठे वाली गली से अकेला गुज़र रहा था कि दुकानों की अनुरूपता का तालमेल देखकर दुकान पर तो मैं उज्बेक भाषा में ही बातें करने लगा था। हो सकता है आप भी वहाँ हिंदी में बात करने लग जाएँ।'

पर यहाँ की समानताएँ क्या गिनाऊँ...ठीक वैसे ही नक़्क़ाशीदार बरतन। खिड़कियों के पल्ले...मस्जिदों के गुंबद। सुबह शायद कहीं अज़ान की नमाज भी पढ़ी जा चुकी हो।

मेरे मेज़बान की ख़ूबसूरत बीवी जब कुछ देर के लिए मेरे पास बैठी तो बोली, 'दिल्ली में सोने का क्या भाव है?'

सोना...क्या आप लोगों को भी सोने के लिए चाव है?...

मेरे मेज़बान ने हँसकर कहा–'एशिया की औरतों को बस दो ही बीमारियाँ हैं–चुगली करते-करते बूढ़ी हो जाने की और सोने के जेवरात की...' फिर तो हम हँस-हँस के दोहरे हो गए, क्योंकि वहाँ भी लोगों में सोने का चाव था।

अगले दिन हम लोग ताशकंद में थे। समरकंद...सचमुच हमारे रिश्ते की महत्त्वपूर्ण कड़ी थी। एक बुजुर्ग फरमा रहे थे, समरकंद की ख़ूबियाँ हिंदुस्तान का ज़िक्र किए बिना अधूरी हैं।

'भला क्यों?'

'इसलिए कि समरकंद हिंदुस्तान और मध्य एशिया के व्यापार का सबसे बड़ा दरवाज़ा है। जरफशान दरिया की घाटी में बसे समरकंद को 'पूर्व का मोती' कहा जाता है। ऊलगबेग की वेधशाला और उसकी नक्षत्र-गणना–अरे भाई! यह सब पूर्व का चमत्कार है और पूर्व का ज्ञानकेंद्र है हिंदुस्तान...हिंदुस्तान जो यहाँ हरेक के दिल में बसता है।'

तो हम सचमुच गए फरगाना। जुल्फ़िया की शादी में। उसका घर था। वहाँ बड़े आँगन में ढेरों मेहमान जमा थे। तमाम रिश्तेदार, मामियाँ, ताया, बुआ और मैं था हिंदुस्तानी रिश्तेदार यानी पुराने दादाओं का सगा।

एक तरफ़ औरतों का गाना-बजाना चल रहा था तो दूसरी ओर सींक कबाब उठाये बच्चे और जवान ख़ुश-ख़ुश अपने में मस्त थे।

जुल्फ़िया के पिता ने बिल्कुल हिंदुस्तानी अंदाज़ में मुझे मुहल्ले के मेहमानों से मिलाना शुरू किया...और मैं, मुझे उज़्बेक भाषा का एक लफ़्ज़ भी नहीं आता था। बस 'शुक्रिया' के सहारे काम चला रहा था।

मैं जुल्फ़िया के मियाँ से मिलना चाहता था, पर वह दोस्तों में कहीं जाम उठा रहा होगा और यहाँ तो जैसे पूरा मुहल्ला, पूरा शहर आमंत्रित था। मेहमानों की भीड़ मस्त और बेपरवाह...।

किसी तरह जुल्फ़िया आई और मुझे एक शामियाने के भीतर खींचकर ले गई–'यह रहा मेरा दहेज़...यानी कपड़े, बर्तन...दूसरी चीज़ें के ढेर।' मैंने सोचा, मैं सपना देख रहा था या यह सच था...ठीक जैसे हमारे मोहल्ले में होता था, ऐसे ही प्रदर्शित किया जाता था दहेज़।

'तुम ससुराल चली जाओगी,' मैंने उसे छेड़ना शुरू किया तो उसकी आँखों से आँसू झरने लगे।

'अरे, यह क्या...।' मैंने उसे चुप करने की कोशिश की।

'अगले मौसम की पहली चिड़िया आएगी तो मैं अपने हिंदुस्तानी रिश्तेदारों को संदेश भेजूँगी...यहाँ दूर...हिमालय के इस पार से...वह अपनी मीठी आवाज़ में बोल रही थी। बाहर कोई गीत गा रहा था। वाद्य ठीक हमारी बाँसुरी जैसा था। मुझे उसके शब्द याद नहीं, पर लग रहा था, वह गीत था 'मेरा घर पहाड़ के इस पार है... इस पार नदियाँ हैं, खेत और बागान और उस पार...।'

तब मैं सोच में डूब गया था। अब भी डूबा हुआ हूँ। खिड़की के पार लंबी चोंच वाली एक चिड़िया चहचहा रही है।

•

2

निर्वासित

बच्चा चुपचाप दरवाज़े के बाहर खड़ा था, जैसे वह कुछ सोच रहा हो। नीले फूलों की बेल के आगे वह ऐसा ठिठका हुआ था, जैसे वह फूलों को देखते-देखते खो गया हो।

पास जाकर मैंने उसकी सूनी आँखें देखीं, जो दीवार के किसी कोने पर ठहरी हुई थीं।

'तुम किसी को खोज रहे हो?' मैंने पूछा।

उसने इनकार में सिर हिलाया।

बच्चा इतना सुंदर था कि मैं एक क्षण के लिए भूल गया था कि मैं उससे कुछ पूछने आया था। उसके कपड़ों से लगता था, जैसे वह आम स्कूल जाने वाले बच्चों में से एक हो। गौर से देखने पर पता चल सकता था कि वह किसी मामूली स्कूल में पढ़ता हो।

खिड़की के पास लगी अपनी मेज़ के सामने बैठे, काम करते हुए मैंने उसे बाहर खड़ा देखा था। मुझे लगा था, जैसे वह किसी का इंतज़ार कर रहा हो या फिर फूलों की बेलें देख रहा हो। लेकिन बाहर आकर देखा तो पाया कि वह खुद में खोया हुआ था।

उसकी आँखें भूरी थीं और उन्हें और फूलों को देख गर्मियों की वह दोपहर भुलाई जा सकती थी। बाहर चढ़ते अप्रैल की गर्म हवा चल रही थी। पर वहाँ उस जगह, जहाँ वह खड़ा था, लगता था, जैसे कोई चीज़ ठहरी हुई हो। गर्मी और गर्म हवा से अलग।

'क्या चाहिए?' मैंने पास जाकर उससे पूछा।

उसने फिर सिर हिलाया। वह इस ढंग से बातें कर रहा था कि एक क्षण के लिए मैं डर गया था। ऐसे सुंदर बच्चे के गूँगे होने की कल्पना भी अच्छी नहीं लगती थी। पर खुद को तसल्ली देने के लिए मैं पूछ उठा था, 'तुम बोल सकते हो न?

उसने स्वीकार में सिर हिलाया, तो मुझे अंदर-ही-अंदर ख़ुशी हुई थी।

इस ख़ुशी में, जो कि तसल्ली की ख़ुशी थी, मैंने उसकी उम्र का अंदाज़ा लगाया, मुश्किल से छह या सात बरस की होगी।

'तुम स्कूल में पढ़ते हो क्या?'

उसने सिर उठाया और फिर स्वीकार की मुद्रा में सिर हिलाया। मैंने गौर से उसके कपड़े देखे। वे मैले थे और मैल उन पर इस तरह जमा था, जैसे वे कई दिनों पहले धुले हों। गौर से देखने पर पता चलता था कि उसका चेहरा कितना थका हुआ था। कोई पूरा खिला फूल मंद पड़ रहा हो, ठीक उतनी ही थकान उसके चेहरे पर थी।

मेरे मन में आया कि कुछ मज़ाकिया बात करूँ, जिससे वह बोले। पर एक क्षण में ही मैं झंझट में पड़ गया था। उसकी उम्र लायक कोई मज़ाक मेरे पास न था। अगर मैं उसके कपड़ों को लेकर या उसे लेकर कुछ गढ़ता, तो मुमकिन था कि वह उससे बुरा मान जाता या चुप रहने के अलावा मेरी बात का कोई जवाब नहीं देता।

'तुम कोई चीज़ देख रहे हो क्या?' मैं दीवार पर कहीं छिपकली या गिलहरी खोजने लगा। शायद कोई चीज़ अचानक कहीं से कूदकर आ जाए और वह किलक में अपने चेहरे का कसाव खोल दे। वह एक प्यारा बच्चा था और मेरे मन में कहीं दबी हुई इच्छा थी कि वह इसे और अपने चेहरे से वह अवसाद पोंछ फेंके, जिसका रंग उसके कपड़ों से मेल खाता था।

उसके और मेरे बीच बातचीत का कोई मौक़ा नहीं निकल पा रहा था। ठीक ज़िंदगी में जैसी स्थिति थी, वैसा ही सब-कुछ था। बाहर का माहौल उस बच्चे की तरह कच्चा और हठी था। मुझे अपना काम याद आया और विरक्ति से मन भर उठा। उस काम का क्या होगा...अचानक यह सोचते-सोचते मैंने बच्चे की ओर देखा, वह अब दीवार से हटकर मेरी तरफ़ देख रहा था। उसे शायद कुछ याद आया हो, और वह मुझ से कहने वाला हो। पर वह काफ़ी देर तक मेरी तरफ़ देखता ही रहा। वह साधारण-सा होता, तो शायद मैं खिड़की से देखकर बाहर न आता। परंतु उसमें कोई असाधारण-सी चीज़ थी, यह खोज करने पर भी पाई जा सकती थी। उसका चेहरा और उस पर घनी उदासी इतनी ग़ैर- मामूली थी कि हर कोई यह अंदाज़ा लगा लेता कि कोई ख़ास बात है।

उसने अपनी पतलून की जेब में हाथ डाला और एक पुरानी-सी सीटी निकाल ली। मैं समझा, वह उसे बजाएगा। उसने सीटी अपनी अँगुलियों के बीच दबा ली और पापलर के नंगे पेड़ देखने लगा, जो सामने ही बड़ी सड़क के दोनों ओर लगे थे। अप्रैल में सिर्फ़ पापलर ही ऐसा पेड़ था, जिसके पत्ते झर जाते और छोटी-छोटी नंगी शाखाएँ सूखी लकड़ियों की तरह दिखाई देतीं।

आख़िरी बार कोशिश करने के लहजे से मैंने पूछा, 'तुम्हारा घर यहीं कहीं पास होगा?'

उसने इनकार में सिर हिलाया।

मैं उससे यह नहीं पूछना चाहता था कि तुम यहाँ क्या कर रहे हो? ऐसा सवाल करने का मतलब होता कि तुम भाग जाओ।

'आओ, अंदर चलो।' मैंने कहा। मुझे अचानक ही यह सूझ गया था कि उसे अंदर ले चलूँ। शायद अंदर जाकर वह पत्नी से अपने बारे में कुछ बता सके।

वह मेरे पीछे-पीछे चला आया। पर कुछ इस तरह कि मुझे उसके आने का तभी पता चला, जब मैंने पीछे मुड़कर देखा। अंदर किसी उत्सव का कोई टेलीविज़न प्रोग्राम चल रहा था। वह टेलीविज़न देखकर एक क्षण के लिए खुला...लेकिन फिर एकदम बंद हो गया।

'तुम बैठो और नाच-गाने देखो।' यह कहकर मैं अंदर के कमरे की ओर गया। सुबह के कामों में पत्नी व्यस्त थी। मुझे देखकर बोली, 'काम ख़त्म कर लिया क्या?'

'दरवाज़े के पास एक लड़का खड़ा था। मुझे शक है कि यह अपना घर भूल गया है। तुम चलकर उससे कुछ पूछो तो सही।'

'अभी इतने काम पड़े हैं...' पत्नी बुदबुदाती हुई आई। वह बेहद तन्मयता से टेलीविज़न देख रहा था। पत्नी जिस अनिच्छा से आई थी, लड़के को देखते ही उसका वह भाव जैसे ख़त्म हो गया था।

'ओह! प्यारे बच्चे, तुम अपना घर भूल गए हो क्या?'

'न।' उसने अपने मुँह से पहला शब्द निकाला।

'तो तुम्हें घर पहुँचा आएँ।' मैंने कहा।

अपनी दोनों हथेलियों से चेहरा ढाँककर वह सिसकने लगा। 'नहीं...मैं घर नहीं जाना चाहता।' उसकी आवाज़ चेहरे के मीठेपन की तरह ही मीठी थी।

'अच्छा, अच्छा...' पत्नी ने बात सँभाली, 'तुम कुछ खाओगे, बेटा!'

उसने सिर हिलाकर सहमति जताई।

'क्या ख़ाओगे–सेब, या रोटी...?'

लड़का कुछ न बोला। वह सिसकना भूलकर पत्नी की तरफ़ देखे जा रहा था।

'चलो, सब लोग नाश्ता करें।' पत्नी बोली और बच्चे के घुँघराले बाल सहलाकर उसे अंदर ले गई। वह कुर्सी पर इस तरह बैठा, जैसे वह हमेशा इसी जगह बैठता हो। कुछ देर वह खाने की चीज़ों में मस्त रहा।

'तुम्हारे पापा क्या काम करते हैं?' पत्नी ने बातचीत जारी की।

'नहीं मालूम।' कुछ देर चुप रहकर वह बोला, 'फैक्टरी का काम करते हैं।'

'अच्छा, बहुत अच्छा! तुम्हारे पापा बहुत अच्छे हैं न?'

'नहीं!' यह बात उसने इतनी ज़ोर से कही कि हम लोग उसकी आवाज़ से चौंक पड़े।

'ठीक, तो तुम्हारी मम्मी अच्छी हैं?'

'नहीं।' वह दुगुने ज़ोर से बोला। उसने किसी शहर का नाम लिया, जो मैं सुन न पाया था। 'हम वहाँ गए थे और पापा मुझे वहीं भीड़ में छोड़ आए। मैं जानता

था, वे मुझे छोड़ना चाहते हैं। मैं जानता था।' वह फिर सिसकने लगा। मैं बीच में कुछ कह न डालूँ, इसलिए पत्नी ने मुझे इशारे से बरजा। बच्चा सिसकते-सिसकते कुछ बोल रहा था, 'तीन दिन पैदल चलकर मैं इस सड़क पर पहुँचा। मैं इस घर के आगे खड़ा हो गया। इसका नंबर सत्ताईस है न! मुझे पापा ने सत्ताईस तारीख़ को छोड़ा था।'

'क्यों बेटे, क्या तुम्हारे पापा तुमसे नाराज़ थे?'

'नाराज...वे मुझे मारने के लिए तैयार थे। वे कहते थे, मैं उनका बेटा नहीं हूँ। वे मेरी मम्मी को गालियाँ देते थे। कहते थे, न जाने कहाँ से ले आई पाप का घड़ा. ..क्या मैं पाप का घड़ा हूँ! वे मुझे हमेशा 'फालतू' कहा करते थे। मैं बचपन से जान गया था, वे मुझे कहीं छोड़ आएँगे या मार देंगे...'

'फालतू।' अचानक मैंने यह लफ़्ज़ दुहराया, 'क्या तुम्हारे पिता कम तनख़्वाह पाते हैं।'

'कम...! वे बहुत अमीर हैं। हमारे दादा बड़े-बड़े अमीरों के दलाल थे। उन्होंने बहुत पैसा पापा को दिया था। पापा जहाँ काम करते हैं, वहाँ से भी बड़ी तनख़्वाह पाते हैं।'

'हूँ।' मैंने हुंकारा भरा। मैं आगे कुछ पूछने के लिए सोच रहा था कि पत्नी ने उसे दूध का गिलास दिया।

'न,' वह बोला, 'मैं नहीं पीता।'

'पियो न, बेटे!' पत्नी ने लाड़ दिखाया, 'पियो न।'

उसने दोनों हाथ पीछे कर लिए। उसके गालों पर आँसुओं की बूँदें झलक रही थीं। पर उसे जैसे कुछ पता ही न हो!

'तो तीन दिन से तुम घर से बाहर हो!'

'हाँ।' उसने सिर हिलाया।

'कहीं ग़ुस्से में तुम्हारे पिता तुम्हें छोड़ आए हों और अब पछता रहे होंगे। वे ज़रूर तुम्हें खोज रहे होंगे।'

'कब्बी न।' वह बोला।

'तुम्हारे और भाई-बहन भी हैं न?' मैंने पूछा। मैं सोच रहा था कि अगर वह इकलौता हुआ, तो वे कैसे माँ-बाप होंगे, जिन्होंने इसे छोड़ दिया।

'मैं सातवाँ हूँ। मुझसे बड़े छह भाई हैं। मैं सबसे छोटा हूँ।'

'शायद किसी ग़लतफ़हमी की वजह से...' मैंने पत्नी को अपना अंदाज़ा स्पष्ट करना चाहा।

'नहीं,' वह बीच में ही बोला, 'मैं अपने पापा के लिए फालतू था। वे कहते हैं कि मैं उनका बेटा नहीं हूँ। मेरा रंग, मेरी शक्ल किसी और से मिलती है। मैं नहीं जानता, किससे मिलती है। वे हमेशा मुझे कहीं चले जाने के लिए कहते थे।

घर से भाग जाने के लिए वे कहते थे– 'अपनी आँखों के सामने साँप के बच्चे को कैसे रख सकता हूँ।' वह बात करते-करते रोने की मुद्रा में होंठ बिचका देता था, 'मैं साँप का बच्चा हूँ क्या, बताइए न?' उसने मेरी पत्नी से पूछा।

'तुम तो राजा बेटे हो।' पत्नी ने दुलारा। वह एक क्षण के लिए मुस्कुरा उठा। मैले कपड़ों के बीच भी उसका चेहरा उस मुस्कान से चमक रहा था। उसकी भूरी आँखों में एक क्षण के लिए शरारत की चमक कौंध पड़ी थी।

'तो क्या तुम्हारी मम्मी भी चाहती थी कि तुम निकल जाओ।'

'और क्या...अगर वह न चाहतीं तो उन्हें खुद निकलना पड़ता। और तब वे कहाँ जातीं? कहाँ जातीं? न हमारे कोई मामा हैं, न कोई और रिश्तेदार हैं। मम्मी कहाँ जातीं? मम्मी ने ठीक किया कि मुझे निकाल दिया...' वह ज़ोरों से रो पड़ा।

अचानक मुझे याद आया, मैं खुद अपने माँ-बाप का सातवाँ बच्चा था। यह महज़ संयोग था कि मुझे याद आया कि मैं सातवाँ बच्चा था। मैंने अतीत के कोने टटोलने जारी किए–कहीं माँ-बाप के लिए मैं भी 'फालतू' तो नहीं था। माँ के बारे में शायद कुछ भी कहना मुश्किल है। वे अब नहीं हैं। पर क्या पापा का रिश्ता मुझसे सिर्फ़ कुछ पैसों का है? क्या सचमुच ऐसा है? क्या सचमुच यह फालतूपन का एहसास मुझे अब तक नहीं हुआ, जिसका दंड यह छह-सात साल का बच्चा भोग रहा है?

वह बोला, 'हर बच्चे को अपने घर से निकाल देते हैं ऐसे पापा?'

वह जिस जोश में बोल रहा था, उससे उसे रोकना ज़रूरी था, 'तुम्हारे पापा की उम्र क्या होगी?'

'मुझे नहीं मालूम। इस बार मेले में वे हम सब बच्चों को इस बहाने से ले गए थे कि उनकी शादी की सत्रहवीं सालगिरह है। और वहाँ पापा ने मुझे जीपगाड़ी से धक्का दे दिया था।'

'अच्छा!' पत्नी बोली, 'तुम्हें चोट तो नहीं आई?' पत्नी ने उसके बाल सहलाने शुरू कर दिए थे।

'मैं एक पेड़ के नीचे खड़ा हो गया। सड़क पार कर छोटे रास्ते से मैं एक गाँव पहुँचा था।'

'तुम्हें डर नहीं लगा?' पत्नी ने पूछा।

'डर! मैं डर से मर गया था।'

'अच्छा है कि तुम अपने पापा की रपट पुलिस में लिखाओ।' मैंने तजबीज की।

'नहीं!' वह चिल्लाया, 'वे मुझे पकड़कर ले जाएँगे।'

'वे तुम्हें थोड़े ही पकड़ेंगे, वे तो तुम्हारे पिता को पकड़ेंगे।'

'पुलिस हो या पापा, दोनों एक जैसे हैं। मैं अब वहाँ कभी नहीं जाऊँगा।'

'तो रहोगे कहाँ?' मैंने पूछा।

उसकी आँखों में एक पल के लिए आँसू झलके। वह कुर्सी पर बैठा थोड़ा सँभल गया। उसने अपने हाथ मेज़ पर टिका दिए, 'नहीं मालूम।' बड़ी मासूमियत के साथ उसने कहा।

हम लोग चुप हो गए थे। मैं सोच रहा था कि पुलिस के ज़रिये उसके पिता का पता लगाना चाहिए। वे शायद मिल जाएँ और अपने ख़ूबसूरत बच्चे को ले जाएँ।

'तुम्हारे पापा का नाम क्या है?'

'पापा,' कुछ देर रुककर वह बोला, 'केसरिया साहब।'

मेरे पूछने पर भी वह अपने शहर का नाम और पता न बता सका।

कुछ हलवाइयों की दुकानें और कुछ दवाफ़रोशों की दुकानें वहाँ हैं, ऐसा उसने बताया था।

'मेरे सब भाई साहब काले हैं।' मेरी पत्नी के पूछने पर वह बोला, 'पापा-मम्मी में रोज़ लड़ाई होती है और रात को वे राज़ी हो जाते हैं।'

मैं टेलीविजन बंद करने के लिए उठा, तो उसने आँख उठाकर मेरी तरफ़ देखा। उसका चेहरा कसा हुआ था। जब मैं लौटा, तो वह पत्नी के साथ चुहल के ढंग से बातें कर रहा था। पत्नी उसकी पढ़ाई के बारे में बात कर रही थी।

'आपके घर में कोई बच्चा नहीं?" उसने पत्नी से पूछा।

'नहीं।'

'तो जीरो,' वह किलककर बोला, 'यह घर कितना अच्छा है। आप मुझे अपने घर से निकालेंगे तो नहीं?'

पत्नी ने कोई जवाब नहीं दिया।

'मैं आपके घर बचनसिंह की तरह रह लूँगा।' बचनसिंह उसके पापा का नौकर था।

'आप मुझे निकालोगे तो नहीं?' उसने रुआँसी आवाज़ में फिर पूछा। पत्नी सिर्फ़ हँस दी।

'नहीं निकालोगे न!' वह कुर्सी से उतरकर फ़र्श पर नाचने लग गया था—इतने सहज और खुले भाव से कि मैंने सामने लगे शीशों पर उसकी चमकती आँखें देखी थीं। वह ख़ुश था—बेहद ख़ुश। अवसाद जैसे उसके चेहरे से उड़कर बाहर निकल गया था। मैंने खिड़की से बाहर पापलर के नंगे पेड़ देखने चाहे थे। मुझे लगा, जैसे वहाँ पापलर के पेड़ नहीं हैं। मैंने फिर गौर से देखा, नीले फूलों की एक बेल खिड़की के पास ही हवा में लहरा रही थी। गौर से देखने पर भी पल-भर के लिए मुझे लगा, सड़क के दोनों किनारों पर पापलर के पेड़ नहीं थे। तो क्या वे अशोक के फूल बन गए थे! •

3

आत्महत्या

महानगरों की बहुमंज़िली इमारतें अब बाहर से आनेवालों को दूर से ही दिखाई देती हैं। 'चौकोर सीमेंटी पत्थरों के रेगिस्तान' में विचित्र क़िस्म की जल्दबाज़ी और भागमभाग होती है। अगर आप कर्जन रोड–अब उसे कस्तूरबा गांधी मार्ग कहते हैं–की ओर निकलें, तो इमारतों और जल्दबाज़ी के सिलसिले से आपका सामना हो सकेगा। मुझे अकसर उन बिल्डिगों को देखकर न्यूयॉर्क शहर से भेजे अपने दोस्त के 'पिक्चर पोस्टकार्ड' याद आ जाते हैं, न्यूयॉर्क की एंपायर स्टेट बिल्डिंग, विस्मय में डालने वाले भवन...। अब आप कभी कर्जन रोड न गए हों और मैं न्यूयॉर्क भी न देख पाया हूँ, तो इससे क्या फ़र्क़ पड़ता है...

फिलहाल मैं अख़बार के दफ़्तर में जाने की जल्दी में था। सीढ़ियों की बजाय मैं लिफ़्ट से जाने के लिए लंबी लाइन में खड़ा हो गया। वहाँ तीन लिफ़्ट के आगे अलग-अलग लाइनें लगी थीं। संयोग कि मैं बीच की पंक्ति में था, जिससे दोनों तरफ़ देख सकता था। प्रतीक्षा के उन पलों में दाएँ हाथ वाली पंक्ति में से किसी को अपनी ओर नमस्कार उछालते देखा था। ठीक ऐसा नमस्कार, जो हम मामूली जान-पहचान वाले के लिए रस्मी तौर पर उछाल देते हैं। संयोग से उसका चेहरा मेरी तरफ़ था और जैसे ही लिफ़्ट का दरवाज़ा बंद हुआ कि मैंने उसकी आँखें देख लीं। वे आँखें जैसे एक ही क्षण में मेरे पूरे जिस्म पर कौंध गई थीं। शायद मैं क्षणांश के लिए काँपा भी होऊँगा। मैंने लिफ़्ट का दरवाज़ा खुलने की कामना भी की होगी।

और मुझे नहीं मालूम कि मैं उस पंक्ति से कब अलग हुआ और कब उस पंक्ति में दाखिल हुआ, जिसमें वह आदमी, वह विचित्र-सी झलक देनेंवाला आदमी जा घुसा था। मुझे यह भी याद न रहा कि मैं एक ज़रूरी काम से अख़बार के दफ़्तर में अपने दोस्त टिंकू से मिलने जा रहा था।

लिफ़्ट की पंक्ति में खड़े-खड़े मैं जैसे किसी आवेश के कारण गड़बड़ा गया था और अपने से आगे खड़े आदमी से सिर्फ़ सटा ही नहीं था, बल्कि उसे धकिया भी रहा था। और जैसे ही लिफ़्ट के ऊपर संकेत पट पर पहली मंज़िल का नंबर चमकने लगा, मैं ज़्यादा हड़बड़ी मचाने लगा था। मेरी अपनी आँखों में वे अभी देखी

आँखें न जाने कौनसी जलन भर रही थीं कि मैं उसे जानने के लिए भी क्षणांश सोचने को, ख़ुद को तैयार नहीं कर पा रहा था। उन आँखों में छुपी पूरी दहशत–किसी वारदात की आशंका से भरी दहशत–मुझ पर पूरी तरह छाई हुई थी। मैं उसकी गिरफ़्त से ख़ुद को निकाल ही नहीं सकता था।

सहसा मुझे कुछ बरस पहले की वह शाम, 31 दिसंबर की शाम, याद आ गई। आज से क़रीब 15 बरस पहले जालंधर के कॉफ़ी हाउस में बीती वह साँझ। किसी बेख़ौफ़-से इरादे को झलकाती, दृढ़, न झपकनेवाली आँखें, जिनमें निर्णय की बेहद क्रूरता भरी होती है। एक हफ़्ते पहले 24 दिसंबर को धनराज चंडीगढ़ के मेरे हॉस्टल में आया था। 15 बरस पहले की वह बात ज्यों-की-त्यों याद है मुझे। शायद उस वक़्त हम सात या आठ लोग कमरे में जमा थे और दुनिया-जहान की बातों में मशगूल थे। तमाम लोगों के बीच धनराज ने वह ऐलान किया था। और हम सब लोग वह सुनकर उस वक़्त सिर्फ़ उनका मखौल ही उड़ा सकते थे...

31 दिसंबर की दोपहर मैं जालंधर पहुँचा था। जैसा कि पहले से तय था, साल की वह आख़िरी साँझ हम सब दोस्त कॉफ़ी हाउस में बिताने वाले थे, पर धनराज नौ बजे के क़रीब कॉफ़ीहाउस में घुसा था। सर्दियों में नौ बजे जैसे आधी रात का एहसास देते हैं। नये साल की पूर्व संध्या के कारण होटलों में ख़ूब चहल-पहल थी। एक सोया हुआ शहर भी जैसे उस शाम जाग रहा था।

धनराज जैसे कोई चीज़ टोह रहा था। वह मेरे क़रीब आया, तो मैंने उसकी आँखों में एक ख़ास क़िस्म का पथरीलापन देखा। ऐसी दृढ़ता, जो शायद ही कहीं नज़र आती है। उन क्रूरतापूर्ण आँखों के कारण धनराज के चेहरे पर भी एक सख़्ती उभर आई है। वह हम लोगों के पास बैठा, तो मुझे उसका चुप्पापन खलता रहा। बात का सिरा उस समय किसी बातूनी के हाथ में था और वह बात ख़त्म करने की बजाय फैलाए जा रहा था कि अचानक एक झटके के साथ धनराज उठा, उसने हम लोगों की ओर देखा और आँखों में विचित्र-सी क्रूरता झलकाते वह कॉफ़ीहाउस से बाहर की ओर लपका...

मैंने पास ही बैठे कपिल को झिंझोड़ा, 'वह ज़रूर कुछ कर लेगा...'

कपिल मल्होत्रा ने मेरी ओर देखा तक नहीं।

'उसे रोको यार।' मैं फिर सख़्ती से बोला।

'ओय...छोटे दिल के ब्राह्मण...' यह वाक्य पूरा करने में भी कपिल को आधा मिनट लगा होगा। उस पर नशे की गोलियों का भरपूर असर था, 'वह साला धनराज डरपोक है...' कपिल ने थोड़े अंतराल के बाद कहा, 'वह कुछ भी नहीं कर सकता।'

'पर तुम्हें कैसे मालूम? धमकी तो बस पहली दफ़ा ही दी है उसने।'

'पहली दफ़ा!' कपिल व्यंग्य में बोला, 'देखना, वह पहली दफ़ा कभी न मरेगा।'

मुझे कपिल के ठंडेपन पर ग़ुस्सा आ रहा था, परंतु उससे उस वक़्त उलझना ठीक नहीं था। उसी के व्यंग्य के हलकेपन का एहसास कराने के लिए मैंने समझाते हुए कहा, 'नहीं कपिल...तुमने गौर से उसकी आँखें नहीं देखीं?'

कपिल अब व्यंग्यपूर्ण ढंग से हँसा। एक बेबस हँसी, जो उसके चेहरे पर पूरी तरह छपी नहीं थी। रुककर बोला, 'तुमने मेरी आँखें देखी हैं पंडत...'

तभी मैंने कपिल की आँखों की ओर देखा–ठहरी हुई, निराश आँखें, जिनमें कुछ भी न था, न कोई आकुलता, न प्रतीक्षा, बस एक भावनाहीन खुलापन था। मुमकिन है, नशे के कारण उनमें कोई बादलों जैसा जाला हो, पर वह मैं देख नहीं पाया था।

अचानक, एक झटके के साथ कपिल खड़ा हो गया। वह जितने धीमे बोल रहा था, जितना सुस्त नज़र आ रहा था, उसकी तुलना में उसका उठना बहुत गतिशील था। जैसे नशे के बीच, किसी उतार-चढ़ाव के दौर में वह होश में आ गया हो। मेरा कंधा झिंझोड़कर वह बोला, 'तुम ठीक कहते हो विमल...'

मैं उस वक़्त कपिल का चेहरा देखना चाहता था, पर उसका मुँह अँधेरे की तरफ़ था।

'चलो,' उसकी आवाज़ में कँपकँपाहट थी, 'चलो, उसे खोजते हैं। कहीं सचमुच वह कुछ कर न डाले।' यह कहते-कहते वह कुछ अपने में ही बुदबुदाने लगा था, 'पर ज़रा जल्दी-जल्दी...।'

हम लोग फलाँगते-से कॉफ़ी हाउस की सीढ़ियाँ उतरे। 'ग्रीन रेस्टोरेंट' के पिछवाड़े से होकर न जाने किन गलियों से गुज़र हम 'कैलाश कैफ़े' की ओर पहुँचे। पर वहाँ कोई परिचित चेहरा न था। वहाँ दो-चार पगड़ीधारी नौजवान बैठे थे, जैसे कॉलेजों में पढ़ने वाले हों।

'किसी से पूछ लेते हैं...' मैंने सुझाया।

'नहीं,' कपिल सख़्ती से बोला, 'चलो 'केसरी' में देखते हैं। उस माँ के दीने को वहाँ की चाय अच्छी लगती है।...साला पन्नालाल...' कपिल आख़िरी वाक्य बोलते-बोलते जैसे थक गया था। वह हर चालाक आदमी को पन्नालाल कहकर बुलाता था।

लंबे क़द के कपिल के साथ चलने के लिए मुझे क़रीब-क़रीब भागना ही पड़ रहा था। उसके लंबे-लंबे डग और हल्के अँधेरे में साये की तरह बढ़ना–सब-कुछ विचित्र लग रहा था। सड़कों पर अँधेरा पसरा हुआ था। हवा में एक ख़ास क़िस्म की नमी थी। शायद दो-चार दिन पहले ही वहाँ बारिश हुई थी। किनारों के छोटे-छोटे पोखर अभी सूखे नहीं थे। वे झुटपुट रोशनी में कभी चमक पड़ते थे। कपिल का चेहरा भी एक पोखर की तरह था, पर सूखे पोखर की तरह।

'केसरी' में दो-तीन लोग बैठे थे। धनराज का वहाँ भी कोई सुराग नहीं था। बैठे हुए लोग हमें इतने ख़ामोश लगे, जैसे वे शोकसभा में बैठे हों।

बाहर आकर कपिल एक जगह खड़ा हो गया। उसने मेरा हाथ पकड़ा और पास ही खड़े रिक्शे में बैठने का इशारा किया। हम पटेल चौक के ढाबे तक आए। धनराज वहाँ भी न था।

'वह कुछ कर न डाले...' कपिल की आवाज़ में अजीब-सा डर था। यह जानना कठिन था कि कपिल की आवाज़ का कंपन गोलियों के कारण ज़्यादा संजीदा लग रहा था या वह सचमुच डर गया था। अपने इस डर में वह क़रीब-क़रीब सामान्य दीख रहा था।

आधी रात तक हम राज को खोजते रहे। दोस्तों, परिचितों के घर, जहाँ वह कभी-कभी जाता था और उसकी पीठ-पीछे हम तरह-तरह की बातें करते रहते थे। हमने वे तमाम होटल भी खोज डाले, जहाँ वह रात को ठहर सकता था।

दूसरे दिन अलस्सुबह कपिल के घर पुलिस ने ख़बर दी कि नेहरू पार्क में बुत की सीढ़ियों पर एक नौजवान की लाश पड़ी मिली है। उस नौजवान की जेब में कपिल के घर का पता था। हमेशा बेहद गंभीर, कंपोज़्ड और धैर्यशाली कपिल मुझे पकड़कर बच्चों की तरह रोने लग गया था, 'हरामी ने हफ़्ते-भर से रट लगाई हुई थी कि साल के नए दिन तुम मुझे नहीं पाओगे...ओह रब्ब...कैसे भूल गया मैं नेहरू पार्क...।'

लिफ़्ट-सवार की आँखों में भी वही झूठ था। पुतलियाँ तनी हुई थीं। ठीक जैसे पंद्रह बरस पहले धनराज की आँखें थीं। कुछ मिनट ही तो बीते होंगे–जब मैं यह सब सोच गया था। और मैंने खुद को दूसरी लिफ़्ट की लाइन में खड़ा पाया था। जैसे ही लिफ़्ट का दरवाज़ा खुला, मुझसे देर सही न गई और मैं लाइन तोड़कर लोगों को धक्का दे, आने-उतरने वालों की परवाह न कर लिफ़्ट के भीतर घुस गया। यह लिफ़्ट 'स्टील अथॉरिटी ऑफ़ इंडिया' के दफ़्तरों की ओर जाती थी। इस तरफ़ एक ही लिफ़्ट थी, इसलिए अकसर यहाँ लंबी लाइन नज़र आती थी।

आगे वालों ने ग़ुस्से से देखा। सफ़ेद लकदक कपड़े वाला एक आदमी अपने कपड़ों की सलवटें ठीक कर रहा था। उसने बेहद लड़ाकू नज़रों से मुझे देखा। लिफ़्ट के शीशे में मैंने चपरासी से सटे एक आदमी को कुछ बुदबुदाते देखा था। ज़ाहिर था, वह जपजी का पाठ नहीं कर रहा था, बल्कि मेरे व्यवहार पर कोई नसीहत उच्चार रहा था।

क़ितनी देर हो रही है...मैंने मंजिलों के चमकते अंकों पर अपनी नज़रें गड़ा दीं। अंदेशा, दहशत और एक बेचैन करनेवाली हड़बड़ी में फँसा था मैं। अगर देर हुई, तो ज़रूर वह किसी मंज़िल से कूद पड़ेगा और अभी दोपहर को निकलने वाले

'इवनिंग न्यूज' में मैं त्रासद समाचार पढ़ूँगा। शीशे पर लोगों के चेहरों की गुस्सैल रेखाएँ झलक रही थीं। उन लोगों ने अभी भी मुझे माफ़ नहीं किया गया था। मैंने 'क्यू' तोड़ी थी। लोगों की वर्जनाओं, सभ्यतावश सिर्फ़ गुस्सा झलकाने वाली क्रुद्ध मुद्राओं की परवाह न की थी। लिफ़्ट के भीतर वे आक्रामक आँखें थीं, जिनमें हिकारत भरी थी। कोई ज़ोरदार आवाज़ में भी टोकता, तो मैं परवाह न करता...। मुझे वे सब बातें बहुत मामूली लग रही थीं। शायद मेरे पास बड़ा कारण था...और उसकी रोशनी में लोगों की हरकत बचकानी लग सकती थी।

तभी मुझे ख़याल आया कि मैं उसे खोजूँगा कहाँ? यह इमारत तो अठारह मंज़िली है। कहाँ होगा वह? किस मंज़िल पर...? वह कौनसी मंज़िल के लिए सवार हुआ, यह कैसे मालूम होगा? लिफ़्ट माले-दर-माले चढ़ रही थी। रुक रही थी। चार-छह-आठ और फिर दसवीं मंज़िल...। अब लिफ़्ट में कम लोग रह गए थे। उनकी आँखें भी सामान्य हो चली थीं। शायद वे किसी और चिंता में व्यस्त हो गए होंगे।

अब मैं याद करने लगा था कि मैं उसे कब मिला था। मैं उसे जानता था... याद आया, वह किसी स्कूल में पढ़ाता था। उसने दर्शनशास्त्र में एम.ए. किया था। उसकी बीवी बेहद ख़ूबसूरत थी, चुप और चुलबुली-सी। उसके दो चहकते बच्चे थे...वह अक्सर कॉफ़ीहाउस में हम लोगों की मेज़ पर बैठता था...

दसवीं मंज़िल पर मैं बाहर निकल आया। सबसे पहला काम था, दौड़कर बाहर की खिड़की की ओर देखना। पर वह खिड़की बंद थी और वहाँ आसपास भी कोई नहीं था। उस खिड़की को खोलना आसान नहीं था। मैं सीढ़ियों की ओर लौटा तो मैंने एक कोने में स्टूल पर बैठे चपरासी को ऊँघते पाया।

'भाई...!' मैंने ज़ोर से कहा, तो वह अलसाई मुद्रा में हड़बड़ा गया, 'क्या तुमने किसी आदमी को इधर सीढ़ियों से उतरते-चढ़ते देखा है अभी? वह बहुत जल्दी में होगा...'

'पिछले एक घंटे में तो यहाँ से कोई चिड़िया भी नहीं गुज़री साहब।' वह अपने नेपाली अंदाज़ में चिढ़कर बोला।

अब मैं निपट बदहवास-सा खड़ा था। वह दहशत मेरे इर्द-गिर्द ज़्यादा कस गई थी। कहाँ जाऊँ? कहाँ खोजूँ उसे?...कहाँ उतरा होगा वह? मैं थका-सा ग्यारहवीं मंज़िल की सीढ़ियाँ चढ़ने लगा...वहाँ निपट सन्नाटा था। खिड़कियाँ बंद थीं। उनकी सिटकनियों पर जंग लगा हुआ था। वह जगह आत्महत्या के लिए उपयुक्त थी, पर वहाँ तो कोई चढ़ा-उतरा भी न था। सीढ़ियों पर धूल में सिर्फ़ मेरे पाँवों के निशान थे। फिर लौटकर दसवीं मंज़िल की ओर चल पड़ा। मुझे कुछ सूझ ही नहीं रहा था कि क्या करूँ! नीचे जाने के लिए लिफ़्ट का इस्तेमाल करने की

बात भी मुझे न सूझी। थकान, निराशा...मैं इस स्थिति में कुछ सोचते- सोचते धीमे-धीमे सीढ़ियाँ उतरने लगा था।

'साब,' दसवीं मंज़िल वाला चपरासी स्टूल से उठ मुझे पुकारने लगा, 'एक साहब अभी-अभी 'नाइन फ्लोर' की तरफ़ जल्दी-जल्दी में उतरा है। वह इधर-उधर झाँका था, शायद आपको खोजता हो।'

ओह! तो उसने अभी तक छलाँग नहीं लगाई। ज़रूर यह वही है। मैंने मन-ही-मन खुदा का शुक्रिया अदा किया। वह निश्चय ही किसी निरापद जगह की तलाश कर रहा होगा...दो मिनट हो गए होंगे। मैंने समय का हिसाब लगाया और तेज़ी से नौवीं मंज़िल की ओर लपका। वहाँ सीधे खिड़की की ओर गया। नीचे घासीले लॉन की तरफ़ देख सकता था मैं। वहाँ कुछ नहीं था। ज़ाहिर है कि वह अभी छलाँग नहीं लगा पाया था।

नौवीं मंज़िल की ओर मुझे भागते देख चपरासी ज़रूर हैरान हुआ होगा। वहाँ काफ़ी लोग थे। कुछ शौचालय से निकल रहे थे, कुछ वैसे ही सुस्ता रहे थे और दीवार से सटकर खड़े थे। कुछ देर ऐसे ठहरकर वे फिर अपने दफ्तरों की ओर निकल जाते होंगे। मैं वहाँ से सीधे आठवीं मंज़िल की ओर सीढ़ियाँ फलाँगने लगा कि अचानक मैं किसी ऊपर आते आदमी से जा टकराया।

यह महज़ संयोग था...निपट संयोग कि यह वही आदमी था, जिसकी मुझे तलाश थी। वह सचमुच किसी निरापद जगह की तलाश कर रहा था। उसकी आँखों में वही एक ख़ौफ़नाक-सा भाव मौजूद था। फुरती से थोड़ा ऊपर उचककर मैंने उसकी कमीज़ का कॉलर पकड़ लिया।

'आप...तुम...' वह हकलाने-सा लगा, 'क्या चाहिए...छोड़ो न मेरी कमीज़। आख़िर इसका मतलब क्या है?'

'मतलब...' मैं थोड़ा व्यंग्य में मुस्कराया, 'तुम'; चाहकर भी मैं उसे 'आप' शब्द से संबोधित नहीं कर पाया, 'क्या करने जा रहे थे तुम...कुछ समझते भी हो।'

उसने एकदम नक़ली ग़ुस्सा ज़ाहिर किया, 'क्या मतलब है?...क्या बदतमीज़ी है।'

उसके ग़ुस्से की परवाह न कर मैंने उसके कॉलर पर अपनी गिरफ़्त मजबूत कर दी और ग़ुस्से-भरी निगाह उस पर टिका दी। अचानक उसने पैंतरा बदला। अपने चेहरे पर उसने पराजित-सी मुस्कान बिखेर दी और बोला, 'मैं... मैं तो कुछ भी नहीं कर रहा। आपको ग़लतफ़हमी हो गई लगती है।' लेकिन कॉलर छुड़ाने की कोई पेशकश उसने नहीं की। मुझे लगा, वह चालाकी से काम लेने की कोई नई तरकीब खोज़ने लगा है। एक छोटे अंतराल के बाद वह गरम-सा हो आया, 'मुझे ऐसे पकड़ने की क्या ज़रूरत है? छोड़िए भी...ऐसा कुछ भी नहीं।'

लेकिन उसकी आँखों में वह दृढ़ता बरकरार थी। और मुझे ऐसे दीख पड़ा, जैसे वह अपने इरादे में ज़्यादा पक्का हो गया हो। संभव है, मेरे व्यवहार ने उसे अपने लक्ष्य के प्रति ज़्यादा पक्का बना डाला हो।

'देखो...,' मैंने समझाने के लहजे में कहा, 'तुम...आत्महत्या करना चाह रहे थे. ..यह ठीक नहीं...'

उसने हिकारत से मेरी ओर देखा। वह इस तरह खड़ा था, मानो मेरा मखौल उड़ाने के लिए तैयार हो। उसने जैसे अपने गले में अटका थूक गटका, फिर लापरवाही का अभिनय कर नाटकीय अंदाज़ में बोला, 'मुझे लगता है, आपका कोई पेच ढीला हो गया है या फिर आप खुद यह कर्म करने यहाँ आए हैं...' फिर उसने हल्का-सा ज़ोर लगाया, 'छोड़िए तो सही।'

'नहीं,' दृढ़ता सें उसका कॉलर पकड़े-पकड़े मैंने उत्तर दिया, 'तुम्हारा इरादा नेक नहीं है...।'

लगा, एक क्षण के लिए जैसे वह पराजित हो गया, क्योंकि वह बोलते- बोलते हकला-सा पड़ा था। उससे मेरी बात का कोई उत्तर न दिया गया। उससे इनकार भी नहीं किया गया, जैसे वह पल-भर के लिए हताशा से घिर आया हो।

'तुम इतना गंदा, नीच काम करने जा रहे थे।' मैं अभी कुछ और कहता कि सहसा मुझे उसकी आँखों में फिर से चमक दिखाई दी। उसका जिस्म तन गया था। और उसने बिना किसी चेतावनी के मेरे मुँह पर एक ज़ोरदार घूँसा जमाया। ज़ोर के उस घूँसे से मेरे दाँत हिल गए थे। मुँह के भीतर ख़ून का स्वाद भी तैर गया था, लेकिन मैंने उसका कॉलर नहीं छोड़ा। उसने तेज़ी से एक झटका दिया। हम दोनों डगमगाए, लेकिन गिरे नहीं। फिर...अचानक वह पस्त पड़ गया था। उसका जिस्म जिस तरह मुझसे छूटने के लिए ज़ोर लगा रहा था, उससे मालूम होता था कि अब उसकी सारी अकड़ ख़त्म हो गई थी। अब उसके तमाम शरीर का भार जैसे कॉलर पर सिमट आया था। वह पूरी तरह मुझ पर झुक आया था।

हताश-सा वह बोल पड़ा, 'आपको...आपको कैसे पता लगा?'

मैंने मुड़कर उसके चेहरे की तरफ़ देखा। चेहरे पर नमी तैर आई थी। वहाँ सादगी भरी चमक थी। हालाँकि यह कहना कठिन था कि उसकी आँखों में अब भी वह हत्यारी चमक थी कि नहीं? मुझे अंदेशा था कि कहीं वह मेरी गिरफ़्त से छूट खिड़की की ओर न लपक जाए और सचमुच मौक़ा पाकर वह उलटी दिशा में नौवीं मंज़िल की ओर भागा। मैं भी रस्सी छुड़ाए बैल की तरह उसके पीछे लपका। वह आश्चर्यजनक तेज़ी से सीढ़ियाँ फलाँग रहा था और मैं हाँफते- हाँफते सीढ़ियाँ लाँघने में तमाम ताक़त लगा रहा था। उसके और मेरे बीच बहुत फ़ासला था। मुझे महसूस हुआ कि वह जीवन और मौत के बीच का था। बहुत ही महीन

फ़ासला। लिहाजा मेरे चलने में तेज़ी आ गई थी या कि मैं अब सचमुच सीढ़ियों पर दौड़-सा रहा था।

वह खिड़की से कूद ही पड़ता कि बाथरूम की ओर से आनेवाले एक आदमी को देख मैं चिल्लाया, 'पकड़ो इसे, रोको...यह कूद...' ज़ोर से बोलने के कारण मेरी आवाज़ में छिपी कँपकँपाहट पूरी तरह छिप नहीं पाई, बल्कि वहीं जैसे मुखर हो गई थी।

वह खिड़की से कूदने-कूदने को था कि मैं फिर चिल्लाया। तभी पास से गुज़रने वाले एक आदमी ने उसे खुली खिड़की पर चढ़े-चढ़े ही झोंप लिया था।

'छोड़ दो मुझे...जाने दो' वह उस आदमी की गिरफ़्त से छूटने के लिए छटपटाया कि अचानक उसका पाँव खिड़की के शीशे से जा टकराया। शीशे के टुकड़े इधर-उधर छितरा गए थे। इसी बीच पाँच-दस आदमी वहाँ जमा हो गए थे। वह छोटी-सी भीड़ देख उसने जैसे हथियार डाल दिए थे। मुझे प्रतीत हुआ, जैसे उसकी आँखों की हिंसक चमक ख़त्म हो गई। जैसे वह कोई हत्यारी लपट थी, जो अचानक बुझ गई थी। उसके जिस्म के तनाव में एक शिथिलता आ गई थी। सचमुच उसने हथियार डाल दिए थे।

मैं उसकी आँखों में झाँकने लगा। उनमें एक गीलापन तैर आया था—ग्लानि और बेबसी से भरा गीलापन।

उस छोटी भीड़ को अपने इर्द-गिर्द देख वह रोने-रोने को हो आया था। लोगों के पास सवाल-ही-सवाल थे और वह उनसे घिरा हुआ था। वह अब किसी आश्रय की तलाश में था...थोड़े अंतराल के बाद वह बिल्कुल मुझसे सट- सा गया था। शायद कुछ सोचकर ही वह नज़दीक आया होगा। अपनी जेब से उसने एक भारी लंबा लिफ़ाफ़ा निकाला और मेरी ओर बढ़ाया। आत्महत्या कांड का यह पूर्व नियोजित कर्मकांड था।

वह एक पत्र था। ख़ासा लंबा पत्र।

उसकी आँखों में याचना थी कि मैं वह पत्र खोलूँ; पर उसकी याचना में ग्लानि का भाव भी भरा था। शर्म से मुँह चुराने जैसा ख़याल भी उसके चेहरे से टपक रहा था। पत्र खोलने से पहले मैंने उसे आश्वस्त करना ज़्यादा ठीक समझा, लिहाजा मैंने सप्रश्न उसके कंधे पर हाथ रखा, तो वह इतना झुक आया कि गिरने-गिरने को लगा।...

वह पत्र राजनेताओं, पादरियों, शिक्षकों और समाज-सुधारकों को संबोधित था।

'हाँ, मैं आत्महत्या कर रहा हूँ इसलिए कि अब कोई विकल्प नहीं है।...मूल्य, नारे, ईमानदारी और अच्छाई...ये सब चीज़ें झूठी हैं। जो लोग मूल्यों, ईमानदारी और अच्छाई के झूठ से बँधे नहीं हैं, वे सुखी लोग हैं। भौतिक रूप से संपन्न लोग। ये ही वे लोग हैं, जो अपेक्षा रखते हैं कि कोई ग़रीब मास्टर ग़रीब बच्चों के मन में

बचपन से ही धर्म, दया आदि के बीज बो डाले, ताकि वे इन बंधनों में जीवन-भर बँधे रहें। वे बैल की तरह समाज का सारा भार ढोते रहें...हमेशा के लिए दब जाएँ, 'जिसके रहते वे कभी अपना हक न माँग सकें। इन उपदेशों से पीढ़ियाँ-की-पीढ़ियाँ कायर और नपुंसक बनी पड़ी हैं।'

'अपने बचपन में मैंने भी इन्हीं मूल्यों की शिक्षा पाई थी। पर हुआ क्या? तमाम परीक्षाओं में सर्वोत्तम रहने के बाद भी मुझे एक मामूली मास्टरी की नौकरी मिल पाई, जबकि मेरे कई साथी अपने रिश्तेदारों की सिफ़ारिश की वजह से ऊँचे पहुँच गए। ठीक मेरे ऊपर। वे सब लोग...जो निहायत मूर्ख थे, निकम्मे नंबरों से परीक्षाओं में सफल होते थे...वे अब नियंता हैं...।'

दर्शनशास्त्र के इस स्नातक ने अपने उसी पत्र के पहले पन्ने पर ही ऐसे लोगों की लंबी सूची प्रस्तुत की थी, जिनके रिश्तेदार बड़ी-बड़ी नौकरियों पर जमे थे। मैं उसकी रिसर्च देखकर दंग था। उन लोगों में संसदीय पार्टी के प्रमुख, प्रदेशों के मुख्यमंत्री, विश्वविद्यालय अनुदान आयोग के अध्यक्ष, प्रशासनिक अधिकारी, मंत्रीगण और विश्वविद्यालयों के प्रोफ़ेसरों के नाम तो अंकित थे ही, साथ में दर्ज थे उन लोगों के नाम, जो केवल बड़े लोगों के भाई-भतीजे होने के कारण बेहद सुरक्षित जगहों पर बैठ गए थे।

'क्या दे सकूँगा मैं अपने बच्चों को?' अपने पत्र में नौजवान ने लिखा था, 'क्या छोड़ सकता हूँ विरासत में...सिर्फ़ भूख...क़र्ज़...पराश्रय और एक निकम्मी-सी धारावाहिक, आत्मघाती प्रतीक्षा...पिछले कुछ महीनों से मैं अपनी पगार से पंसारी का पूरा हिसाब भी चुकता नहीं कर पा रहा हूँ। बच्चों की फ़ीस के लिए मैं कितनी ही बार दोस्तों से उधार माँग चुका हूँ...आगे क्या होगा, कैसे...इस असुरक्षा के लिए मैं जिम्मेदार भी नहीं हूँ...मैं उन लोगों को जानता हूँ, जो हमारी असुरक्षा के लिए सीधे जिम्मेदार हैं, पर मैं उनका कर ही क्या सकता हूँ!'

'डकैत, तस्कर, चोरबाज़ारिये...वे लोग तो मानव-मूल्य या मानव-करुणा या सच को ताक पर रख, बहुत ही क्रूरतापूर्ण ढंग से तिजोरियाँ भरे जा रहे हैं और मैं स्कूल में बच्चों को पढ़ाए जा रहा था कि झूठ बोलना पाप है, हमेशा सच बोला करो, दीनदुखियों की मदद के लिए आगे आओ...'

लंबी चिट्ठी पढ़ते हुए अचानक मुझे धनराज की आँखें याद आ गईं। पंद्रह बरस पहले 22 दिसंबर के दिन यूनिवर्सिटी हॉस्टल में वह मेरे कमरे में ठहरा हुआ था। उन दिनों मेरा वह बड़ा-सा कमरा छोटा-मोटा मेहमानघर बना रहता था। धनराज अपने साथ किताबों से भरा एक बड़ा ट्रंक भी लाया था। तीसरे तल्ले तक उस बक्से को पहुँचाते हुए यूनिवर्सिटी के बड़े-बड़े पहलवानों के भी पसीने छूट गए थे। रात होते ही वह कहीं से चला आता और कभी बक्से की कोई किताब निकालता, फिर

पलटकर, न पढ़ पाने की कुढ़न से भर उस किताब को सहेजकर रख देता। और फिर काफ़ी सावधानी से बक्से पर एक बेहद कच्चा-सा ताला भी लगा देता। बस, वह जैसे कोई कर्मकांड था। सुरक्षा का कर्मकांड।

मैं उसकी इस हरकत पर हँस देता, तो वह झेंपता-सा बोलता, 'यह सिर्फ़ बरजने का प्रतीक है। हम सबने जीवन में रोक के लिए कहीं-न-कहीं स्व-स्वीकृत कच्चे ताले डाले हुए हैं।'

मैं कहता, 'धनराज, तुम मान क्यों नहीं लेते कि कहीं तुममें कुछ चीज़ों को बेहद अपना बनाए रखने की आदत है।'

फिर वह लंबी चुप्पी में डूब जाता, 'तुम्हें नहीं मालूम, तुम महसूस भी नहीं कर पाओगे। बचपन में ही मेरे माँ-बाप मर गए थे।'...इतना कह वह चुप हो गया था, जैसे कुछ याद करने लगा हो, 'इससे ज़्यादा मुझे कुछ याद ही नहीं, बस, कुछ धुँधलायी-सी तस्वीरें हैं...'

बिस्तर में लेटे-लेटे उसकी 'आत्मकथा' के टूटे-छितराए, बिखरे हिस्से सुनता रहता और उन्हें जोड़ता रहता, साथ में हैरान होता रहता कि उसने कैसा जीवन जिया था शुरू में! और उसके शेष बयान के इंतज़ार में उसकी तरफ़ मुँह किए धैर्यपूर्वक चुप रहता कि वह अचानक सारे संदर्भ तोड़ कह उठता, 'तुमने स्पेंडर की किताब पढ़ी है न?' और आधी रात में भी वह बिस्तर से उठता, अपना बक्सा खोलता और किताबें पलटने लगता। किताबें टटोलते ग़ुस्से-भरी उसकी मुद्रा देखकर मुझे आशंका होने लगती कि कहीं वह उठकर कमरे से बाहर न चला जाए।

उसका ध्यान पलटने के लिए मैं कहता, 'धनराज, तुम तो अपने बारे में कुछ बता रहे थे न?'

मुझे और कपिल को ही उसके जीवन के कुछ वृत्तांत मालूम थे। अल्प- भाषी कपिल से मुझे कुछ ही बातें मालूम हुई थीं—यह कि धनराज फौज में ड्राइवर था, वह सिर्फ़ आठवीं जमात तक पढ़ा था और अब उसका पढ़ने का शौक़ एक बीमारी, एक पागलपन के ढंग-सा उभर आया था; और सचमुच धनराज अब तक एक पढ़ा-लिखा आदमी था। यूनिवर्सिटी के कई अच्छे स्कॉलरों से वह बेहतरीन लगता था। अटक-अटक कर अपनी ग़लत-सलत अँगरेज़ी में वह बेहतरीन बातें इस तरह उछालता कि हम लोग हैरान रह जाते। हम भूल जाते कि वह ग़लत भाषा का इस्तेमाल कर रहा था। लोगों के लिए वह एक बौद्धिक नायक बन गया था। वह एक ऐसे नौजवान की तरह विख्यात हो गया था, जो नायक भी था और बौद्धिक भी...।

फौज से बाहर आने के लिए उसने क्या नहीं किया? वह महज़ एक ट्रक ड्राइवर था, सो दो बार उसने ट्रक को दुर्घटनाओं में फँसाया, अपने हाथ-पाँव भी

तुड़वाए। महीनों वह अस्पतालों में पड़ा रहा और अस्पतालों में पड़े-पड़े वह अपनी आगे की ज़िंदगी की तस्वीरें गढ़ता रहा। बस, वे सिर्फ़ सपने थे। आख़िर तमाम तरीक़ों से असफल हो जाने के बाद वह भाग खड़ा हुआ। दुर्भाग्य से या अपनी बेवकूफ़ी से वह पकड़ा गया। एक शाम वह अपने गाँव जा पहुँचा था, जहाँ पुलिस ने उसे धर दबोचा और फिर भुगती उसने एक लंबी, भगोड़े की तकलीफ़देह सज़ा। वह दोबारा एक जीप का ड्राइवर तैनात किया गया, तो एक अफ़सर समेत उसने जीप खड्ड में गिरा दी। उसे कोई सज़ा मिलती कि डॉक्टरों की इस रिपोर्ट पर कि डॉक्टरी तौर पर अब वह फौज के काम का नहीं रहा, वह फौज से बाहर आ गया।

लंबी सांस भर धनराज बोलता, 'लंबी सज़ाओं की तो ज़िंदगी मिली है मुझे। एक जगह से मुश्किल से बरी हुआ, तो अब यहाँ मुक्त ज़िंदगी में भी खुद को फँसा हुआ महसूस करता हूँ। 'फ्रीडम' की कैद में हूँ दोस्त।' अँगरेज़ी का शब्द इस्तेमाल करते वह मुस्कराता और मुझे लगता, जल्दी ही वह अब कोई कड़वी बात कहने वाला है।

यह वही धनराज था, जिसकी अजब-सी तस्वीर लोगों के मन पर अंकित थी। वह बार-बार हमारे बीच आता, बेहतरीन शराबों, क़ीमती किताबों के उद्धरणों की बातें करता। वह धनराज, जिसकी जेबें नोटों से ठुँसी होतीं। दबी जबान में हमारे कामरेड पूछते, 'कहीं यह सी.आई.ए. का एजेंट तो नहीं?' और धनराज उन पर गालियाँ उछालता। अब वही धनराज 22 दिसंबर की रात गिड़गिड़ाहट के स्वरों में मुझसे कह रहा था कि मैं उसके जालंधर लौटने के किराये का इंतज़ाम करूँ, और मुझे उस पर यक़ीन नहीं हो रहा था। उसके इसरार में अचानक ही एक करुण भाव टपक आया था, 'डॉक्टर, इस साल का आख़िरी दिन हम साथ-साथ बिताएँगे। तुम जालंधर ज़रूर आना प्यारे, वरना बहुत सूना-सूना लगेगा।'

अपनी हैरानी को छिपाने की कोशिश मुझसे नहीं हो सकी, मैंने तुरंत पूछा, 'पर तुम्हें पैसे की कमी कबसे हो गई धनराज?'

धनराज ने इस सवाल का जवाब ही नहीं दिया, वह किताबें टटोलता रहा, 'तुम्हारे कमरे से शिवालिक बहुत अच्छा दीखता है।' थोड़ी देर सोचकर वह बोला, 'रात को ये नीले पहाड़ कैसे टँगे रहते हैं...?'

'धनराज.....' अचानक मैंने गंभीर होकर उससे कुछ पूछना चाहा कि उसने मुझे फिर बीच में ही टोक दिया।

'तुम्हारी माशूक के क्या हाल हैं?' वह मुस्कराकर बोला, 'कुछ बताओ न...' वह जैसे इल्तिजा करने लगा। पर मुझे लगा कि धनराज न मखौल कर रहा था, न किसी तरह के सस्तेपन से बात कह रहा था। उसका लहजा मुझे ख़ासा गंभीर लगा। अनायास मुझे किसी अनाम आशंका ने घेर लिया। यह धनराज को क्या हो गया था!

'किस सोच में पड़ गए!' धनराज फिर बोला, 'मैं सचमुच तुमसे एक बात कहना चाहता हूँ डॉक्टर।' वह बहुत प्यार से बोला।

मैं सप्रश्न उसकी तरफ़ देखने लगा।

'उसे तुम अपने गाँव ज़रूर ले जाना। आदमी को कभी अपना गाँव, अपनी मिट्टी नहीं छोड़नी चाहिए। माँ के मरने के बाद आदमी की मातृवत् गोद वह गाँव ही है। मैं तो चाहता हूँ डॉक्टर मैं मरूँ, तो मुझे गाँव के श्मशान में ही जलाया जाए। वहाँ की खाक को वहीं की मिट्टी में मिलना चाहिए न।'

'क्या बक-बक कर रहे हो तुम?' मैं न जाने किस रौ में यह कह गया। उसका चेहरा देख मैंने महसूस किया कि मैं कुछ ग़लत, कुछ आक्रामक-सी शैली में यह कह गया था।

वह चुपके से उठकर मुझ तक आया और उसने मेरा हाथ ज़ोरों से पकड़ लिया 'वादा करो,' वह याचना के ढंग पर उतर आया, 'तुम्हें वादा तो करना ही पड़ेगा कि मेरी मिट्टी को मेरे गाँव की मिट्टी में ही मिला दोगे?'

'स्टुपिड,' मैंने उत्तर दिया, 'यार, तुम तो बहुत ज़्यादा भावुक हो उठे हो।'

'तुम नहीं जानते डॉक्टर...। कुछ भी नहीं...' वह कुछ बेचैन-सा हो आया था, 'कुछ भी नहीं, तुम हद दरजे के मूर्ख हो।...साले, तुम जैसे भोले लोग तो दुनिया, समाज और मानवी विकास के मत्थे पर कलंक हैं।' वह ग़ुस्से में आ गया था। ग़ुस्सा शुरू होते ही वह गालियों पर उतर आता था, 'जानते हो...' वह फिर बोला और यह कहकर चुप हो गया।

मैं प्रतिवाद में कुछ कहने ही वाला था कि वह बिस्तर से लपककर उठा और कमरे की बत्ती जला दी। आधी रात के वक़्त उजाले में मैंने उसका चेहरा देखा—दूसरें मौक़ों पर ख़ूबसूरत-सा लगने वाला उसका चेहरा बदसूरत और भदेस-सा लग रहा था। एकदम घिनौना। उसने मेरी ओर देखा, तो सहसा मुझे यक़ीन न हुआ कि यही हमारा दोस्त धनराज है। उसने एकाएक अपनी मुद्रा बदल ली और पुचकारने के-से लहजे में बोला, 'सुनो...इतने बरस मैं अय्याश आदमी की तरह रहता रहा। जानते हो, यह सब मैंने कहाँ से जुटाया? अपने बाप, दादा की ज़मीन बेचकर। और इसी महीने मुझे पता चला कि मैं अब ख़ाली हो गया, दिवालिया...। आज मेरे पास एक पौवे की ख़ातिर भी पैसे नहीं हैं।' वह एकदम रोने-रोने को हो आया।

'यह हुआ कैसे?' मैंने सहज जिज्ञासावश पूछा।

'बस,' वह व्यंग्यपूर्वक बोला, 'मूर्खतापूर्ण ढंग से तुम यही पूछ सकते थे न? कैसे हुआ...फिर तुम कहोगे, ग़लती किसकी थी? जानते हो, मैंने कितनी पूँजी लुटाई? अकेले पचास हज़ार की तो मैंने किताबें ही ख़रीदी होंगी...' वह अफ़सोस

में डूब गया। पछताने के कारण उसके चेहरे पर पनीलापन तैर-सा आया था, 'अब मेरे पास कुछ भी नहीं है। मैं रो भी नहीं सकता। दो-चार फाकेमस्त दोस्तों के अलावा मेरे पास है भी क्या? अब तो कुछ ही दिनों से यह लगने लगा है कि दोस्त भी नहीं हैं...'

'इस हालत का मुक़ाबला किया जा सकता है। तुम कोई नौकरी क्यों नहीं कर लेते?'

'तुम किताबी भाषा बोलेने में माहिर हो। कौन मेरा चाचा मिनिस्टर है, जो सिफ़ारिश से मनपसंद नौकरी दिला दे...किसी को किसी भी बेकार की क्या परवाह?' बातें करते-करते वह मेरे बिलकुल क़रीब आ गया और याचना के लहजे से फिर बोला, 'बस, तुम मेरी जालंधर वापसी का इंतज़ाम कर दो। कर दोगे न?'

मैंने उसे तसल्ली दी, तो वह कुछ खुश हो आया। उसे सामान्य करने के लिए मैंने जानबूझकर विषयांतर करना चाहा, 'उस लड़की का क्या हुआ धनराज?' बहुत दिन पहले कपिल ने बताया था कि हमारे धनराज का भी एक लड़की से सिलसिला चल निकला है। लेकिन मेरी बात सुनते ही धनराज फिर तनाव में कस गया। उसके चेहरे की नमी और आँखों की तरलाहट जैसे सूख गई थी। आँखों में हिंसक-सा भाव तैर आया था, 'वह लड़की...तुम्हें भी कपिल ने सब कुछ बता डाला! वह साली पैसे की यार थी। जैसे ही उसे पता चला कि मैं आख़िरी खेत बेच रहा हूँ, वह किनारा कर गई...सड़ने दो साली को...तुम बताओ...!' लड़की पर ग़ुस्सा उतार वह कुछ ही पलों में मखौल पर उतर आने को तैयार हो गया था। धनराज का नाम इसलिए हम लोगों ने रखा था–'ब्लो हॉट ब्लो कोल्ड'।

और 24 की शाम को खुलेआम धनराज ने मेरे ही कमरे में ऐलान किया था कि वह 31 दिसंबर को आत्महत्या करेगा। और कोई मादर...उसे ऐसा करने से रोक नहीं सकता? तुम...तुम्हारी दुनिया, तुम्हारे क़ानून, तुम्हारा न्याय, तुम्हारे मूल्य...सब पैसे के प्यारे हैं। यह व्यवस्था, ये संस्थाएँ सब टुच्चेपन से भरी हैं। आश्चर्य है कि आदमी इन्हें सहता है।

अस्तित्ववादी ढंग से धनराज ने दलीलें देनी आरंभ कीं।...यह उसका अपना फ़ैसला है, बल्कि उसका हक़ है...।

यहाँ इस ख़त में दर्शनशास्त्र का स्नातक शर्मा भी बहुत ग़ुस्से में पूरी समाज-व्यवस्था, न्याय-प्रणाली, पूँजीवाद को कोस-कोसकर गालियाँ दे चुका था। वह राजनेताओं को पूँजीवाद का दलाल सिद्ध कर चुका था।

उसके पत्र में था... 'क्या कहते हैं राजनेता...हर बार यही कि इस दफ़ा आप हमें सत्ता में आने दें–हम तमाम क्षेत्रों में परिवर्तन ला देंगे–वे आश्वासन दे जाते हैं कि जीवन की सभी सुविधाएँ लोगों को शीघ्र दी जाएँगी...व्यक्तिगत रूप से भी

वे कुछ लोगों से तरह-तरह के वायदे कर जाते हैं–पर होता क्या है? साधारण लोगों के लिए जीवन दिन-प्रतिदिन मुश्किल हो जाता है। कभी आप कल्पना कर सकते हैं कि कोई मजदूर पिछले साठ वर्षों से हर सुबह-शाम का खाना जुगाड़ने के लिए मेहनत किए जा रहा हो और वह...जीवन हर रोज़ दुष्कर बनता जाता है। मंत्री लोग 'कुरसी बचाओ' खेल में लगे रहते हैं, चाटुकार अपने स्वार्थों के लिए दुम हिलाते रहते हैं...वह कौनसी जनता है, जिसके सुधार के लिए राजनेता शपथ लेता है! अनुपस्थित जनता...और उपस्थित है तो सिर्फ़ एक चीज़--सत्ता। सत्ता और जनता दोनों अलग-अलग चीज़ें हैं–एक-दूसरे से कोसों दूर।

'देश को बदलने के लिए दूसरे लोग भी कुछ कहते हैं। मसलन, क्रांतिकारी दल...पर भाषा जैसे फरजी चीज़ हो गई है। वे भी कहते कुछ हैं, विश्वास किसी और चीज़ पर करते हैं और व्यवहार करते हैं सत्ताधारियों की प्रवृत्ति जैसा...। धर्म, मंदिर...विश्वास, ये चीज़ें आदमी को बेचारा साबित करने में लगी हैं।...मैं जितना सोचता हूँ, उतना ही मेरा मन अंदर से दृढ़ होता जाता है कि मेरे पास कोई विकल्प नहीं है। अगर अपराध कर रहा हूँ, तो यही कि अपने परिवार को भी मौत के कगार पर छोड़ रहा हूँ। परंतु थोड़ा गहराई से सोचने पर मुझे लगता है कि मेरे परिवार के पास कोई विकल्प नहीं है...हम बेचारों के लिए हमारे अधिकार की सीमा में सिर्फ़ एक वरण है...और वह है--मौत को अपनाना।

'संदेह है मुझे कम-से कम इस बात पर कि कभी सच बोलनेवाला, 'सच' पर जीनेवाला आदमी पूरा जीवन जिया हो। उसने ज़रूर आत्महत्या की होगी। हत्या से पहले, गांधी कैसे जिया होगा? कभी--कभी हैरानी होती है। हिंदुस्तान की बुनियाद में कहीं कोई ख़राब चीज़ ज़रूर आई है और गांधी उसी के लिए खपता रहा है। अगर वह सच पर ही जीता रहा है, तो उसे भी क़ीमत चुकानी पड़ी...उसे भी मरना पड़ा। पर मुझे शक होता है, गांधी ने भी सच की जो व्याख्याएँ की हैं, उनमें कहीं झूठ है। धर्म और धर्म के प्रमाण आवरण तो बन ही जाते हैं।

'मेरा अपराध...यही है कि मैं अपने परिवर को वे सुख-सुविधाएँ नहीं दे पाया हूँ, जिनकी मुझसे अपेक्षा थी...और इसी अपराध के प्रायश्चितस्वरूप मैं आत्महत्या कर रहा हूँ। मेरे बच्चों का जीवन भी यदि बेचारगी भरी सच्चाई से भरा होगा, तो क्यों न वे भी मेरा आदर्श अपनाएँ? पर अगर उनमें कोई झूठा, मक्कार, अपराधी बन गया, तो वह दुनिया के लिए सफल आदमी बन जाएगा। ... शायद मुझे खुशी होगी...'

उसके अपने जीवन के कितने ही ब्यौरे उस पत्र में थे, जो रोंगटे खड़े करने वाले थे। उसमें कितने ही लोगों के नाम थे, और उन सबके कारनामे..।

मैंने उसे वहीं चपरासी के स्टूल पर बिठाना चाहा, तो उसने इनकार कर दिया। नेपाली चपरासी हम लोगों को अतिथि-कक्ष में बिठा गया। वहाँ अब हम दो ही लोग थे। वातावरण में एकदम सन्नाटा-सा हो आया था।

'आपको,' वह कुछ कहते-कहते रुक गया था। फिर मेरी ओर देख जैसे उसे तसल्ली हुई हो, 'मेरे इरादे का पता कैसे चला?' उसने दोबारा यही सवाल किया।

'आँखों से,' मैं अतिरिक्त रूप से संयत होकर बोला, 'तुम्हारी आँखें ही मुझे उस क्षण जैसे सब-कुछ बता गई थीं।'

वह एक पराजित-सी हँसी हँसा, 'तो आँखें धोखा दे गईं। वह कुछ सोचने लगा था, 'कई महीनों से मैं खुद को तैयार कर रहा था। मेरा ख़्याल था...' उस सोचने की प्रक्रिया में ही जैसे कुछ जोड़ रहा था, 'यदि इस बार यह घटना स्थगित हो गई, तो फिर कभी नहीं हो सकेगी, कभी नहीं...।'

'लेकिन ऐसा कुछ करना...'

उसने मुझे बीच में ही टोक दिया, 'अपने जीवन के जिम्मेदार हम ही हैं। हम ही तो चुनते हैं–हम ही झगड़ते हैं। आत्महत्या तो आदमी का अधिकार है। भारतीय शास्त्र की असंख्य व्यवस्थाएँ इस सिलसिले में मिल जाएँगी। पांडवगण हिमालय की ओर किसलिए गए थे...वह भी तो आत्महत्या थी...उन लोगों ने इसे पवित्र काम कहा था। देहत्याग से बड़ा कोई अनुष्ठान नहीं है...स्वामी रामतीर्थ, स्वामी तपोवन. ..उन्होंने जो समाधियाँ ली थीं, वे देहत्याग की समाधियाँ थीं। जब देहधर्म ख़त्म हो जाता है, तब देहत्याग धर्म है। मुझसे देहधर्म इस व्यवस्था में चलता नहीं था...तो. ..' वह बहुत वाक्य बोल गया था। और मैं सोच रहा था, उसने दर्शनशास्त्र के अपने अध्ययन से क्या-क्या व्याख्याएँ बना ली थीं।

मैं लगातार उसके चेहरे की तरफ़ देखे जा रहा था। निश्चय ही उसकी आँखें बुझी हुई थीं। उनमें ग्लानि का भाव था। वह सच कह रहा था कि एक बार इरादा टूट जाए, तो फिर आदमी खुद को तैयार नहीं कर सकता।

धनराज से पहले कपिल ने आत्महत्या की कोशिश की थी। इसके बारे में खुद कपिल ने मुझे बताया था। आत्महत्या के पीछे कई कारण थे–मुख्य कारण था, शर्मिष्ठा नामक लड़की। और वह आत्महत्या के अपने कार्यक्रम को अंतिम रूप देनेवाला ही था कि ऐन वक़्त उसकी छोटी बहन वहाँ पहुँच गई थी।

हर साल तीन जून को कपिल मुझे एक ख़त लिखता था। ऐसा ख़त वह सिर्फ़ तीन जून को ही लिखता था। वह मेरा जन्मदिन था। कितने ही वर्षों के उसके ख़त मेरे पास अभी सुरक्षित पड़े हैं। वे अजीब-सी ऊष्मा से भरे ख़त हैं। विचित्र बहसों, आत्मस्वीकृतियों से भरे विस्मित करने वाले ख़त हैं वे।

कुछ ही दिन बीते होंगे कि मुझे कपिल का आख़िरी ख़त मिला था। और उस ख़त में बेहद ख़ूबसूरत इबारत में कपिल ने साफ़-साफ़ लिखा था–'विमल, शायद फिर कभी मुलाक़ात न हो।' मैंने पहली बार महसूस किया था कि मौत को कपिल कितने ख़ूबसूरत अक्षरों में व्यक्त कर रहा था–'तुम नहीं जानोगे विमल, मुझे वे

पहाड़ कितने अच्छे लगते थे, जो हमारे हॉस्टल से दिखाई देते थे। सरसों के पीले फूलों के वे खेत! मेरे पीले रंग की पसंद को लेकर तुम कितनी बार कह चुके थे कि यह भगवान बुद्ध का रंग था। निर्वाण का रंग। क्या होता है यह निर्वाण...' इसके आगे उसका ख़त पढ़ते डर लगा था। लगता था, वह अपने को तैयार कर रहा था। पहले मेरी अटकल थी कि वह अपने नशे में डूबा किसी दिन अचानक ख़त्म हो जाएगा—चुपचाप! न उसे पता चलेगा और न हमें। लेकिन यह तो बिल्कुल भी उम्मीद नहीं थी कि वह एक आक्रामक ढंग से खुद को ख़त्म कर डालेगा।

जब उसकी मौत की ख़बर मिली थी, तो आश्चर्य नहीं हुआ था। अविश्वास भी नहीं। ऐसा तो होना ही था। वे नशे की गोलियाँ, जिन्हें वह लेता था, निश्चित ही उसे धीरे-धीरे मार रही थीं, परंतु उसने भी आत्मघात किया था। बहुत-से यक़ीन नहीं करते, पर मुझे उसके आख़िरी ख़त में कहीं यह सूचना मिल गई थी कि वह आत्महत्या करेगा। पंक्ति-पंक्ति में आख़िरी शब्दों तक में, एक फ़ैसले का अनुमान ही लगाया जा सकता था। कितने ही वे दोस्त गवाह होंगे, जिन्हें कपिल की मृत्यु की ख़बर पहले से थी कि कपिल कैसे धीरे-धीरे मौत के मुँह में अपने को धकेल रहा था। मखौल में कई दोस्त यह भी कहते थे—यार, वह बहुत देर लगा रहा है। पर मैं जानता था, कपिल जीना चाहता था। और मेरे मन में यह दबी आकांक्षा-सी थी कि वह ठीक हो जाए और साल-दर-साल मुझे जन्मदिन पर प्यार भरे ख़त लिखता रहे।

ख़बर पाते ही मैं 'कंडीशंड'-सी अवस्था में नई दिल्ली स्टेशन पहुँचा। दोप्रहर को जाने वाली ट्रेन खड़ी थी, जो कुछ ही घंटों में मुझे उसके शहर पहुँचा देती। पर न जाने क्या हुआ...शायद मुझे ख़याल आया कि अब उस शहर में कपिल को नहीं देखूँगा...और मेरी जाने की इच्छा अचानक जैसे मर गई। टिकट के टुकड़े-टुकड़े कर मैं घर लौट आया।

घर लौटा तो बीवी परेशान थी।

'जानते हो,' वह अपने संस्मरण सुनाने लगी, 'कैसे कपिल ने मुझसे एक दिन रुपये छीन लिए थे?'

यह संस्मरण मैं शायद सौवीं बार सुन रहा था। दूसरे मौक़ों पर यह मेरे नाकारा दोस्तों की प्रवृत्ति ज़ाहिर करता था। परंतु तब अनामिका भी जैसे दुखी थी 'वह कभी आत्महत्या नहीं कर सकता। जो आदमी जीने के लिए गोलियाँ खाता हो, और मेरे हाथ से पैसे झटक सकता हो, वह आत्महत्या थोड़े ही करेगा।' पत्नी देर तक कुछ-कुछ बोलती रही।

मेरी आँखों के आगे कपिल के पत्र की वे पंक्तियाँ तैर रहीं थीं, जो चिल्ला-चिल्लाकर बता रही थीं कि उसने सिर्फ़ आत्महत्या की थी। सहसा वह पत्र

याद करते ही मुझे इस पत्र के बारे में ख़याल आया। कहीं यह आदमी फिर आत्महत्या का प्रयास न करे! मैंने उसकी आँखों में झाँका। आग बुझ जाने के बाद राख जैसी शुष्कता थी वहाँ। निपट सन्नाटा।

'फ़र्ज करो, तुम्हारी बीवी, किसी से इश्क करने लगे, तो फिर दोबारा यहाँ कूदने आओगे!' माहौल को सामान्य बनाने के लिए मैं मज़ाकिया हो उठा था।

उसकी आँखों में जैसे पानी आ घिरा था। दोनों हाथों से उसने आँखें बंद कर लीं, 'अगर यह संभव हो भी जाए, तो मैं आत्महत्या नहीं करूँगा। मेरी बीवी कहीं जाना चाहे, तो खुश-खुश उसे वहाँ पहुँचा आऊँगा। कृतज्ञता के नाते यह तो मैं करूँगा ही। मैंने उसे दिया ही क्या है?' वह रुआँसा हो आया, 'पिछले महीने उसने अपनी चूड़ियाँ बेच दी थीं। अचानक मेरे पिता की मृत्यु होने पर पैसों की ज़रूरत पड़ गई थी।'

मेरे पास उससे पूछने के लिए सवाल-ही सवाल थे, 'तुम किसी दिन मेरे घर आओ, तब जमकर बातें करेंगे। बुरा तो न मानोगे, मेरे घर आकर! आज का प्रसंग यहीं ख़त्म। मैं कभी इसे अपनी ज़बान पर न लाऊँगा?' मैं उसे आश्वस्त करना चाहता था।

उसने प्रणाम की मुद्रा में मेरे हाथ पकड़ लिए, 'ज़रूर आऊँगा...ज़रूर। आज आपने मुझे घोर अपराध से बचा लिया। मुझे ही नहीं, बल्कि मेरे परिवार को भी सुरक्षा दी है। मैं अपने अधिकार के बहाने दूसरों की ज़िंदगी बंधक रख रहा था। क्यों?' वह मुझसे लिपट गया। उसके जिस्म से नए जीवन की कोई ऊष्मा-सी लहक रही थी।

'अब शायद तुम कभी यह कोशिश न करो।' मैंने उसे आँख मारी, 'मैं ब्लैकमेल नहीं करूँगा, पर...'

'सच...क्या मेरे कहने पर आपको संदेह है।...मैं इस अपराध की ओर कभी न आऊँगा।'

'भद्र आदमी की वाणी में सत्य का एक प्रखर आश्वासन होता है, उसमें अविश्वास की कोई गुंजाइश नहीं होती।'

'अभी मैंने तुम्हारा पत्र पूरा पढ़ा ही नहीं। बहुत कन्विंसिंग वक्तव्य है यह...मैं पूरा पढ़ूँ?'

'तो मैं चलूँ?'

मैंने उसके चेहरे की ओर फिर गौर से देखा, 'क्या मैं छोड़ आऊँ?'

'आप ऐसा क्यों कह रहे हैं?'

मैं सिर्फ़ तर्क की ख़ातिर बोला, 'मैं चाहता हूँ, तुम्हें यह ख़त भी दे दूँ और तुम्हें छोड़ भी आऊँ।'

'नहीं, यह ख़त तो अपने पास ही रख लीजिए। कभी तो आप इसके बारे में लिखेंगे?'

वह अलविदा कहकर थका-सा सीढ़ियों से उतरने लगा। मैं निपट फ़ुरसत में आ गया था। फिर से उस पत्र को मैं शुरू से पढ़ने लगा था। वह पत्र पादरियों, राजनेताओं, शिक्षकों, समाज-सुधारकों के नाम संबोधित था। पत्र पढ़ते-पढ़ते मुझे कई समानांतर आत्महत्याएँ याद आने लगीं। यूकियो मिशिमा ओसामू दजाई, हेमिंग्वे, डॉ. शाह, अख़बारों में पढ़ी दूसरी सनसनीख़ेज़ आत्महत्याएँ, कपिल और धनराज की आत्महत्या...याद आया पेशवा रोड के फ़्लैट में पंखे से लटका एक नौजवान. ..शक्तिनगर रेलवे क्रॉसिंग पर मेरी आँखों के सामने ही एक जवान लड़की दनदनाती ट्रेन के आगे कूद गई थी। दूर-दूर तक ख़ून के छींटे-जैसे मैंने ख़ून का कोई फव्वारा देखा हो। मेरी डायरी में दर्ज हैं, कुछ अन्य आत्महत्याएँ।

आठवीं मंज़िल पर बैठा मैं वह ख़त पढ़ रहा था। और बाहर, शीशे के बाहर दोपहर के बाद का एक अंधड़ हौल रहा था। पेड़ों के ऊँचे-ऊँचे शिखर हिल-डुल रहे थे। बहुत-सी बातें थीं, उस पत्र में, निजी बातें। और आख़िर की कुछ पंक्तियों में उसने अपनी पत्नी से माफ़ी माँगी थी। कैसी माफी थी वह? वे पंक्तियाँ कभी आपका पीछा नहीं छोड़ सकतीं।

मैंने वह पत्र फिर से पलटा। जैसे वह एक सम्मोहन था। उस तिलिस्म के ज़रिए मैं दूसरी ही दुनिया में पहुँच रहा था। अचानक ...मैंने अपनी हालत पर सोचना शुरू किया। अरे! तो मैं खुद क़ो भूला हुआ था। मैंने शायद वर्षों बाद अपने बारे में सोचना शुरू किया था—वर्षों बाद जैसे मैं खुद से मिल रहा था, जैसे खुद के बारे में जान रहा था। खुद वर्षों से एक मास्टरनुमा नौकरी से मैं बँधा हुआ था। कोई खूँटा-सा था वह, जिससे मैं बँधा हुआ था। वह जगह भी घुड़साल जैसी थी। अदृश्य खूँटे से बँधे एक निरीह बैल का बिंब मेरी स्मृति में उभरा। बेचारा बैल! मुझे अपनी स्थिति पर दया हो आई।

इस शहर की चमक-दमक में तो मैं इन वर्षों में खुद को भूल ही गया था।

....अंदर-अंदर मैं उतना ही असुरक्षित था और असुरक्षा के कवच को मैं एक झूठी, बनावटी ग़लतफ़हमी में चमक-दमक से ढके हुए था। अपने बच्चों की फ़ीस देने के लिए मैं भी रियाज उमर, चमन गुप्ता, सुरेश धींगड़ा और कृष्णमूर्ति का क़र्ज़दार था। दूसरी ज़रूरतों को पूरा करने के लिए मैं कितने ही लोगों का देनदार था...मेरे साथ पढ़े लोग, यहाँ तक कि मेरे साथ जिन्होंने अपनी नौकरियाँ शुरू की थीं—वे कहाँ-से-कहाँ पहुँच गए थे। दुनियावी अर्थ में वे संपन्नता के शिखरों पर पहुँच गए थे। उनमें से बहुतों के पास चमचमाती कारें थीं, बहुतों के पास बड़े-बड़े बंगले, पर मैं इन चीज़ों से कभी डरा नहीं। कहीं फ़क़ीरपने के संस्कार थे कि मुझे

लगता था, ये मिथ्या चीज़ें हैं। लोगों को ऊँचे ओहदों पर देखकर मुझे महसूस होता था कि वे कृत्रिम जीवन जी रहे हैं और मैं अपने अंदर पनपने वाली उस हर आकांक्षा से लड़ता था, जिसका लक्ष्य बरास्ता संपन्नता था। कभी-कभी क्रूरता से इच्छाओं को दबाता, कभी-कभी चालाकी से खुद को समझाता। मैं सोचता था कि मैं तमाम चीज़ों को परास्त कर लूँगा।

यह सिर्फ़ मेरा ख़याल ही था। उलटे दूसरों की तुलना में मैं कहीं बौना हो गया था, दूसरों को सुरक्षित, संपन्न देख-अपनी स्थिति मुझे उस मजदूर से बेहतर कभी नहीं लगी, जिसके पास दूसरी सुबह के लिए कोई जुगाड़ नहीं है। मैं घोर असुरक्षा के अहसास में गिरफ़्तार हो गया...घोर असुरक्षा! मुझे अपना गाँव याद आया, जहाँ आदमी की उम्र एक फ़सल से दूसरी फ़सल के इंतज़ार में ख़त्म हो जाती है। आप लोगों ने भूख से पिसते लोग-इतने लोग एकमुश्त न देखे होंगे। मैंने देखे हैं-उनकी निरीह आँखें भी देखी हैं-और अब भी उनमें वही भाव होगा, क्योंकि कहाँ बदला है कुछ?

बस यहाँ शहरों में कुछ लोग, सत्ताओं के केंद्र में तथा बड़ी सत्ता के चारों ओर सिमटे लोग...ये लोग आदर्श नहीं हैं। अपराधी हैं, हत्यारे, दस्यु...इन्होंने ही तो मुल्क़ को गारत किया हुआ है। इन लोगों ने मिलकर हम सबको घेरा हुआ है...इनके बाहर के घेरों में विदेशी ताक़तों के जाल हैं। कितने घिरे हुए हैं हम लोग। हमारा अस्तित्व ब्रह्मांड की क़ैद में है। और हम निरीह लोग..

'तो मेरा भी हक है'....सहसा मुझे अंदर से अपनी ही परिचित आवाज़ सुनाई देने लगी।

यह पत्र पढ़ने की प्रक्रिया में कुछ ऐसी चीज़ थी, जिसने मुझे बेहद बेचैन कर दिया। इस बेचैनी ने अचानक मेरा जिस्म गरमाना शुरू किया। मुझे लगा, कोई चीज़ मुझे ठेले लिए जा रही है। आँखों में अजब-सी जलन तैरने लगी। मेरे पाँव मुझे नौवीं मंज़िल की खिड़की की ओर धकेल रहे थे। मैं कब कुर्सी से उठा और कहाँ जा रहा था, इसका मुझे ठीक-ठीक पता ही नहीं चल रहा था। परंतु कोई सम्मोहन था, जो मुझे खींचे लिए जा रहा था। अतिथि कक्ष के बाएँ कोने में ही एक दर्पण था। मैंने उसमें अपना चेहरा देखा...मैं विस्मित हो उठा, जैसे फिर आत्मघाती भाव देखा हो।

क्या वे मेरी ही आँखें थीं? उनमें भी एक हिंसक चमक थी...

•

4

इंता-फिंता

सड़क के किनारे पेड़ों पर छोटा-सा झुरमुट था जिसे मैंने बस से उतरते ही देख लिया था। वहाँ भीड़ जमा थी। पास जाने पर मैंने पाया वह दवाइयाँ बेचने वाले के चारों ओर लगा मजमा था। उसका बोलना जारी था और लोग उसे इतनी तन्मयता से सुन रहे थे कि मुझे थोड़ी-सी हैरानी भी हुई। उनमें से किसी ने भी मेरी तरफ़ देखा नहीं था। गरमी के मौसम में एक-दूसरे के पास सटे, पसीने में नहाते उन लोगों की तन्मयता देखने की चीज़ थी। मैंने उनमें से किसी से भी पूछना ठीक नहीं समझा। सड़क के किनारे-किनारे मकान और दुकानें थीं। लोग आ-जा रहे थे। धूप की वजह से भी और कुछ अपने काम-काज की वजह से लोग बहुत जल्दी में थे। शहर का यह वह हिस्सा था, जो मैंने पहले नहीं देखा था। सालों एक शहर में रहने पर भी बहुत सारी जगहें ऐसी होती हैं, जिन्हें हम कभी नहीं देख पाते। अक्सर उन इलाक़ों के लोगों से या चुनाव-प्रचार के पोस्टर पढ़कर या अख़बारों की ख़बरों से उन जगहों के बारे में जानते ज़रूर हैं; पर उन्हें देखने की ललक मुझमें शायद ही कभी जागी हो।

हो सकता है कभी ख़ाली वक़्त में कहीं दूर के इलाक़ों में जाने की इच्छा हुई भी हो, लेकिन सड़कों की भीड़, शहर की बसों में ठुँसे और फुट-बोर्डों पर लटके हुए लोगों की याद आते ही कहीं दूर जाने की इच्छा ख़त्म हो गई होगी; पर आज हालात ऐसे थे कि मुझे शहर से काफ़ी दूर राम वर्मा के पास उस काम से जाना था, जिसे मैं टाल नहीं सकता था।

गरमी की उस दुपहर में बाहर निकलने का मतलब था गरम भट्ठियों के खुले नरक में जाना। बस में सफ़र करते हुए उस भयानक गरमी का मुझे अहसास न हुआ हो, ऐसी बात नहीं। पर मैंने गरमी की परेशानी को दबाने के लिए और कुछ अपनी तसल्ली के लिए खुद से झूठ बोलना शुरू कर दिया—मैंने खुद को चालाकी से समझाया कि यह गरमी बस कुछ देर की है, फिर बरसात के दिन आएँगे, बादलों से भरे आसमान के दिन।

मैंने यह चालाकी का खेल खुद से खेलना शुरू किया—जैसे मैं छायादार पेड़ों की झुरमुट में बैठा हूँ—बादलों की तरफ़ देख रहा हूँ—थोड़ी देर के लिए कवि हो जाने में क्या नुकसान था।

लिहाजा जितनी देर मैं बर्फ़ानी पहाड़ों और पहाड़ी शहरों की याद करता रहा, उतने में आधा रास्ता तय हो गया था। मैं खुद को समझा रहा था कि गरमी-सर्दी कुछ नहीं होती। बस अगर उन्हें एक बार दिमाग़ से निकाल दिया जाए तो वे महसूस ही नहीं होतीं। इस तरह सोचने का यह असर हुआ कि न मेरे मुँह से शहर के लिए गाली निकली और न मैंने गरमी की वजह से शहर को कोसना शुरू किया।

आधे रास्ते के बाद मुझे दो सीटों वाली ख़ाली जगह मिल गई थी। मज़ा यह हुआ कि एक ख़ाली सीट पर एक ख़ूबसूरत लड़की बैठ गई, इतनी सुंदर जितनी सुंदर विज्ञापन वाली खुले मिज़ाज की लड़कियाँ होती हैं। बाक़ी रास्ते तो मुझे गरमी लगी ही नहीं, बल्कि महसूस हुआ कि मैं कहीं खुली वादियों में पहुँच गया।

ग़रीब और मूर्ख—कौन है—वह मैं हूँ जो सिर्फ़ लड़की की बगल में बैठकर खुश था। मैं अकड़कर बैठा था और लड़की खुलकर। उसका जिस्म मुझसे टकरा रहा था और मैं ख़यालों में डूबा हुआ था। वह उन लड़कियों में थी, जिन्हें बहुत कम बातों से परहेज़ होता है। मसलन आपका जिस्म उनसे सटा हो तो उन्हें एतराज नहीं होता बल्कि ख़ास मौक़ों पर वे अपने जिस्म के उभार को इस क़दर चालाकी और फुरती से आप पर छोड़ देती हैं कि आपको पता भी नहीं चलता कि क्या हुआ, जबकि सब-कुछ हो चुका होता है।

बस से उतरते ही मुझे गरमी...बेहद गरमी महसूस हुई। अपनी उम्र का कुछ हिस्सा जैसे मैं बस में छोड़ आया था।...

मैं दुकान, मकानों के आगे चलने लगा था। तपती दुपहरी में मैं किसी ऐसे आदमी की तलाश में था, जो मुझे उस बस्ती की ओर जाने का रास्ता बता दे, जहाँ राम वर्मा रहता था। थोड़ा-सा पता मुझे था, जो बस कंडक्टर ने मुझे बताया था। मकानों से थोड़ा चलकर एक खुली जगह आती है—उसी खुली जगह से आगे छोटी दुकानें हैं, जिनकी बगल से एक गली निकलती है। एक छोटी गली—कंडक्टर ने बार-बार इस बात को दुहराया था—मुझे याद था कि ऐसी किसी जगह के पास पहुँच जाने पर मेरे लिए बस्ती के अंदर जाना आसान होगा और मैं किसी से भी फिर वह पता पूछ सकता हूँ।

पान वाले की दुकान के पास मैंने बस्ती का नाम पूछ ही लिया, एक आदमी से। उसने मुझे सिर्फ़ थोड़ी दूर जाने का और फिर बायीं ओर घूम जाने का इशारा किया। उसने बातचीत के लहजे में कुछ नहीं बताया। बस इशारा करने के बाद वह एकदम मुड़ा और सड़क पार करने लगा। सड़क पार करने के लिए जब वह मुड़ा

तो उसका बुड़बुड़ाना मुझे सुनाई दिया–'अहमक, रास्ते चलते भी टोकते हैं...।' उसकी बताई गली की तरफ़ जब मैं अंदर जाने को हुआ, तभी मैंने पाया कि गली काफ़ी सँकरी थी, और आरपार के मकानों की नंगी दीवालें छोटी-छोटी ईंटों से बनी हुई हैं। ठीक वैसी ही ईंटें जैसी मैंने सालों पहले सुदूर दक्षिण के गोलकुंडा के क़िले में देखी थीं, ठीक वैसी ही इतिहास क़िस्म की बू देने वाली ईंटें थीं वे।

परंतु वह जो बू गली के अंदर जाते ही पनप रही थी, दरअसल, उपलों की थी, ईंटों की नहीं। गली के आख़िरी कोने तक जितने मकान थे, उन सबकी दीवालों पर गोल-गोल उपले चिपके हुए थे।

गली पार कर मैं कुछ खुले में आया। वहाँ छोटी-सी जगह में एक तरफ़ गंदले पानी का तालाब-सा था तो दूसरी तरफ़ धूल भरा छोटा-सा खेल-मैदान, जहाँ बच्चे गुल्ली-डंड़ा खेल रहे थे। मुझे देखते ही वे बच्चे ठिठककर खड़े हो गए। जो जैसी मुद्रा में था, वह वैसे ही खड़ा था। संस्कृत मुहावरे में कहूँ तो 'चित्रलिखित' खड़े थे। पानी के तालाब के पार खेल रहे उन बच्चों से मैं कुछ पूछ भी नहीं सकता था। बस मैं उन्हें धूप में खेलते देख सकता था।

मैं दूसरी गली में घुस गया। वहाँ फूस के छप्परों के नीचे जानवर बँधे थे। किसी-किसी घर के आगे पेड़ था। उन पेड़ों के नीचे चारपाइयों को डालकर बूढ़े लोग सो रहे थे। कुछ ही आगे लोगों का एक गोल घेरा किसी को घेरकर खड़ा था। जब मैं पास गया तब मैंने जाना कि चौपड़ खेलने में मस्त बैठे लोगों के चारों तरफ़ वे आठ-दस आदमी थे, जो पूरी दिलचस्पी से खेल देख रहे थे।

खेल में बैठा एक आदमी हाथ में गोटियाँ घुमाते हनुमान का नाम ले रहा था और लोग उसके हाथ की तरफ़ एकटक देख रहे थे। वह गोटियाँ छोड़ने वाला ही था कि मैंने पास ही खड़े एक आदमी की कुहनी छुई–'सुनिए...क्या आपको राम वर्मा का घर मालूम है।'

उसने मुड़कर देखा और ज़ोर से दुहराया, 'राम वर्मा,' उसके बोलते ही तमाम लोग मेरी तरफ़ मुड़ गए। ज़िस आदमी के हाथ में गोटियाँ थीं, वह भी उठ खड़ा हुआ।

'कौन राम वर्मा', उस आदमी ने पूछा, 'भई यहाँ तो कई राम वर्मा हैं, पाँच तो यहाँ जयराम वर्मा हैं, तीन श्रीकांत वर्मा, आठ प्रियराम वर्मा और तीन मदनराम वर्मा...।' वह धड़ल्ले से गिनतियाँ बता रहा था।

'मदनराम वर्मा से ही मिलना है मुझे।'

एक बूढ़ा आदमी आगे आया, बोला, 'साहब, एक मदनराम वर्मा मंदिर के पास रहता है, दूसरा छत्तर बाड़ी और तीसरा वो उत्तर की तरफ़...।'

पैंने देखा मंदिर कुछ ऊँचाई पर था, और बस्ती के कुछ मकान टीलों पर बने थे।

मैं असमंजस में खड़ा था।

'चलिए हम बताते हैं आपको वह घर।' मेरे साथ वह भीड़-की-भीड़ चल पड़ी। उन्होंने अपना चौपड़ समेटा और चल पड़े। वे अब आपस में मेरे बारे में बात कर रहे थे।

तब शायद किसी को याद आया, 'उसके घर का नंबर क्या है?'

'नंबर तो मुझे मालूम नहीं।'

'क्या करता है, कुछ मालूम है आपको?'

'वह पढ़ाता है।'

'तो मास्टर है वह,' दो-तीन आवाज़ें बोल पड़ीं।

'मुसीबत तो यह है कि लालचंद का बेटा मदनलाल और वसंतलाल का बेटा मदन दोनों मास्टर हैं।'

'छत्तर बाड़ी जाने की ज़रूरत नहीं।' एक ने सुझाया।

'आप क्या करते हैं साहब,' मेरे पीछे-पीछे आने वाले आदमी ने पूछा।

'अख़बार में काम करता हूँ।'

'अख़बार छापते हैं?'

मैंने सिर हिलाया। मेरे साथ-साथ दो आदमी चल रहे थे और पीछे पूरी भीड़ थी।

'हम मंदिर की तरफ़ पूछ आएँ मुखिया जी,' पीछे चलनेवालों ने मेरे साथ चलनेवाले से पूछा।

पर फिर बातचीत में तय हुआ कि हम सब लोग इकट्ठे चलेंगे।

हम लोग छोटी-छोटी गलियाँ पार करते सीढ़ीनुमा ऊँचाई की तरफ़ चले। लाल-लाल ईंटों वाले उस रास्ते में चलते हुए मुझे एक बहुत पुराना पहाड़ी गाँव याद आया। मैंने किसी तस्वीरों वाली पत्रिका में उसकी कई तस्वीरें देखी थीं।

'हमारे गाँव में तो कोई-कोई आता है साब। कभी आ गया तो कोई नेता आ गया।'

तभी खड़खड़ साइकिल सँभाले एक अधेड़ आदमी उन ईंटों से नीचे की तरफ़ आ रहा था। दूर से मुझे लगा जैसे वह फिसल रहा हो।

'आओ वीरभान जी,' मेरे साथ वाले आदमी ने उस अधेड़ का नाम लेकर उससे बात करनी जारी की, 'बाबू साहब मदनराम वर्मा जी का घर खोज रहे हैं।'

'अच्छा', वीरभान जी ने मेरी तरफ़ हैरानी से देखा, 'क्या बाहर से आए हैं?'

'हाँ शहर से आए हैं।'

'शहर से,' वीरभान ने फिर अचंभा प्रकट किया, 'शहर में गरमी के क्या हालचाल हैं जी?' उसने सीधे मुझसे सवाल किया।

मुझे हँसी आने को हुई। यह जगह ठीक शहर के बीचों-बीच है, फिर शहर और गाँव की गरमी का फरक़ क्या हो सकता है। तभी ख़ुद वीरभान जी ने अपनी बात पूरी की, 'भई शहर में तो खुली जगह बहुत कम है। गाँव में तो पेड़ हैं... खुलापन है..। अच्छा चलो हम भी चले चलते हैं मदनराम के मकान तक।'

वीरभान जी हाथ में साइकिल पकड़े हम लोगों के ही आगे हो लिए। अब वे ऊँचाई की तरफ़ साइकिल धकेल रहे थे। बीच-बीच में बातें भी किए जा रहे थे।

'वीरभान जी हमारे गाँव के नेता हैं,' मेरे साथ चलने वाले ने मुझे बताया, 'यह तो आप उनकी 'ड्रेस' से ही पहचान गए होंगे।'

वीरभान जी ने खद्दर के कपड़े और टोपी पहनी हुई थी। अचानक हम लोगों की बातचीत बंद हो गई। वीरभान जी मंदिर के क़रीब वाले मकान पर खड़े होकर मदनराम का नाम बुलाने लगे।

एक नाटा-सा लड़का बाहर आया–'क्या है चाचा?'

'ये बाबू तुमसे मिलने आया है,' वीरभान जी ने मेरी तरफ़ इशारा किया।

वह मदनराम सिर्फ़ मेरी तरफ़ देखे जा रहा था, 'आप मुझसे मिलने आए हैं साब!'

'नहीं,' मैंने इनकार में सिर हिलाया।

वीरभान सारी बात समझ गए। 'चलो ऊपर के मुहल्ले में चलते हैं, वहाँ भी मदन वर्मा रहता है।'

परंतु अभी जो घर से बाहर निकला था, वह मदनराम हतप्रभ था। बात क्या है, वह धीरे-धीरे बुड़बुड़ाया और भीड़ में शामिल हो गया।

अब हम लोग कच्चे रास्ते से जा रहे थे। कहीं-कहीं घरों के बाहर की ओर खड़ी दीवालें टूटी हुई थीं। उन टूटी दीवालों पर काईनुमा घास उगी हुई थी। कहीं बेलों की तरह की पत्तेधारी शाखाएँ लटक रही थीं। दीवालों पर उपलों की पच्चीकारी उस जगह को ठेठ गाँव साबित कर रही थी। लगता ही नहीं था कि यह जगह शहर के बीच है–एक बड़े शहर के।

मुझे तो महसूस हो रहा था जैसे मैं किसी ऐसे गाँव में पहुँच गया हूँ, जहाँ का भूगोल मुझे मालूम नहीं। छोटी-छोटी दुकानों से गुज़रते लोगों के उस झुंड को लोग ठिठककर देखते। और फिर अपना मुँह 'अच्छा' जैसी चौकस मुद्रा में टिका देते।

वीरभान जी इशारों से लोगों का बता देते; और लोग शहरी बाबू की तरफ़ देखकर हँस देते।

काफ़ी देर बाद राम वर्मा का घर आया। घर के बाहर बच्चे चारपाई पर चादर बिछाकर उसके नीचे छाया में बैठे कोई खेल खेल रहे थे–

ओ ये नू टिकी रैण दे
ओ ये दाबड़ा पुआड़ा

बच्चों ने लोगों की पदचापें सुनीं तो वे चारपाई के नीचे से बाहर निकल आए। कई बच्चे थे। और गली उनसे भरी-पूरी लग रही थी। बच्चों की भीड़ देखकर लगता था जैसे परिवार-नियोजन का वहाँ बहुत कम प्रचार है।

वीरभान जी अंदर गए थे और तुरंत लौट आए, बोले, 'मास्साब तो अभी आए नहीं। आप उनकी श्रीमती से बातचीत कर लें।'

लोग कुछ खड़े थे, कुछ सेहन में बिछी चारपाइयों पर बिछने के ढंग से बैठ गए थे। कुछेक जंभाइयाँ ले रहे थे। अंदर के आँगन में घूँघट निकाले औरतें आपस में बतिया रही थीं। वीरभान जी के अंदर जाते ही वहाँ सन्नाटा व्याप गया था।

'अंदर चले जाए।', मुझे वीरभान जी ने इशारा किया–'जाओ न भाई'

अंदर जाते ही लंबा घूँघट ओढ़े जो औरत मुझे मिली थी, वही राम वर्मा की पत्नी थी। मैं उसे जानता था। उसकी घूँघट वाली मुद्रा देखकर मुझे काफ़ी हैरानी हुई। उसके घूँघट का तरीक़ा और फिर बहुत ठहरकर चलना देख मुझे उम्मीद ही नहीं थी कि वह राम वर्मा की पत्नी है। वह हद-से-हद कोई बूढ़ी औरत लग सकती थी।

चेहरे का पर्दा हटाकर वह हँसी, 'अरे आप!'

'वर्मा कहाँ है?'

'आज सुबह ही गए थे। कुछ कह नहीं गए। इतना ज़रूर कहा था कि अगर मैं एक-दो दिन न आया तो समझ लेना बाहर ही ठहर गया।'

'मारे गए' की मुद्रा में मैंने अपने बालों पर हाथ फिराया और सोचने लगा अब क्या होगा? सचमुच मुझे एक ज़रूरी काम था और वह काम उसी से हो सकता था। मुझे सोचते देख राम वर्मा की पत्नी बोली–'आप अंदर चल के बैठो तो सही।'

मैं 'फिक्स' में पड़ गया था और उससे उबर पाने के लिए सोचना बहुत ज़रूरी था। पर उस भयंकर भीड़ और एकदम नई जगह में यह कितना मुश्किल था। बस यही लगता था कि जैसे मैं आज़ाद नहीं हूँ बल्कि दूसरों पर निर्भर हूँ। एकदम उनकी क़ैद में।

बैठे-बैठे या शायद खड़े-खड़े ही मुझे कितनी ही देर हो गई–मुझे जब राम वर्मा की पत्नी ने झकझोरा और मेरे हाथ में एक लंबा गिलास थमाया, तब मैंने जाना कि काफ़ी देर हो गई होगी।

'लो पियो', उसने कहा।

वह लंबा गिलास–गुनगुना गरम...देखने पर पता चला कि वह दूध था। तकरीबन आधा सेर। मुझे लगा मैं जीवन-भर वह दूध नहीं पी सकूँगा। मैं दूध की तरफ़ देखने लगा।

'पियो न।'

मैं हँसा। बोला, 'इतना सारा कैसे पी सकूँगा। नामुमकिन।'

'पी डालो', राम वर्मा की पत्नी सहज भाव से बोली, 'पी लो न... सारे लोग यहाँ इतना ही दूध पीते हैं।'

तभी कहीं से वीरभान जी टपक पड़े, 'पी लो साब! नहीं तो गाँववाले समझेंगे आप उनका अपमान कर रहे हैं।'

यह अच्छी सज़ा है, मैंने मन-ही-मन सोचा। मैं यह दूध अगर पी लूँगा तो मुझे ज़रूर किसी शौचालय में बैठना पड़ेगा। दूध का गिलास हाथों में लिए- लिए मुझे महसूस हुआ जैसे मेरा पेट गड़गड़ा रहा हो।

लोगों के आग्रह के बाद मैंने एक घूँट पिया और कामरेड माओ को याद किया। दुनिया की सबसे लंबी यात्रा पहले उठे हुए क़दम से शुरू होती है पहला घूँट उस सज़ा की शुरुआत थी। मैं धीरे-धीरे दूध पी रहा था। इस गति से कि मैं आसानी से चार-पाँच घंटे बिता सकता था। पर लोगों की आँखें ऐसी लगी थीं कि मैंने दूध गटकना शुरू किया। मुझे लगा मैंने बहुत ज़्यादा दूध पी लिया होगा, लेकिन हर बार जब मैं दूध की तरफ़ देखता तो भरी हुई सतह मुझे वैसी ही दिखाई देती।

वीरभान जी और दूसरे लोग दरवाज़े के पास खड़े एकटक निहार रहे थे। गोया मुझे कह रहे हों पी डालो। उन लोगों के चेहरों पर अचानक मुझे लगा जैसे कोई प्रतिहिंसा तैर आई हो।

'शहरी लोग इतना दूध भी नहीं पी सकते?' कोई फुसफुसाया।

उन लोगों की बातों के बीच मैंने गिलास ज़मीन पर पटका तो थोड़ा दूध छलक आया। मेरी फुर्ती देखकर ये सहम से गए। मैंने गौर किया उनके सबके हाथों में गिलास थे।

मैंने जल्दी से जेब से एक काग़ज़ निकाला और राम वर्मा के लिए उस पर तीन-चार लाइनें लिखीं और काग़ज़ वीरभान जी को दे दिया। जैसे ही मैं बाहर निकला, लोग चुपचाप बैठे या खड़े थे। बच्चे कौतुकी नज़रों से कुछ देख रहे थे।

बाहर एक बूढ़ी औरत ने मुझे रोका और मेरे माथे को चूमते हुए कहा- 'कभी-कभी आ जाया करो बेटा। लोग जो यहाँ आते भी हैं, वह चुनाव के दिनों आते हैं और फिर या बिजली काटने या मकान गिराने।' मैंने उसकी तरफ़ गौर से देखा। उसके चश्मे की कमानी कम-से-कम पचास साल पुरानी थी। मुझे कमानी देखकर उस पर दया हो आई। वह पचास सालों से उस पुरानी कमानी से बँधी हुई है। आधी शताब्दी से। कितना बड़ा अरसा होता है यह। 'तुम वैसे नहीं हो।' बुढ़िया कह रही थी तभी वीरभान जी आ गए।

'मुझे यहाँ से बाहर जाने का रास्ता बता देंगे', मैंने वीरभान जी से कहा।

‘मैं साथ चलूँ?’

‘नहीं। आप क्यों। मैं खुद चला जाऊँगा। आप रहिए।’ मुझे डर था कि वह सारी भीड़ मेरे साथ चलेगी। और जैसे मैं उस भीड़ से अनंतकाल तक छुटकारा नहीं पा सकूँगा। वह भीड़ की क़ैद थी।

‘तो दाएँ हाथ की गली से सीधे चले जाएँ...।’ फिर कुछ याद कर वीरभान जी बोले–‘जाना कहाँ है आपको?’

‘करोल बाग़।’

‘बस। वह तो यह रहा। दाएँ हाथ की गली से सीधे जाकर पुलिया पार करना तो सामने इंद्रपुरी नज़र आएगी और फिर करोल बाग़।’

मैं चलने को हुआ। मैंने उनके चेहरे देखे। लोगों के चेहरों पर विदा देने का अफ़सोस था। बच्चे वैसे ही ठिठके खड़े थे। मैंने देखा, दरवाज़ों के पास और खिड़कियों से सटी औरतें थीं। अब उनके चेहरों पर घूँघट नहीं थे। वे साफ़, गोरी औरतें थीं। सहज और ग़रीब। उनमें ही कहीं हँसती हुई राम वर्मा की पत्नी थी। वह मेरी हालत देखकर हँस रही होगी।

‘हमारे लिए क्या करता है कोई।’ लोगों की भीड़ में कोई बोला, ‘शहर में मज़े हैं, पर हमारे यहाँ...? वह अपनी दुखगाथा किसी को सुनाने लगा था।

वीरभान जी थोड़ी देर मेरे साथ चले, अब चुनावों का चक्कर है और मैं इस दफ़े इस इलाक़े से खड़ा हो रहा हूँ... वे कुछ और कहते कि मैंने उन्हें हाथ जोड़े और लंबे क़दम भरता दाएँ हाथ की गली में घुस गया।

गली में कुछ दुकानें थीं। दुकानदार ऊँघ रहे थे। एक लाला जी सफ़ेद चपटी से मक्खियाँ मार रहे थे। वह थोड़ी चढ़ाई का इलाक़ा था और गली इतनी सँकरी थी कि अगर कोई दो साइकिल वाले आमने-सामने आ जाएँ तो उन्हें ठहरना पड़े। दोनों तरफ़ की दुकानों में तरह-तरह की चीज़ें थीं। ज़्यादातर जगहों पर पिघला हुआ गुड़ बदबू मार रहा था।

अचानक मुझे एक दुकानदार ने अपनी दुकानों में देखते आवाज़ दे डाली। मैंने उसे देखा–उसकी दाढ़ी बहुत लंबी थी। और उसकी दुकान का बाहरी हिस्सा रंग-बिरंगी झालरों, फानूसों से सजा हुआ था।

आइए साहब। आइए।

मैं सिर्फ़ दुकान देखने और उसकी दिलचस्पी जानने के लिए दुकान पर चला गया।

आइए। आइए।

मैं उसकी छोटी दुकान के बाहरी फट्टे पर खड़ा हो गया और मैंने चीज़ों पर नज़र दौड़ाई तो मुझे लगा वह पुरानी चीज़ें बेचने वाला व्यापारी है– कबाड़ी।

उसने बेहद नम्रता भरे शब्दों में मेरा स्वागत किया और मुझे अंदर खींच ले गया। वहाँ बिजली की रोशनी में मैंने देखा, वह एक बड़ा कमरा है, बड़े हॉल जैसा। और सारा-का-सारा कमरा रहस्यमय ढंग से सजा हुआ है। 'मैं नाटक कंपनियों को सामान देता हूँ। मैं जान गया था हो-न-हो आप भी वहीं से आए हैं।'

ये देखिए पुराने ड्रामे के कपड़े।' उसने पुराने सैनिकों के टोप, तलवारें और चकमक जड़ी हुई पोशाकें मेरे आगे रखीं।

'हाँ-हाँ पहनिए। देखिए कैसा लगता है?'

मेरे आगे-पीछे कपड़े और म्यानें 'फिट' कर उसने मेरे हाथ में तलवार दी और मुझे एक शीशे के आगे ला खड़ा किया। और खुद ने एक मामूली सैनिक की तरह आदाब किया।

अब लगे न आप सिपहसालार, वह बोलकर हँसने लगा। पास की दुकानों के पास इस क़िस्म की नफ़ीस चीज़ें नहीं हैं, साहब। वैसे अब तो शौक़ भी नहीं रहा। कुछ साल पहले तो पूरे महीने बस्ती में ड्रामे होते रहते थे।'

यह देखिए काला छापा। यही अँगूठी पहनकर मुद्राराक्षस ड्रामा खेला जा सकता है। उसने जल्दी में मेरे कपड़े उतारे और मेरे हाथों में तीर-कमान पकड़ाए। 'आप तो राम के रोल में बेहद ठीक रहेंगे। बस कसर यही है कि आपका रंग गोरा है। पर साहब मैंने ऐसे-ऐसे नुस्खे तैयार किए हैं कि ड्रामे वाले लौंडे अभी से रामलीला के वे रंग ले जाकर अपने चेहरों पर पोत रहे हैं।' वह ज़ोरों से हँसने लगा। उसकी हँसी के बीच मैंने पूरे हॉल को गौर से देखा। बीच में एक लंबी पेटी थी। जिसके दो सिरों पर शीशे लगे हुए थे। ये पुरानी चीज़ें हैं। वह मुझे उस पेटी के पास लाया। मैंने शीशों में झाँककर देखा। पुराने सिक्के थे। पुरानी ईंटें और कुछ मिट्टी के ढेर।

ये चीज़ें हजारों साल पुरानी हैं साहब। किसी ज़माने में चाँदनी चौक में हमारी दुकान थी। वहाँ सालों तक लोग दुकान के अंदर ही नहीं आए। इसलिए कुछ चीज़ें यहाँ ले आए। यहाँ भूले-भटके लोग ये तो देखने आ जाते हैं कि सम्राट् अशोक के ज़माने के सिक्के कैसे थे, और मौर्यकाल की जूतियाँ कैसी थीं।

आइए, इस सिंहासन पर बैठिए। वह अकबर का सिंहासन है। इसका सोना तो अँग्रेज खरोंच ले गए। यह कुर्सी मेरे दादा चुरा लाए। आइए आपको पोशाक दूँ। वह दौड़कर दूसरी तरफ़ पोशाक लेने चला गया। मैं कुर्सी पर बैठ गया।

ऐसे नहीं साहब। इस तरह बैठिए। उसने मेरे सिर पर मुकुट रखा। असली मोती हैं साहब। हीरे तो हमारे पुरखे बेच-बेचकर खा गए। बोलते-बोलते वह अपनी कहानी में खो गया।

आप यहीं बैठिए। मैं आपको नक़ली चीज़ें दिखाऊँ। आसपास की सारी दुकानों में नक़ली चीज़ें भरी पड़ी हैं। असली तो कुछ ही माल है, और वह भी बंदे के पास है। पर ये असली चीज़ें मैं ड्रामे के लिए नहीं देता जनाब।'

वह चीज़ें ला-लाकर दिखाता रहा। तमाम पुरानी चीज़ों की नक़ल की चीज़ें।

अचानक वह अदब की भाषा बोलने लगा, 'जहाँपनाह! हजूर जहाँ बैठे हैं ज़रा ऐसे बैठिए–ठीक ऐसे। जनाब शहंशाह अकबर इस कौम के पहले सेक्यूलर बादशाह पीछे पीठ टिकाकर सिंहासन पर नहीं बैठते थे।...' और वह तमाम तरह के विशेषणों में बात करने लगा।

मैं उसकी बातों से ऊबा नहीं था। बस्ती के बीच वह पुरानी संस्कृति के खंडहर की तरह था।

वह बोला, 'आपको कौनसा ड्रामा करना है? कोई मॉडर्न...?'

मैंने बात साफ़ करनी चाही। उस सिंहासन से जैसे ही मैं उठा कि मेरे हाथ से एक हत्था नीचे जा गिरा।

'नहीं...ऐसे नहीं।' वह सिर्फ़ इतना बोला। उसने सिंहासन का हत्था नीचे से उठाकर फिर ठीक जगह लगा दिया।

'जनाब मैं ड्रामे का आदमी...' अभी मैं इतना ही बोल पाया था कि उसने मेरी बात काट दी।

'मुझे पता चल गया था जनाब। आप अकबर के सिंहासन में जिस तरह पीठ टिकाकर बैठे थे, मुझे पता चल गया था, आपका दूर-दराज़ से भी ड्रामे से ताल्लुक नहीं।'

वह मुझे बाहर छोड़ने आया। बोला, 'आप किसी दिन आइए तो आपको जादुई टोपी दिखाऊँगा। पर अफ़सोस है, आप ड्रामे के आदमी नहीं हैं।' वह अफ़सोस में डूब गया।

मैं जैसे ही गली में आया, तब मुझे पता चला कि शाम हो गई। उस सँकरी गली में अँधेरा छाने लगा था। दुकानदारों ने अपने लैंप जला लिए थे। छोटी-छोटी रहस्य भरी दुकानें थीं वे। कहीं झालर लटके हुए थे, कहीं रंग-बिरंगे कपड़े। पान, तंबाकू की एक दुकान पर जो आदमी बैठा हुआ था, वह ऐसा लगता था जैसे खुद पान-तंबाकू का विज्ञापन हो। पुराने ढंग की वे दुकानें, लगता था जैसे सत्रहवीं शताब्दी का चेहरा ढो रही थीं। उसी तरह का मुगलिया वातावरण, वैसे ही दाढ़ी वाले लोग, किसी फ़िल्म में देखे हुए ऐतिहासिक दृश्य की तरह लग रहा था। मैं हैरान था–उस चुप्पी में, उस एकांत में जहाँ कोई ग्राहक आ-जा नहीं रहा था, वे लोग क्या कर रहे थे? वे किस चीज़ का बोझ ढो रहे थे? वे कौनसी तस्वीर का हिस्सा थे? बस उनके चेहरों पर एक भाव था–इंतज़ार-इंतजार। उस डूबने-डूबने वाले नज़ारे को देखकर सदमा पहुँचने

वाली स्थिति में पहुँचना जैसे था। दुकानों पर क्या सामान भरा हुआ था, जैसे गोश्त की दुकान पर अभी पूरे बकरे लटके हुए थे। वे गर्मी के मारे इस तरह सिकुड़ गए थे कि अगर कोई यह मान ले कि वे बकरे तीन साल से यूँ ही पड़े थे तो कोई अविश्वास नहीं होना चाहिए।

क्या-क्या चीज़ें थीं वहाँ, मसलन चूड़ियाँ बेचने वाले की दुकान पर पुराने क़िस्म की चौड़ी लाल चूड़ियाँ थीं–इतनी बड़ी कि उनके लिए कोई मोटा हाथ खोजना पड़ता। इत्र-खुशबू की दुकान से पुराने क़िस्म की सुगंध फैल रही थी।

जब दुकानें ख़त्म हो गईं, तब एक लंबी-सी दीवाल वाला मकान आया। उस पीली दीवाल पर शाम की रोशनी इतनी पड़ रही थी कि आप आसानी से दीवाल पर लिखे शब्द पढ़ सकते थे। एक कोने पर काले हरफों में लिखा था–'गदहे अपने दस्तख़त करते जाओ।' हाशिये पर लिखा था–'हम क्रांति में विश्वास रखते हैं।'

उस जगह पेशाब की भयानक बदबू आ रही थी। इसके बावजूद टिकने का आकर्षण था, क्योंकि दस्तख़तों में तमाम राजनीतिज्ञों के नाम लिखे थे। नामी-गिरामी कलाकारों के नाम थे। किसी ने 'हम क्रांति में विश्वास रखते हैं' से लेकर एक लंबा तीर दूसरे कोने की तरफ़ बनाया हुआ था, 'हम क्रांति में विश्वास रखते हैं! ज़रूर पधारें और पेशाब करें! बदबू से ज़रा न घबराएँ!'

दीवाल के बाक़ी हिस्से में गोबर के उपले चिपकाए हुए थे। मकानों के बाद एक पीपल का पेड़ था और उसके बाद पुलिया। वह वही जगह थी, जिसका ज़िक्र वीरभान जी ने किया था। पीपल के पेड़ के नीचे जलते हुए दीये थे और उनकी ठीक बगल में कूड़े का ढेर था। उसके बाद की ख़ाली जगह में औरतों और बच्चों का खुला शौचालय था।

मैंने जैसे ही पुलिया पार की तिलिस्म की तरह मेरे सामने इंद्रपुरी का पूरा नक़्शा था। विराट ख़ूबसूरत बिल्डिंगें। शहर बसों की क़तारें...रंग-बिरंगी बसें इस तरह जा रही थीं जैसे उनका कोई अपना क़ायदा हो। सामने पूसा इन्स्टीट्यूट का विशाल इलाक़ा था–अच्छे ख़ूबसूरत मकानों, कई मंज़िल भवन और बग़ीचों से भरा इलाक़ा। दूर पटेलनगर के ऊँचे मकानों के 'न्योन साइन' चमक-चमक रहे थे। एक गंदे शहर का वह इतना ख़ूबसूरत दृश्य था कि मैं सोच ही नहीं सकता था कि किसी एक कोण से शहर ऐसा भी दीखता है।

मैं जल्दी से उस इलाक़े की तरफ़ लपका जहाँ बसें आ-आकर ठहर रही थीं। बस अड्डे पर ख़ूबसूरत लड़कियाँ लाइन में खड़ी थीं। उनके खुले बाल शाम की हवा में लहरा रहे थे। छोटे-छोटे गोल-मटोल बच्चे, साफ़ सुथरे बंगले, लंबी कारें–किसी बड़े पेड़ पर से पक्षियों का एक झुंड उड़-उड़कर उन बंगलों की तरफ़ तैर रहा था–और उनकी आवाज़ें–सम्मिलित आवाज़ें आ रही थीं– इंता-फिंता इंता. ..फिंता...इंता...फिंता।

अचानक मुझे राम वर्मा के घर की याद आई, जहाँ से मैं अभी लौटा था। शहर से घिरी हुई वह बस्ती–इतने पास होने पर भी शहर से कितनी दूर थी। एक बंद दराज़ों वाली बस्ती से मैं खुले मैदानों वाले शहर में आ गया था।

कहाँ छूट गई वह बस्ती–मैं पीछे मुड़ा, जिस तरफ़ से मैं आया था, पर वहाँ कोई पुलिया नहीं थी। कोई पीपल का पेड़ नहीं था। मैं पीछे की तरफ़ मुड़ा तो था ही–मैंने बस्ती के उन सबूतों को देखने की मन-ही-मन ठानी और बस्ती की तरफ़ चलना शुरू किया। अचानक मुझे फिर से वे सबूत देखने की इच्छा हो आई थी, पर मैं जैसे-जैसे चलता गया मुझे कोई चीज़ नहीं दिखाई दी। कुछ दूर जाकर एक बीस फीट ऊँची मिट्टी की दीवाल थी–जो टीले की शक्ल में मीलों तक फैली हुई थी। मैं उस दीवाल के किनारे-किनारे कितनी ही दूर दौड़ा, पर मुझे बस्ती की पुलिया और पीपल का पेड़ नहीं दिखाई दिया।

रात हो गई–मैं घूम-घूमकर, लौट-फिरकर बस्ती के रास्तों की तलाश करने लगा, पर वह ना जाने कहाँ विलुप्त हो गई थी। मैं परेशान-सा इधर-उधर दौड़ता रहा–अभी भी अपने दिमाग़ में मैं उस इलाक़े की तरफ़ दौड़ लगाता हूँ, पर वहाँ कहीं भी बस्ती नहीं है।

•

5

प्रदर्शन

हम लोगों के फ्लैट्स के ठीक सामने वह अस्पताल की बिल्डिंग थी, जिसे पिछले चार सालों में हमने बनते देखा था। उससे पहले उस जगह पर एक फैला हुआ, हरे-हरे पेड़ों का जंगल था। जंगल के दूसरे सिरे से दक्षिण की तरफ़ बहने वाली एक सूखी नदी थी–चौड़े रेतीले पाटों वाली। और नदी के कुछ ही उत्तर में शिवालिक की वीरान पहाड़ियाँ थीं, जिन पर कभी बरसात के दिनों हरी झाड़ियाँ उग आती थीं।

अस्पताल की बिल्डिंग बनने के बाद अब न तो हरी अमराइयाँ दिख पाती हैं, न उजाड़ नदी का सूनापन और न शिवालिक की वीरान पहाड़ियाँ। उसकी जगह बहुत दूर काले हरे परदों की तरह लटके हुए पहाड़ दिख जाते हैं। वह भी तब, जब धूप सेंकने की इच्छा होती है। अस्पताल की बिल्डिंगों ने वह सारा का सारा इलाक़ा घेर लिया है। चार सालों में वह दृश्य इतना बदल चुका है कि लगता है ओल्ड मास्टर के किसी सजीव लैंडस्केप की जगह सीमेंट वालों का केलेंडर लटक आया हो। ऊँची बारह, पंद्रह मंज़िली बिल्डिंगें, लोग और शोर न जाने इन चार सालों में अपनी जगह बना ले गया है। यह जैसे हमारे देखते ही, अनजाने में हुआ हो।

जब वे बिल्डिंगें बन रही थीं तब जो शोर, मशीनों की आवाज़ें आती थीं, उनसे हम लोग इतने परिचित हो गए थे कि वह सब उस इलाक़े का एक हिस्सा लगने लगी थीं। लेकिन अब आदमियों की भीड़, अस्पताल की गाड़ियाँ, पटरियों पर दुकानें अस्वाभाविक लगती थीं। अब मन कहीं उन आवाज़ों के लिए भटकता था, जिनका शोर तो था लेकिन कोई चेहरा नहीं था। अरसे तक बिना चेहरे वाले उस शोर से आत्मीय बने रहने के बाद, अब ख़ालीपन महसूस होता था। अकसर हम लोग अस्पताल की छोटी-छोटी सड़कों की ओर निकल पड़ते, जहाँ लोग या नर्सें चाबी भरे खिलौने की तरह सड़कों से निकल जातीं। लेकिन वह सब ऐसा था, जो उस लैंडस्केप की जगह, जिसे हम चार सालों से जानते थे, एकदम बनावटी और ऊपरी लगता था।

फ्लैट्स में अकसर उस बनावट की बातें होती थीं। उन गप्पों के बीच ज़ाहिर होता कि वह अस्पताल की बिल्डिंग नहीं, बल्कि हमारे बीच जासूस की मानिंद कोई घुस आया हो–अनापेक्षित।

अस्पताल के चालू हो जाने के बाद अचानक जो चहल-पहल बढ़ गई थी और बढ़ती जा रही थी, न जाने क्या बात थी कि वह हमेशा अचानक-सी लगती थी। उसकी आकस्मिकता को बढ़ाने वाली जो घटनाएँ थीं, वह बीमारों के जत्थों, पहियों लिपटे जिस्म, स्ट्रेचर पर जाते अशक्त मरीज़, घर-परिवारों के चिंताजनक चेहरे थे, लेकिन जो चीज़ सबसे ज़्यादा असर डालती थी, वह वे मौतें थीं, जो असमय अस्पताल में हो जाती थीं और वे रोने-चीख़ने की आवाज़ें थीं, जो मृतकों के संबंधियों की होती थीं। वे आवाज़ें दिन में मंद लेकिन रात में इतनी तेज़ होती थीं कि कभी-कभी सारी-सारी रात फिर नींद नहीं आती थी। वह आकस्मिकता थी, जो अस्पताल ने उस जगह की शांति और स्थिरता में भर दी थी।

उस शाम हम लोग बहुत देर से गप्पों में लगे हुए थे, जिस शाम मिनोचा की तबीयत ख़राब थी। दरअसल, हम सब मिनोचा को बहलाने में लगे हुए थे। उसकी वजह यह भी थी कि हम चाहते थे, मिनोचा जल्दी ठीक हो जाए तो उसके कमरे में ही महफ़िल जमे। हमेशा की तरह हम वहाँ आधी रात तक बैठने की सोचे बैठे थे, लेकिन मिनोचा के पेट का दर्द धीरे-धीरे बढ़ता जा रहा था और वह बेचैनी महसूस कर रहा था।

'अस्पताल से कोई डॉक्टर बुला लिया जाए,' सरीन ने कहा। वह फ्लैट्स में रहने वाले हम सब लोगों में छोटा और अकसर छोटी-छोटी बातों से घबरा जाता था।

किसी नें कोई जवाब नहीं दिया। मिनोचा बिस्तर पर लेटे-लेटे करवटें बदल रहा था। वह भी इतनी जल्दी-जल्दी कि उसकी पीड़ा का अंदाज़ा लगाया जा सकता था।

'तुम लोग चुप क्यों हो?' दर्द के बावजूद मिनोचा बोला। 'कोई क़िस्सा सुनाओ।' यह कहने के साथ ही वह चारपाई से उतरकर ज़मीन पर लेट गया। 'बरदाश्त नहीं होता,' वह बोला।

मैंने सरीन को इशारा किया। हमारे साथ और भी चलने को राज़ी थे, लेकिन मैंने उन्हें इशारे से वर्जित किया। मैं और सरीन अस्पताल से डॉक्टर लाने को चल पड़े।

बाहरी रोगियों को देखने की जो जगह थी, वहाँ कोई नहीं था, हम लोग 'केज्युल्टी वार्ड' की तरफ़ गए तो देखा, वहाँ 10-15 आदमियों को घेर पुलिस खड़ी थी और अस्पताल का दरवाज़ा बंद था।

'क्या हम अंदर जा सकते हैं?' चौकीदार-से लगने वाले एक आदमी से हमने पूछा।

'क्या काम है?'

'सामने फ़्लैट्स में हमारा कोई आदमी बीमार है। डॉक्टर को बुलाने आए हैं।'

'इस वक़्त अंदर कोई आदमी नहीं जा सकता,' एक पुलिस वाला बोला।

हम लोगों के कुछ कहने से पहले ही यकायक दरवाज़ा खुला और सफ़ेद कोट पहने दो डॉक्टर बाहर आए। उनमें से एक ने अपने हाथ में लिया काग़ज़ उठाया और पढ़ना शुरू किया।

'तुम लोगों को यहाँ रोने की बिल्कुल इज़ाजत नहीं। देखिए, यह क़ानून है और साफ़-साफ़ लिखा है। थोड़ी देर बाद तुम्हें लाश मिल जाएगी फिर तुम लोग बाहर सड़क पर जाकर रो लेना। यह अस्पताल है और इससे दूसरे रोगियों को फ़र्क़ पड़ता है। अगर कोई दिल का मरीज़ तुम लोगों का रोना-चिल्लाना सुनेगा तो उसे बचाना हमारे लिए मुश्किल होगा।'

'लेकिन, डॉक्टर साहब?'

'हम कुछ नहीं सुनना चाहते,' दूसरा डॉक्टर बोला। 'आप लोग पिछले तीन घंटों से यहाँ बैठे रो रहे हैं–यह ठीक नहीं है। अस्पताल में आपको रोना नहीं चाहिए।'

'तो हम लोग...'

बिना कुछ सुने वह डॉक्टर बोला, 'फिलहाल आप लोग यहाँ से हट जाएं, नहीं तो मुझे पुलिस वालों को कहना पड़ेगा कि वे आपको यहाँ से बाहर करें।'

लोग कुछ ही देर में खिसक गए। सरीन आगे बढ़ा और उसने कॉरीडोर में जाते हुए डॉक्टर को छुआ, 'सामने के फ्लैट्स में हमारा एक दोस्त बीमार है।'

'ओह! माफ़ करें। मैं इस वक़्त एक 'एमरजेन्सी' केस में हूँ। रोगी को ख़ून चढ़ रहा है। आप अगर दो-चार मिनटों के भीतर अपने दोस्त को यहीं ले आएँ तो केज्युल्टी ड्यूटी वाला डॉक्टर उसे तुरंत देखेगा और उपचार बताएगा।' डॉक्टर जब कह रहा था तो उसके सफ़ेद कोट के झूलने वाले अगले दोनों हिस्से हिल रहे थे। मुझे लगा जैसे डॉक्टर न बोल रहा हो बल्कि उसका कोट हिल-हिलकर बता रहा हो।

'क्या, अस्पताल से इस वक़्त कोई डॉक्टर नहीं जा सकता।'

सरीन ने अपनी मंद आवाज़ में कहा। वह आवाज़ थी, जो थोड़ी-सी निराशा के वक़्त डूब जाती थी।

'अब शायद आपको कोई डॉक्टर नहीं मिलेगा,' उस डॉक्टर ने चलते-चलते कहा।

हम लोग रुक गए और डॉक्टर चला गया। अब हमें तय करना था, क्या करें। निश्चय ही मिनोचा ज़मीन में लौट रहा होगा या चिल्ला रहा होगा। हो सकता है, उसकी चीख़ें सुनकर आसपास के लोग आ गए हों। यूनिवर्सिटी के वे लोग भी जो

मुश्किल से शाम को 'फ्री' होते हैं। क्लर्क, जमादार और अपनी शिफ़्ट बदलते प्रेस के लोग।

हम जहाँ खड़े थे, वहाँ बहुत आकर्षक पोस्टर लगा था। आँखों के रोग और नेत्रदान संबंधी। वहीं बेंच पर एक अंधा बैठा था। जैसे वह किसी आँख की प्रतीक्षा में हो।

'तुमने बूढ़ा देखा,' मैंने अंधे बूढ़े की तरफ़ इशारा कर सरीन से पूछा।

'मैं तो पहले-पहल डर ही गया था,' वह एक शर्मीले लड़के की तरह चुप हो गया।

'मिनोचा को यहीं लाना पड़ेगा। मैंने उसे चुप देखकर कहा 'लाना पड़ेगा,' सरीन ने दोहराया।

'लाना पड़ेगा,' जैसे कोई आवाज़ गूँजी। वह प्रतिध्वनि हो सकती थी। फिर भी न जाने क्यों हमने बूढ़े अंधे की तरफ़ देखा। वह बेंच के कोनों को टटोल रहा था।

फ्लैट्स की तरफ़ वापसी में अपनी शिफ़्ट बदलती नर्सें हमें दीखीं। उनके कपड़े उतने ताज़ा नहीं रह गए थे, लेकिन चेहरे ताज़े थे। पापलर पेड़ों की बीच वाली लेन से दो नर्सें बिल्कुल हमारे समानांतर चल रही थीं।

'मेरे वार्ड में आज जो आदमी मर गया, उसकी आँखें नीली थीं।' एक नर्स कह रही थी। 'हाय, उसकी नीली खुली आँखें देखकर लगता नहीं था कि वह मर गया होगा। सच, उसकी नाड़ी पकड़े बहुत देर तक मैं तय ही नहीं कर पाई कि वह मर गया होगा। फिर मैंने चीख़ मारी, तब मुझे पता चला कि वह ठंडा हो गया।'

दूसरी नर्स सुन रही थी, बोली, 'कभी-कभी तो कोई मामूली इंजेक्शन न मिले तो आदमी मर जाता था।'

'मैं यही सोचती हूँ कि उस नीली आँखों वाले रोगी को ठीक दवा नहीं मिल रही थी। वह दो दिन में ही ऐसे मुरझा गया था जैसे उसके चेहरे पर सालों गुज़र गए हों। पापलर लेन नर्सों के होस्टल की तरफ़ मुड़ गई थी। नर्सें मुड़ रही थीं, एक बोली, 'तुमने नीला कमल देखा है?'

'आसमान की तरह।' दूसरी ने कहा।

'हाय, भूल जाओ आसमान में तो उस नीली आँखों वाले के बारे में सोच रही थीं...'

नर्सें दूर निकल गई थीं। हम चुपचाप फ्लैट्स की ओर जा रहे थे। तभी न जाने, मुझे लगा जैसे मैं काँप गया होऊँ। मुझे याद आया। मिनोचा की आँखें नीली हैं—एकदम नीली।

'क्या सोच रहे हो?' सरीन को चुप देखकर मैंने पूछा।

'आपने नर्सों की बातों को सुना है न। मैं डर गया हूँ। मिनोचा की आँखें भी नीली हैं।'

'सिर्फ़ संयोग है,' मैंने कहा हो सकता है, मिनोचा का दर्द ठीक हो गया होगा।

पर जब हम पहुँचे तो मिनोचा का कमरा लोगों से खचाखच भरा पड़ा था और वह ठंडे फ़र्श पर लेटा हुआ था।

'डॉक्टर आया' आनंद ने पूछा।

'मिनोचा को वहीं ले चलना पड़ेगा।' मैंने कहा 'डॉक्टर को यहाँ लाने का कोई फ़ायदा नहीं।'

मिनोचा निढाल पड़ा हुआ था और मैं अपनी ग़लती महसूस कर रहा था कि मुझे पहले यह पूछना चाहिए था कि तुम्हारी तबीयत कैसी है।

किसी की गाड़ी पर हम लोग मिनोचा को ले गए, और केज्युल्टी वालों ने उसे तुरंत दाखिल कर दिया। वार्ड में हममें से कोई एक रह सकता था। और न जाने कैसे सरीन वहाँ रह गया। तय हुआ कि 11 बजे रात के क़रीब हममें से कोई दूसरा आ जाएंगा, तब सरीन को अवकाश मिलेगा।

हम काफ़ी लोग थे, जो मिनोचा को अस्पताल में दाखिल कराने ले गए थे। जैसे ही हम बाहर आए, बाहर पोर्च में एक लाश के साथ वे 10-12 लोग खड़े थे। और ऐसे खड़े थे जैसे लाश से उनका कोई ताल्लुक न हो।

अभी हम बाहर ही निकले थे कि दूर से कोई दौड़ता हुआ आया। उसके आते ही लोगों में हलचल हुई और उन्होंने रोना शुरू किया।

वे अब चीख़ने लगे थे। हमने पीछे मुड़कर देखा, जो लोग थोड़ी देर पहले नि:शंक थे, वे अब रो रहे थे–ज़ोरों से।

हम लोग ठिठक गए थे। हमारे पास से पुलिस वालों के जूतों की आवाज़ें सुनाई दीं। वे अब लोगों को चुप करने की कोशिश में थे। एक काफ़ी कड़ी आवाज़ डाँट भी रही थी, 'तुम लोगों को पहले कहा गया कि यहाँ रोना-धोना मना है। अब कोई सिसका भी तो एक-एक को अंदर कर दूँगा...' आख़िरी शब्द एक भद्दी गाली थी।

और मुझे लगा जैसे वह गाली उस मृतक का अपमान हो। मृतक के प्रति हलकी सहानुभूति, करुणा और आदर के साथ-साथ जो भय जाग गया था, वह भय उस कड़ी आवाज़ की अपमानजनक गाली के साथ ख़त्म हो गया।

'मरना भी कितना अपमानजनक है,' आनंद बोला, 'हृदयहीन लोगों के लिए दूसरों का मरना सिर्फ़ मुसीबत है, मखौल है।'

हम लोग वहाँ ठिठके खड़े रहे। अस्पताल के ऊपरी मंज़िलों की रोशनी छन-छनकर हम लोगों पर गिर रही थी। अँधेरे में पोर्च की मंद रोशनी में खड़े, सहमे हुए लोग खेल-खिलौने लग रहे थे।

कोई आवाज़ नहीं आ रही थी। उन्हें फिर पुलिस वालों ने घेर लिया था।

काफ़ी देर चुप्पी रही थी। उस चुप में, घटनाविहीन माहौल में सिर्फ़ किसी आवाज़ के गूँजने भर की प्रतीक्षा कितनी बेमतलब हो सकती थी। मैंने चलने के लिए मुँह दूसरी ओर किया तो पाया कि सब लोग मुड़कर चल रहे हैं।

फ्लैट्स तक आते हम लोगों में कोई बात नहीं हुई। शायद हम किसी के मरने की वजह से चुप हो गए थे। फ्लैट्स़ तक आकर सब अपनी-अपनी जगहों की ओर चले गए थे। मेरी 'डारमेट्री' तीसरे तल्ले पर थी। बिना बिजली की सीढ़ियों से मैं ऊपर पहुँच गया था।

और कोई दिन होता तो इस वक़्त हम मिनोचा के कमरे में बैठे गप्पें मारते या गरम-गरम चाय पी रहे होते। अपना कमरा खोल, निढाल लेटे रहना भी कितना ख़ाली-ख़ाली लग रहा था।

कुछ ही देर बाद, पता नहीं कितनी देर बाद, सड़क के पास से कुछ ऊँची-ऊँची रोने की आवाज़ें आईं। समवेत स्वर में रोने की वे आवाज़ें, लगता था शहर के इस हिस्से में पूरी तरह भर गई हों। पर जैसे ही वे रोने की आवाज़ें खिड़कियों के शीशों से टकराकर झनझनाने लगीं, मुझे लगा जैसे मेरे अंदर तक कोई चीज़ झनझना गई हो।

मैंने कमरे की बत्ती जलाई। कमरे में सब चीज़ें अपनी जगह थीं, लेकिन जैसे ही मैंने बालकनी की ओर देखा, मुझे लगा मैंने कमरा ठीक तरह नहीं देखा—कोई चीज़ है, जो अपनी जगह नहीं है।

दरवाज़ा खोल बालकनी में आकर मैंने देखा, बड़ी सड़क के किनारे बिजली के खंभे के नीचे बैठे लोग रो रहे थे। ये वे ही लोग थे, जिन्हें अस्पताल में रोने की इजाजत नहीं मिली थी।

वे रो रहे थे और मुझे मिनोचा याद आ रहा था। बगल के कमरे से साहनी भी निकलकर आ गया था, जो मिनोचा के डिपार्टमेंट में था। बोला, 'अब रातभर सो नहीं सकेंगे। ये लोग रातभर मातम करेंगे।'

मैं चुप रहा मुझे सिर्फ़ उस वक़्त मिनोचा याद आ रहा था।

साहनी बोला, 'तुम सो रहे थे। अभी थोड़ी देर पहले आनंद जाता हुआ कह गया कि सरीन को वापस भेजकर वह रातभर मिनोचा के पास रह लेगा। वह कहता था, कोई बात होगी तो वह ख़बर कर देगा।'

'मैं सो नहीं रहा था।'

'पर तुम्हारे कमरे में अँधेरा था।' साहनी बोला, 'मैंने बालकनी से झाँककर भी देखा था।'

'हाँ।' मैं इतना ही कह पाया।

बिजली के खंभे के नीचे चादरें बिछाकर वे लोग बैठे हुए थे। ऐसा लगता था, जैसे बीच में लाश हो और वे चारों ओर सफ़ेद चादरें बिछाकर बैठे हुए हों। अभी वे लोग चुप थे। पास ही लोकल बस स्टैंड था।

'आख़िरी बस आ गई,' साहनी बोला। दूर से घरघराहट सुनाई दे रही थी। वह ग्यारह बजे वाली बस थी, जो कैंपस से गुज़रती थी।

अचानक उन लोगों ने फिर रोना शुरू कर दिया। वे फिर ऊँचे स्वरों में विलाप कर रहे थे। दो-एक लोग तो छातियाँ भी पीट रहे थे।

जब बस चली गई तो वे चुप हो गए। साहनी अंदर चला गया था। मैंने बालकनी से देखा, वह मेज़ पर सिर झुकाए बैठा था। आसपास के कमरों में लोगों ने अपनी खिड़कियाँ-दरवाज़े बंद कर दिए थे। यह काफ़ी डरावना दृश्य था। मैंने अंदाज़ा लगाया। मैं सोच रहा था, सरीन के पास जाऊँ--अब तक वह आ गया होगा।

पर अचानक मुझे सब-कुछ आश्चर्यजनक लगा। अब वे लोग हँस रहे थे। खिलखिलाकर हँस रहे थे। शायद वे किसी मज़ाक पर हँसे होंगे। मैं अभी उनकी हँसी की वजह ढूँढ़ता कि वे लोग अलग-अलग टोलियों में बँटकर अपनी-अपनी चादरों पर ताश खेलने लग गए थे।

'अबे, सत्ता फेंक न!' कोई बोला। उनकी आवाज़ इतनी साफ़ सुनाई दे रही थी कि अगर मैं 'एक्सपर्ट' खिलाड़ी होता तो वहीं से खेल का मज़ा ले लेता।

'खेलना नहीं आता तो घुस जा...' वही आवाज़ गलियाती हुई फैली।

'बच्चू, चवन्नी की चाल है,' कोई बारीक आवाज़ थी। 'अबे, उल्लू के...मेरी चाकलेट कौन खा गया,' कोई चिल्लाया। एक चादर पर बैठे हुए चार लोगों में गुत्थमगुत्था होने लगी।

दूसरे लोगों ने छुड़ाया कि इसी बीच दूर से किसी कार का हॉर्न सुनाई दिया।

'कोई आ गया। ताश छिपा दो।'

जैसे ही कार पास आई, वे सब रोने लगे। हाय, हाय! और छाती पीटकर विलाप करने का यह मौक़ा ऐसा लग रहा था जैसे पहले से ज़्यादा ज़ोरदार हो। जैसे कुछ खेलने के बाद वे सब स्फूर्त हो गए हों।

कार से कुछ लोग उतरे और रोने में शामिल हो गए। थोड़ी देर तक वह रोना चलता रहा।

साहनी बोला, 'साले, ताश खेल रहे हैं और रो रहे हैं।' वह खिड़की से बाहर झाँक रहा था।

ताश का दौर फिर चालू हो गया।

'दिल्ली से तुम कुछ लाए नहीं।' कोई बोला।

'बीयर की कुछ बोतलें थीं, हमने रास्ते में पी लीं। बहुत प्यास लगी थी। फिर यहाँ लाकर बदनामी करते।'

'मुसटंडे, साले! अबे हम भी तो प्यासे मर रहे हैं।'

'मर' शब्द ने एक क्षण के लिए उनके ताश के खेल बंद कर दिए मुझे ऐसा लगा। पर फिर वे जुड़ गए थे।

'तुम्हें नींद आ रही है?' साहनी बोला, मेरा उत्तर सुने बगैर ही कहने लगा, 'चलो, बाहर घूम आएँ।'

हम नीचे चले आए फ्लैट्स के ज़्यादातर कमरों की बिजलियाँ बंद थीं। लॉन ख़ाली पड़े थे। हम जाकर बस स्टैंड की सीमेंटी बेंचों पर बैठ गए। वहाँ से वे लोग बहुत क़रीब थे। उनकी आँखों का झपकना भी दिखाई दे सकता था।

पास वाली टुकड़ी में गप्पें चल रही थीं–'नर्स बहुत अच्छी थी और अगर यह एक दिन बाद मरता तो वह फँस गई होती।'

'सच!' दूसरे की आँखें फैली हुई थीं।

'हर वक़्त वह मुझे देखकर मुस्कराती थी। दोपहर में कहने लगी, अभी हमारा ड्यूटी ख़त्म होगा, आप जरा ड्यूटी रूम में आ जाना।'

'तुम गए क्या फिर?'

'मैं गया था। वह बोली, आपका पेशेंट बहुत नर्वस है। कुछ रस्मी बातों के बाद वह बोली, आज रात को हमारा दूसरा ड्यूटी है तब मिलेंगे।'

'तुम जाओ न अब।'

'अब वह मेरा इंतज़ार कर रही होगी, यार। पर अब मैं कैसे जा सकता हूँ।'

'बेईमानी क्यों करता है, बे?' दूसरे ग्रुप से आवाज़ आई। तभी दूसरी क़ार की रोशनी दिखाई दी। उन लोगों ने फटाफट ताश के पत्ते चादरों के अंदर छिपाए और रोने के लिए तैयार हो गए।

उनके रोने से पहले हम यहाँ से उठ चुके थे। अँधेरे कॉरीडोर पार करते वक़्त उनकी चीख़ें हमें सुनाई दीं। रात के सन्नाटे में वह बेहद भयानक, डरावनी चीख़ें थीं।

'नींद नहीं आएगी,' साहनी बोला। पर अपने कमरे में आकर मुझे लगा, नींद आ सकती है।

सुबह पाँच बजे साहनी ने दरवाज़ा खड़खड़ाया, तब मैं सोया हुआ था। बीच-बीच में उन लोगों के रोने की आवाज़ों से जागने के बाद, फिर सोने की वजह से उस आधी नींद में मैं भूल गया था कि मैं और सरीन अकसर सुबह घूमने जाते थे।

'घूमने...' सरीन ने कहा।

'तुम रात-भर कहां थे,' मैंने पूछा।

वह बोला, 'अस्पताल से आकर इन लोगों के रोने की वजह से मैं इतना डर गया था कि मैंने कमरे के दरवाज़े-खिड़कियाँ बंद कर दी थीं। लेकिन आवाज़ें फिर

भी आ रही थीं। वहाँ अस्पताल में भी ग्यारह बजे से पहले दो केस मर चुके थे। मैं बहुत डरा हुआ था। आख़िर में मैंने फैसला किया कि मैं उन लोगों के साथ जाकर ताश खेलूँगा। मैं रात-भर वहाँ ताश खेलता रहा। चार बजे के क़रीब उनमें से ज़्यादातर लोग थककर सो गए।'

हम लोग जब घूमने के लिए निकले, तब बहुत प्यारी ठंडी हवा चल रही थी। हलका-सा उजाला फैल चुका था और पापलर पत्तियों में ताज़ी चमक थी। सड़कों में इक्का-दुक्का लोग चल रहे थे। दूर कैंपस के मैदानों में खेलने वालों की सीटियाँ बज रही थीं।

जब हम उन लोगों के पास से गुज़रे तो वे सब सोए हुए थे। छह-सात कारें सड़क पर खड़ी थीं। बीच में सफ़ेद चादर से लिपटा शव था। मैंने देखा, शव के पाँवों के पास से चादर हटी हुई थी और सुबह की हवा में चादर का कोना हिल रहा था।

अचानक-एकदम अचानक मैंने देखा, ज़्यादातर सोए हुए लोगों की सफ़ेद चादरें भी पाँवों से हटी हुई थी और चादरें काँप रही थीं–हिल-हिलकर काँप रही थीं।

क्या यह हवा की शरारत थी? मैं सोचने लगा था।

•

6

सिद्धार्थ का लौटना

कपिलवस्तु के राजकुमार की कहानी नहीं है यह। सिद्धार्थ अपनी पत्नी को सोता छोड़कर घर से भाग खड़ा हुआ था और भिक्षुक बन गया था। वह फिर राजकुमार की हैसियत से घर नहीं लौटा था। कहते हैं, जब वह लौटा था, तो सिर्फ़ भिक्षुक की हैसियत से। जो लोग यह मानते हैं कि कपिलवस्तु के उस राजकुमार को ज्ञान प्राप्त हुआ था और उसने अपना धर्म-मत प्रचारित करने के लिए भिक्षुक का रूप धारण किया था, उन लोगों को मैं कहूँगा कि वे मेरे दोस्त धनराक्षस से मिलें, जिसके पास पुराने पत्थरों का संग्रह है। उन पत्थरों में काले रंग का एक बड़ा लंबा पत्थर है, जिस पर लिखा है कि जब कपिलवस्तु के राजकुमार ने अपना घर छोड़ा था, तब वहाँ तलाक़ का क़ानून नहीं था। पुरानी लिपि में खुदे उस पत्थर पर यह अंकित है कि सिद्धार्थ ने अपनी पत्नी से अलग होने के लिए साधु बनने का इरादा किया था। उस वक़्त कपिलवस्तु में साधुओं के लिए गृहस्थ बने रहना निषिद्ध था। कई शताब्दियों तक साधु-प्रेमी राजाओं ने अपने क़ानून साधुओं के लिए लचीले बना डाले थे। मौक़ा पड़ने पर वे राजा भी साधु बन जाते थे, जिन्हें क़ानून की जकड़ से खुद को मुक्त करना होता था।

अभी बीसवीं शताब्दी में ही देशी रियासत के एक राजा को भी अँग्रज़ों के प्रकोप से मुक्ति पाने के लिए साधु बनना पड़ा था। मेरे दोस्त धनराक्षस का कहना था कि जितने लोग भी साधु बने हैं, उनके पीछे ऐसी ही कुछ दास्तानें हैं। धनराक्षस को बहुत से लोग पागल भी समझ सकते हैं और धर्मप्राण लोग उसे चार्वाकवादी भी कह सकते हैं, वामपंथी और न जाने क्या-क्या। क्योंकि धनराक्षस के पास जिस क़िस्म के पूरे प्रमाण और ऐतिहासिक सबूत हैं, वे सब विपक्षी यानी प्रतिपक्षी मत के कहे जा सकते हैं। आधुनिक वक़्त की सियासती शब्दावली में उन सबूतों को विरोधी दलों के प्रमाण भी कह सकते हैं।

परंतु यह कहानी न तो कपिलवस्तु के सिद्धार्थ की है, न किसी साधु की, न किसी धनराक्षस की और न ही किसी नेता की। यह एक मामूली आदमी की कहानी है, जो अपनी पत्नी के दबदबे और खूँखार स्वभाव के कारण घर से भाग खड़ा हुआ

था। उसके पास तलाक़ लेने के न क़ानूनी नुक्ते थे और न ही कोई साधन। बल्कि सच्ची बात यह है कि उसके पास अपनी पत्नी के सामने विरोध करने की हिम्मत ही नहीं थी।

संयोग से उस आदमी का नाम भी सिद्धार्थ है और जब वह घर से भाग खड़ा हुआ था, तो बहुतेरे पढ़े-लिखे लोगों को भी लगा था कि यह इतिहास को दुहराने वाली जैसी घटना के लिए मौक़ा बन सकता है। इसलिए उन लोगों ने प्रचार करना शुरू किया था कि अब दूसरे भगवान बुद्ध धरती पर उतर आए हैं और वह कुछ दिनों में तपस्या के बाद इस धरती को पवित्र करेंगे।

दरअसल, सारे-के-सारे प्रमाण ठीक वैसे ही थे। सिद्धार्थ भी आधी रात को घर छोड़कर चला गया था। उसने बीवी मोना के नाम कोई ख़त भी नहीं लिखा था। फ़र्क़ सिर्फ़ इतना है कि कपिलवस्तु के सिद्धार्थ की बीवी को एक लड़का था और मोना को अभी बच्चे के लिए चार-पाँच महीने इंतज़ार करना था। बाक़ी यह कि सिद्धार्थ ने बूढ़े आदमी, लाश को भी देखा था, ऐसा उन धर्मप्राण लोगों का कहना है, जो ठीक उससे एक दिन पहले सरदार सिघोड़ासिंह की शव-यात्रा में शामिल हुए थे। मुझे ज़रूर मालूम है कि सिद्धार्थ को जुकाम लगने की पुरानी आदत थी और उससे वह क्षुब्ध रहता था। हो सकता है, उसे ज्ञान की ओर ले जाने वाला जुकाम भी कारण रहा हो। मैं सिद्धार्थ का दोस्त ही नहीं, उसकी बीवी और उसका एम.ए. में क्लासफेलो था। जब उनकी शादी हुई थी और मैंने लोगों को ख़ुश-ख़ुश देखा था, तो मुझे लगा था, घरेलू क़िस्म के झगड़े, जिनमें पड़-पड़कर मेरे माँ-बाप बूढ़े हो गए थे, कभी भी प्रेम-विवाह में नहीं होते। परंतु शादी के चार दिनों बाद ही सिद्धार्थ मेरे घर आया था और एक कमज़ोर आदमी की तरह भावुक होकर अपनी बीवी की निंदा करने लगा था। वैसे किसी की भी निंदा करना उसकी आदत थी और निंदा करने की आदत के कारण ही वह उन लेखकों और पढ़े-लिखे लोगों के बीच लोकप्रिय हो गया था, जो लिखने-पढ़ने की बजाय सिर्फ़ निंदा करते थे।

इसलिए जब पहले पहल कुछ दिनों सिद्धार्थ मोना के ख़िलाफ़ कहता था, तब मुझे मामूली भावुक आदमी की बात लगती थी। लेकिन जिस दिन वह भाग खड़ा हुआ, मुझे अचंभा भी हुआ और थोड़ा अफ़सोस भी कि वह पहल कर ले गया है। अभी न जाने कितने ऐसे लोग होंगे, जो कई-कई सालों से अपनी बीवियों के व्यवहार से तंग आकर भागने की सोचते होंगे। हम लोगों के दोस्तों में चार-पाँच ऐसे लोग ज़रूर हैं, जिन्हें घर से भाग जाना चाहिए था। मुझे सिद्धार्थ के घर से भागने की ख़बर मोना से ही मिली थी। वह छिन्नमस्ता की तरह अपने छोटे-छोटे बाल फैलाए हमारे घर आई थी। शायद वह सुबह के दस-ग्यारह बजे का वक़्त था। और मैं कुछ भी काम न होने की वजह से बेकारी के दिनों की अपनी पुरानी दिनचर्या के मुताबिक अपने बिस्तर पर लेटा बाहर खिड़की से आसमान देख रहा

था। आसमान में कहीं दूर कौवे उड़ रहे थे और मैं जबसे उठा था, तबसे कौवे गिन रहा था।

मोना हाँफ रही थी। वह सीधे मेरे कमरे में चली आई। दूसरे मौक़े पर वह एक अच्छी औरत की तरह हमारे घर आती और मेरी चिड़चिड़ी अम्मा को खुश करने की कुछ बातें कहती।

'तुम्हें मालूम है, सिद्धार्थ रात को कहीं चला गया?' वह बोली।

'रात को घर नहीं आया था क्या वह?'

'तुम रहे बौड़म के बौड़म!' वह बोली, 'मैं कह रही हूँ, वह कहीं चला गया है! रात को हम लोगों के सोने के बाद ही वह उठकर चला गया।'

मैं अफ़सोस, सात्वना के लिए शब्द खोजने लगा, पर मुँह से सिर्फ़ 'अच्छा' शब्द निकला।

'खाक अच्छा! जल्दी बताओ, तुमने उसे कहीं देखा है क्या?'

'मैं तो अभी सोकर भी नहीं उठा!' मैंने कहा।

मैं कुछ और कहता, इसके पहले ही वह ज़ोर-ज़ोर से रोने लगी–'मुझे मालूम है, किन लोगों ने उसे घर से भाग जाने के लिए उकसाया है! उसे ज़रूर कहीं छिपा दिया है लोगों ने।'

उसे चुप करने की कोई तरकीब मेरे पास नहीं थी। रोती हुई औरत मेरे लिए घृणा की चीज़ थी। मैंने तुरंत माँ को आवाज़ दी।

'वह आ जाएगा।' मैंने कहा, 'ज़रूर उसे कोई काम होगा।'

'मैं उनकी फिटकरी फुल कर दूँगी, समझे!' वह गुस्से में काँप रही थी और मर्दों के वे जुमले बोल रही थी, जो लोग गुस्से में कहते हैं।

'अच्छा, तुम्हें क्या शक है...' मैंने शांत होकर उससे पूछा–'मेरा मतलब है, तुम सोचती हो, उसे किसी ने बरगलाया है?'

इतने में अम्मा आ गई और मोना ने उनसे बातें शुरू कर दीं। मोना का कहना था कि सिद्धार्थ को कुछ लोगों ने बहकाया है और यह कि वे कुछ लोग मोना का बुरा चाहते हैं। जैसा होता है, औरतों की बातों में रोना-धोना ज़्यादा होता है। और यह एक ऐसा मौक़ा होता है, जब मैं बुरी तरह परेशान हो जाता हूँ।

'मेरी बात तो सुनो!' मैं जब ज़ोर से चीख़ा, तब वे दोनों औरतें सहमकर चुप हो गईं। 'आख़िर वह जा कहाँ सकता है?'

मोना ने चार-पाँच लोगों के नाम बताए थे। मैं बिना मुँह-हाथ धोए उन पतों की तरफ़ निकल पड़ा, जिनके नाम मोना ने बताए थे। पहला नाम था चतुरसिंह पहलवान का। उसका मुर्ग़ियों का व्यापार था। वह हम सब लोगों का दोस्त था और उसे मुर्ग़ियों के अंडा सेने के दृश्य बहुत पसंद थे। अकसर वह हमारा मज़ाक उड़ाते

हुए कहता भी था कि जब हम लोग अंडे की शक्ल में थे, वह उन मुर्ग़ियों की तरह हमारी हिफ़ाजत करता था। उसका चेहरा डरावना था। उसके शौक थे–गाना-बजाना, कविता करना और वक़्त मौक़ों पर दलालों की तरह हुज्जत करना।

मैं उसके पास पहुँचा, उस वक़्त वह गमले में रखे एक पौधे को सींच रहा था। उसके नन्हे पत्तों को सहलाते हुए वह मुझसे बोला, 'अच्छा हुआ, साला चला गया! नहीं तो भैया, यह औरत उसे किसी-न-किसी दिन ऐसा मारती कि हमें-तुम्हें उसे अस्पताल ले जाना पड़ता!'

'वह तुम पर मुक़दमा कर देगी!' मैंने चतुरसिंह को डराने के लिए कहा–'वह कहती है कि सिद्धार्थ को तुमने कहीं छिपाया हुआ है। आख़िर तुम्हारा नाम ही ऐसा है कि कोई तुम पर शक करे!'

उसने पैर पटके, बोला–'करने दो मुक़दमा! अगर कहीं ऐसा भी मौक़ा मिलता, तो मैं सिद्धार्थ को ज़रूर छिपा देता। यार, तुम नहीं जानते, वह कितनी मुसीबत में था!'

'मुसीबत!' मैंने जान-बूझकर उसके लफ़्ज का इस्तेमाल किया–'वह तो ख़ुश लगता था।'

चतुरसिंह चालाकी की बातों से भड़क उठता था। मेरी बातों से वह इस क़दर ग़ुस्सा हुआ कि गमले के जिन पत्तों को वह सहला रहा था, अब वह उन्हें मसल रहा था।

'तुम्हें कुछ भी मालूम नहीं!' वह बोला, 'तुम्हें यह भी मालूम नहीं कि मेरे डरावने चेहरे से सारे मोहल्ले के लोग डरते हैं। जब सिद्धार्थ की शादी हुई थी, तो मैं मुबारक देने उसे उसके घर गया था। सीढ़ियों पर जिस औरत को मैंने देखा था, सचमुच मैं उससे डर गया था और डर के मारे अपने घर वापस चला आया था। बाद में पता चला कि वही सिद्धार्थ की बीवी थी!'

'तुम्हारा मतलब है, जिस औरत से तुम डर गए, सिद्धार्थ भी उससे डरे?'

'हट...!' कुछ ऐसा ही शब्द उसने मुँह से निकाला–'सिद्धार्थ ने ही मुझे बताया था कि हर रात सोने के पहले वह औरत सिद्धार्थ को पीटती थी। कभी-कभी तो उनकी लड़ाई की आवाज़ें मोहल्ले के लोगों को भी सुनाई देती थीं। पर असल में बात यह है कि वह औरत निहायत शक्की क़िस्म की है। अगर सिद्धार्थ नब्बे साल की औरत से भी बात करे, तो उस दिन सिद्धार्थ की ख़ैर नहीं!'

'इसका मतलब है, वह बहुत 'पजेसिव' है। तुम यह बताओ कि सिद्धार्थ गया कहाँ होगा?'

वह मुस्कराने लगा–'ठीक-ठीक तो मुझे पता नहीं, पर मेरा शक है कि जिस दफ़्तर में नौकरी करता है, उसी में वह एक लड़की है जिसका ज़िक्र सिद्धार्थ ने मुझसे किया था...हो सकता है, उसी के साथ कहीं भाग गया हो।'

'तुम अपने अंदाज़ की जगह अगर ठीक-ठीक बात बताओ, तो मैं मोना को जाकर बताऊँ। वह मेरे घर से तब तक नहीं टलेगी, जब तक मैं कोई ख़बर लेकर नहीं जाऊँगा।'

वह फिर हँसने लगा-'ठीक-ठीक तो मुझे कुछ नहीं मालूम, पर अगर वह सिद्धार्थ को छोड़कर तुम्हारे घर बस जाती है, तो तुम उसे काबू में रख लोगे!'

मेरे जी में आया, उसे खरी-खोटी सुनाऊँ, पर मौक़ा ऐसा नहीं था।

'हाँ, कल शाम सिद्धार्थ अशोक मित्तल के घर गया था। वहीं कोई सलाह हुई होगी।'

मैं वहाँ से उठ खड़ा हुआ। जो नाम मोना ने मुझे बताए थे, उसमें अशोक मित्तल का नाम भी था। वह उसी दफ़्तर में काम करता था, जहाँ सिद्धार्थ काम करता था।

उसके घर में मेरा सामना उसके पिता से हुआ।

'अशोक तो सुबह का ही कुछ ख़बर लेने गया हुआ है। मोना सुबह-सुबह ही यहाँ आ गई थी।' उन्होंने एक साँस में बहुत बातें बता डालीं-'पर एक बात बताओ तो...सिद्धार्थ को किसी ने मार तो नहीं दिया? भई, आजकल ऐसी वारदातें बहुत होती हैं। तुम चाहो, तो मोना को ले जाकर पुलिस में रिपोर्ट लिखा दो।'

मैं दो-तीन जगह और गया, लेकिन उन-उन जगहों पर मोना पहले पहुँच चुकी थी।

कई दिनों तक सिद्धार्थ नहीं लौटा और मोना बार-बार हम लोगों को, जो उसके पति के साथ उठते-बैठते थे, धमकियाँ देती फिरती थी। नतीजा यह हुआ कि चतुरसिंह पहलवान और दूसरे दोस्त उसकी छाया से भी घबराने लगे थे। मोना का कहना था कि वह अपने भाइयों के गुंडे-दोस्तों से सबके सिर ठीक करवा देगी। तभी अचानक खोज के दौरान पता चला कि मोना ने एक ज्योतिषी और एक तांत्रिक औरत से सिद्धार्थ के लौटने के बारे में पूछताछ करनी शुरू की है। मेरी दिलचस्पी ज्योतिषी और उस तांत्रिक औरत में सिर्फ़ इतनी ही थी कि मौक़ा मिलते ही मैं उनसे अपने बारे में भी कुछ पूछूँ।

इसके पहले मैं अपनी दिलचस्पी दबाए मोना के पास जाऊँ, वह एक सुबह फिर मेरे घर आ धमकी।

'कुछ पता चला?' मैंने पूछताछ की।

'खाक...!' उसका चेहरा ग़ुस्से से तमतमा आया था-'वह लौटेगा ज़रूर, पर मैं उन लोगों की पूरी ख़बर लूँगी, जिन्होंने उसे छिपाया हुआ है!'

'तुमने पुलिस में रिपोर्ट की है?'

'पुलिस में क्यों?'

'पुलिस इस मामले में जल्दी से कुछ निकाल सकती है।'

'जल्दी से...तुम्हारा मतलब है; हम लोग उसे देर से लौटाना चाहते हैं!'

'नहीं...मेरा मतलब...'

'मैं तुम लोगों का मतलब ख़ूब समझती हूँ!'

वह क्या कह रही थी, मेरी समझ में नहीं आ रहा था। इतना ज़रूर समझ में आ रहा था कि वह बौखलाई हुई है।

'मैं तुम्हें बताती हूँ...' वह बोली, 'मेरे पास सबूत है कि सिद्धार्थ को कुछ लोगों ने भड़काया है। वह तुम्हारा अशोक मित्तल है न--सब उसी की शरारत है।'

मोना जो कुछ कह रही है, उस सिलसिले में जिस अशोक मित्तल का नाम आ रहा है, उसके बारे में बताना ज़्यादा ज़रूरी लगता है। वह एक मामूली शर्मीला लड़का है। डरपोक और बेवकूफ़, यानी हर डरपोक आदमी बेवकूफ़ भी होता है। वह सिद्धार्थ के दफ़्तर में ही काम करता था।

'क्या शरारत है अशोक की?'

'अशोक ने ही सिद्धार्थ को भागने की सलाह दी थी और इसका सबूत है यह काग़ज़।' मोना ने जल्दी से अपने ब्लाउज के बीच से एक मुड़ा हुआ काग़ज़ निकाला। वह काग़ज़ सिद्धार्थ का लिखा हुआ था। उस पर कई तरह की चीज़ें लिखी हुई थीं, मसलन तीन रुपए का आटा, दो आने की धूप, चार आने की गंडेरियाँ और नीचे दो लाइनों में लिखा था--मेरे दोस्त का कहना ठीक है कि अपनी मुक्ति के लिए पलायन सबसे अच्छा रास्ता है। काग़ज़ पढ़कर मैं उसे देख रहा था कि मोना ने काग़ज़ मुझसे झपट लिया।

'पर, तुम कैसे कह सकती हो कि यह अशोक की सलाह है?'

'अरे, छोड़ो तुम, मुझे ज्योतिषी ने सब बता दिया है। पाँच हफ़्ते बाद वह ख़ुद घिसटकर चला आएगा।' बोलते-बोलते वह एकदम उदास हो उठी--ठीक एक बच्ची की तरह। उसके चेहरे का रंग एकदम बदल गया था--'अगर वह न आया, तो...' मोना इतनी उदास हो उठी थी कि मुझे उसका उदास होना नाटक जैसा लगा। वह उसी नाटकीय अंदाज़ में बोली, 'मैंने तो उसका कुछ भी नहीं बिगाड़ा। वह मुझे क्यों बदनाम कर रहा है।'

मैं मोना से कुछ नहीं कह सकता था। मुझे उन चार धर्मगुरुओं की याद आई, जिन्होंने अपने एक शिष्य को अलग-अलग राय दी थी। एक ने कहा था--तुम ठंडे जल से स्नान करना। दूसरे ने कहा था--जब तक ज्ञान प्राप्त न हो, तब तक न नहाना, तीसरे ने कहा था--मंत्रोच्चार ज़ोर से करना। चौथे ने कहा था--मौन रहना। मोना की वही हालत थी। वह हर किसी को इस तरह से टोक रही थी, जैसे उसके ख़िलाफ़ किसी ने षड्यंत्र किया हो।

सिद्धार्थ की ख़बर अब सारे शहर की ख़बर बन चुकी थी और मुझे डर था, मोना कभी हर किसी से लड़ने लगे, तो उसका क्या हाल होगा। मोना हरेक से लड़ सकती थी, लेकिन उसकी हालत ऐसी थी, जिस हालत में औरतों को सिर्फ़ घर में रहना चाहिए।

चतुरसिंह पहलवान ने अब एक नई खोज की थी। उसका कहना था कि मोना और सिद्धार्थ की लड़ाई की वजह आने वाला बच्चा है। पहलवान का शक था कि वह बच्चा सिद्धार्थ से नहीं है। यह चटपटी ख़बर थी और पहलवान मोना की बुराई के लिए इसे इस्तेमाल कर रहा था।

चिड़ीमार! यह शब्द सिद्धार्थ का था, जो वह अकसर ऐसे दोस्तों के लिए इस्तेमाल करता था, जो झूठी बातें उड़ाया करते थे। मैंने यही शब्द पहलवान के लिए इस्तेमाल किया–'आख़िर उसकी बदनामी से तुम्हें मिलेगा क्या? बजाय उसकी कुछ मदद करने के तुम उसे परेशान कर रहे हो।'

'मैं परेशान कर रहा हूँ? यार, वही सिद्धार्थ को परेशान कर रही थी। अगर आज भी कह दे कि वह सिद्धार्थ को तलाक देने के लिए तैयार है, तो सिद्धार्थ तुम्हें कल दफ़्तर में हाज़िर मिलेगा।'

'इसका तो मतलब है कि तुमने उसे छिपाया हुआ है।'

'तुम भी लड्डू के तोते हो।' पहलवान अपने ही क़िस्म के मुहावरे उछालने लगा–'अबे, मेरे पास होता, तो मैं उसे मोना के बिछौने पर न लिटा आता!'

'तो तुम उसे बदनाम क्यों कर रहे हो?'

'बदनाम कहाँ। मैं तो चर्चा कर रहा हूँ। तुम्हें मालूम है, सालों से शहर में कोई गाना-बजाना नहीं हुआ है। कुछ दिन इसी मामले को बजने दो।'

'तुम साले हत्यारे हो।' मैंने अपना ग़ुस्सा ज़ाहिर किया–'कुछ करने की बजाय तुम उलट-पुलट किए जा रहे हो।'

पहलवान ने आसमान की तरफ़ देखा और लंबी साँस भरी–'प्यारे, मैं हत्यारा होता, तो मुर्ग़ियों का व्यापार न करता। ठाट से जंगल में मंगल मनाता।'

फिर मेरी पहलवान से मिलने की इच्छा ख़त्म हो गई। मोना अपनी बुरी हालत में भी लोगों से टकराती रहती थी। कहीं वह धमकियाँ देती थी, कहीं सफ़ाइयाँ देती फिरती थी। मैं लंबे अरसे तक बेकार रहने की वजह से, अपनी आदत की वजह से सिर्फ़ कमरे में सीमित हो गया था।

रात के धुँधलके में मैं अकसर सोचा करता, सिद्धार्थ अगर लौट आया, तो मोना उसके साथ क्या सलूक करेगी? क्या वह उसे लताड़ेगी नहीं?

फिर मेरे ख़याल में आता, अगर उसकी जगह कहीं मैं भाग गया होता, तो दूसरे शहर में कुली का काम भी कर सकता था। मेरे शहर में मेरे साथ एम. ए. पास

का एक ऐसा ख़तरा जुड़ा हुआ था, जिससे मेरी तो नहीं, पर मेरे माँ-बाप की इज़्ज़त जुड़ी हुई थी–ठीक वैसी ही जादुई तांत्रिकी की, ज्योतिषियों की दुनिया की तरह, जिनमें अगर कोई सच्चाई है, तो सिर्फ़ तात्कालिक गप्पबाज़ी और एक झूठ के सच हो जाने की आशंका जैसी।

बहुत दिन बीत गए। पता चला, अब चतुरसिंह पहलवान ने दूसरी भविष्यवाणी की है कि सिद्धार्थ साधु हो गया है। वह प्रमाण के लिए नेपाल के पशुपतिनाथ मंदिर का नाम लेने लगता था। उसकी कमज़ोर याददाश्त को कोई दूसरा नाम याद नहीं था।

और हमारे शहर का मामूली सिद्धार्थ कपिलवस्तु के राजकुमार के बराबर करार दिया गया था।

पत्नी शरणं त्यागामि! धर्मं शरणं गच्छामि! मैं जानता था, चतुरसिंह पहलवान की इस अफ़वाह से मोना के पिता के कुछ सौ रुपए नेपाल जाने में ख़र्च हुए होंगे और पशुपतिनाथ का वह मंदिर भी, जिसे देखने की वह कभी सोच तक न पाए होंगे, उन्होंने देख लिया होगा। लेकिन सिद्धार्थ उन्हें कहाँ मिला होगा।

कई चीज़ें होती हैं, जिन्हें आप गणित के सवालों की तरह हल नहीं कर सकते, सिर्फ़ महसूस कर सकते हैं। मैं महसूस करता था कि एक अच्छी-भली नौकरी छोड़कर सिद्धार्थ भाग खड़ा हुआ है। और जितने दिन वह भागा हुआ है, उतने दिन का पैसा किसी को नहीं मिलेगा। उतने दिन वह बेकार आदमी की तरह है। तो क्या वह भी बेकारी के दिनों का यह लंबा, अंतहीन इंतज़ार वाला अरसा बिता रहा होगा।

बहुत दिनों तक जब सिद्धार्थ के लौटने के ख़बर नहीं मिली, तो मेरा आशावाद ख़त्म हो गया। मैंने सोचा, अब वह शायद सचमुच कभी नहीं लौटेगा। अब सचमुच सड़क के उन पेड़ों की तरह भी वह हमें नहीं दीखेगा, जिनकी लंबी परछाईं बचपन में हमें डराती थी और जवानी के दिनों एक अजीब-से ख़याल से भर देती है।

लेकिन लोग थे, जो शहर की हर अफ़वाह को कानों तक लाकर पटक देते थे। उन लोगों के लिए सिद्धार्थ का एक शब्द है, 'चिड़ीमार' जिसका उच्चारण पहलवान 'चिड़िमार' करता है। केवल उच्चारण का ही फ़र्क़ है, जो पहलवान को सिद्धार्थ नहीं बना सकता।

हर कहानी की तरह सिद्धार्थ की कहानी की चर्चा भी धीमी पड़ने लगी।

मुझे पता चला, छिन्नमस्ता मोना अब उन औरतों की तरह हो गई है, जो हमेशा-हमेशा उदास रहती हैं। उसके लिए पहलवान के शब्द हैं, जैसे विधवा औरतें

रहती हैं। पहलवान की बातें हैं, जो झूठ के बीच भी कहीं सच लगने का वहम दे जाती हैं।

और एक बात तो यही कि जब तक सिद्धार्थ के जाने की ख़बर गरम थी, तब तक मोना में एक उत्साह का भाव था और जबसे वह हवा ठंडी हुई है, तबसे जैसे मोना का उत्साह ख़त्म हो गया है। जैसे मोना की सिद्धार्थ में रुचि धीरे-धीरे ख़त्म हो गई है। सिद्धार्थ की खोज, सिद्धार्थ की बातें धीरे-धीरे इस हद तक पहुँच गई कि कई-कई दिन घर कोई न आता और मुझे लगता, अब मोना ने भी जैसे उसका नाम लेना बंद कर दिया हो।

मैं अपनी मजबूरियों से घर से बाहर नहीं निकलता था। मेरे पिता ही मेरी अर्जियाँ और मेरे लिए ख़ाली जगहों के बारे में दिलचस्पी लेते थे।

मुझे सिद्धार्थ के बारे में भी कोई ख़ास दिलचस्पी न थी, सिर्फ़ एक ख़याल यह आता था कि ऐसा कोई काम बाक़ी नहीं रह गया है, जिसे करने के बाद कुछ भी करना बाक़ी नहीं रहता।

यह अजीब बात हो सकती है। पर यह ख़याल है...एकदम निजी और अकेले का खयाल।

सिद्धार्थ की बातें धीरे-धीरे मंद पड़कर ख़त्म होने की हालत में आ गई थीं।

कपिलवस्तु के सिद्धार्थ का नाम तो हम लोग आज भी लेते हैं, पर अपने दोस्त सिद्धार्थ का नाम कुछ सालों के बाद सब भूल जाएँगे। लोग भूल जाएँगे कि उसकी पत्नी का नाम मोना था। उसकी नौकरी ख़त्म हो गई थी और अगर वह लौटा भी, तो सालों तक उसे नौकरी नहीं मिल सकती थी। वह पत्नी से अलग होने के लिए साधु बन गया है, तो कोई उसे नहीं जानेगा। कोई नहीं जानेगा कि बीसवीं शताब्दी में इतिहास फिर से जीवित होते-होते रह गया।

जिस वक़्त मुझे पता चला, उस वक़्त मैं सोच रहा था, अब सिद्धार्थ की बातें एकदम ख़त्म हो गई हैं। तभी पहलवान ने मुझे ख़बर दी थी। वही बात कहने के लिए वह मेरे घर आया था।

'तुम्हारा बुद्ध घर लौट आया है।' पहलवान की इस घोषणा से मैं बिल्कुल नहीं चौंका। अब चौंकने के लिए कोई चीज़ नहीं थी। अब उसकी नौकरी नहीं थी। अब वह शहर की अफ़वाहों में नहीं था। मैं पहलवान की बात सुनकर चुप रहा।

'पत्नी शरणं गच्छामि!' पहलवान बोला–'तुम क्यों चुप हो? क्या मेरी बात सच नहीं मानते, तोते के अंडे।' उसने अपना मुहावरा उछाला–'मेरी हालत ऐसी हो गई है कि मैं सच बोलता हूँ तो लोग उसे भी झूठ समझते हैं और झूठ बोलता हूँ, तो.

..मोना उसे बंबई से पकड़कर लाई है! साला फ़िल्म कंपनी में घुसने की फिराक में था। अब वह चोटी पकड़कर घसीट लाई है।'

जब पहलवान चला गया, ढेरों बातों के बीच मुझे समझ में आया कि लोगों के पास फिर चर्चे के लिए बातें हो गई होंगी, पर क्या सचमुच लोग चौंके होंगे. ..लोग फिर से एक खूँखार औरत के कब्ज़े में पड़े सिद्धार्थ की बातें सोचेंगे...उन्हें चटपटी बनाकर बाँटेंगे।

काफ़ी दिनों बाद जब अभी मैं अपनी बेकारी के.मातम में डूबा था, वे दोनों आए। मोना ने जूड़े में फूल खोंसे हुए थे और सिद्धार्थ ने एकदम नया चमचम सूट पहना हुआ था। दोनों हँसते हुए आए और कुर्सियों पर बैठ गए।

'अरे, तुम्हें क्या हुआ है...चिड़िमार?' सिद्धार्थ बोला। और फिर वह कमज़ोर आदमी की तरह हँसने लगा।

•

7

बीच की दरार

बर्फ़ नवंबर में ही पड़नी शुरू हो गई थी। उस साल आश्चर्यजनक रूप से बर्फ़ का पड़ना जारी हुआ था। हम बच्चों को अंदर रहने की मजबूरी थी, लेकिन अपनी खिड़कियों से बर्फ़ के फोहों का गिरना कभी-कभी घंटों देखा करते थे। बड़ी दी के बाद घर में मैं खुद को काफ़ी बड़ा समझता था, लेकिन मुझे भी बाहर जाने की इज़ाजत नहीं थी, इसलिए मैं मौक़े की तलाश में रहता था कि ज़रा छुट्टी मिले और मैं अपरिज रोड से होता हुआ ऐनेक्सी के सामने वाली झील का पानी देखूँ। पर माँ ने दरवाज़ों को अंदर और बाहर दोनों तरफ़ से बंद कर दिया था। हम केवल दालान में पड़ने वाली बर्फ़ को हाथ लगा सकते थे। छोटे बच्चे, ज़रा मौक़ा मिलते ही दालान से बर्फ़ मुट्ठियों में भरकर लाते, मेरी दालान की बर्फ़ में ज़रा-सी दिलचस्पी नहीं थी। मैं तो बाहर की सफ़ेदी से सम्मोहित था।

बाहर, खिड़की से देखने पर सिर्फ़ सफ़ेदी नज़र आती थी। जैसे अचानक किसी ने पहाड़, घाटियाँ, घर और पेड़ सफ़ेद रंग से पोत दिए हों। दूर के पहाड़, जो कुहरे से ढके होने पर भी कभी झिलमिला जाते हैं, रहस्यमय ढंग से मेरे लिए आकर्षण का केंद्र बन गए थे। वह नवंबर मुझे कभी नहीं भूलेगा। मैं अपने कमरे की खिड़की से कभी रात को बाहर झाँकता था तो लगता था जैसे बाहर का विराट सफ़ेद रंग मुझे बुला रहा हो। माँ हमें उन दिनों बर्फ़ के भूतों की कहानी सुनाती थी तो छोटे बच्चे डर जाते थे। पर मेरे लिए बर्फ़ के भूत से सामना करने की भी भयहीन मनोकांक्षा ऐसी थी, जिसे मैं दबा नहीं सकता था।

उस छोटे-से कस्बे में आए हमें मुश्किल से साल हुआ था। दो-एक सरकारी दफ़्तर और कुछ दुकानें, पंचायतघर, स्कूल और सेब के बागों में काम करने वालों के अलावा उस कस्बे में कुछ नहीं था। जब हम पहले-पहल आए थे तो चहल-पहल से दूर उस सुनसान में दिन में भी अचानक डर घिर आता था। धीरे-धीरे जैसे-जैसे गाँव के लड़कों से स्कूल में मिलना शुरू हुआ, दिन का वह डर खेलने के साथ और उन लड़कों की बात के साथ ख़त्म हो गया था।

फिर भी कोई दोस्त न होने की वजह अक्सर एक ख़ालीपन महसूस होता और मुझे अपना पुराना शहर याद आने लगता, वहाँ कभी बर्फ़ नहीं पड़ी थी, परंतु सर्दियों में आसपास की पहाड़ियाँ हमेशा बर्फ़ से लद जाती थीं और एक नई तरह से हमें अपने में बाँध लेती थीं। वह तो यह क़स्बा, जिसका नाम धनोल्टी है और जो गाँव की तरह लगता है, नवंबर में, इस नवंबर में मेरे लिए इतना क़रीब हो गया था कि मैं धीरे-धीरे अपने पुराने शहर से अलग ही सब-कुछ सोचने का-सा भाव पाता। हम अपने पुराने शहर में बर्फ़ पड़ने की प्रतीक्षा करते थे लेकिन यहाँ बिना प्रतीक्षा के वह मनोकांक्षा पूरी हो गई थी, जो दूर की बात लगती थी।

उस बार नवंबर में ही स्कूल बंद हो गए थे और स्कूल में काम करने वाले लोग दूर मैदानों के शहरों में चले गए थे। बूढ़ा पोस्टमास्टर, दुकानदार और सेब के बागों के चौकीदार कहीं नहीं जाते थे, वे ज़रूर अपने कमरों में बैठकर दिन-भर या तो ताश खेला करते थे या फिर आग जलाकर अपने कंबलों में लिपटे रहते थे।

माँ हमें बिल्कुल बाहर नहीं जाने देती थी। बा जी (पिता) उन दिनों अपने टूर पर बाहर थे। जिस दिन वे बाहर चले गए थे, उसी रात बर्फ़ पड़नी शुरू हो गई थी। सुबह उठते ही हम बच्चों ने बाहर का जो नज़ारा देखा था, वह आश्चर्यजनक था। बड़ी दी के कमरे के बाहर जो नालियों के गड्ढे थे, वे बर्फ़ से पूरे भरे हुए थे। ख़ाली जगहों का वह भराव कौतुक की चीज़ उतना नहीं था, जितना कि ख़ालीपन के बीच के अंतराल को मिटना था। शायद वही दिन था, जब मुझे अपने पुराने शहर के दोस्त याद नहीं आए थे।

जिस रात बर्फ़ पड़नी शुरू हुई थी, हमें शाम को भी पता नहीं था कि कल सुबह एक नए ढंग का धनोल्टी दीखेगा। परंतु वहाँ की ठंड का अनुमान हमें जून में भी हो गया। जून में बाक़ी जगह कितनी गर्म रहती हैं, उसकी तुलना में वह इतना ठंडा था कि कई बार जब आसमान में बादल होते तो हमें कंबल ओढ़कर बैठे रहना पड़ता।

जून के बाद सितंबर और अक्टूबर के साफ़ मौसम के बाद नवंबर में अचानक ठंड बढ़ गई थी। मैं अक्सर स्कूल में देखा करता कि लोग ठंड के बारे में उतनी बातें नहीं करते, जितनी कि वे इस बारे में जानने की उत्सुकता रखते कि कब फ़सलें पकेंगी और कब वे अपने गाँवों के मेलों में चले जाएँगे। मैं ठंड से चाहे डरता नहीं था, लेकिन वह मुझे अजीब तरीक़े की बाधा लगती थी। आज जब भी मैं उस बारे में सोचता हूँ तो मुझे लगता है कुछ बातें, जिनके बारे में आप पहले स्पष्ट नहीं होते, बाद में आकर वे अपने-आप साफ़ हो जाती हैं। जब हम धनोल्टी आए थे, तब भी शायद ठंड के दिन थे, कुछ दिन रहकर, हम दूर के एक मैदानी कस्बे में चले गए थे। बा जी अक्सर दफ़्तर की इन छुट्टियों के दिन हम सब लोगों को साथ

लेकर या तो दिल्ली जैसे शहर में चले जाते या अपने रिश्तेदारों के यहाँ। उस साल अपनी मासी के घर कुछ दिन रहने के बाद हम फरवरी के शुरू में धनोल्टी आ गए थे। नए-नए दिनों में हमें उतनी ठंड नहीं लगी, एक तो वसंत का मौसम था, धनोल्टी के आसपास के पहाड़ों की बर्फ़ पिघलनी शुरू हो गई थी और दूसरे, बा जी की कचहरी में आने वाले लोगों का एक लंबा सिलसिला शुरू हो गया था। गाँव के लोग कभी काफला लेकर आते तो कभी अखरोट या कभी कोई और चीज़ें। हम बच्चों के लिए उन चीज़ों का आकर्षण कुछ ज़्यादा ही होता था। ठंडे दिनों के बावजूद फरवरी के वे दिन आड़, खुबानी के पेड़ों पर लदे हुए फूलों के दिन थे। एक ओर बेहद ख़ूबसूरत दिन तो दूसरी ओर गहरी उदासी के दिन। मुझे अपने दोस्तों की याद आती थी।

उस छोटे-से कस्बे के स्कूल में पहले दिनों तो मुझे ऐसा लगा था जैसे मैं एक साफ़-सुथरे स्कूल से उठकर बेहद गंदे स्कूल में आ गया हूँ। धीरे-धीरे जैसे-जैसे मेरी आदत पड़ती गई, मैंने स्कूल में अपने को व्यस्त पाया। स्कूल के उस छोटे-से कमरे में, जिसमें मेरी क्लास लगती थी, मैं खिड़की के पास वाले कमरे में बैठता था और बाहर सेब के बगीचे देखा करता था या नीले आसमान को घेरे हुए पहाड़ देखा करता था। जून में जब कुछ दिनों की छुट्टी हुई भी तो स्कूल के अभाव में भी मुझे ख़ालीपन लगता था, तब मैं या तो बा जी के दफ़्तर के आसपास के छोटे मैदान की हरी दूब पर दौड़ता था या नीचे घर की तरफ़ आकर बड़ी दी के साथ बैडमिंटन खेला करता था। अक्सर सेब के बागों में घुसकर कच्चे सेब तोड़ लाना भी एक खेल था। लेकिन वह खेल चौकीदारों के वजह से ज़्यादा नहीं चल पाता था।

बा जी की कचहरी में आए हुए बूढ़े ग्रामीण से चाहे मैंने बहुत कम बातें की होंगी, लेकिन उनके चेहरों को देखकर उनसे विचित्र तरह की आत्मीयता या पहचान का भाव मुझमें ज़रूर आया है। अक्सर कई बूढ़े तो माँ के पास इसलिए आते थे कि वे चाहते थे कि माँ कभी उनके गाँव की तरफ़ भी जाएँ। हम उन लोगों को देख-देखकर तरह-तरह की बातें सोचते और कभी-कभी उनसे गाँवों के बारे में भी तरह-तरह की बातें सुनते। एक बूढ़ा जो अक्सर आता था, वह माँ के साथ बहुत सारी बातें करता था। वह ब्राह्मण था और ऐसे दिनों पर वह हमारे घर खाना भी खाता था, जब कोई त्यौहार होता था। मैंने हमेशा उसके माथे पर तिलक देखा था और हाथों में एक पुराना-सा झोला, जिसमें वह संस्कृत की कुछ किताबें और पत्रा रखता था।

उसकी किताबों में मुझे रुचि नहीं थी। पर उस पत्रे को जब वह खोलता था, तो मैं उसके पास चला जाता था, क्योंकि मुझे यह बताया गया था कि उस पत्रे से

वह ख़ास-ख़ास त्यौहारों की सूचना देता था और उन ख़ास-ख़ास त्यौहारों पर हमेशा हमें नई चीज़ें मिलती थीं।

'छोटे बाबू, तुम हमारे साथ चलोगे?' वह हर बार पूछता, मेरी इच्छा होती कि जैसे ही वह कहता है, उसके साथ चला जाऊँ। पर मुझे इजाजत नहीं मिलेगी, ऐसा मैं जानता था।

मैं कहता, 'ज़रूर चलूँगा।' पर कभी ऐसा मौक़ा नहीं आया, जब मैं उसके गाँव जाने के लिए घरवालों से पूछने का साहस कर सका।

मेरे उत्तर से क्षण-भर के लिए उस बूढ़े की झुर्रियाँ जैसे मिट जातीं और वह ठीक बच्चों की तरह पुलकित हो जाता। हमने कभी यह जानने की कोशिश नहीं की कि कोई आदमी हमारे घर क्यों आता है, पर उस बूढ़े के बारे में जानते थे। वह एक ऐसे 'केस' में फँस गया था जिसकी पैरवी के लिए उसे धनोल्टी आना पड़ता था। धनोल्टी के पुराने तहसीलदार ने उस बूढ़े के केस को कई दिनों तक दबाए रखा था, जब बा जी वहाँ आए और वहाँ डिप्टी कलक्टर का कोर्ट चालू हुआ तब सबसे पहले दिन उस बूढ़े के 'केस' पर बातचीत हुई। हम लोग अभी अपना सामान जमा कर ही रहे थे कि तब वह बूढ़ा हमारे घर आया था। पहले दिन हमने जल्दबाज़ी की वज़ह से ध्यान नहीं दिया था, पर धीरे-धीरे वह ब्राह्मण की हैसियत से हमारे परिवार में परिचित बन गया था। उसका केस भी एक अजब केस था। मैं आज तक वह नहीं समझ पाया, अब हालाँकि बहुत से संदर्भ याद नहीं हैं, फिर भी लगता है कि उसका केस काफ़ी उलझा हुआ था।

ब्राह्मण होने की हैसियत से वह लोगों को जन्म-कुंडलियाँ देखकर उनके भविष्य के बारे में कुछ बातें बताया करता था, लेकिन वह अपने केस के बारे में कुछ भी नहीं जानता था, यह बातें मुझे अचरज में डाले हुए थीं, लेकिन मैं कभी कुछ नहीं पूछ सका, क्योंकि ऐसा कोई मौक़ा ही नहीं मिला, जब मैं उससे कुछ बातें पूछता सिवाय इसके कि वह गाँव के बहुत सारे क़िस्से सुनाया करता और मैं मन लगाकर उन्हें सुना करता।

जब एक दिन उस बूढ़े ने हमें डायनों का क़िस्सा सुनाया तो हम सब बेहद डर गए थे, परंतु उसके क़िस्से में इतना आकर्षण था कि वह बिना सुने नहीं छोड़ा जा सकता था। बड़ी दी काफ़ी डर गई थीं और जैसे-जैसे क़िस्सा बढ़ता जाता था वैसे-वैसे बड़ी दी पीली पड़ती जाती थीं।

माँ ने बड़ी दी को डाँटा था, 'तू इतनी बात से डर जाती है?'

तब अचानक वह बूढ़ा हँस पड़ा था, 'पर बेटी, तुम्हें देखकर तो डायनें दूर भाग जाएँगी, क्योंकि वे अच्छे बच्चों को देखकर सामने नहीं आतीं।'

दीदी वैसे ही हँस दी थीं, जैसा कि वह अक्सर झूठ-मूठ हँसती थीं। कुछ दिनों तक हमने बूढ़े से डायनों के किस्से सुनने बंद कर दिए थे। उसने भी हमें सुनाना बंद कर दिया था। शायद दीदी के डर की वजह से उसने ऐसा किया हो। वह तो एक दिन बा जी ने खुद हमें डायनों के बारे में बातें सुनाईं। उन्होंने कहा कि धनोल्टी के नीचे घाटी-गाँवों में बहुत सारी बातें चलती हैं। बा जी कभी भी उन बातों पर विश्वास नहीं करते थे, वे तो सिर्फ़ हमें सुनाने के लिए ये बातें सुनाते थे।

सच तो यह था कि बा जी के पास हम लोग बैठे ही बहुत कम हैं। वे हमेशा व्यस्त रहते थे। ऐसे बहुत कम मौक़े आए होंगे, जब वे हमारे साथ हँसे-खेले हों–ऐसा हर मौक़ा हम सबके लिए, माँ के लिए भी, बेहद ख़ुशी का मौक़ा होता था। यह आश्चर्य की बात थी कि बा जी ने डायनों के बारे में बताया था तब हममें से कोई नहीं डरा था। हो सकता है यह बा जी के सुनाने की कुशलता हो या हम लोगों को बा जी की बातें सुनने का चाव। जो भी हो धनोल्टी में रहते हुएं उन दिनों बा जी ने हमारे साथ और जगहों की बनिस्बत ज़्यादा वक़्त बिताया था।

शुरू के कुछ दिनों में धनोल्टी का देवदारु वन हम लोगों के कौतुक की चीज़ रही थी। अक्सर घर से निकलकर हम भाई-बहन मोटर सड़क के नीचे के जंगल की ओर निकल जाते, पर उस अँधेरे जंगल में ज़्यादा दूर तक सैर नहीं कर पाते। घास के गद्दों पर चलते-बैठते हमने दूर एक झरना खोज लिया था, वहाँ कुछ बड़े पत्थरों पर बैठकर नीचे गाँवों की ओर देखना या कुछ खोजना हमारा खेल बन गया था।

बड़ी दी कहती थी, 'वह देखो खेतों में लोग काम कर रहे हैं।' हम दूर खेतों में काम करते लोगों को पहचानने की कोशिश करते कि उनमें से कौन पुरुष हैं और कौन औरतें। हमारा यह खेल कभी अचानक बादल भंग कर देते। कुहरा देवदारु वन के बीच गहरा अँधेरा फैला देता और हम बड़ी दी के साथ तेज़ी से ऊपर अपने घर की ओर दौड़ते। इस दौड़ में भटककर जब हम सेब-बागानों की ओर आ पहुँचते तब चुपके से चोरी करके खट्टे सेब खाने का लालच छोड़ते नहीं थे।

यह तो उन शुरू के दिनों की बातें थीं, जब जून ख़त्म हो गया और बारिशें ज़ोरों की शुरू हो गई। तब हम घर में फिर कैद हो गए। माँ हमें बहुत कम बाहर निकलने देती। बा जी दिन-भर अपने दफ़्तर में रहते और शाम होते ही अपने छोटे से कमरे में बैठकर दफ़्तर वालों से बातचीत करते या अपने केस उलटते-पुलटते रहते।

धनोल्टी में बारिश इतने ज़ोरों से होती थी कि कभी-कभी रात को अचानक जाग जाने पर लगता जैसे टीन की छतों को कोई लगातार पीटे जा रहा हो, दिन-दिन भी धुंध और बादल। एक बार तो एक हफ़्ते तक सूरज दिखाई ही नहीं दिया। हम सब लोग सूरज देखने की शर्तें लगाते लेकिन कहीं से भी बादल फटते नज़र नहीं

आते थे। उन दिनों दिन में भी ठंड लगती थी। हमारे घर के चारों ओर देवदारु पेड़ों से पानी की मोटी-मोटी बूँदें घास के गद्दों पर गिरतीं और कुछ दूर जाकर नालों की शक्ल में ज़ोरों से बहती नज़र आतीं। ढलान की तरफ़ देखते हुए अनेक छोटे-छोटे नालों के रूप में जब पानी ज़ोरों से बहता था तब जी में आता था कि काग़ज़ की नावें चलाई जाएँ और कहीं दूर झरने के पत्थरों पर बैठकर उन्हें गिरता, बहता और टूटता देखा जाए।

वर्षा के बाद जब हल्का, खुला नीला आसमान दीखने लगा तब खच्चरों और घोड़ों पर लदीं सेब की पेटियाँ शहरों की ओर ले जाने वाले काफ़िले-से दीखने लगे। दिन-भर सड़कें चलती रहतीं और वे लोग, जो घोड़ों के साथ होते, कोई पहाड़ी गीत गाते हुए रास्ता तय करते। उन्हीं दिनों सेबों से भरी हुई एक बोरी लेकर वह बूढ़ा आया था। तब तक हम भूल चुके थे कि वह हमें डायनों की कहानियाँ सुनाया करता था और उसका कोई केस बा जी के कोर्ट में चल रहा था। वह तो अचानक एक सुबह वह सेबों का ढेर बाहर बरामदे में लगाता हुआ नज़र आया।

'क्या हाल हैं छोटे भाई?' बूढ़े ने मुझे देखकर कहा उसने मेरी तरफ़ एक लाल सेब बढ़ाया। मैं थोड़ी देर सेबों की तरफ़ देखता रहा, फिर मैंने सेब लिया। जब मैं सेब को उलट-पुलटकर देख रहा था तब वह फिर बोला, 'यह डायनों वाला सेब नहीं है।' और हँसने लगा।

डायनों की कहानियाँ उसने हमें सुनाई थीं। मुझे खुद हँसी आ गई। क्या आप हमें डायनों की कहानियाँ नहीं सुनाएँगे? दरअसल, सेबों से ज़्यादा मेरी रुचि डायनों की कहानियों में हो गई थी।

'ज़रूर सुनाऊँगा। पर कहानियाँ नहीं। सच्ची बातें।'

इतने में माँ आ गई थी। माँ से उसका अच्छा-खासा परिचय था। मैंने देखा, उसके आते ही माँ के चेहरे पर एक मुस्कान तैर गई थी।

'इस बार मेरे बगीचे में अच्छे सेब हुए हैं।' उसने माँ से कहा! वह कुछ और भी कहना चाहता था कि माँ बोली, 'इतने ढेर सारे सेब हम लोग कैसे खाएँगे।'

'सेब...' उसने सोचकर जवाब दिया, 'हमारे गाँवों में तो सेब के पेड़ जिस दिन झाड़े जाते हैं, दूसरे दिन सब सेब ख़त्म हो जाते हैं। लोगों का कहना है कि सेब खाने का मतलब अपनी उम्र बढ़ाना होता है।' माँ फिर हँस पड़ी।

'इस बार तो आपको हमारे गाँव ज़रूर ही जाना पड़ेगा,' उसने कहा मैं नहीं जानता माँ के मन में क्या होगा लेकिन मेरी उन गाँवों को देखने की बहुत इच्छा थी, जिनकी वह बातें करता था।

'इस बार...। इस बार डिप्टी साहब को भी साथ ले चलना।'

'उन्हें तो मुआयना करने जाना है।' उसने माँ की बात को लेकर कहा, 'साहब तो चलने के लिए तैयार भी हैं। मैं सोचता हूँ आपको 'मेले' के दिनों में ले चलूँ।'

'अम्मी, हम भी चलेंगे।' छोटी बहना ने कहा वह बूढ़े से बहुत हिल-मिल गई थी।

'ज़रूर। इस बार तो मैं सब लोगों को ले चलूँगा।' बूढ़े के बोलने में जो सहजता थी, उससे निकट अपनेपन का एहसास होता था। अक्सर जिस दिन बूढ़ा हमारे घर आता उस दिन हम लोग अपने-आपको ज़्यादा मुक्त और खुश समझते थे। परंतु वह कभी किसी स्वार्थ की वजह से हमें इतना स्नेह नहीं देता था। बा जी ने हमें बताया था कि वह बूढ़ा निपट अकेला था और उसके कोई संतान नहीं थी। यह तो गाँव वालों ने उसे किसी द्वेषवश फँसा दिया था। बा जी का कहना था कि अपने केस के बारे में उसने कभी नहीं चाहा कि वे उनकी सहायता किसी दूसरे ढंग से करें, बल्कि वह सिर्फ़ हमारे परिवार में इसलिए घुल-मिल गया था कि यहाँ वह अपने आपको अपने गाँव के उस अनचाहे वातावरण से अलग और खुश पाता था।

माँ ने बहुत पहले बूढ़े से कहा था कि हमें एक काम करने वाले लड़के की ज़रूरत है, पर फिर माँ भूल गई या शायद बार-बार कहना उनके स्वभाव में नहीं था, वह तो स्वयं बूढ़े ने कहा, 'मैं अगले हफ़्ते आपके लिए एक नौकर लेता आऊँगा। लड़का मैंने देख लिया है। पर मैं सोचता हूँ कि एक बार आप उसे देख लें तो अच्छा रहे।'

'आप जो ले आएँगे हमें तो वही पसंद आएगा।'

इस बात से वह काफ़ी खुश हो गया था। बूढ़े के बारे में ज़्यादा मुझे पता नहीं। पर उसकी शक्ल ऐसी थी कि कोई आसानी से नापसंद नहीं कर सकता था।

दो-तीन दिनों के बाद जब बूढ़ा आया था तो उसका चेहरा बहुत बुझा हुआ-सा लग रहा था। तब तक हमारे सेब ख़त्म नहीं हुए थे। पर हम सब लोग बूढ़े को देखकर सहम गए थे। वह ज़्यादा बूढ़ा लग रहा था।

'आप थके हुए लग रहे हैं?' बड़ी दी ने पूछा। हम सब लोग बाहर दालान में आ गए थे।

'थका हुआ...' उसके बुझे चेहरे पर हल्की-सी मुस्कान तैरने लग गई, 'हाँ, अब मैं बहुत थक गया हूँ।'

माँ बीच में आ गई थीं। 'हाँ, मैं थक गया हूँ।' उसने फिर दुहराया।

'कहाँ से आ रहे हैं आप?'

माँ के यह पूछते ही बूढ़ा बच्चों की तरह रोने लगा, 'अब मैं कहीं से नहीं आऊँगा। मेरी अकेली लड़की थी, वह भी चल बसी।'

हम सब लोग चुपचाप खड़े हो गए। यानी हिलना-डुलना भी नहीं हुआ। मैंने माँ के चेहरे की ओर देखा। मुझे लगा जैसे माँ के पास भी ज़्यादा शब्द नहीं हैं। वह बिल्कुल चुप थीं।

थोड़ी देर की चुप्पी से मुझे लगा जैसे हम सब बूढ़े के दु:ख से अपरिचित हैं। यह आश्चर्य की बात है कि हममें से माँ तक भी उससे यह नहीं पूछ सकीं कि लड़की कैसी थी, क्या बीमार थी, क्या हुआ? लगता था जैसे सभी जिज्ञासाएँ ख़त्म हो गई हों, जैसे हमारे लिए जानने की ज़रूरत न हो।

वक़्त बहुत धीरे खिसक रहा था। बहुत धीरे। मुझे उस क्षण ऐसे लगा जैसे मैं चाहूँ तो वक़्त को पकड़ सकता हूँ। जैसे...।

बूढ़ा अचानक वाचाल हो उठा, 'यह तो मामूली बात थी। एकदम मामूली बात।'

'अं...,' बड़ी दी के मुँह से अचानक एक शब्द निकला।

'हाँ, मामूली बात। बेटी, अब तुम मेरी बेटी हो।' बड़ी दी की ओर देखकर बूढ़े ने कहा।

फिर माँ ने आगे आकर बूढ़े को अंदर बैठने के लिए कहा शायद यही माँ की तरफ़ से सहानुभूति का कोई क़दम था।

उसके बाद मुझे याद नहीं पड़ता कभी बूढ़े ने हमें गाँव जाने के लिए कहा हो। वह जब-तब अपने गाँव जाता रहा और हम लोगों के लिए ज़्यादा रहस्यमय बनता रहा।

बूढ़े का रहस्य शायद जो कुछ था, वह यही था कि वह अपने-आपको लोगों से बचाना चाहता था। इसीलिए वह या तो धनोल्टी में हमारे घर आता या सीधे अपने गाँव जाता। पहले की तरह वह कभी भी न तो दुकानदारों से मिलता और न दफ़्तर के लोगों से।

हमें पता चला था कि उसका 'केस' भी उसी के ख़िलाफ़ चला। लेकिन उसने हमें कभी उस सिलसिले में कुछ नहीं बताया, या वह बताना नहीं चाहता था, या पराजय को सामने रखने की पीड़ा वह सहना नहीं चाहता था।

बहुत दिनों तक डायनों की कहानियाँ सुनाने वाले उस बूढ़े को हम नहीं भूल पाए लेकिन एक दिन वह न जाने कहाँ चला गया–पहले हमने सोचा वह पहले की तरह गया होगा, फिर लौट आएगा लेकिन बहुत दिनों तक जब वह नहीं आया तब हम यह मान चुके थे कि वह नहीं आएगा। हालाँकि अंदर-ही-अंदर मेरे मन में यह विश्वास था कि वह एक दिन अचानक चला आएगा। जैसे वह अचानक चला गया था।

मुझे उस बूढ़े की वे कहानियाँ एकदम भूल जातीं कि सचमुच एक दिन दफ़्तर से पता चला कि बूढ़ा अपने गाँव लौट आया है। अब हम उसकी प्रतीक्षा करने लगे थे कि वह आएगा और हमें अपने गाँव ले जाने की बात करेगा। शायद अपना केस ख़राब होने की वजह से वह अब इस ओर आने में संकोच कर रहा हो, मैंने मन में यही विचार किया, पर वह किस वजह से नहीं आ रहा था, यह पूरी तरह उसके बिना नहीं जाना जा सकता था।

फिर एक लंबे अर्से के बाद जब बूढ़ा हमारे घर आया तब पहली बार सामने हिमालय की श्रेणियों से जुड़ी पहाड़ियों पर बर्फ़ पड़ी थी। उन दिनों हम लोग इस इंतज़ार में रहते थे कि धनोल्टी में कब बर्फ़ पड़े और कब हम अपने वे सोचे हुए मज़े लें। बूढ़ा न जाने क्यों ज़्यादा टूटा हुआ और ज़्यादा नंगा लग रहा था, चाहे उसने कपड़े पहने हुए थे लेकिन फिर भी लगता था जैसे वह कपड़ों में न हो, क्योंकि तार-तार हुए उसके कपड़े इस बात का सबूत थे कि अब बूढ़े की आर्थिक हालत ठीक नहीं।

'इतने दिन कहाँ रहे?' किसी छोटे बच्चे ने पूछा।

'इतने दिन...अब तो मैं तुम्हारे बीच आ गया हूँ बच्चो!' वह हँसने लगा।

मुझे अचानक ऐसा लगा जैसे वह यही बात पहले भी कह चुका हो। उसने न भी कही हो, तब भी मुझे ऐसा लगा। अचानक ही क्यों–यह मैं नहीं जानता।

हम सब भाई-बहन उसके चारों तरफ़ घिर आए थे।

वह कैसा लग रहा था। यह सब हम एक साथ उसके चारों तरफ़ आते हुए भूल गए। वरना जैसा कि हमेशा होता आया है, हम उससे बातें कर सकते थे।

'इस बार मैं एक डायन से बचकर आया हूँ।'

'डायन!' यह शब्द बाहर निकलते ही हम सबके कान खड़े हो गए। अगर वह अगले एक मिनट भी कुछ नहीं बताता तो हो सकता था, हम आपस में ही कुछ-न-कुछ बोल पड़ते।

'अच्छा,' अनायास हममें से किसी के मुँह से निकल पड़ा और वक़्त होता तो हम उस चेहरे को देखने की कोशिश करते, जिसने यह शब्द कहा था, लेकिन इस वक़्त सिर्फ़ हम बूढ़े के मुँह से कुछ शब्द सुनने की प्रतीक्षा कर रहे थे।

प्रतीक्षा–यह ग़लत भी हो सकता है, बल्कि हम चाह रहे थे कि वह कुछ बोले।

'तुम जानते हो बच्चो, इस बार मैं देर से क्यों इस तरफ़ आया हूँ?'

बूढ़े ने ऐसे कहा जैसे हम वजह जानते हों पर वह इतनी आत्मीयता से बोल रहा था कि स्वीकृति में हमारे सिर हिल पड़े।

मैंने कहा न, मैं एक डायन के चक्कर में फँस गया था।

जैसा कि अक्सर होता था। बीच में या हममें से कोई सवाल कर देता था या फिर जब बूढ़ा हम लोगों की तरफ़ देखता होता तब खुद ही हमारे चेहरे से पहचान लेता कि हम उस वक़्त क्या सोच रहे हैं। परंतु उसने सिर एकदम नीचे किया हुआ था और मुझे उम्मीद नहीं थी कि वह ऐसे मौके पर हमारी आँखों के इशारों को पहचान जाएगा।

'तुम लोग और भी बातें कह सकते थे। परंतु शायद मेरे जाने पर वे सब बातें गुलाबी पड़ गई हैं।'

'गुलाबी...' मैं बीच में बूढ़े से गुलाबी का अर्थ जानने के लिए कह उठा। हल्का-सा अविश्वास भी था। चाहे वे बातें मनोरंजक थीं लेकिन वे क्या सचमुच सच हो सकती थीं? केवल यही भ्रम था।

'हाँ, गुलाबी कपड़ों वाली डायन! तुम जानते हो, मैं यहाँ से बहुत दूर काणाताल में अपने एक जानकार के पास गया हुआ था। जब-जब मेरा मन उदास हो जाता है, तब-तब मैं वहाँ चला जाता हूँ। वहाँ से हम लोग जौनपुर के एक गाँव में गए थे...'

हम अक्सर अपनी खिड़कियों से नीचे घाटियों के गाँव देखा करते थे। हमें बताया गया था कि वे जौनपुर के गाँव हैं। उन गाँवों के खेतों में काम करते हुए लोगों को पहचानने या उनके घरों की तरफ़ देखने का हमारा एक पुराना खेल भी था। यह बूढ़ा उन्हीं गाँवों में कहीं गया होगा।

अचानक ही मुझे याद आया कि बूढ़ा भी खुद उसी जौनपुर के किसी गाँव का रहने वाला है। मैं कुछ और पूछने की सोच ही रहा था कि फिर बूढ़े ने डायन वाली कहानी जारी कर दी।

'हाँ तो...। उस गाँव में हम रात को एक मास्टर के घर ठहरे थे। वह तो रात में अचानक मेरी आँख खुल गई तो मैंने पाया कि कोई सुंदर-सी औरत सीखचों वाली खिड़की के छोटे सींखचों से अंदर की तरफ़ आ रही है। जब तक वह अंदर आ गई और मेरे बिल्कुल पास आ गई, तब तक मुझ पर न जाने कैसा सम्मोहन छाया रहा, पर उसने पास आते ही...,' इस बीच बात करते-करते बूढ़ा खाँसने लग गया। मैं सोचने लगा, कहीं बूढ़े ने कोई सपना तो नहीं देखा था? पर मैं उतनी जल्दी पूछने के लिए खुद को तैयार नहीं कर पाया। बूढ़े की खाँसी रुक गई थी और उसने कुछ क्षणों के लिए हम लोगों की तरफ़ देखा।

'बच्चे डर तो नहीं रहे हैं?' उसने ऐसे पूछा जैसे वह खुद से बातचीत कर रहा हो। 'जब वह पास आई तो उसने एक लंबे तागे से मुझे नापना शुरू किया। मुझे लगा जैसे कोई मेरा गला दबा रहा हो, जैसे...'

बूढ़े की पहले सुनाई किसी कहानी की धुँधली-सी याद मुझे आ गई। उस याद के साथ छोटी बहन का डरना और उस याद के साथ इस पहाड़ी कस्बे के पहले दिन। कभी-कभी उन पहले दिनों का मोह, अतीत के प्रति एक भाव आदमी को कितना तोड़ता है। पर मैं इस सिलसिले में ज़्यादा नहीं सोच सकता। मुझे सिर्फ़ यह ख़याल तस्वीरों के रूप में आ जाता है कि बूढ़े ने जब पहले डायनों की बात सुनाई थी तब यह बताया था कि किस तरह डायनें एक लंबे तागे से आदमी को नापकर उसे खा जाती हैं।

न जाने कितने लोगों की सुनी वह कहानी अब मुझे दूसरों की लगती है। जैसे कोई सुंदर डायन हाथों में नीबू लिए हो और वह एक बड़े भैंसे को 'चट' कर जाए या जैसे किसी डायन ने अपने घर के लोगों को ही खाना शुरू कर दिया हो।

डायनों की वह कहानी आगे बढ़ती है। डायनों की कहानी के बीच बूढ़े के दिन आ जाते हैं। 'जानते हो मैं इन कई दिनों कैसे डायनों के उस अत्याचारी प्रदेश से बचता रहा हूँ। उस एक घर में जहाँ हम ठहरे थे और रात को वह मायावी सुंदर डायन आई थी, वह और कोई नहीं थी। घर के आदमी की नई-नवेली पत्नी थी। और कहते हैं कि विवाह के बाद उस घर में दो बैल, एक बच्ची और एक बूढ़ी की मृत्यु हो चुकी थी।'

यह सब कहते हुए मुझे छोड़कर सभी बच्चों के चेहरों पर मरण तैर आया था। मुझे लगा जैसे बूढ़े की बातें सुनकर वे घने देवदारु के जंगलों में भटक गए हों।

'वह तो बेटा मेरा हाथ उस समय ज़मीन पर झूल रहा था। अचानक मेरे हाथों में जूता आ गया। फिर तो मैंने वह मरम्मत की कि वह डायन रोने लगी। और उसने सब किस्से मुझे ठीक-ठीक बता दिए। उसने कहा कि वह अपना डायन वाला मंत्र फेंक देगी और अच्छी लड़की की तरह से रहेगी।'

बूढ़ा अचानक ही हँस दिया। 'अब वह मेरी बेटी हो गई है। और अब मुझे कमी सिर्फ़ यह है कि मैं किसी के लिए कुछ नहीं कर सकता।'

अपनी बात ख़त्म करते ही बूढ़े ने अपने झोले में हाथ डाला और हम लोगों के सामने अखरोट बिखेर दिए। ढेर सारे अखरोट। एकदम ताज़ा मटमैले रंग के खड़खड़ाते अखरोटों में हमारी डायन की बात मामूली हो गईं।

इसके बाद बूढ़े का आना-जाना फिर जारी हो गया। हम अक्सर या अखरोटों से खेलते होते या सुदूर श्रीकंठ पर्वत पर पड़ती हुई सूर्य-छवियों को देखते रहते। बूढ़ा हमें बताता था कि सबसे पहले बर्फ़ भी श्रीकंठ पर्वत पर पड़ती है और उसके बाद नीचे के इलाक़ों में। फ़िर तो धनोल्टी पूरी तरह बर्फ़ से भर जाता है।

'और सामने हिमालय की बर्फ़?' हममें से कोई पूछ उठता।

तब बूढ़ा अपनी परिचित और आत्मीय मुस्कान में बताता कि हिमालय के पास की चोटियों में तो बर्फ़ हर बार पड़ती है। चाहे गर्मियाँ हों या सर्दियाँ। वह तभी दिखाई देती है, जब बादलों के कारण पहाड़ियाँ ढकी न हों। बूढ़ा हमें जो भी बताता था हम न जाने क्यों मानते थे। वह हमें नीचे घाटियों के कुल देवताओं के बारे में बताता और ऐसी चमत्कारपूर्ण बातें बताता कि कभी-कभी तो हम आश्चर्य में डूबे ही रह जाते।

घाटियों में घूमती हुई नदी के दृश्य, चाहे मैंने दूर से ही देखे थे, सचमुच ऐसे थे, जो आदमी को एकदम अपनी ओर खींच लेते हैं। बूढ़े का गाँव वहीं कहीं था, वहीं कहीं वे घने अखरोटों के पेड़ थे, जिनके अखरोटों से हम खेलते भी थे और मौक़ा पड़ने पर या जी में आने पर उन्हें तोड़कर खाने में भी पीछे नहीं हटते थे। पर इन सबसे भी अलग मन की कामना यही थी कि कभी मौक़ा मिले तो सुदूर पर्वतों की चोटियों के बीच कहीं किसी गुमनाम घाटी में पहुँचा जाए, कहीं दूर।

वह डाक ले जाने वाला जिस दिन पोस्ट ऑफ़िस में आता था, मैं उस दिन स्कूल से आते हुए एक चक्कर ज़रूर लगा आता था। पोस्टमास्टर ने मुझे बताया था कि वह दूर जाकर डाक दे आता है, उन घाटियों के बीच। वह डाक ले जाने वाला कमज़ोर आदमी मुझे सिर्फ़ घने जंगल के बीच डरावने जानवरों की बातें बताता था। अपने हाथों में लिए लंबे-से बल्लार के ऊपरी सिरे पर बँधी वह टन-टन कर बजने वाली घंटी की सफ़ाई करते हुए जब मैं डाक ले जाने वाले आदमी को देखता तब मुझे लगता जैसे अपने परिवार से, परिजनों से दूर इस आदमी ने घंटी में ही उन सबकी यादों को छिपा दिया है। पर वह मुझसे बहुत कम बातें करता था, वह अक्सर चाय की दुकान में बैठा बीड़ी फूँकता और सोया रहता या हमेशा की तरह डाक के थैले को लादे हुए काणाताल वाली सड़क पर तेज़ी से चलता हुआ दिखाई देता। जैसे-जैसे धनोल्टी में ठंड बढ़ती जाती है, वैसे-वैसे डाक का आना-जाना कम हो जाता, वैसे-वैसे सरकारी जीपें और डाक के खच्चर आने कम हो जाते और एक अजीब सूनापन, हर वक्त हवा की न बंद होने वाली सांय-सांय बाहर-भीतर, कमरों के कोनों तक भर जाती थी।

और अब, इन दिनों जब बाहर धनोल्टी का कोना-कोना बर्फ़ से ढक गया है, आने-जाने वाले कितने कम लोग हैं। मैं शीशों से बाहर देखता हूँ–पर कभी-कभी बाहर धुँधला पड़ जाता है, शीशों पर साँस की भाप का धुँधलका तैरने लगता है।

उस धुँधलके के आगे सारी की सारी पहाड़ियाँ बर्फ़ से लदी हुई हैं। और पेड़ों के पत्ते एकदम सफ़ेद हो गए हैं।

पिछले कुछ दिनों से बूढ़ा बाबा हमारे ही घर में ठहर जाता है। बा जी बाहर टूर पर चले गए हैं। बाबा कभी-कभी जब घर में होता तब अपने हुक्के से बतियाता रहता है। और जबसे बाहर बर्फ़ पड़नी शुरू हुई है, तबसे बाबा सुबह ही सुबह कहीं निकल जाता है और शाम को लौटता है या कभी नहीं लौटता। 'बहुत सारे लोग बर्फ़ में फँस जाते हैं, उन्हें मदद की ज़रूरत होती है, इसीलिए मैं जाता हूँ।'

माँ जैसे बच्चों को मना करती है, ठीक वैसे ही बाबा को भी मना करती है। वह कहती है जब बा जी टूर से आ जाएँ, तब अपने मन की करना।

बाहर बहुत दूर तक सिर्फ़ एक सफ़ेद सूनापन बिखरा रहता है। बड़ी दी और मैं जब कभी एक साथ होते हैं तो आग सेंकने की बजाय हल्के-से खिड़की खोलते हैं और बर्फ़ के कणों को हाथ से छूते हैं।

लेकिन नवंबर के उन दिनों धीरे-धीरे दिन में भी बर्फ़ पड़ने लगी और न जाने कितने दिनों तक बर्फ़ गिरती रही। वह तो बाद में माँ ने बताया कि बर्फ़ गिरते हुए अब पाँच दिन हो गए हैं।

यह मेरे लिए काफ़ी विचित्र बात थी कि मुझे यह पता ही नहीं चला कि बर्फ़ पड़ते हुए पाँच दिन हो गए। उस उम्र में दिनों की गिनती इस तरह भूल जाने के

'डर' से, उस आतंक से मैं कब मुक्त हुआ होऊँगा—अब सचमुच यह भूल गया हूँ। पर नवंबर के वे दिन जब बर्फ़ पड़ते हुए अंदर-ही-अंदर अजीबोग़रीब हलचलों में बीतते रहे तब मुझे अचानक ही ख़याल आया कि अगर बर्फ़ इसी तरह पड़ती रहे तो किसी दिन मैदानों तक यह फैल ही न जाए।

एकदम रसहीन बातें और बेसमझी की इन बातों के बीच मैंने अपने लिए जो काम निकाल लिया था वह खिड़की के बाहर के संसार को देखने-भर का था। उसमें व्यस्त रहने के मेरे अपने तरीक़े, इतने अच्छे भी थे कि कभी-कभी मैं सोच उठता था कि क्यों नहीं साल-भर इसी तरह बर्फ़ पड़ती रहे और हम...।

बर्फ़ पड़ने के इन दिनों घर में अनायास एक चुप्पी व्याप गई थी, माँ हमेशा खुद बड़ी खिड़की के बाहर धनोल्टी से श्रीकंठ की सड़क की ओर देखती रहती थी। सड़क पूरी तरह से लदी पड़ी थी। कभी कोई इक्का-दुक्का आदमी या फिसलते हुए ख़रगोशों की तरह बर्फ़ के फोहे गिरते रहते थे, उसके अलावा वहाँ सिर्फ़ सुनसान था। और ऐसा ही सुनसान हमारे घर में घुस गया था। बड़ी दी अपने काम में लग गई थी। वह बारी-बारी करके हम लोगों के लिए स्वेटर बनाती थी, इस बार उन्होंने न जाने क्यों अपने-आपको स्वेटर बुनने के कामों में ज़्यादा लगा दिया था।

सारे बच्चे, माँ, मैं और बड़ी दी—अपने में व्यस्त होते-होते घर की चुप्पी का एक अंग बन गए थे।

इस चुप्पी के बीच अचानक मुझे एक दिन बाहर जाने का मौक़ा मिल गया। माँ ने मुझे पोस्ट ऑफ़िस में कोई चिट्ठी देखने के लिए भेजा था।

बड़ी दी दरवाज़े के पास खड़ी, 'मैं भी जाऊँ?' उसने माँ ने पूछा। मैं जानता था, वह बर्फ़ में बाहर घूमने जाना चाहती थी।

'नहीं,' माँ का संक्षिप्त उत्तर था और इसके बाद माँ ने मुझे बताया था कि मैं किस तरह उन लमदों से बचकर पोस्टमास्टर तक पहुँचूँ, जिनमें बर्फ़ कच्ची जमी हुई थी और वहाँ गड्ढे होने का भी डर था।

मुझे बर्फ़ में बाहर जाने की खुशी थी और जब मैं अपने गर्म बूट पहनकर बाहर निकला था, तब मुझे लगा था जैसे मैंने कोई बहुत बड़ी चीज़ पा ली हो। मुझे याद आया, मैं कई दिनों से इस मौक़े की तलाश में था। पर अनायास मैं निराश हो पड़ा था, यह ऐसी स्थिति है जब आप कुछ पा लेते हैं किंतु पाने की खुशी का संबंध सिर्फ़ तब तक रहता है जब तक आप पूरी तरह नहीं जानते कि जो पाने की कामना आपकी थी वह बहुत छोटी और हल्की थी। यह मैंने बाहर बर्फ़ में चलते और हल्के-से फिसलते महसूस किया था।

बर्फ़ काफ़ी पड़ चुकी थी, क्योंकि जिस सड़क से मैं पहले देवदारु पेड़ों की पत्तियों के बीच का ख़ालीपन देखता था, अब वहाँ से पेड़ों की झुकी हुई सफ़ेद

शाखों के कोने दीख रहे थे। मुझे ऐसा लग रहा था जैसे मैं पेड़ों के बराबर हो गया हूँ। माँ ने मुझे भागने के लिए मना किया था। इसमें फिसल जाने का डर था। इसलिए मैं चुपचाप बर्फ़ के ऊपर सीधे पाँव रखने की कोशिश में पीछे की तरफ़ भी देख रहा था, जहाँ से माँ मुझे देख रही थी। पर उस बर्फ़ की सफ़ेदी के सम्मोहन में मैं अपने-आपको कुछ-कुछ रिक्त पा रहा था।

जब मैं पोस्ट ऑफ़िस पहुँचा, तब वहाँ से डाक ले जाने वाला डाक लेकर कहीं दूर जा रहा था। उसके हाथों का बल्लम किसी लाल कपड़े के टुकड़ों से भरा हुआ था। दूर से ऐसा लगता था जैसे किसी लंबे ठूँठ पर बुरुश के फूल उग आए हों।

'एँ' मुझे देखकर वह बोलने लगा, पर फिर रुक गया।

मैं जब उसके पास गया तो उसने मेरे गर्म बूट देखे--'तुम्हारे जूते अच्छे हैं।' उसने कहा, 'क्या तुम जानते हो कि धनोल्टी की बर्फ़ पाँव ख़राब नहीं करती है।'

वह जब मुड़ने को हुआ, तब मैंने उससे पूछा, 'क्या आप उन पहाड़ों के पार घाटियों में जाएँगे?'

'हाँ, मैं वहीं जाऊँगा।...वहीं। जानते हो वहाँ कितना सुनहरा मौसम रहता है। नहीं, तुम नहीं जान सकते। अच्छा बताओ, जब मैं घोर जंगलों के बीच से अकेले जाऊँगा तो बल्लम में बँधी घंटियों की टुन-टुन से पूरे अकेलेपन में कोई चीज़ गीत नहीं गाने लगेगी।'

मुझे उसकी बात बिल्कुल समझ नहीं आ रही थी। पर मुझे वे बातें अच्छी लग रही थीं।

'क्या तुम पोस्टमास्टर से कुछ ख़रीदोगे?' उसका इशारा लिफ़ाफ़े-कार्डों की तरफ़ था। वह ख़ुद लिफ़ाफ़े-कार्ड बेचता था और वह चाहता था कि कोई उससे भी ख़रीदे। 'नहीं।' मैंने कहा मेरे 'नहीं' कहते ही वह मुड़ा और उसने बल्लम धीरे-धीरे टिकाना शुरू किया। सचमुच बल्लम पर बँधी घंटियों के स्वर एक गीत की तरह बिखर गए थे। सचमुच वे घंटियाँ एक स्वर से बजती थीं--कुछ अंतराल के बाद। जैसे चर्च में या जैसे मंदिरों में हल्के-हल्के घंटे बजते हैं।

जब वह मोड़ पार कर गया तब तक घंटियों की आवाज़ आ रही थी। उन घंटियों की आवाज़ से पहला भ्रम यह होता था जैसे जानवरों का कोई बड़ा झुंड थका-हारा शाम को घर लौट रहा हो। या जब वह भागते हुए आता था तब वह स्वर भागती हुई भेड़ों के गले में बँधी घंटियों की तरह सनसनाता था।

जब वह मोड़ पार कर गया, तब तक मैं पीछे मुड़-मुड़कर उसकी तरफ़ देखता रहा था। बाद में जैसे ही मैं पोस्ट ऑफ़िस पहुँचा, वह आँखों से ओझल हो गया था।

बूढ़े पोस्टमास्टर ने अपने दालान की बर्फ़ साफ़ कर दी थी और किनारे पर लगे बर्फ़ के ढेर के साथ छोटे बच्चे खेल रहे थे।

'क्या हमारी कोई चिट्ठी है?' मैंने पोस्टमास्टर से पूछा।

'आपकी चिट्ठी नहीं है।' उसका जवाब सुनकर मैं उदास हो गया। तब पोस्टमास्टर बोला–'अभी तो डाक भी चार-पाँच दिनों से नहीं आई। आज आ जाएगी, तुम शाम को लेते जाना।'

मैं लौटकर भी जा सकता था किंतु बर्फ़ में खेलते हुए बच्चे मुझे अच्छे लगे और मैं उनके खेलों को देखने में मस्त हो गया।

वे लोग कोई आदमी बना रहे थे लेकिन उसकी नाक कच्ची बर्फ़ होने की वजह से टिकती ही न थी। बार-बार वह नाक नीचे आ गिरती और बच्चे तालियाँ पीटकर निराश हो जाते। मैं उनका खेल काफ़ी देर तक देखता किंतु मुझे घर की याद नहीं भूल गई थी।

टिक-टिक-टिक...कोई घोड़े वाला जब पास से गुज़रा तो बच्चों का ध्यान बर्फ़ के आदमी से हटकर घोड़े की तरफ़ लग आया। 'हम घोड़ा बनाएँगे...' कुछ बच्चे आपस में चिल्लाए।

मैंने अंदाज़ लगाया, वे सब बागों में काम करने वाले कामगरों के बच्चे और दुकानदारों के बच्चे थे। उन्होंने मेरी ओर संदेह की दृष्टि से देखा।

'क्या तुम हमारे लिए घोड़ा बना सकते हो?'

'क्यों नहीं...' मैंने उत्साह में जवाब दिया। मैं अपने गर्म बूटों से ठप्प-ठप्प करता बच्चों तक जा पहुँचा। मैंने सबसे पहला काम यह किया कि बच्चों से लकड़ी के टुकड़े या देवदारु की शाखाएँ मँगाईं और उनके टुकड़े कर आदमी की जो शक्ल बच्चों ने बनाई थी, वहाँ लकड़ी के टुकड़ों की नाक और आँखें लगाईं।

जब आदमी पूरा बना तो उन बच्चों में काफ़ी उत्साह आ गया। उनके चेहरे मुझे ज़्यादा लाल और अच्छे लगे। गोल-गोल और साफ। 'और अब घोड़ा बनाओ न।'

जब घोड़ा बन गया तब मुझे ख़याल आया कि मुझे घर जाना है। बादल घिर आए थे और थोड़े-से अंतराल के बाद ऐसा लग रहा था जैसे अब तक हमने कई दिनों से सूरज नहीं देखा हो। मैं घर की तरफ़ वापस आया तो बच्चे आपस में बर्फ़ के गोलों के खेल खेलने लग गए थे।

मेरे पीछे भी धप्प-धप्प बर्फ़ के गोले गिरे, लेकिन मैं उनकी पकड़ से आगे था। मैं सोच ही रहा था कि घर जाकर मैं माँ से क्या कहूँगा कि घर आ गया था और माँ खिड़की पर खड़ी होकर मेरी प्रतीक्षा कर रही थी।

मेरे ख़ाली हाथ देखकर माँ ने यह भी नहीं पूछा कि क्या कोई चिट्ठी आई थी।

'बर्फ़ वहाँ भी ख़ूब होगी?' माँ ने सिर्फ़ यही कहा।

'सारे रास्ते भरे पड़े हैं।' और बच्चे खेल खेल रहे हैं।

'तुम वहीं रुक गए थे?'

इतने में बड़ी दी सामने आ गई, बोली, 'चिट्ठी आई!'

मैं चुप रहा।

'बा जी इतने दिनों तक तो कभी बाहर नहीं रहते थे।' बड़ी दी बोली। अचानक मुझे याद आया कि पोस्टमास्टर ने कहा था, डाक नहीं आई। मैं भूलते-भूलते बचा, बोला, 'पोस्टमास्टर ने कहा है कि डाक अभी नहीं आई।'

यह सुनकर माँ के चेहरे पर एक स्वाभाविक मुस्कान तैर आई जैसे कोई चीज़ कहीं छिपी हो और वह लौटकर माँ के चेहरे पर फिर लौट आई हो।

'अभी बारिश होगी। माँ, क्या फिर बर्फ़ पड़ेगी?' बड़ी दी ने कहा माँ सिर्फ़ मुस्करा दी।

'तुम थोड़ी देर में फिर चले जाना डाक का पता करने,' बड़ी दी ने कहा

'बाहर इतनी ठंड है कि आदमी जम जाएँ' मैं बोला, हालाँकि बाहर घूमने को मेरा मन फिर था और मैं चाहता था कि कैसे उन लड़कों के पास पहुँच जाऊँ जो बर्फ़ के गोलों से खेल रहे थे। 'बाहर लोग आ-जा रहे हैं या नहीं?' बड़ी दी ने पूछा।

मेरे मन में आया, उसे बच्चों के खेलों के बारे में कहूँ और बताऊँ कि बाहर बड़ा मज़ा है, लेकिन माँ और बड़ी दी के स्वभाव के लिए ये बातें नहीं हैं, मैं बहुत पहले ही जान गया था। यह भी जान गया था कि कुछ लोगों को उन बातों से सरोकार नहीं होता जिनसे हमें होता है।

'दुकानों के पास लोग गप्पें हाँक रहे हैं।'

'अच्छा,' बड़ी दी ने आश्चर्य प्रकट किया।

'उन्होंने दुकानों की बाहर की बर्फ़ हटा दी है और वे लोग अपने कंबल लपेटे हुए आग सेंक रहे हैं।'

'बर्फ़ बहुत अच्छी लग रही है न!'

'हाँ-हाँ...' मैंने कहा 'क्या हम लोग दूध का गिलास बर्फ़ में दबा सकते हैं,' माँ जब कमरे में जा चुकी थी तब मैंने पूछा।

'मैं यह काम पहले ही कर चुकी हूँ।'

'तुम्हारा मतलब है कि गिलास पूरा न भर जाए कहीं...' मैं इस खुशी में बहक गया था।

पर खुशी की बात तब एकदम ख़त्म हो गई थी जब हम माँ के कमरे में पहुँचे।

'तुम लोग खाना खा लो।' यह एकदम आश्चर्यजनक बात थी। एकदम! इससे भी अधिक आश्चर्यजनक बात यह थी कि उस शाम माँ खुद डाक देखने गई थी। जब वह लौटी थी तब ज़्यादा थकी हुई थी। उसे देखकर हमारा उससे कुछ भी पूछने का साहस नहीं रहा।

वैसे भी दिन-भर बादल और कुहरे के बीच डूबे हुए गाँवनुमा इस कस्बे में हम लोग बिल्कुल कटा हुआ पाते थे खुद को। एकदम जैसे सबसे अलग।

और जब माँ के चेहरे पर उदासी और थकान थी तो हम लोग भी जैसे बर्फ़ की खुशी की बीच से उस उदासी में डूब गए हों, उस आदमी के बीच, जो अचानक घर में फैल गई थी।

माँ की उदासी का कारण जीतू भी हो सकता था। वह बा जी ने नया नौकर रखा था। उसकी उम्र मुझसे कुछ ही ज़्यादा होगी। वह बर्फ़ पड़ने के दिनों बाद अचानक अपने गाँव चला गया था-यह कहकर कि वह शाम को लौट आएगा। पर जब तीन शामों के गुज़रने के बाद भी वह नहीं आया, तब माँ हल्की दबी जुबान में उसकी भी बात करने लगी थी।

पर माँ ऐसा बातें बड़ी दी के साथ ज़्यादा करती थी और मुझे जो कुछ पता चलता था बड़ी दी की बातों से ही पता चलता था। मेरा ख़्याल था कि जीतू भाग गया और अब लौटकर नहीं आएगा।

उसने मेरे साथ बहुत कम बातें की थीं। एक तो वह घर के कामों में लगा रहता था, दूसरे बच्चों के साथ खेलने की उसकी आदत थी। जब वह पहले दिन आया था और बा जी ने हम सबको यह हिदायत दी थी कि हमें जीतू को अपने घर का आदमी समझना चाहिए और उसे तंग नहीं करना है-तब मैं सिर्फ़ यह समझा था कि वह हमारा नौकर नहीं है बल्कि वह हमारा कोई मेहमान-सा है। पर धीरे-धीरे एक दिन में ही खुद उसने अपने व्यवहार से यह बता दिया था क़ि वह काम करने वाला है।

वह बार-बार मुझसे पूछता, कोई काम है। पर जबसे वह चला गया, मुझे घर में कोई ज़्यादा फ़र्क़ नज़र नहीं आया। जब बूढ़ा बाबा घर में ही रहता तब जीतू अक्सर उससे बातें करता। बाबा उसका गाँव जानता था और माँ ने शायद पहले ही बाबा से कह दिया था कि जीतू न जाने क्यों नहीं आया?

इन दिनों जब बर्फ़ पड़ते हुए कई दिन हो गए, सारा-सारा दिन प्रतीक्षा में बीत गया है। प्रतीक्षा भी किसकी-बा जी की, उनके पत्र की, बाबा की और जीतू की। माँ, बा जी और जीतू को लेकर परेशान है-पर मुझसे उसकी कोई बात नहीं होती।

मैंने उन्हें कल घंटों दीवार के साथ काले छोटे रोशनदान की ओर ताकते हुए देखा है। तब जब मैं सुबह यह पूछने गया कि क्या पोस्ट ऑफ़िस जाऊँ। पर माँ ने एकदम कोई जवाब नहीं दिया।

मैं उत्तर की प्रतीक्षा में खड़ा रहा।

'आज इतवार है।'

'मैं पोस्टमास्टर से पूछ लूँगा।'

'नहीं, बाहर बर्फ़ ज़्यादा है।'

रोशनदान से कभी कोई पानी की बूँद या बर्फ़ का रेशा गिरता तो वह ठीक अँगीठी के कोने पर जा पड़ता। माँ उसे ही देख रही थीं।

'अब तो लगता है, आसमान खुल जाएगा।' मैंने कहाँ पर माँ बावजूद मेरी बात के भी छत और रोशनदान देखे जा रही थीं। 'आज बाबा आ जाए,' मैंने कहा, 'वह ज़रूर बता देगा कि जीतू कहाँ है।'

'तुम जाओ।' माँ ने कहा, 'अगर बर्फ़ ज़्यादा है तो पोस्ट ऑफ़िस न जाना। जानते हो, कहीं गड्ढे में डूब पड़ोगे तो कोई उठाने वाला भी न होगा।'

हमारा मकान थोड़ा ऊँचाई पर था, लेकिन फिर भी दरवाज़े के पास भी काफ़ी ऊँची बर्फ़ जम गई थी। रात को कई बार तो लगता था कि सुबह उठेंगे तो खिड़कियों की मुंडेरों तक बर्फ़ जम जाएगी और ठंड इतनी कि रज़ाई, कंबल, मोजे और दो-दो स्वेटरों के बावजूद अँगीठी की गर्मी भी बहुत मामूली राहत लगती थी।

लोग कैसे रहते होंगे। कैसे से मेरा मतलब है, क्या केवल एक ऊनी चादर से काम निकल सकता है?

मैं गर्म बूट पहनकर और एक लंबी छड़ी लेकर-बाहर अगया तो देखा कि कच्ची बर्फ़ में आधे बूट डूब-डूब-से रहे थे।

'हो! तुम कहाँ जा रहे हो?' अचानक बड़ी दी ने मुझे देखकर कहा।

'पोस्ट ऑफ़िस।'

'इधर तो आओ, इधर। देखो बगीचे के पीछे से कौन चला आ रहा है।'

मैं अपने गर्म बूट फाड़कर दीदी के पास आ गया और मैंने खिड़की में से देखा। वह बाबा था। 'ओह बाबा!'

मेरे ज़ोर से चिल्लाने पर सब उसी कमरे में आ गए। माँ भी।

बाबा के कन्धे पर एक भारी गठरी थी। वह रसोई के पिछले दरवाज़े से अंदर आया। आते ही वह पहले मुस्कराया।

'बच्चो! मुझे देर हो गई है न! यहाँ भी काफ़ी बर्फ़ पड़ी है। पर सामने के गाँवों में तो लोगों के घर बर्फ़ में डूब गए हैं।'

'घर?' न जाने किसने सहसा पूछा।

'घर और जानवर। हाँ, रात लोग सोए हुए थे कि अचानक उन्हें सुबह पता चला कि उनके दरवाज़ों तक बर्फ़ पड़ गई है। इस साल बर्फ़ इतनी ज़्यादा पड़ रही है कि समझ में नहीं आता। मेरी याद में तो कभी इतनी बर्फ़ नहीं पड़ी थी।'

माँ कोने में खड़ी थी। मुझे पहले ख़याल था कि वह बाबा को देख रही है और हम जैसा कौतुक भाव उसके मन में है लेकिन जब मैंने माँ की ओर देखा तो वह खिड़की से बाहर देख रही थी।

'आसमान कब फटेगा बाबा?' छोटी बहिन ने पूछा।

'बहुत जल्दी, बहुत जल्दी बेटी।' और उसने गठरी खोलकर हम लोगों को चीज़ बाँटनी शुरू कीं। गीली और सीली हुई मूँगफलियाँ, अखरोट, ख़ूबानी के बीज और उन सबके बीच लाल-लाल दानों वाला सूखा हुआ फल।

'साहब नहीं आए अभी?'

हम सबने अस्वीकार में सिर हिलाए।

'जल्दी आ जाएँगे, जल्दी आ जाएँगे।'

'और जीतू बाबा?' किसी ने पूछा। मैं माँ की तरफ़ देख रहा था, इसलिए मुझे पता नहीं चला कि किसने कुछ कहा।

'अरे, मैं तो भूल ही गया। उस शाम को जीतू गाँव में बीमार हो गया था। अब अपने मामा के गाँव गया हुआ है, जल्दी ही लौट आएगा। मैं उसे लेने आज ही चला जाऊँगा।'

अपने कुरते की जेब से बाबा से देवदारु पेड़ों की घनी हरी छोटी-छोटी टहनियाँ निकालीं।

मेरे हाथ में एक टहनी देकर माँ की ओर इशारा कर कहा, 'दे आओ। यह देवी माँ की सीरनी है।' माँ पीछे मुड़ी और उसने मेरे हाथों से सीरनी ले ली। 'बाबा अब आप कहीं न जाएँ। बर्फ़ और ठंड में बिल्कुल बाहर न जाएँ।' माँ ने कहा, 'अब तो बर्फ़ पड़नी बंद हो गई है।'

'बंद! रात-भर बर्फ़ गिरती रहती है। चप-चप-चप जैसे कोई बहुत धीरे दम साधे चला आ रहा हो। देवदारु पेड़ों के सन्नाटे से लंबे-लंबे स्वर उठते हैं और उन स्वरों को बर्फ़ का गिरना तोड़ता रहता है। धीरे-धीरे।' माँ ने यह संवाद ऐसे बोला जैसे वह अपने-आपसे बातें कर रही हो। जैसे यह बात वह हमें न बताकर खुद को बता रही हो।

'जीतू के मामा के घर तो जाना पड़ेगा। आख़िर घर का काम कौन करेगा।' बाबा को जो चिंता थी वह दूसरे क़िस्म की थी। वह माँ और बच्चों की परेशानी को लेकर बोल रहे थे।

'जीतू...।' कुछ चुप रहकर माँ ने फिर जीतू का नाम लिया। वह 'आ जाएगा। मेरा ख़याल है वह तब आएगा जब बर्फ़ पिघल जाएगी।' माँ जब खुद यह कह रही थी तब भी यही लग रहा था जैसे वह खुद को तसल्ली दे रही हो।

उस दिन शाम से पहले मैं पोस्टमास्टर के यहाँ गया था। बर्फ़ इतनी ज़्यादा पड़ चुकी थी कि अब वह कई जगहों पर पत्थर की तरह जम गई थी। फिसलन इतनी ज़्यादा हो गई थी कि कभी भी फिसलकर आदमी देवदारु के पेड़ों पर जा अटकता था। मेरे साथ बाबा भी थे। हम लोग बहुत देख-भालकर चल रहे थे। बाहर सड़क और ज़मीन एक-सी हो गई थी, हम तो सड़क टटोलकर चल रहे थे। लोग बाहर नहीं थे। एक तो बाहर सब जगह बर्फ़ थी, दूसरे जब थोड़ी देर के लिए बर्फ़ पड़ना रुकता तब लोग अपनी दिनचर्या के वे काम करते जिनको वे बर्फ़ पड़ते समय नहीं कर सकते थे।

हम लोग निराश होकर लौटे। कई दिनों से मैदानों की डाक देहरादून या मंसूरी कहीं रुकी थी। दूसरी दिशा की डाक बर्फ़ की वजह से शायद अगले कई दिनों तक नहीं आ सकती थी।

हमारी निराशा को माँ ने दूर से ही भाँप लिया था, इसीलिए हमसे उन्होंने कुछ भी नहीं पूछा था। 'मुझे लगता है साहब कहीं मैदान के शहरों में रुक गए हैं और उनकी चिट्ठी हम तक नहीं पहुँची थी।' बाबा ने कहा।

मुझे याद आया, दो-तीन दिन पहले माँ बड़ी दी को बता रही थी कि कहीं ऐसा न हो वे मौसी के घर में ठहर गए हों और बर्फ़ गिरने का इंतज़ार क़र रहे हों।

बाबा उस शाम फिर न जाने कौनसे रास्ते की बात कर 'जीतू' के मामा के गाँव चला गया था। हम लोग रोज़ ही अकेले रहते थे, लेकिन उस दिन ज़्यादा अकेले पड़ गए थे। उस दिन ज़्यादा अकेले शायद इसलिए भी पड़ गए थे, क्योंकि हमारे पास आपस की बातें तक ख़त्म हो गई थीं।

यह अजीब बात थी कि न केवल हममें बातों की दिलचस्पी ख़त्म हो गई थी बल्कि खाने और खेलों में मस्त रहने की रुचि भी ख़त्म हो गई थी। पर वह स्थिति पूरी तरह अब की नहीं थी। शायद सबके लिए बर्फ़ सभी असुविधाओं के साथ फिर भी मोहक और आकर्षक थी।

नवंबर के दिन घोर ठंड के दिसंबरी दिनों की तरह हो गए थे। छोटे दिन किंतु न बीतने वाले दिनों की तरह एक सिलसिलाहीन रुख बताने वाले दिनों की तरह।

बातें क्योंकि ख़त्म हो गई थीं, अब सिर्फ़ दो छोटी बहनों और एक छोटे भाई की शरारतों की प्रतीक्षा रहती थी, किंतु वह भी शायद धीरे-धीरे ख़त्म हो रहा था। वे लोग भी काफ़ी गंभीर हो गए थे। हालत देखते हुए वे भी गंभीर लगते थे। हो सकता था, यह सिर्फ़ कोई भ्रम था। लेकिन यह भ्रम नहीं था। बिल्कुल भी भ्रम नहीं थ।।

उस रात उस निपट अकेलेपन में मैं आधी रात तक नहीं सो पाया था। माँ के कमरे में बिजली जल रही थी, लेकिन अचानक आधी रात में बिज़ली बंद हो गई

थी। धनोल्टी जैसे कस्बे में वह बिजली एक छोटे-से डायनुमा से पैदा की जाती थी, जो एक ऐसे आदमी द्वारा चलाया जाता था, जो इंजीनियर के नाम से प्रसिद्ध था। और जो अपने मातहतों को भी इंजीनियर बताता था।

जब रात में अचानक बिजली चली गई तो अँगीठी के पास रखी हुई बिजली की अँगीठियाँ भी बुझ गई थीं। कंबल, रज़ाई और दूसरी रज़ाई की गर्मी में मुझे थोड़ा आराम था पर मैं फिर उठ गया था। मैंने कुछ देर बाद नोटिस किया कि माँ मेरे कमरे में अँगीठी के पास अख़बार का काग़ज़ जलाकर लकड़ियाँ जला रही है।

मैं उठकर पास गया तो उसने मुझे बैठने के लिए कहा, 'मैंने सोचा तुम्हें ठंड न लग जाए।'

'उधर कमरे में आपने लकड़ियाँ जलाई हैं?'

'हाँ, छोटी अँधेरे और ठंड में बड़बड़ाने लग गई थी। पता है वह क्या बड़बड़ा रही थी?'

मैं माँ के शब्दों की प्रतीक्षा करने लग गया था। जैसे ही अख़बार का काग़ज़ भप्प से जल उठता, मुझे माँ का अधसोया चेहरा दीखता। थका हुआ और बुरी तरह त्रस्त और डरा हुआ। जैसे वह ख़ुद ही डरी हुई हो।

'वह कह रही थी, बा जी...बा जी...डायन।'

माँ के यह कहते ही अचानक मुझे लगा जैसे मैं काँप गया होऊँ और दरअसल, मैं असंभावना के चक्कर में फँस गया था।

माँ का चेहरा अख़बार के भप्प, से जलने पर फिर चमका था। काला और बेडौल चेहरा जैसा लग रहा था। मेरी सुंदर माँ का चेहरा...मुझे डर लगा, जाने कैसा हो गया। मैं चुप रहा। शायद माँ मुझसे कुछ सुनना चाहती हो। पर मैं महसूस कर रहा था जैसे बोलने के लिए मेरे पास कोई शब्द नहीं हैं।

'नींद नहीं आ रही थी। मैंने सोचा तुम्हारे पास बैठूँ। अब तुम उठ गए हो...। नींद तो नहीं आ रही।'

'माँ...!' मुझे लगा मेरे गले में कुछ अटक गया। 'मुझे नींद नहीं आ रही।'

मन-ही-मन मैंने हिसाब लगाया कि माँ को भी खुद नींद नहीं आ रही होगी और वह बेहद डर गई होगी।

उस रात बिजली न होते हुए भी सफ़ेद बर्फ़ की उजास इतनी साफ़ थी कि हम बर्फ़ के पड़ते हुए फोहों को अभ्रक की तरह चमकता हुआ देख सकते थे। चमकते हुए श्वेत जुगनुओं के असंख्य जोड़े जैसे लहरों में तैर जाते हों।

उस रात हम माँ-बेटे चुपचाप 'फायर प्लेस' के पास लकड़ी जलाते हुए और उन्हें खरोंचते हुए, बैठे रहे। माँ ने मुझसे जो थोड़ी-सी बातें की थीं, मुझे लगा जैसे अरसे बाद मैंने किसी की बातें सुनी हों।

सुबह होते-होते मैंने देखा। माँ उस कुरसी पर ही लेट गई थी और सो गई थी।

मैं न जाने कितनी देर खड़ा रहकर यही सोचता रहा कि उसके पाँवों पर कंबल दूँ या न दूँ?

मैंने हल्के से कंबल उसके पाँवों पर फैला दिया था। वह चुपचाप नींद में थी; पर उससे यह अंदाज़ा नहीं लगाया जा सकता था कि वह गहरी नींद में होगी। सुबह मैंने दूसरे कमरे में चक्कर लगाया तो देखा सब बच्चे सो रहे हैं और 'फायर प्लेस' में बुझती हुई लकड़ी से उड़ी हुई राख चारों तरफ़ फैली हुई थी।

सबके सोए होने पर मेरे मन में आया कि बाहर घूम लूँ, लेकिन सुबह-सुबह ठंड इतनी ज़्यादा थी कि पाँव की और हाथ की उँगलियाँ जमी हुई लग रही थीं। उँगलियों को खोलने के लिए जब मैं उन्हें दूसरी उँगलियों के बीच में फँसाता तो उँगलियों पर नीले निशान की धारियाँ उग आतीं। जैसे नीले रंग के आसमान के अभाव में उँगलियों पर आसमान उतर आया हो।

पर काम न करने का आलस्य जितना मीठा होता है उतना काम करने का उत्साह नहीं होता। मैं खिड़की के पास आ गया। मैंने देखा, रात मैं जैसे कुछ ज़्यादा बर्फ़ पड़ी हो। बर्फ़ की नई और ताजी पर्त का रंग कुछ-कुछ ज़्यादा सफ़ेद और कच्चा लग रहा था, मैंने इस अंदाज़े की सच्चाई जानने के लिए जब रोशनदान की तरफ़ देखा तो वहाँ शीशे पर कुहरे की एक और शीशानुमा पर्त चढ़ गई थी।

कितनी देर मैं खिड़की पर खड़ा रहा, मुझे याद नहीं, समय का भी ख़याल नहीं। वह तो मैंने देखा कि बाहर सड़क के दूसरे सिरे पर जैसे कोई बतियाता आ रहा है। ज़रूर सुबह का काफ़ी वक़्त हो चुका होगा। पर धीरे-धीरे मेरी खिड़की पर जो चेहरा उभर आया था, वह बाबा का था और साथ में था जीतू।

'जीतू...' मैंने सोचा, माँ की कुछ चिंता दूर हुई। और शायद मेरा वह ख़याल ठीक भी हो सकता था किंतु माँ की चिंता तो कई तरह की थी।

जब वे लोग अंदर आए थे तब माँ जाग गई थी। उसने मुझे वहीं से आवाज़ दी, 'कौन है?'

'बाबा और जीतू।'

थोड़ी देर अंदर चुप्पी रही। फिर मुझे लगा जैसे उस चुप्पी में माँ या तो हल्का-हल्का खाँस रही है या सिसक रही है। मैं अभी बाबा से बातें करने की सोच ही रहा था, पर मैंने इससे पहले माँ को उस कमरे से झाँका। माँ कुरसी से उठी हुई थी और अपने सिर को टेढ़ा किए हुए थी।

'क्या हुआ?'

'कुछ नहीं। लगता है गर्दन पर कुछ दर्द हो रहा है।'

'कोई दवाई दूँ। बा जी ने एक छोटा-सा मामूली दवाई-भरा बक्सा रख छोड़ा था। उसमें दर्द की कुछ दवाइयाँ थीं।'

'नहीं, नहीं।' और यह कहते ही वह उस जगह आ खड़ी हुई, जहाँ से बाबा और जीतू दिखाई देते थे।

जीतू अपराधी की तरह खड़ा था, 'बीवी जी, मैं बर्फ़ में डूब गया था। वह तो भगवान ने बचा लिया।'

जीतू की बातों के बीच ही बाबा बोल पड़ा था। बाबा ने सारी कहानी बताई कि कैसे जीतू अपने पापा के घर जाने से पहले बर्फ़ में फिसलकर डूब गया था और कैसे वह बच पाया है।

माँ की आँखों में करुणा लौट आई और फिर थोड़ी देर के लिए सब-कुछ पूर्ववत् हो गया था।

जाने क्यों मुझे वह सारा दिन कोई पूर्व संकेत-सा लगा था। माँ थोड़ी स्वस्थ लग रही थी और लग रहा था जैसे अब तक बा जी की प्रतीक्षा करने के साथ उसे पता चल गया था कि सिर्फ़ प्रतीक्षा करना ही उसके अधीन है।

वह तो शाम के बाद क़रीब नौ बजे डाक ले जाने वाला हरकारा हमारे घर आया था। तब सब-कुछ एकदम बदल गया था। मैं और बाबा जब दिन में पोस्ट ऑफ़िस गए थे, तब कोई चिट्ठी नहीं आई थी। मैंने सोचा था शायद वह कोई चिट्ठी लेकर आया होगा, पर वह इतनी हड़बड़ाहट में आया था, और बर्फ़ में फिसलने के कारण जगह-जगह गीला लग रहा था और ठंड से बचने के लिए उसने न जाने क्या-क्या लपेटा हुआ था।

'बीबी जी कहाँ हैं?' आते ही उसने पूछा।

'माँ...अंदर है।' मैंने दरवाज़ा खोलते हुए उसे अंदर कर दिया। बाहर से ठंड का जबर्दस्त झोंका आया था। सारे शरीर में हवा की मादक ठंड का अजीब असर पड़ा था।

'बीबी जी...' वह अभी कुछ कहने वाला था कि इतने में माँ आ खड़ी थी।

'क्यों, क्या बात है?'

मुझे महसूस हुआ था कि जैसे अभी कुछ घटने वाला है। पर जब उसने बातें बताईं, तब लगा कि सब-कुछ घट गया है। उसने बताया था कि यहाँ से दो मील दूर पर एक घोड़ा और घुड़सवार बर्फ़ में दबे पड़े हैं। घुड़सवार के कुछ हिस्से बाहर दिखाई पड़ते हैं और कुछ हिस्से घोड़े के भी।

'आं...' माँ ने सिर्फ़ यही कहा। 'ओह! दो मील दूर। अच्छा चलो, मुझे वहाँ ले चलो।'

'वहाँ और रात में।'

'हाँ रात में...और अभी।'

माँ जिद पर अड़ गई थी। उसका कहना था कि हमें अभी चलना चाहिए। बड़ी दी घर में, अकेली, मेरे साथ नहीं रहना चाहती थी। फिर यही निश्चय हुआ कि हम सब चले चलेंगे। बाबा, डाक ले जाने वाला और सेब के बगीचे का एक नौकर अपनी गोद में मेरे तीनों छोटे भाई-बहनों को ले चलेंगे और हम बड़े बच्चे पैदल चलेंगे। पोस्टमास्टर और सेब के बागों के दो-तीन नौकर हमारे घर ही आ गए थे। टार्च और गैस का इंतज़ाम कर लिया गया था। बिजली डायनुमा के इंजीनियर से बड़ा टार्च लिया गया था।

जैसे ही सब लोग बाहर जाने को थे कि अचानक दरवाज़े के पास ही जीतू ज़मीन में गिर पड़ा। उसके मुँह से झाग निकल पड़ी।

माँ बहुत निराश होकर धम्म से ज़मीन में बैठ गईं। पर जीतू को जल्दी ही होश आ गया था।

'इसे अब नहीं ले जाएँगे,' माँ का कहना था, और उसे सेब बागान के एक चौकीदार के साथ पोस्टमास्टर के घर ठहरा दिया। माँ जब ताला लगा रही थी तो मैंने बर्फ़ की उजास में देखा था कि वह दरवाज़े पर झुक गई थी और वह जैसे विश्वास न कर रही हो कि यह कुछ क्या सचमुच हो रहा था।

बाहर हवा चल रही थी। हवा में बर्फ़ की ठंडक ने हम सबको सुन्न कर दिया था। एकदम सुन्न।

बर्फ़ के उस लंबे फैलाव में रास्ते का किसी को पता नहीं चल पा रहा था। सिर्फ़ डाक ले जाने वाला आदमी अपने लंबे डंडे से टटोलता चल रहा था।

बड़ी दी और मैं पीछे चल रहे थे। माँ पोस्टमास्टर के साथ आगे थी। गैस और बैट्री की रोशनी में चमकती हुई बर्फ़ से अपने-आप में एक धुँधली रोशनी जैसे पैदा हो रही थी। आसमान में बादल थे, लेकिन बर्फ़-वर्षा अभी बंद थी।

आधी रात को हम वहाँ पहुँचे थे। तब वहाँ अँधेरा था, लेकिन जैसे ही टार्च की रोशनी से हमने देखा, एक बर्फ़ के टीले के बिल्कुल नीचे एक आदमी के हाथ ऊपर दिखाई दे रहे थे।

सिर्फ़ हाथ। और वह एक डरावना दृश्य था। घोड़े का कहीं पता नहीं चल रहा था।

वहाँ कोई बैठने की जगह नहीं थी। वह तो पोस्टमास्टर को याद आया कि वहाँ चट्टान की गुफाओं में कुछ लोगों ने अपनी झोंपड़ियाँ बनाई हुई हैं। कुछ देर बाद वे सचमुच 10-12 आदमियों, लालटेनों और फावड़ों के साथ चले आए थे। हम

बच्चे गुफाओं की झोंपड़ियों में भेज दिए गए थे। और वहाँ सिर्फ़ माँ, बाबा और बाक़ी लोग रह गए थे। जब हम झोंपड़ियों की तरफ़ आ रहे थे तब बर्फ़ खोदने का काम शुरू हो चुका था। झोंपड़ियों में मुझे याद नहीं हम कैसे बैठे थे और क्या करते रहे थे। पर हम सोए नहीं थे। बड़ी ही दबी जबान से मुझे कह रही थी कि इन झोंपड़ियों में रहने वाली औरतें 'डायनें' लगती हैं, इसलिए सोना अच्छा नहीं। इस डर से छोटे बच्चे भी नहीं सो पाए थे। डायन...! उस अकेली रात में हम सब लोगों को वह शब्द बहुत डरावना लग रहा था। वह शब्द जो दबे हुए घुड़सवार से संबंधित था। मैं जानता था माँ ने यहाँ आने की जिद इसलिए की थी कि कहीं बा जी न बर्फ़ में फँस गए हों। कहीं सचमुच...।

छोटे बच्चे अधजागे और हम पूरी तरह जागे हुए थे। जब सुबह माँ बाक़ी लोगों के साथ हमें लेने आई थी।

'वह कोई ग़रीब आदमी था गाँव का, जो बर्फ़ में दब गया था।'

'वह कहाँ है?' छोटी बहन ने पूछा।

'अब वह कहीं नहीं है।' माँ ने जवाब दिया।

हम उस जगह से अपने घर की ओर चले थे। तब मन में एक संभावना थी कि बा जी घर पहुँच गए होंगे और घोड़ा उन्होंने ऊपर अपने दफ़्तर के कमरों में बाँध दिया होगा। पर ऐसी संभावना थी कि इतने दिनों बाद अब बा जी ज़रूर लौट आए होंगे।

आते हुए उस सुबह, बर्फ़ के शीशे के उस मैदान में हम कितनी बार फिसले होंगे, यह याद नहीं। मैंने कच्ची बर्फ़ के गोले बनाए थे और उन गोलों को इधर-उधर फेंकना शुरू किया था। मेरे खेल पर किसी ने एतराज नहीं किया था बल्कि एक तरह से वे इससे अपना मनोरंजन ही देख रहे थे। सेब बागान का एक नौकर पिछले दिनों की कथा सुना रहा था कि किस तरह गाँव के एक स्कूल का मास्टर बर्फ़ में उल्टा लटक गया था और दब गया था, लेकिन वह सुबह बच गया था। क्योंकि लोगों ने जल्दी ही उसे बर्फ़ से बाहर निकाल लिया था। उसकी बगल में एक शराब की बोतल भी निकली थी। बर्फ़ में दबा हुआ आदमी अगर जल्दी निकाला जाए तो वह बच जाता है।

उसकी ये बातें मुझे बिल्कुल ठीक नहीं लग रही थीं। पर जल्दी ही हम धनोल्टी पहुँच गए थे। वहाँ पहुँचते ही बादलों से भरे आसमान में ऐसा लगता था जैसे अब आसमान खुल जाएगा।

सब लोग हमें छोड़ने आए थे। और सब लोग रात को बर्फ़ पड़ने की बात कर रहे थे। पर धनोल्टी पहुँचते ही हमने देखा कि बर्फ़ बहुत ऊँची उठ गई थी। कई मकानों में तो खिड़कियाँ बर्फ़ में गुम हो गई थीं।

हम अपने घर पहुँचे तो हमने देखा कि दरवाज़े के ताले तक बर्फ़ पड़ गई थी। हम बहुत ज़्यादा थके महसूस कर रहे थे और ठंड से परेशान थे। घर जाने का सुख बा जी से मिलने के सुख के बराबर था। पर घर के चारों तरफ़ बर्फ़ ऊँची चढ़ गई थी। डाक ले जाने वाले ने छोटी बहन को मेरी गोद में देकर फावड़े से जगह काट दी थी और बर्फ़ साफ़ कर दरवाज़े का रास्ता बना दिया था। वहाँ गहरी सीलन थी। दरवाज़ा खोलकर जब हम अंदर पहुँचे थे तो लगा था जैसे बर्फ़ के अंदर आ गए हों।

'वो देखो, आसमान फट गया।' छोटे भाई ने खुशी से कहा।

हम सबकी आँखें रोशनदान की ओर गईं। वहाँ एक हल्का नीला कागज़ अटका हुआ था। नीला कागज़।

थोड़ी देर बाद जब हम लोग ही घर में रह गए तब मैंने खिड़की से बाहर देखा-बाहर हल्की बर्फ़ थप्प-थप्प पड़ने लग गई थी।

•

8

प्रेत

मुझे वह ख़त न मिला होता, तो मैं आपके सामने यह सब बताने के लिए हाज़िर ही न होता। दरअसल, शुरू में वह ख़त पाकर पहले तो मेरी इच्छा ज़ोरों से ठहाके मारने की हुई, लेकिन उस वक़्त पास-पड़ोस के लोग गहरी नींद में सो रहे थे, मैंने अपनी इच्छा दबा ली थी।

वह अचानक ऐसा हुआ कि ठहाके मारने का मेरा इरादा अपने आपमें गंभीर तरह से बदल गया और मैं सोचने लगा–आख़िर ख़त मुझे मिला ही क्यों?

अगर मैं कुछ महीनों पहले की घटना याद न करता, और उस शाम की वह तस्वीर मेरे आगे न तैरती, तो संभव था, उस रात मैं बिना किसी नीरस किताब को आँखों के आगे लाकर सो सकता। हुआ एकदम उलटा था।

मैं हमेशा की तरह रात को घर लौट रहा था, शायद वे सर्दियों के दिन थे। दस बजे गलियाँ सुनसान और ख़ाली हो जाती थीं। मैं अपनी मस्ती में लंबे-लंबे क़दम रखता न जाने किस ख़याल में डूबा हुआ था कि तभी कहीं से किसी के चीख़ने की आवाज़ सुनाई दी।

जैसे ही मैं रुका, कोई मेरी तरफ़ दौड़कर फिर उलटा दौड़ गया और ज़ोरों से चिल्लाने लगा, 'भूत...भूत...' वह कोई औरत थी, जो 'भूत-भूत...' चिल्लाई थी।

वह महीनों पहले की घटना थी। और मैं अकसर उस पर मन-ही-मन हँसता था। जब तक वह घटना मुझे ठीक वैसी ही याद रही, तब तक मेरे लिए वह कौतुक थी।

लेकिन पिछले दिनों से वह घटना और यह ख़त अब कौतुक नहीं रहे थे, बल्कि मुझे लगता है–जैसे मेरे पीछे कोई खूँखार और नियत अदृश्य लगातार पीछा किए जा रहा है।

मैं सितंबर के महीने तक ऊपरी छतों पर सोने वाला मामूली आदमी हूँ। लोग मुझे मुकंदीलाल नाम से बुलाते हैं। लेकिन वह ख़त मेरे नाम और मेरे अस्तित्व के आगे एक भयानक शुरुआत जारी कर देता, जिसका साफ़-साफ़ मतलब है कि मैं मुकंदीलाल नहीं हूँ।

सितंबर की महीने तक एक ठंडी हवा के झोंके के लिए लालायित मेरे जैसे आदमी की कोई आकांक्षाएँ नहीं हैं। छोटी-सी नौकरी। शादी। और सालों शादी के बाद हासिल एक निपट अकेलापन।

अपनी नौकरी से जब मैं रात को लौटता हूँ तो बीवी सोती मिलती है। रसोई से खुद उठाकर अपना खाना मुझे मेज़ पर रखना होता, और खाते वक़्त यह मानने के लिए विवश हो जाना पड़ता कि मैं कितना सुखी हूँ, मेरी बीवी संतोष से सोई हुई है और मैं मेज़ पर खाना खा रहा हूँ।

ऐसे मामूली आदमी के जीवन में कोई भी अचरज की बात नहीं हुई। मुझे सचमुच याद नहीं। हलके से आश्चर्य में डालने वाली एक बात ज़रूर थी, जिसका ब्यौरा अब मैं भूल चुका हूँ। और वह बात सालों पहले मेरी शादी के बाद बीवी ने बताई थी। उसे शादी, समारोहों का बड़ा शौक़ था। अपनी शादी के समय जो फोटुएँ किसी फोटोग्राफर से उन्होंने खिंचवायी थी, वे सब की सब ख़राब हो गई थीं।

'सब ख़राब हो गई।!' मैंने अपनी बीवी से सिर्फ़ यह अचरज प्रकट किया था। दरअसल यह अचरज नहीं था। मैं नहीं जानता, मैंने किस मुद्रा में पूछा होगा। पर मेरे इस हलके अचरज को देखकर मेरी बीवी ने ब्यौरे से मुझे सारी बात बताई थी। वह ब्यौरा मुझे अब याद नहीं है। याद सिर्फ़ इतना था कि फ़ोटोग्राफ़र बहुत निराश और दुखी था। दुखी इसलिए कि शादी अब दुबारा रचाई नहीं जा सकती थी। और उसकी निगाह में हम लोग 'यादगार' रखने जैसी चीज़ से ही नहीं, बल्कि शादी होने के प्रमाण से वंचित हो गए थे।

उस रात मैं सोने ही वाला था कि सीढ़ियों पर किसी की पदचाप सुनाई दी थी। पत्नी गहरी नींद में सो रही थी इसलिए दरवाज़ा खोलने मुझे ही जाना पड़ा। आने वाले की थपथपाहट से पहले ही मैंने दरवाज़ा खोल दिया था। वह पोस्टमैन था।

'आजकल हड़ताल के दिन हैं, इसलिए डाक जब छँटती है, तभी बाँटी जाती है।' पोस्टमैन ने कहा था और कुछ ख़त मेरे हाथ में पकड़ा दिए थे। उनमें से ज़्यादा ख़त पड़ोसियों के थे। एक ख़त मेरा था और दूसरा मेरी बीवी का। अपनी बीवी के ख़त पढ़ने का कभी मुझे शौक नहीं रहा। वह बात ठीक ऐसी ही थी, जैसे आप ख़त न पढ़ रहे हों, अपने किसी दोस्त को बंद कमरे में नंगा देख रहे हों। इस एहसास की वजह, मैं कभी दूसरों के ख़तों में दिलचस्पी नहीं ले पाया।

अपना ख़त खोलकर जब मैंने पढ़ा, तो मैं अचरज में पड़ गया। मैंने उलट-पुलटकर देखा। उस पर पता मेरा ही था। पहले मैंने अंदाज़ा लगाया कि किसी ने मेरे साथ मज़ाक किया होगा। पर दूरदराज खोजने पर भी ऐसा कोई आदमी नहीं मिला, जो मेरे साथ मज़ाक कर सकता हो।

पर फिर भी मैंने वह ख़त उस वक़्त हलके से लिया। मैं उसे लेकर कुछ भी महसूस करने की हालत में नहीं था। वह तो कुछ देर बाद अचानक बीवी की चिल्लाहट ने मुझे घबरा दिया। वह सपने में चिल्ला रही थी–'भूत...भूत...'

'क्या हुआ?' मैंने फिर पूछा।

'कुछ नहीं,' उसने कहा और थोड़ी देर बाद वह फिर सो गई।

उस रात मैं नहीं सो सका। उस ख़त में लिखा था कि 'मैं 'प्रेत' हूँ और मुकंदीलाल नामक आदमी के रूप में रह रहा हूँ अगर यह सच नहीं है, तो मैं अपने को मुकंदीलाल साबित करूँ, कम-से-कम कोई तो बताये कि मैं ही मुकंदीलाल हूँ।'

उस ख़त में एक-एक करके ऐसी बातें लिखी थीं, जो कुछ देर पहले मुझे मज़ाक लग रही थीं, लेकिन पत्नी के चिल्लाने के बाद मुझे महीनों पहले की वह घटना याद आई।

सोने की तैयारी में मैंने पूरी रात बिता दी थी। उस रात मैंने खुला आसमान और तारे देखे थे। उनकी बदलती जगहें देखी थीं। मुझे लगा था–जैसे यह आसमान मैं शताब्दियों-शताब्दियों से जानता हूँ। जैसे मैं हर नक्षत्र, हर चमकते सितारे को जानता होऊँ।

एक मामूली आदमी की ज़िंदगी में यह इतना बड़ा अचरज था कि मैं इसे खुद सँभाल सकने की स्थिति में नहीं था।

ख़त के मुताबिक मैं बीस साल पहले मर चुका था, लेकिन अकालमृत्यु की वजह से मैं प्रेत बनकर मुकंदीलाल के शरीर में प्रवेश कर गया। मुकंदीलाल का व्यक्तित्व कहीं गहरे में दब गया था। अगर अब कहीं मैं मुकंदीलाल का शरीर छोड़ दूँ, तो मुकंदीलाल एक पागल किंतु अबोध आदमी की तरह फिरने लगेगा। बीस साल पहले मुकंदीलाल एक छोटा-सा बच्चा था, जो लगातार कई दर्जों में फेल हुआ था। दिमाग़ से कमज़ोर उस आदमी के ऊपर मैं, जिसे खेत में प्रेत कहा गया था, हावी हो गया। और प्रेत योनि से मनुष्य योनि के इन वर्षों में मैं अपना असली अस्तित्व भूल गया था।

यह कितना भयानक और वीभत्स दृश्य था, मैं सोचता हूँ, किसी दूसरे पर यह आरोप आप सहज में ही लगा लें, तो क्या नहीं हो जाएगा।

अगर यह झूठ नहीं...पर यह कितना मनहूस होगा कि मैं इसे सच मान लूँ। मेरे जैसे मामूली आदमी में इस तरह की सच्चाइयों का सामना करने की ताकत नहीं।

सुबह उठकर मैंने पहला काम यह किया कि वह ख़त गंदे नाले के पास छोड़ आया। मैं उस ख़त से, और उसके बयान से छुटकारा पाना चाहता था। और मेरे मुताबिक उसे अपने से अलग कर देना ही ठीक था।

फिर मैंने पत्नी से उसके रात के सपने के बारे में पूछा। पहले तो वह कुछ देर चुप रही। मुझे लगा, जैसे वह मुझे देखकर डर रही हो।

'नहीं तो, कुछ भी नहीं,' पत्नी ने कहा, 'मुझे तो कुछ भी याद नहीं।'

'तुम चिल्ला रही थीं।'

'मुझे कुछ याद नहीं। मुझे परेशान मत करो।'

हमेशा की तरह दफ़्तर में मेरा मन नहीं लगा। मैं उस दिन जल्दी दफ़्तर से बाहर निकल आया। घर जाने की मेरी इच्छा नहीं थी। इसलिए मैं इधर-उधर घूमता रहा। कहाँ घूमता रहा, जब मैंने यह जानने की कोशिश की, तो मैंने पाया कि मैं उस वक़्त श्मशान के आसपास घूम रहा था।

यह एक डरावनी खोज थी। और मुझे अपनी मूर्खता पर गहरा अफ़सोस हुआ कि मैंने यह खोजने की कोशिश ही क्यों की...अगर मैं यह जानने की कोशिश न करता, तो कुछ ही देर में घर पहुँच जाता और किसी मज़ेदार बात से अपनी पत्नी को खुश करता।

जब मैं घर पहुँचा, तब काफ़ी शाम हो चुकी थी। दरवाज़े पर ही मुझे पोस्टमैन मिला था।

'आपका ख़त साहब।'

मैंने देखा, वह वही पुराना ख़त था, जो मैंने रात पाया था और सुबह जिसे गंदे नाले के पास छोड़ आया था।

'आजकल डाक की हालत बड़ी ख़राब है। ख़त फट जाते हैं, इसलिए आपका यह ख़त खुला नज़र आता है। हम लोगों की कोई ग़लती नहीं। आजकल हालत ऐसी ही है।'

पोस्टमैन कुछ और कहता, इससे पहले मैं सीढ़ियाँ चढ़ गया था। पत्नी रसोई में खाना खा रही थी।

'आज आप जल्दी आ गए। मुझे पहले पता था।'

'तुम्हें कैसे पता चला?'

'आपके दफ़्तर से खन्ना साहब आए थे, कहते थे, आप दफ़्तर से जल्दी चले आए थे।'

'क्या खन्ना को मुझसे कोई काम था?'

'यह तो मुझे पता नहीं, आपकी तारीफ़ कर रहे थे। कह रहे थे, भाई मुकंदीलाल तो भूत की तरह काम करता है।'

मुझे लगा जैसे मेरी रीढ़ की हड्डी के पास से कोई चीज़ काँप गई हो। अचानक मुझे लगा, जैसे मेरे चेहरे का रंग उड़ गया हो। प्रसंग बंद करने की नीयत से मैंने कहा, 'मुझे एक ज़रूरी काम था, इसलिए दफ़्तर से जल्दी वह करने के लिए

चला गया था...आज तुमने खाना नहीं बनाया है?' यह बात मैंने जीवन में पहली बार पत्नी से पूछी थी। मैंने कभी खाने-पीने के बारे में दिलचस्पी नहीं दिखाई थी। शायद कभी भी मैंने यह नहीं कहा होगा कि खाना अच्छा था, या किसी तरह की कोई बात। ये बातें मुझे अजीब-सी झिझक में बाँध देती थीं।

पर मैं सोचता हूँ, कहीं ऐसा तो नहीं कि मुझे ये बातें आती ही न हों...

फिर उस रात टूटी-टूटी नींद में मुझे लगता रहा, जैसे मेरे ऊपर से कोई बड़ी चीज़ गुज़र रही हो। उसके पंखों के नीचे मुझे तरह-तरह की चीजें और शहर दिखाई देते रहे। मैं बार-बार यह सपना तोड़ता था, लेकिन फिर हर बार यही सपना टूटी हुई नींद के साथ जुड़ जाता था।

मैंने अमेज़न नदी के खूँखार किनारों, जंगलों की बातें किताबों में पढ़ी थीं, वे ही बातें जैसे साक्षात् तस्वीरों की तरह मेरे सामने आ रही हों।

मजबूर होकर मुझे आधी रात को बैठने के लिए खुद को तैयार करना पड़ा। अंदर के कमरे में जहाँ पत्नी सो रही थी, वहाँ जाते हुए भी मुझे डर महसूस हुआ। मुझे लगा, अगर मैं सचमुच मुकंदीलाल नहीं हूँ तो इस औरत, जिसके साथ मैं पति की हैसियत से रह रहा हूँ, के मन में क्या कुछ करने की आग नहीं जागेगी।

उस रात विवश होकर मैंने वह ख़त गौर से दुबारा पढ़ा। मुझे महसूस हुआ, जैसे पहली बार मैंने वह उड़ती-उड़ती निगाह से पढ़ा हो, अब वह दूसरी क़िस्म का भयानक ख़त था।

इसके बाद अपने को मुकंदीलाल साबित करने की यात्रा शुरू हुई। मैं उस शहर में पहुँचा, जहाँ ख़त के मुताबिक मैं 20 सितंबर के दिन मरा था। आप नहीं जान सकते, मैंने वहाँ की म्यूनिसिपल कमेटी के लोगों की कितनी खुशामद नहीं की होगी। सिर्फ़ यह जानने के लिए कि क्या सचमुच 20 सितंबर के दिन कोई आदमी मरा था। और क्या सचमुच वह किसी दुर्घटना में मरा था; और क्या मैं उसका नाम जान सकता था।

बहुत कोशिशों के बाद, फ़ाइलें छानने के बाद मैं सिर्फ़ यह जान पाया था, कि सचमुच उस दिन एक आदमी मरा था, लेकिन उसका नाम-पता ठीक तरह 'डायरी' नहीं किया जा सका।

मेरे लिए यह पहली हार थी।

तब मैंने तुरंत पुलिस के काग़ज़ात खोजने की कोशिश की। लेकिन पुलिस दफ़्तर में जितना अपमान और सवालों की बौछारें सहनी पड़ीं, उतनी कहीं नहीं सहनी पड़ीं। मैं निरुत्साहित हो गया था। और यह मानने के लिए तैयार हो गया था कि ज़रूर उस दिन कोई किसी दुर्घटना में मरा होगा।

यह कितनी विचित्र बात है कि मैं मुकंदीलाल होकर भी अपने बारे में निश्चित नहीं हूँ। एक छोटे-से ख़त ने मुझे बेहद परेशान कर रखा है। पर जाने क्यों...मैं सोचता हूँ कि कहीं यह सच नहीं हो सकता...।

आप पूछेंगे, आख़िर मैं अपनी खोज मुकंदीलाल से क्यों नहीं शुरू करता? अगर मैं ही मुकंदीलाल हूँ, तो मैं यह जानता हूँ कि मेरे माँ-बाप बचपन में मर गए थे और एक दूर के चाचा ने मुझे कुछ वर्षों पाला था। उसके बाद वह चाचा भी इस दुनिया से चल बसे थे। इसके बाद का इतिहास सिर्फ़ इतना है कि मैं जगह-जगह भटकता रहा हूँ। शहर-कस्बों और गाँवों में। और सालों बाद जब मुझे यह नौकरी हासिल हुई, तब से मैं इसी शहर में हूँ। यहीं मेरी शादी हुई और यहीं बच्चे की आकांक्षा में हर औरत की तरह परेशान अपनी पत्नी के साथ मैं निपट अकेली ज़िंदगी बिता रहा हूँ। मेरे संगी-साथियों में कई लोग नहीं हैं। सिर्फ़ कुछ जानकारों...। हाँ, याद आया, एक गोकू बाबू मेरे बचपन के दोस्त थे, पर अब उन्हें पाना आसान नहीं है। मुझे उनकी धुँधली-सी याद है।

हर तरफ़ से हारकर मैंने फ़ैसला किया कि मैं वह ख़त जला दूँगा। और एक रात अपनी आँखों के सामने मैंने वह ख़त जला दिया। मैंने सोचा, मैं मुक्त हो गया, लेकिन दूसरे दिन फिर वैसा ही एक ख़त मुझे मिला। वह मेरी पत्नी ने लाकर मुझे दिया।

उस ख़त पर पोस्ट ऑफ़िस की तारीख़ आज से ठीक बीस साल पहले की लगी हुई थी।

'किसका ख़त है?' पत्नी ने पूछा।

'दफ़्तर के किसी काम का है।' यह कहते हुए भी मेरे हाथ काँप रहे थे। मैंने वह ख़त खोला नहीं।

वह आज भी मेरे पास वैसा ही पड़ा है। मैं इस डर से उसे अपने से अलग नहीं करता, क्योंकि मुझे पता है कि एक दूसरा ख़त फिर आ जाएगा। और कौन जानता है, कभी वह पत्नी के हाथ पड़ गया तो।

मैं सचमुच अगर प्रेत हूँ, मैं सोचता हूँ तो क्या मुकंदीलाल मेरे जाने के बाद पागल हो जाएगा–पर मुझे लगता है कि ऐसा कुछ सोचते रहने से एक दिन मैं ही पागल हो जाऊँगा।

मैंने एक तजबीज सोची और वह यह कि उस चिट्ठी को लेकर मैं यह मान लूँ कि यह किसी का षड्यंत्र है और कोई मेरी इस शांत, चुपचाप चलने वाली ज़िंदगी में बाधा डालना चाहता है।

इस तरह मैंने कुछ दिन बड़ी अच्छी तरह बिताये। मैंने छिप-छिपाकर अपनी पत्नी के पीछे जासूसी की। मैंने अपनी पत्नी के ख़त पढ़े। सचमुच कुछ दिन ऐसे

मज़े में गुज़रे कि मैंने पत्नी की सहेलियों के ख़त पढ़कर बहुत सारी बातें जानीं। ख़ास तौर से यह कि औरत दूसरी औरतों के पतियों में कितनी दिलचस्पी रखती हैं। कुछ ऐसी ही हँसी वाली बातें कि उनके लिए तो मुझे कई ख़त आपके सामने रखने होंगे।

परंतु यह खेल ज़्यादा दिन नहीं चला। मैं कोई ऐसा आदमी नहीं खोज पाया, जो मेरे पीछे पड़ा हो, जो मुझे मारना, डराना या मेरी शांति भंग करना चाहता हो।

फिर मैंने 'भूतों' के बारे में लोगों से बात करनी जारी की। पुनर्जन्म की कथाएँ, भूतों की कल्पित कथाएँ पढ़ीं। मुझे उनमें इतना रस आया कि इस मामले को लेकर भी मैं परेशान था, क्योंकि बाक़ी सब लोगों को ये बातें डरावनी लगती थीं।

मेरे लिए सबसे डरावना ख़याल वह ख़त था, जिसने धीरे-धीरे मेरी सारी ज़िंदगी के कोनों-कोनों में दहशत भर दी थी। जिसने मुझे हर आदमी पर शक करने और अपने पीछे की हर चीज़ को मुड़-मुड़कर देखने की आदत डाल दी थी।

बहुत अरसे के बाद एक आदमी ने मुझे बताया था कि भूत की पहचान उलटे पाँव होते हैं। मैंने अपने पाँव देखे, वे बिल्कुल सीधे थे। लेकिन एक पाँव पर छठी उँगली थी, जो पीछे की ओर यानी उलटी मुड़ी हुई थी। अब मैं किससे पूछूँ कि क्या मुकंदीलाल के एक पाँव में छह उँगलियाँ थीं?

मैं उस उँगली को कटा देना चाहता था, लेकिन मुझे डर था कि ख़त की तरह वह फिर उग आएगी। और कहीं ऐसा न हो कि पहचान की एक वजह बन जाए! मैं इन सब मामलों से इतना परेशान था कि कुछ दिनों तक मैं घबराहट में अपनी पत्नी से भी ठीक बातें नहीं कर पाया।

मैं अपनी पत्नी से शादी की फोटुओं वाला प्रसंग पूछना चाहता था, लेकिन वह भी खुद में कितना बड़ा प्रमाण था कि भूत की फोटुएँ नहीं आतीं...कितने प्रमाण थे।

और मैं उन प्रमाणों के बीच सिर्फ़ यह जानना चाहता था कि आख़िर यह ख़त मुझे लिखा किसने होगा। मैं डाकख़ाने से भी पूछताछ नहीं कर सकता था।

आप भी सोचेंगे कि मैं किस वहम में हूँ। पर यह सच है कि हम लोग इस दुनिया में 'प्रेतों' की ज़िंदगी जीते हैं, लेकिन मैं 'प्रेत-योनि' से संबंध की वजह से परेशान हूँ।

मैं गोकू बाबू के इंतज़ार में हूँ। कभी गोकू बाबू आए, तो वे कम-से-कम यह तो बतला सकेंगे कि मुकंदीलाल की छह उँगलियाँ थीं। मैं उसी दिन इस प्रेत-छाया से मुक्त होऊँगा। उसी दिन।

पर गोकू बाबू के बारे में बताऊँ–वे बहुत गप्पी आदमी हैं। मैं नहीं जानता, वे कभी आएँगे तो क्या कहेंगे। पर आप लोग यह भी तलाश कर लीजिए कि आपके पाँवों में छह उँगलियाँ हैं–इस शक से मुक्त होकर कि आप 'प्रेत-योनि' से नहीं आए हैं। यह तो सिर्फ़ मेरे लिए है। ख़त में भी साफ़ लिखा है।

•

9

अभिशाप

नाई की दुकान पर पहुँचकर मैं चाहता था कि जल्दी से फारिग हो जाऊँ और लौटकर अपने कमरे में दिन-भर लेटा रहूँ। आज का दिन मेरे लिए मटरगश्ती का दिन हो सकता था, पर मैंने बाद में विचार किया कि लेटने से बढ़िया क़ोई कार्यक्रम नहीं और कोई आलस या विलास नहीं। पर नाई की दुकान पर भीड़ थी।

वह नाई मेरा परिचित था, इसलिए जाते ही उसने मुझे वे पिछले अख़बार और तस्वीरों वाली पत्रिकाएँ दीं, जिन्हें मैं तीन-चार बार पढ़ चुका था। उनमें वे ही बातें थीं। बातों से या ख़बरों से मुझे कोई मतलब नहीं था। उनमें लड़कियों की जो तस्वीरें थीं, उनका भी मैं उपयोग कर चुका था। अब उन तस्वीरों को चाहे जिस कोण से भी देखने की कोशिश करूँ, मुझे पता है सिवाय एक ख़ास क़िस्म की विकृति के, वे मुझे कुछ नहीं देंगी।

पिछले दिनों मैंने इसी तरह की नीरसता और जड़ता से बचने के लिए डरावनी कहानियों वाली किताब ख़रीदी थी, पर अब वे कहानियाँ भी, इन लड़कियों के चेहरों की तरह विकृति देनेवाली, उबानेवाली बन गई हैं। कहानियों और लड़कियों की इस समानता का ख़याल आते ही मुझे कुछ संतोष मिला, पर यह संतोष किसी क़िस्म का पूरा संतोष नहीं था। सिर्फ़ थोड़ी देर के लिए ख़ाली वक़्त का विलास यह संतोष ज़रूर बन सकता था, पर न जाने क्यों मुझे कभी-कभी अंदर का यह संतोष अंदर की रिक्तता में टाँग अड़ानेवाला लगता है। मैं कुछ कहनेवाला था या मेरी कुछ कहने की इच्छा थी–यह बात मुझे अचानक याद आई, हालाँकि थोड़ी देर पत्रिकाएँ हाथ में पकड़े, मैं यह खोजने की कोशिश करता रहा। अपने-आपसे पूछते हुए मुझे लगा, तब तक वह 'कहने' की याद मुझे नहीं आएगी, जब तक मैं बैठ नहीं जाऊँगा। लेकिन यहाँ बैठने का मतलब था, उतनी देर इंतज़ार करना और कटे हुए बालों का गिरते हुए देखना या लोगों को कोसना कि उनके बाल जल्दी-जल्दी क्यों बढ़ जाते हैं? और जल्दी वे यहाँ चले आते हैं। क्यों नहीं लोग कुछ दिनों प्रतीक्षा कर लेते?

जो बात मैं कहना चाहता था, वह मुझे याद आ गई। दरअसल, मैं नाई को कहना चाहता था कि क्या वह मुझे पास ही की दुकान से बुला लेगा। मैंने जब उससे पूछा तो उसने बताया कि वह ज़रूर बुला लेगा। उसकी इच्छा यह भी थी कि मैं यहीं चाय क्यों नहीं मँगवा लेता। यहाँ चाय मँगवाने में मुझे सिर्फ़ एक एतराज था और वह यह कि यहाँ हाथ या कुहनियाँ टिकाने की मेज़ नहीं थी और चाय का प्याला हाथ में ही पकड़े रहना पड़ता। मैं उन लोगों में से नहीं हूँ, जो नाई की दुकान पर चाय इसलिए पीना पसंद नहीं करते कि वहाँ बाल उड़-उड़कर चाय में गिरते हैं।

पत्रिकाएँ मैंने दूसरे आदमी को पकड़ा दीं और मैं बाहर आ गया। मुझे एक बात और इसी सिलसिले में याद आई। हर नाई की दुकान के पास एक चाय की दुकान भी होती है। यह हो ही नहीं सकता कि कहीं नाई की दुकान हो और चाय की न हो।

चाय की दुकान बहुत बड़ी नहीं थी। पर जब-जब मैं पहले यहाँ आया हूँ तो मैं अक्सर डरता रहा हूँ कि कहीं ऊपर की छत गिर न पड़े। वैसे चाय की दुकान से मिलती-जुलती वह जगह है, जहाँ मैं रह रहा हूँ और जहाँ मैंने चुपचाप लेटे-लेटे दिन बिताने का विचार किया हुआ है। छोटे-से कमरे में बेतरतीब मेज़ों को इस तरह लगा दिया गया था कि आप घुसते ही कहीं भी बैठ सकते थे। मैं ठीक बीच में बैठना पसंद करता हूँ। उससे दो फ़ायदे होते हैं—एक तो लोग आपको देख लेते हैं और दूसरे यह कि सभी लोगों को आप यह जता सकते हैं कि आप उनकी परवाह नहीं करते। परंतु मेरा मतलब ऐसा नहीं होता। बीच में बैठने का अजीब सुख यह है कि आप किसी की बात नहीं सुनते, क्योंकि सब लोग बोल ही रहे होते हैं। इस दुकान पर बैठकर बेकार लड़की की बात सुनने का कोई मतलब नहीं होता। उससे आप तभी बच सकते हैं, जब आप ख़ूब शोर के बीच बैठे हों। वे लोग अपनी प्रेम-कहानियाँ या गाली-गलौज से भरी बातों में इतने तन्मय होते हैं कि उन्हें इस बात की ख़बर नहीं रहती कि कोई उससे परेशान भी हो सकता है। ऐसे लोग भी वहाँ बैठते हैं, जो परेशान होते हैं।

अक्सर मुझे वे नवयुवक भी मिलते, जो राजनीति की बातें किया करते और अंत में बिना किसी निर्णय पर पहुँचे लड़कर एक-दूसरे से अलग जा बैठते। मैं उनकी बातें सुनता और मन-ही-मन देश की स्थिति का अंदाज़ा लगाता। मैं हिसाब लगाता कि किस गति से वे नवयुवक देश को आगे ले जाने के लिए तैयार हैं। लेकिन अंत हर वक़्त उनकी ही तरह निराशा का होता। वे छोटी-सी बात पर लड़ पड़ते। मसलन बिल देने के लिए लड़ पड़ते और एक-दूसरे पर भयानक आरोप लगाते। मुझे तब हँसी भी नहीं आती, बल्कि यह ख़याल होता कि ये लोग कैसे हैं जो देश से पहले अपने व्यक्ति के लिए चिंतित हैं।

कुछ दिन हुए मैं यहीं बैठा था। उस दिन दुकान कुछ ख़ाली-सी थी। एक नवयुवक, जो चेहरे से बेकार लगता था, दूसरे मेज़ के पास बैठ गया था। मुझे उम्मीद नहीं थी कि कभी यह नवयुवक मुझसे परिचय गाँठेगा या बात करेगा, परंतु जब मैं उठने वाला था, तब वह मेरे पास आया और बोला, 'अगर आप रोज़ यहाँ आते हों तो आपसे गप्पें लड़ाई जाएँ।'

'मैं तो आपको नहीं जानता।' मैंने कहा।

'सो तो ठीक है।' वह कुछ बोलने वाला था कि मैं बीच में बोल उठा, 'मुझे बातों में कोई रुचि नहीं है। क्षमा करेंगे।'

मैं चला आया था। तबसे अब तक हालाँकि वह नवयुवक मुझे नहीं दीखा, पर मुझे लगता है कि वह मेरी तरह किसी आदमी से गप्पों में उलझा होगा। वह किसी के साथ वैसी ही बातें कर रहा होगा, जिस तरह की बातें वह मुझसे करना चाहता था। जैसा मैंने पहले सोचा था कि मुझे विश्वास नहीं था कि मुझसे बातें करेगा और मुझे मिलेगा। यह तो अचानक ही हुआ कि जब मैं बीच की मेज़ के पास बैठा तो मैंने किनारे पर उसकी तरह का युवक बैठा देखा। पहले तो मुझे विश्वास नहीं हो सकता था, लेकिन बाद में मैंने अंदाज़ा लगाना शुरू किया और पाया कि वह वही युवक था।

वह चुपचाप बैठा था और मुझे उससे कोई मतलब नहीं हो सकता था। लेकिन ख़ाली रेस्तराँ में वह कब आ गया? क्योंकि जब मैं अंदर था तब वह मुझे नहीं दीखा था।

मैंने मन-ही-मन सोचा, शायद वह रोज़ ही यहाँ आता हो और मैं उसे न देख पाता होऊँ या मैं ही कभी उससे न टकराया होऊँ—पर अब वह ज़रूर मेरे बारे में सोचेगा। चाहे वह मेरे साथ बात करने अब न आएँ, पर मुझे लगता था वह अवश्य मेरे बारे में सोचेगा।

यह कितनी बेहूदी बात है कि मैं ऐसा सोच रहा हूँ। क्या सचमुच यह बात बेहूदी है? जब मैं निर्णय पर नहीं पहुँचा, तब मैंने देखा कि वह नवयुवक वहाँ नहीं था। वह मेरे सोचने भर के लिए ही जैसे वहाँ था।

मैंने बेयरे को बुलाया, 'उस कोने में जो साहब बैठे थे, वे कहाँ गए?'

'वहाँ तो क्या, सारे होटल में आपके अलावा कोई नहीं हैं।' मैंने अपनी आँखें मिचमिचायीं। मुझसे ही ग़लती हुई, शायद कोई दिग्भ्रम! वह युवक, शायद मेरा भ्रम था। मुझे अपने सोचने पर बहुत ज़्यादा आश्चर्य हुआ।

चाय पीते हुए मैंने फिर उस कोने में देखा। वहाँ सचमुच कोई नहीं था। हो सकता है, बाहर की रोशनी की नज़र से अंदर अँधेरे में रोशनी का जो धब्बा उभरा हो, वह उसका हो। परंतु सारी संभावनाएँ—एक ख़ास डर की ओर जब जाने लगीं,

तब मैं चौंका। मैंने पिछले दिनों कुछ अजीब-सी कहानियाँ पढ़ी थीं। उन कहानियों की तरह, कुछ भी घट सकता है, इसकी तो मुझे कल्पना ही नहीं थी। मैं प्रतीक्षा करने लगा कि कितनी जल्दी नाई की दुकान से आदमी आए और मुझे बुलाकर ले जाए।

मैं इंतज़ार नहीं कर सकता। जैसे ही मैंने अपनी चाय ख़त्म की, मैं नाई की दुकान की ओर भागा। सचमुच मैं बहुत जल्दी में गया। वहाँ बहुत भीड़ थी। यह जानते हुए भी कि मेरा नंबर अभी दूर है, मैंने नाई से कहा, 'जैसे ही मेरा नंबर आए, मुझे जल्दी बुला लेना।' यह कहकर मैं दुकान से बाहर आ गया। सड़क से आर-पार लोग जा रहे थे–मैंने यही देखा और मुझे उस नवयुवक की याद आ गई। मैं उस याद से भागना चाहता था। उसे लेकर कहीं-कहीं मुझे हल्का डर था कि फिर कुछ वैसा ही दुहराया न जाए।

लौटकर जब मैं नाई की दुकान पर आया तो मैंने देखा भीड़ कम थी। और मेरे अंदर जाते ही नाई ने मुझे इशारा किया था कि मैं बैठ जाऊँ।

'यह बारी तो मेरी है,' एक छोटा-सा लड़का बोला।

'बेटा! तुम कुछ देर रुको, तुम्हारे बाल रुककर कट जाएँगे।'

'नहीं, नहीं–मैं नहीं रुकूँगा। यह बारी मेरी है।' उसने पाँव पटकने के अंदाज़ में ज़िद की। बच्चे के होंठ सूखे हुए आलू की तरह हो गए थे। और अगर मैं भी जिद करता तो निश्चय था कि वह रो पड़ता।

'मैं तुम्हें दो गुब्बारे दूँगा।' नाई ने उसे लालच दिखाया।

'दो नहीं, बहुत ज़्यादा गुब्बारे।' एक दूसरे आदमी ने कहा।

'मैं गुब्बारे नहीं लूँगा।' बच्चा अपनी ज़िद पर अड़ गया।

'अच्छा, हम तुम्हें कहानियाँ सुनाएँगे।' एक बूढ़े ने कहा। वह बूढ़ा पुराने अख़बार पढ़ रहा था।

उन लोगों की बातों से लग रहा था, जैसे वे बच्चे को लालच देकर मुझे समझा रहे हों कि मुझे इंतज़ार करना चाहिए।

निराश होकर मैं फिर लौटनेवाला था कि पीछे से बच्चे ने मेरे कपड़े छू दिए–'अंकल, आप पहले आइए! मैं अपनी बारी बाद में ले लूँगा।' मुझे लगा, बच्चा या तो मज़ाक कर रहा है या व्यंग्य या उसे भी इसमें मनोरंजन मिल रहा है।

'नहीं बेटे, तुम...।' मैं आगे कुछ बोल नहीं सका। नाई ने कुरसी खिसका दी थी और मैं उस पर बैठ गया था। मैंने शीशे में देखा, पीछे दो बूढ़े खिसियानी हँसी हँस रहे थे।

'बच्चा बड़ा समझदार है।' एक बूढ़ा बोला।

'हाँ,' दूसरे ने मेरी तरफ़ यानी पीछे देखते हुए कहा।

इतने में बच्चा उठकर बाहर चला गया था और नाई ने मुझे एक सफ़ेद कपड़े से लपेट लिया था। मेरा सिर सिर्फ़ बाहर था। बाक़ी सब-कुछ उस सफ़ेद कपड़े के अंदर बंद हो गया था। मुझे एक बहुत भयानक बात याद आई जैसे किसी ने किसी मरे हुए आदमी के चारों तरफ़ सफ़ेद कपड़ा लपेट दिया हो। 'मैं आपको आवाज़ देकर बुलाने वाला ही था कि आप बाहर चले गए थे।' नाई ने बातचीत शुरू की, 'बच्चा ज़िद कर रहा था, वरना मैंने सोच लिया था कि आपको ही निपटाऊँगा।'

जैसे ही नाई ने कैंची चलानी आरंभ की, मुझे शीशे पर अपनी शक्ल की जगह काला धब्बा नज़र आना शुरू हुआ। मैंने अपनी आँखें बंद कर लीं। यह सोचकर कि यह कोई भ्रम भी हो सकता है।

'आपका शीशा ठीक है?' फिर शीशे पर धब्बा नज़र आया तो मैंने पूछा।

'एकदम ठीक!'

'शायद पुराना है!'

'नहीं साहब, अभी कुछ ही दिन हुए मैंने इसे ख़रीदा है।'

'पर इसमें कोई धब्बा-सा नज़र आ रहा है?'

'कैसा धब्बा?'

'काला-सा।'

नाई ने काम रोक दिया और थोड़ा झुककर शीशे को देखा। फिर उसने मुड़कर मेरी तरफ़ देखा, फिर शीशे की तरफ़, फिर बोला, 'यहाँ तो कोई धब्बा नज़र नहीं आ रहा है।'

पीछे से एक बुड्ढा फिर हँसा। वह धब्बे के नीचे शीशे पर दीख रहा था। वह बोला, 'शायद कोई भ्रम हो।'

नाई बोला, 'आप अभी बाहर से आ रहे हैं, इसलिए धब्बा नज़र आ रहा होगा। यह रोशनी का धब्बा है यानी रोशनी से चुँधियाने के बाद...।' मैंने आँखें बंद कर लीं, 'आप शुरू रखिए।'

नाई ने बाल सँवारने शुरू कर दिए।

लेकिन मैं ज़्यादा देर आँखें बंद नहीं रख सका। पीछे कुछ लोग बैठे हुए थे। उनके बैठे रहने से भी मेरे 'एकांत' में बाधा पहुँच रही थी। मुझे न जाने क्यों लग रहा था जैसे वे मेरे 'व्यक्तिगत' में आ टपके हों।

मैंने आँखें खोलीं। पहले छोटा-सा धब्बा दिखाई दिया। धब्बा ही दिखाई देता तो कोई बात नहीं थी। धब्बे के बीच एक सफ़ेद-सा आकार उठता दिखाई दिया। वह शायद कोई हाथ-सा था।

मैंने सिर को झटका दिया और पलटकर नाई की ओर देखा। वह निर्विकार था।

'आप सीधे बैठे रहिए।' उसने यही कहा।

'क्या मैं ग़लत बैठा हूँ,' मैंने वह सब-कुछ भूलने के लिए बातचीत जारी की।

'नहीं,' नाई ने कहा।

'आप शायद हिल रहे हैं,' पीछे से बूढ़े ने कहा।

मैं पहले नाई के बारे में सोच रहा था कि उसने 'नहीं' क्यों कहा।

फिर मुझे बूढ़े की बात याद आई।

'क्या मैं सचमुच हिल रहा हूँ,' मैंने पूछा। इसका उत्तर कोई भी दे सकता था। पर मैंने उत्तर की प्रतीक्षा नहीं की। शीशे पर अचानक एक बड़ा-सा हाथ झूल आया था। 'क्या आप शीशे पर कोई आकृति देख रहे हैं?'

'हाँ।' नाई हँसा।

'कौनसी,' मैंने घबराकर पूछा।

'आप भी कैसा मज़ाक करते हैं,' नाई बोला, 'यह आपकी ही तस्वीर है,' उसने जैसे ही शीशे की तरफ़ हाथ किया, मुझे दिखाई दिया कि वहाँ वाले हाथ ने नाई के हाथ से कैंची छीन ली।

नाई कुछ देर के लिए रुका, इससे मैंने अंदाज़ा लगाया कि वह भी अब उस रहस्य से परिचित होने जा रहा है।

'क्या आपने कुछ देखा', मैंने उससे पूछा।

'मेरे हाथ में कैंची थी, वह न जाने कहाँ चली गई?' नाई ने घबराकर कहा।

'कैंची'....मैंने आश्चर्य में कहा।

'हाँ सचमुच कैंची?' नाई ने उत्तर दिया।

मैं कुर्सी से उछलकर दूसरी तरफ़ फाँद गया।

खड़े होकर मैंने देखा नाई घबराया हुआ था। और जल्दी-जल्दी कैंची खोज रहा था।

'क्या शीशे में से...।'

पीछे वाले बूढ़े हँसे, बोले, 'कैंची नीचे पड़ी है।'

नाई ने नीचे से झुककर कैंची उठा ली, बोला 'मैं भी घबरा गया था, भला कैंची कहाँ जाती, यहीं कहीं तो रहती।' वह चुप हो गया।

'आइए, आप बैठिए,' कैंची हाथ में लेकर वह बोला।

'क्या आपके पास कोई दूसरा शीशा नहीं है?' मैंने उससे पूछा।

'किसलिए?' उसने कहा

'मेरा ख़याल है कि दूसरे शीशे पर कोई प्रतिच्छाया नज़र नहीं आएगी।'

'यह सिर्फ़ आपका भ्रम है।'

'क्या मुझको...?' मैं उससे कैंची गुम होने की बात करना चाहता था, पर उसने मुझे रोक दिया।

'कैंची तो मेरे हाथ से गिर गई थी।'

'क्या आपको पता चल गया था?'

'अचानक...'

मैं हँसा, 'क्या सचमुच अचानक?'

'हाँ।'

मैंने बूढ़ों को संबोधित किया, 'क्या आपने कैंची को गिरते हुए देखा था?' वे लोग चुप रहे।

मैंने दुबारा अपना सवाल किया।

'नहीं,' एक बूढ़े ने कहा

'तो फिर कहाँ गुम हो गई?' दूसरे बूढ़े ने ताली बजाने जैसी मुद्रा में कहा

नाइ हँसा, बोला, 'साहब, आप लोग तो तमाशा बना रहे हैं। यह एकदम मामूली बात है। कैंची पहले भी कई बार गिर गई थी।'

'शायद हमारा ध्यान न हो?' चुपचाप बैठे बूढ़े ने कहा

नाई ने मुझे कुर्सी पर बैठने का इशारा किया। जब उसने कुर्सी खिसकाई तो मैं बैठ गया। एक तरह से उसने मुझे बाध्य कर दिया था और मुझे बैठना पड़ा। उसकी मुद्राओं से लगता था कि वह इस सारे प्रसंग को इस समय कोई महत्त्व नहीं देना चाहता।

जब मैं बैठा तो उसने कपड़े को फिर ठीक तरह से मेरे चारों ओर लपेटा। मैंने उससे कहा, 'लपेटते हुए ऐसा लगता है जैसे मैं अंदर से नंगा हूँ और आपने मुझे ढक दिया हो।'

'मुझे तो डबलरोटी लपेटने और कपड़ा लपेटने में ज़्यादा फ़र्क़ नहीं लगता।' उसने अपनी तरफ़ से यह बात हँसाने के लिए कही थी। पर हम सब लोग गंभीर थे।

सीट पर बैठते ही पहला काम मैंने यह किया कि आँखें बंद कर लीं। नाई ने कंघी से मेरे बाल सँवारने शुरू किए।

मन बहलाने के लिए या किसी तरह के बचाव के लिए मैंने कहा, 'मुझे बाल सँवारना काफ़ी अच्छा लगता है।'

'आपके बाल बचपन में बहुत अच्छे रहे होंगे।' नाई बोला।

'हाँ, मेरी माँ यही कहती थी।'

'मेरी माँ ने भी मुझे यही कहा था। अजीब समानता है।' मैं नाई की बात सुनकर चुप हो गया। मुझे ग्लानि हुई–मैंने उससे अपनी माँ के बारे में क्यों कह दिया।

'क्या कारण है कि सबकी माँ एक तरह की होती हैं?'

नाई के यह कहते ही मेरी आँखें खुल गईं। मैं, दरअसल, उस पूरे प्रसंग को बंद करना चाहता था, इसी गड़बड़ में आँख खुल गई।

पहले मेरी दृष्टि शीशे पर गई। वहाँ एक खूँखार हाथ लपलपा रहा था।

'वह देखो,' मैंने ज़ोर से चिल्लाकर कहा।

पीछे से दोनों बूढ़े उठ खड़े हुए थे। बगल के गलियारे से एक आदमी गुज़र रहा था, वह भी खड़ा हो गया।

'क्या हुआ?' किसी ने कहा।

नाई ने जैसे ही पीछे मुड़कर देखा, यह देखने के लिए कि किसने यह सवाल पूछा, तो मैंने लपेटे हुए कपड़े से अपने को मुक्ति दिलाई और अपने हाथ खोल दिए। शीशे पर एक खूँखार हाथ अब भी लपलपा रहा था।

नाई के हाथ से कंघी गुम हो गई थी।

'किसी ने कंघी देखी है?' नाई ने सबसे पूछा।

इतने में बाहर से बच्चा आ गया और हम सब लोगों ने उसकी तरफ़ देखा।

'मेरी बारी आ गई क्या?' उसने मुझे खड़े देखकर पूछा।

'बारी!' नाई बोला, 'अभी तो इनकी कटिंग भी शुरू नहीं हुई।'

बच्चा बाहर जाने लगा तो हम सबकी तरफ़ देखते हुए नाई बोला, 'अभी तो मेरे हाथ में कंघी थी, न जाने कहाँ चली गई।'

बच्चा मुड़ा और हँसने लगा, 'आपकी पैंट के साथ नीचे अटक गई है।' नाई की पैंट की तरफ़ इशारा कर वह हँसते हुए बाहर हो गया।

'क्या सचमुच आपके पास पुराना शीशा नहीं है?' नाई ने जब कंघी उठा ली तब मैंने दूर खड़े होकर उससे पूछा।

'पुराना शीशा तो है पर...'

'पर क्या,' नाई को बीच में ही रोककर मैंने कहा।

'वह बीच में से टूटा हुआ है।'

'मुझे कोई एतराज नहीं।'

'आपको तो,' वह हँसने लगा, 'सही शीशे में दो शक्लें नज़र आती हैं, फिर बीच में से तीरे हुए शीशे में तो...।'

'आप मेरा मज़ाक उड़ाते हैं।' मैं तैश में आ गया, 'आइए, जल्दी से ख़त्म कीजिए।'

मैं फिर कुर्सी पर जाकर बैठ गया। और मैंने तय किया कि शीशे की तरफ़ बिल्कुल नहीं देखूँगा।

काफ़ी देर तक मैंने सचमुच उस ओर नहीं देखा। स्वभाव से काफ़ी ज़िद्दी होने की वजह से मैं इस निश्चय में सफल हो सकता था और जैसा मेरा अनुमान है अगर मैं चाहूँ तो किसी भी मामले में काफ़ी कठोर हो सकता हूँ। इस बीच मैंने वे डरावनीं कहानियाँ याद करनी शुरू कर दीं। एक कहानी में मुझे याद आया कि एक आदमी

के हाथ, पाँव, सब जगह घास उगने लगी थी। घास इतनी लंबी बढ़ने लगी थी कि कुछ ही दिनों में वह आदमी गुम हो गया और सिर्फ़ घास ही बाक़ी रह गई। उस घास से आदमी ने खाद बना लिया था और...

मैं अभी अपने को कहानी में बहला ही रहा था कि मुझे लगा जैसे नाई ने बाल काटने छोड़ दिए हों। और मैं वैसा ही बैठा हूँ।

'क्या काम ख़त्म हो गया?' मैंने पूछा।

'अभी बैठे रहिए!'

'कितनी देर लगेगी?'

'देर...बहुत जल्दी हो जाएगा। लेकिन अभी तो मुझे आपके बाल 'सेट' करने हैं।'

'तो जल्दी करो,' मैं बोला। मैं जैसे ही बोलकर रुका, मुझे लगा जैसे मेरे सिर पर कोई गिलगिली चीज़ रेंग रही हो। यह नाई की अंगुलियाँ होंगी...मैंने सोचा।

कुछ देर बाद मुझे लगा जैसे कोई चीज़ सर्पाकार मेरे गले की ओर बढ़ रही हो। मैंने अपने हाथ से जगह को टटोला। लगा जैसे मेरे हाथ से कुछ छू गया हो।

'क्या यहाँ कोई चीज़ रेंग रही है?' मैंने नाई से पूछा।

'नहीं तो, यहाँ के बाल अभी काटने हैं।' उसने उस जगह पर हाथ रखा, जहाँ मैंने बताया था।

फिर वह रेंगना मुझे अपने कान के पास महसूस हुआ। कान के पास मुझे बहुत ज़्यादा खुजली महसूस हुई मैंने उत्तेजना में उससे पूछा, 'अभी कितनी देर है?'

उसने शायद मुद्रा बनाकर जवाब दिया होगा, जिसे मैं आँखें बंद किए नहीं देख सका। पर धीरे-धीरे वह गिलगिलाहट बढ़ती गई तो मैंने सिर को झटका दिया।

'सीधे बैठे रहिए।'

'कितनी देर है?' मेरे यह पूछते ही बच्चा खिलखिला पड़ा।

'वह क्यों हँसा?' मैंने नाई से पूछा।

'आपकी जल्दी देखकर।'

'क्या पीछे भी लोग हँस रहे हैं?'

उसने मेरी बात का उत्तर नहीं दिया। खटपट से पता चला कि जैसे वह शीशे के पास कोई चीज़ खोज रहा हो।

'क्या बात है?'

'उस्तरा नहीं मिल रहा है।' नाई घबराहट में बोला।

छोटा बच्चा फिर हँसा।

मुझे अचानक उस लड़के की याद आई, जिसका भ्रम मुझे चाय की दुकान पर हुआ था।

मुझे लगा, जैसे यह केवल संयोग नहीं है।

'उस्तरा ही नहीं मिल रहा है।'

वह बच्चा और वे बूढ़े शायद उठकर मेरे पीछे आ गए थे।

मेरे गले पर कुछ रेंग रहा था। मैंने अचानक आँखें खोल दी थीं।

'वह रहा उस्तरा।' मैं चिल्लाया। शीशे पर एक खूँखार चेहरा उस्तरा हाथ में लिए, मेरी तरफ़ बढ़ रहा था।

'हाँ, वह कोई आदमी है।' बच्चा कुर्सी के पीछे से उचककर बोला।

'आदमी,' पीछे से बूढ़ा चिल्लाया। पीछे के कॉरीडोर में दो-चार चलनेवाले लोग भी खड़े हो गए। मैंने देखा वे जाली की खिड़कियों से झाँक रहे थे। नाई परेशान लग रहा था।

'आदमी....!' नाई बोला।

'हाँ, आदमी,' बच्चा फिर हँसा, बोला, 'वह इनका ही चेहरा है।' वह हँसने लगा।

'किसका चेहरा....? मेरा चेहरा?'

'हाँ, आपका चेहरा।' बच्चा बोला।

'तो उस्तरा कहाँ है?' मैंने बच्चे से पूछा।

'उस्तरा कपड़े में लिपटा हुआ है।'

नाई ने कपड़ा झाड़ा तो उसे उस्तरा मिल गया। 'आपने तो बेकार में मुझे डरा दिया था।'

'क्या आप डर गए थे?' बच्चा बोला।

पीछे का एक बूढ़ा गले में खँखारा। दूसरा उसकी तरफ़ देखकर हँसा।

'आप बैठिए, अब थोड़ा ही काम रह गया।' नाई ने मुझे कहा।

'यह बच्चा भी तो जल्दी मचा रहा है, आइये, जल्दी कीजिए।'

'क्या आप पुराने शीशे का इस्तेमाल नहीं कर सकते?'

तब तक रुके हुए लोग और खिड़कियों पर झाँकते लोग चले गए थे। चाय की दुकान वाला लड़का किसी के ख़ाली प्याले उठाने आया था।

'मेरे नाख़ून काट दो।' बेयरा बोला।

नाई ने नाख़ून-काटनी उसे दे दी और एक सफ़ेद कपड़ा लाकर शीशे के ऊपर डाल दिया। 'अब आप शांति से बैठिए।' आप सच नहीं मानेंगे-कपड़ा काँप रहा था और मुझे लग रहा था जैसे अभी कोई आदमी कपड़े को फाड़कर बाहर निकलेगा।

कपड़ा काँप रहा था, तब मैंने अपनी मुट्ठियाँ कस दी थीं। मेरी इच्छा थी कि ज़ोर का मुक्का मारकर मुझे भाग जाना चाहिए।

जब तक मेरे बाल बनते रहे, कपड़ा हिलता रहा। मैं अपने उस निठल्ले दिन बिताने के बारे में दुखी हो रहा था। मैंने तय किया, अब डरावनी कहानियाँ नहीं पढ़ूँगा। मैंने पहली बार भगवान का नाम लिया।

पर हे भगवान, मेरी मुट्ठियाँ बंद हो गई थीं। मैं उन्हें खोल नहीं सकता था।

जब मेरे बाल बन गए तो पैसे देने के लिए भी मेरी मुट्ठियाँ नहीं खुलीं। मैंने बच्चे की सहायता से पैसे निकलवाए। नाई को पैसे देते वक़्त मैंने फिर शीशे के कपड़े पर देखा। वहाँ एक धब्बा उभर आया था। काला-सा धब्बा।

हे भगवान, मेरी मुट्ठियाँ बंद हैं। मैंने मन-ही-मन कितनी ही बातें सोचीं। जब मैं बाहर आया, लोगों के हाथ खुले हुए थे और उनकी अंगुलियाँ चल-फिर रही थीं। उनके हाथों में लोच था और वे मुस्कराते हुए घूम रहे थे। मेरी मुट्ठियाँ बंद थीं। मुझे लगा कहीं लोग मेरी बंद मुट्ठियों की तरफ़ न देखने लगें। बाहर जाने पर मैंने अपनी मुट्ठियाँ पैंट की जेब में डाल दीं।

मैं अपने घर की ओर चला। पर मुझे ख़्याल आया, अगर मेरी मुट्ठियाँ नहीं खुलीं तो ताला कैसे खुलेगा--यह सोचते ही मुझे पसीना आ गया। मैंने सोचते-सोचते अपनी चाल तेज़ कर दी। मेरी मुट्ठियाँ अब भी बंद थीं। बुरी तरह बंद।

•

10

अतीत में कुछ

सुबह-सुबह जब हम अपने घर से निकले थे तो सारा शहर धुंध में लिपटा हुआ था। वे जनवरी के दिन थे। इतने ठंडे कि उनका अंदाज़ा किसी दूसरी जगह लगाया ही नहीं जा सकता। दूसरे मामूली दिनों की तरह, जब ऐसी सुबहें ठंड की वजह से परेशान करती थीं, वह दिन वैसा मामूली नहीं था। ठंड का हम लोगों पर शायद कोई असर नहीं हो रहा था। कम-से-कम मुझे उस वक्त ठंड नहीं लग रही थी। बल्कि ठंड की वजह से जो धुंध चारों तरफ़ फैली हुई थी, वह एक तरह की सुविधा थी, ऐसी सुविधा जिसकी वजह से हम लोग एक-दूसरे को छिपाए हुए थे। मैं चलते-चलते अपनी माँ की लंबी, पतली काठी तो देख सकता था, पर उनका चेहरा नहीं देख सकता था। उनका वह चेहरा जो मरे हुए आदमी से भी ज़्यादा निस्तेज़ और भयानक हो सकता था। धुंध कितनी अच्छी थी, जिसने हमें आपस में पास-पास चलते हुए भी दूर किया हुआ था।

उस धुंध वाले दिन हम उस शहर से निकाले गए थे। पहले, उस दिन से पहले, वह ज़रूर एक शहर था, लेकिन मैं सोचता हूँ हमारे जाने के बाद हम लोगों के लिए वह उस तरह का शहर नहीं रह जाएगा। क्योंकि उस ख़ास तरह की कोई जगह आदमी के लिए ख़ास तभी तक रहती है, जब तक वह उससे जुड़ा रहता है। उससे अलग होने के बाद, मेरे लिए वैसी जगहों का विकल्प जो मेरे दिमाग़ में तस्वीर बनाता है, ठीक ऐसी जगह की तस्वीर बन जाता है, जिससे हम कभी परिचित न रहे हों, जैसे वह एक अंतहीन रेतीला किनारा हो। या ऐसी जगह जहाँ कुछ नहीं हो, कम-से-कम अपने से जोड़ने वाली कोई चीज़।

वह चाहे एक छोटा शहर था। एक पहाड़ी रियासत का वह उस वक्त और ख़ास तौर से मेरी उम्र के उन हिस्सों में वह महत्त्वपूर्ण शहर था, जहाँ रियासत के छोटे-बड़े दफ़्तरों के साथ फौजों का बहुत बड़ा हिस्सा पड़ा हुआ था। फौजों का इतना जमाव मैंने पहले कभी नहीं देखा था। जब पहले-पहल हम लोग फौजों की परेड या उनकी गाड़ियों की लंबी क़तारें देखते थे, तो वक़्त का कितना हिस्सा

चुपचाप हमारे बिना जाने खिसक जाता था। पर वे चीज़ें कभी भी दुबारा देखने के लिए पुरानी नहीं पड़ती थीं बल्कि उनका रंग, उनकी तेज़ी दुबारा उतनी ही तीव्रता से अपनी तरफ़ खींचती थी।

उस सुबह, जब हम वहाँ से निकाले गए थे, हमारे वे पिता जिन पर रियासत की ओर से आरोप लगाए गए थे और जिन्हें सिर्फ़ कुछ घंटों में रियासत छोड़ने का हुक्म मिला था। हम सबसे आगे-आगे चल रहे थे। उनके हाथ में छाता था, जिसे वे धुंध के बीचोंबीच गिरने वाली या हवा से उड़ने वाली बूँदों से बचने के बहाने खोले हुए थे, दरअसल उस तरह बूँदों से बचने के लिए नहीं बल्कि अपना मुँह छिपाने के लिए खोले हुए थे। वे नहीं चाहते थे हम या कोई भी परिचित या कोई भी आदमी उन्हें देखे। हालाँकि मैं सोचता हूँ, उस वक़्त इस तरह का बहाना कितना कच्चा था। देखने न देखने से क्या फ़र्क़ पड़ता, क्योंकि सारे शहर को पता था कि हम लोगों को उस रियासत से निकाले जाने का हुक्म हुआ था। उस सुबह पहली बार मैंने अपने पिता जी को पैदल चलते देखा था। उससे पहले जहाँ तक मुझे याद है, वे अपने दफ़्तर भी कार से जाया करते थे, हालाँकि उनका दफ़्तर हमारे घर के साथ लगी हुई रिज रोड से कुछ ही नीचे कुछ मकानों के बाद था। जहाँ अकसर मैं सीढ़ियों के रास्ते सीटी बजाते हुए एक ही साँस में उतर जाता था। हमारे घर के पिछवाड़े की सीढ़ियों से उनके दफ़्तर तक जाने के उस रास्ते को छोड़कर एक फौजी अफ़सर की तरह वे बाकायदा कार से दफ़्तर जाते थे, जो काफ़ी चक्कर लगाकर उन्हें दफ़्तर के उस गेट पर छोड़ती थी, जिस जगह सलाम करने वाले फौजियों की एक टुकड़ी खड़ी रहती थी।

क़ायदे से मेरे पिता फौजी अफ़सर नहीं थे, पर वे रियासत के सबसे बड़े फौजी अफ़सर थे, और फौजों की प्रशासनिक सारी जिम्मेदारियाँ उन पर थीं। फौजी दफ़्तर में काम करने की वजह से उनके घरेलू व्यवहार में फौजी अफ़सरों जैसी सख़्ती थी, जिससे मैं बेहद नफ़रत करता था। कई बार मेरे जी में आता था कि अपने अप्पा (पिता जी) को एक दिन उनके ऐसे व्यवहार के ख़िलाफ़ ख़त लिखूँ, पर उनके सामने होते ही मैं सब-कुछ भूल जाता था। घर में उनका सख़्त और रूखा व्यवहार पूरे घर को एक अजीब-से डरावने, घुटन-भरे वातावरण से छाए रखता था।

वे दूसरे विश्वयुद्ध के शुरू के दिन थे, जब फौजी गतिविधियों में तेज़ी आई थी। देशी रियासतों से फौजी टुकड़ियाँ सुदूर भूमध्यसागरीय इलाक़ों में भेजी जाती थीं, जहाँ वे मित्र देशों के लिए लड़ने जाती थीं, मुझे अब तक हलकी याद है उन दिनों की। फौजी जवानों की परेड करती कितनी ही टुकड़ियों की तस्वीरें न जाने कहाँ-कहाँ कीलों की तरह खुदी हुई हैं। उन तस्वीरों को जब कुरेद- कुरेदकर मैं याद करने लगता हूँ, तब हलके से मेरे आगे, ठीक उनके समानांतर पतझर के उदास

दिनों की तस्वीरें खुद-ब-खुद आ जाती हैं। वे फौजी टुकड़ियाँ दिन-दिन भर सड़कों को घेरे रहती थीं और फिर न जाने कहाँ कब विलीन हो जाती थीं। कभी-कभी तो जब कॉलेज से छुट्टी का दिन होता तो मैं लड़ाई में जाने वाले उन फौजी सामानों से लैस ट्रकों को गिना करता था। यह तो मैं आज क्या कभी नहीं भूल पाऊँगा कि उन जाते हुए ट्रकों या जीपों के नंबर मिला मैं कोई 'लकी' अंक तय कर लिया करता था और वह भाग्यशाली अंक मेरी तरफ़ से उन सैनिकों की सुरक्षा का जादुई तावीज बन जाया करता था, पर वह सिर्फ़ मेरा खेल था, और मैं सोचता था जिन-जिन ट्रकों का 'लकी नंबर' निकल आता था, वे लोग ज़रूर लड़ाई ख़त्म होने के बाद अपने घरों को वापस चले आएँगे और मैं फिर उनके ट्रकों के नंबर गिनूँगा। लेकिन उन बाक़ी लोगों और ट्रकों के लिए, जिनका लकी नंबर नहीं आता था, मेरे मन में एक गहरा अवसाद घिर आता था, ऐसे मौक़ों पर मैं कोई दूसरी बात सोचना शुरू कर देता था, एकदम दूसरी बात।

उन दिनों शहर का हर दफ़्तर फौजी दफ़्तर बन गया था। यहाँ तक कि हमारा कॉलेज भी, छुट्टी के बाद फौजी दफ़्तर बन जाता था। शहर की हर दीवार, स्कूलों और हमारे कॉलेज की दीवारें फौजी दफ़्तरों से घिरी रहती थीं। रोज़ नए-नए पोस्टर उन दिनों शहर के लोगों के लिए नई ख़बरों की तरह होते थे, लेकिन कुछ अरसे बाद मैंने पाया था कि धीरे-धीरे उन पोस्टरों में लोगों की दिलचस्पी ख़त्म हो गई है और वे उनसे जल्दी ही उकता भी गए। उकताहट के बावजूद उन पोस्टरों की तस्वीरों को देख-देखकर बार-बार मेरे मन में यह जानने की इच्छा होती थी कि वे किन शहरों की हैं, फिर हम लोग शर्तें लगा-लगाकर उन शहरों को अपनी एटलस में खोजा करते थे। पर यह काम बहुत देर नहीं चलता। एटलस देखना, शर्तें लगाना सब धीरे-धीरे ख़त्म हो जाता। एक बात जो कभी ख़त्म नहीं होती, वह धूल और मिट्टी थी, जो मटमैली रंग की पट्टियों की तरह शहर की छतों पर जम गई थी। आप किसी चीज़ को झाड़ें या किताबों के पन्ने खोलें पीली, मटमैले रंग की मिट्टी की कोई-न-कोई परत वहाँ ज़रूर होती। हमारा घर एकदम सड़क के किनारे होने की वजह से धूल से ज़्यादा भरा नज़र आता। ट्रकों के गुज़रने से हर वक़्त घर में धूल पड़ती और एक ख़ास क़िस्म का उजड़ा-उजड़ा माहौल घर में बन जाया करता था।

उस माहौल से माँ अकसर डरी रहती थीं।

'यह घर उजड़ने की शुरुआत है,' वह कभी-कभी दबे-दबे खुद से बातें करते हुए कहतीं। पर शामें फिर धूलहीन हो जातीं, और मैं माँ की बात भूल जाता। रातों के बारे में अब ज़्यादा याद नहीं है, फिर रातें तो सोने में बीत जाती होंगी।

बीच-बीच में जब लड़ाई की ख़बरों में लोग रुचि लेने लगते, उन दिनों सब बातों का सिलसिला सिर्फ़ लड़ाई ही होता। अपने शहर से जाने वाले उन सैनिकों

के बारे में मैंने कभी कुछ नहीं सुना। मैं उस तरह की ख़बरों का इंतज़ार करता रहता था। वे सैनिक जो हमारे शहर से सुदूर देशों की ओर जाते थे, सच तो यह है कि वे हमारे शहर के सैनिक नहीं थे। वे रियासत के दूर-दूर इलाक़ों से आने वाले ग़रीब किसानों के लड़के थे। अब वे भूमध्यसागर के सुदूर इलाक़ों में फैले हुए असंख्य सैनिकों की तरह होंगे, जिनके बारे में कोई भी ख़बर किसी के पास नहीं।

लड़ाई की ख़बरों और बातों के अलावा भरती दफ़्तर भी एक आकर्षण का केंद्र था, जो हमारे घर से बिलकुल पास था। पतझड़ की छुट्टी हो या क्रिसमस की, इस अवसर पर अपने दोस्तों के साथ फौजी सरगर्मियों की वे जगहें देखते थे, जिनमें भरती दफ़्तर भी एक था। जहाँ सुबह तड़के से गाँव से आए नौजवानों की भीड़ लग जाती थी। वे लोग भरती दफ़्तर को जाते हुए जब कभी हमारे घर के सामने से निकलते या हमीं उन्हें दफ़्तर में देखते तो आसानी से यह जान जाते कि वे कितने ग़रीब होंगे।

लेकिन जब मेरे मैट्रिक के इम्तिहान ख़त्म हुए और छुट्टियाँ शुरू हो गईं, तब फौजी हलचलों की तेज़ी मेरे लिए दिन बिताने का आसान तरीक़ा बन गई थी। सब कुछ भूल-भुला कर अपने फौजी शहर की फौजी हरकतें मेरे लिए उन तमाम नई चीज़ों में शामिल हो गई थीं, जिनकी कल्पना करता था।

शायद उन्हीं दिनों हमारे घर में अप्पा के व्यस्त कार्यक्रम की घटनाएँ और छोटी बहन की बीमारी की घटनाएँ शुरू हुई थीं। छोटी बहन चाहे अरसे से बीमार थी, लेकिन उन दिनों उसे लेकर माँ बहुत ज़्यादा व्यस्त हो गई थीं। व्यस्त अप्पा और व्यस्त माँ के बीच मैं खुद को इतना ख़ाली पा सकता था कि छुट्टियाँ मुझे सज़ा की तरह लगें, लेकिन शहर का फौजी माहौल काफ़ी हद तक एक सुविधा थी। अकसर अपने दोस्तों के साथ शहर के छोटे से चायघर में या बाज़ार की दुकानों या फिर शहर से दूर के हिस्सों में घूमने के अलावा कोई काम नहीं था, चाहे यह घूमना और बाज़ार की दुकानों में ज़्यादा वक़्त बैठा रहना बिल्कुल बेमतलब था, पर उन दिनों के हिसाब से देखा जाए तो उसका ज़रूर कोई मतलब होगा।

छुट्टियों के शुरू में ही एक बार जब हम फ्लासड़ा के जंगलों की तरफ़ घूमने गए थे, तब हमने एक ट्रक-दुर्घटना देखी थी। मैंने पहली बार ऐसी भयानक दुर्घटना देखी थी। सड़क से उलटकर वह ट्रक बहुत नीचे खड्ड में जा गिरा था। अपने दोस्तों के साथ हम जब ट्रक के पास पहुँचे थे तो हमने अविश्वसनीय तरीक़े से कटे हुए फौजी जवानों के शरीर देखे थे। जीते-जागते फौजी नौजवानों के वे शरीर एक ही झटके में टूटकर अलग-अलग हो गए थे। दुर्घटना देखने वाले हम पहले लोग थे।

'वह देखो कोई ट्रक के नीच दबा पड़ा है, शायद वह जिंदा हो।' किसी दोस्त ने टूटे हुए ट्रक की तरफ़ इशारा किया।

अभी हम जब ट्रक के नीचे दबे हुए उस आधे जीवित फौजी को निकालने की तजवीजें सोच ही रहे थे कि तेज़ी से कुछ फौजी अफ़सर भी वहाँ पहुँच गए। उनके साथ मेरे पिता भी थे। फौजी अफ़सरों ने पहला काम हमें भगाने का किया। मैं अप्पा की उपस्थिति से पहले ही वहाँ से जाने की सोच चुका था।

लेकिन जैसे ही हम खड्ड से ऊपर सड़क की ओर आए तो फौजियों की एक जीप ने हमें रोका और हमारे नाम-पते दर्ज किए।

'आप जानते हैं, आपके नाम-पते क्यों दर्ज किए गए?' उनमें से एक फौजी ने कहा।

हम लोग चुप रहे।

'आप अब शहर में या कहीं भी नहीं बताएँगे कि कोई ट्रक गिर पड़ा और आदमी मारे गए। यह फौजी मामला है, आपको इस सिलसिले में कहीं कुछ नहीं बताना है।'

'पर क्यों?' मैंने पूछा। दरअसल, मैं उस दृश्य को देखकर काफ़ी परेशानी महसूस कर रहा था।

'आपको बताया न कि यह फौजी मामला है। आप लोगों के मुँह से बात निकली कि आप फौजी क़ानून के मुताबिक अपराधी साबित हुए।'

थोड़ी देर बाद एक कागज़ पर दस्तख़त कराने के बाद उन्होंने हमें सीधे अपने-अपने घर चले जाने के लिए कहा।

मुझे पता है, उस सड़क पर दूर-दूर तक दो-तीन दिनों तक पहरे का पड़ाव पड़ा रहा और जब वहाँ से पहरा टूटा और हम लोग फिर शाम के रुटीन के मुताबिक घूमने निकले तो वहाँ दुर्घटना का नामोनिशान नहीं था।

उस घटना के बारे में ख़ुद किसी को नहीं बता सका, अपनी माँ को भी नहीं, क्योंकि फौजी अफ़सराना अंदाज़ में अप्पा ने मुझे किसी को न बताने को आगाह किया था। मैं इस बात की गहराई जान गया था कि हमें किसी को बताने से क्यों रोका गया, ताकि मृतकों के परिवार वालों को यह लिखा जा सके कि उनके बेटे, मित्र देशों की रक्षा में सुदूर भूमध्यसागर के लड़ाई वाले हिस्सों में वीरता से वीरगति को प्राप्त हुए। यह बात सिर्फ़ हम जानते थे कि वे लोग एक मामूली दुर्घटना के शिकार हुए थे।

पर बात यहीं ख़त्म नहीं हुई थी, मैं और मेरे दोस्त हफ़्तों तक फौजी दफ़्तर में बुलाए जाते, और हमें फिर किसी को कुछ न बताने का हुक्म दिया जाता। हमें कहा जाता था कि शहर का हर दूसरा आदमी उनका जासूस है और वह कभी भी जब हमारे मुँह से कुछ निकलेगा, फौजी दफ़्तर को ख़बर कर देगा।

अकसर वहाँ से लौटने के बाद मैं कुछ थक-सा जाता। मुझे फौजी दफ़्तर का वह हिस्सा, जहाँ हमें ले जाया जाता, बेहद उकताने वाली जगह लगता। जैसे वहाँ

अफ़सर आदमी न हों, केवल बोलने वाली मशीनें हों। यह अजीब बात थी कि दूसरे दोस्तों की तरह मैं उन सबसे आतंकित नहीं था। हफ़्तों तक दफ़्तर में हाज़िरी बजाने के नीरस काम के बीच अचानक एक नौजवान फौजी अफ़सर मेरा दोस्त बन गया था। वह वायरलेस विंग का आदमी था, और इतना दिलचस्प कि उसकी बातों में अजीब-सा खिंचाव था। उसका नाम था छत्रसालसिंह। हाज़िरी बजाने और फौजी अफ़सरों की एक-सी ट्यून सुनने के बाद हम सब दोस्त छत्रसालसिंह के कमरे में जाते और घंटों वहाँ बैठकर फ़िल्मी गाने सुना करते या जिस बीहड़ इलाक़े का वह रहने वाला था, वहाँ की कहानियाँ सुनते। बाद में छत्रसालसिंह जब हमारे घर आने लगा तो अपने दिलचस्प व्यक्तित्व के कारण वह माँ के लिए दूसरा बेटा बन गया।

वह छत्रसालसिंह, मेरी माँ का दूसरा बेटा, अजीब-अजीब तरह के शौक़ रखता था। वह पेंटर भी था और अकसर अपनी छुट्टी के वक़्त मेरे कमरे में अकेले बैठकर वह दीवारों को ही 'कैनवस' मानकर तस्वीरें बनाया करता था। मेरे कमरे के बड़े दरवाज़े पर उसने एक बहुत बड़ी, आदमकद तस्वीर बनाई थी। मुझे न जाने क्यों यह विश्वास है कि वह तस्वीर अभी भी उस मकान के उस दरवाज़े पर वैसी ही बनी होगी, उसे किसी ने नहीं मिटाया होगा और क्योंकि वह कभी-कभी दरवाज़े से अलग कोई दूसरी चीज़ नहीं लगती थी।

उस तस्वीर के पीछे उन दिनों की एक बात जुड़ी हुई है, और वह बात है लड़ाई उस आदमकद तस्वीर से बहुत सारे चेहरे झाँकते लगते थे। मेरे मुताबिक वे चेहरे ठीक उस दुर्घटना में मृत सैनिकों से मिलते थे, लेकिन छत्रसाल का कहना था कि वे चेहरे उन लोगों के हैं, जो वायरलेस सेटों से तैनात फौजी हैं, जिनके मृत चेहरों से भी कुछ बताने का भाव ज़ाहिर होता है। वह मरने से बहुत डरता था। अकसर वह इस बारे में मुझे बताया भी करता था। वह कहता था कि जिस दिन उसका यहाँ से तबादला होगा, अँगरेज़ अफ़सर उसे लड़ाई में भेज देंगे। वह कहता था, कितना अच्छा हो कि उसका कभी तबादला न हो।

मैंने उसे अनेक बार अकेले में बैठकर रोते हुए भी देखा था। पर मुझमें कभी इतनी हिम्मत नहीं आई कि उससे पूछूँ कि उसके रोने का कारण क्या है। पहले तो ऐसे मौक़ों पर मैं खुद अजीब-सा महसूस करता हूँ, दूसरे पूछने जैसे कामों से मुझे अजीब-सी शर्म लगती है। यही एक झिझक थी, जिसकी वजह से मैं कभी छत्रसाल से उसके परिवार के बारे में बात नहीं कर पाया। मैं उसे बहुत नज़दीकी तौर से जानता था, चाहे बहुत सारी बातें मुझे पता नहीं थीं। वह जब ज़्यादा गुस्से में होता तो अँगरेज़ों को और लड़ाई को गालियाँ देता होता।

न जाने क्यों, मुझे शक है कि उस शहर से हमारे निकाले जाने के पीछे की शुरुआत छत्रसाल के हमारे परिवार के बहुत 'नज़दीकी' बन जाने से होती है। उन्हीं

दिनों मैं यह जानने लग गया था कि अब बहुत कम मौक़े मिलेंगे, जब छत्रसाल के बारे में मैं दूसरी तरह भी सोचूँगा। यह कितनी हास्यास्पद बात है कि ऐसे संदेह मुझे शुरू-शुरू में हुए थे और उनका धुँधला स्पर्श अब भी वैसा का वैसा है।

जिन दिनों छत्रसाल मेरे कमरे के दरवाज़े को 'कैनवस' बनाकर आदमक़द तस्वीर बना रहा था, उन्हीं दिनों छोटी बहन के हाथ-पाँवों की हरकतें बंद होने लग गई थीं। वह इतनी छोटी थी कि उसकी हर बात का अंदाज़ा काफ़ी दिनों बाद ठीक-ठाक लगता था। पहले-पहल जब उसके हाथ-पाँवों का चलना धीरे-धीरे बंद होता गया था और वह एक बेहोशी के अंदाज़ में लेटी रहती थी, तब हमें ख़याल था जैसे वह अपने पुराने मर्ज बेहोशी, से पीड़ित है। लेकिन काफ़ी दिनों बाद जब माँ के साथ मैं उसे फौजी अस्पताल ले गया तो डॉक्टरों ने बताया कि उसका रोग एक तरह का पक्षाघात है। न जाने क्यों, मुझे लगता था कि वह पक्षाघात मेरी छोटी बहन के शरीर का नहीं बल्कि हमारे परिवार के पक्षाघात की शुरुआत है। माँ जब-जब धूल देखकर खीझे हुए स्वरों में कहती, 'यह घर उजड़ने की शुरुआत है,' जब-तब मेरे कई शक पक्के हो जाते। मैं कभी सोचूँगा, फ़ुरसत से तो मुझे पता चलेगा कि मेरे शक की वजह मेरी माँ थी, क्योंकि उनके सोचने का असर न जाने किन-किन रास्तों से मुझ पर पड़ जाता था।

सचमुच यह भयानक शुरुआत थी, पक्षाघात की वजह से चीख़ने-चिल्लाने वाली बहन के चीख़ने-चिल्लाने की मात्रा में एकदम कमी हो गई थी। अपने छोटे-से पलंग पर लेटी कभी-कभी वह सिर्फ़ मांस का सफ़ेद टुकड़ा लगती थी। उसकी इस हालत के बाद माँ जिस तरह से उसके चारों तरफ़ हर वक़्त मौजूद रहती थीं, उससे लगता था जैसे उनके लिए वह छोटी लड़की ही अब उनकी शेष दुनिया रह गई है। मैं उनका इकलौता बेटा था, अप्पा ऊँचे ओहदे पर विराजमान उनके पति थे, लेकिन इस सबसे बेख़बर वे थीं, जो उस मांसलोथ को अपने से चिपकाए, उसके ठीक होने के विश्वास की प्रतीक्षा में थीं।

अगर उस बहन से माँ के बाद किसी को ज़्यादा प्यार था तो वह मैं ही था, लेकिन न जाने क्यों अब मुझे इस स्वीकार से डर लगने लगता है। बीमार होने के बाद वह इतनी चुप हो गई थी कि उसकी गूँजें जिस घर को घर बनाए रखती थीं–अब सब कुछ एक निरंतर चुप में शामिल हो गई थीं।

जब-जब मैं फ़ुरसत में होता और उसके आसपास से गुज़रता तो वह अपने दाएँ हाथ की उँगलियों को बड़ी कोशिश से सीधी करके, आँ...आँ...करके मुझे अपने पास बुलाती थी। उसकी आँखों में एक गीलापन तैरता रहता, मैं नहीं जानता वह अपनी आँखों से क्या ज़ाहिर करती होगी, लेकिन मैं वहाँ जितनी देर बैठा रहता उतनी देर वह अपने होठों पर हँसी लाए रखती। ऐसा करते जब वह थक जाती तो

आँखें बंद करके चुपचाप हो जाती। उसका बायाँ हाथ और पाँव एक ओर निर्जीव से पड़े रहते। पर वह अपने दाएँ पाँव और हाथ को बड़ी मुश्किल से हिला पाती थी।

उसकी इस हालत से मुझे सिर्फ़ डर लगता। मैं अकसर मन-ही-मन मनाता कि वह ठीक हो जाए, लेकिन जल्द ही मैं अपने इस अंधविश्वास को टूटता हुआ पाता। मुझे बिलकुल पता नहीं था वह क्या चाहती है, क्या सोचती है, लेकिन कभी मैं डाँटकर उसे बायाँ हाथ उठाने को कहता, वह चुपचाप कोशिश करती, लेकिन थककर फिर आँखें बंद कर लेती। हमेशा मैं उसके पास उठकर ऐसे मौक़ों पर चला जाता, जब उसकी आँखें बंद होतीं। बाद में मैं सोचता, उसकी आँखों ने मुझे पूरे कमरे में कहाँ-कहाँ खोजा होगा?

बहन के बारे में माँ मुझे बहुत बार बातें बताया करतीं। शायद मेरे मन में बहन का प्यार बनाए रखने के लिए वह ऐसा करती होंगी, लेकिन ज़्यादातर वह बताया करतीं कि वह मेरा बहुत इंतज़ार करती है। बल्कि माँ यह भी बतातीं कि जब वे उसके पास मेरी बातें करती हैं तो वह चुपचाप हँस-हँसकर उन बातों को सुनती रहती।

कभी मैं माँ से यह कह पाया कि वह बात कैसे समझती है? चाहे वह बोल नहीं सकती फिर भी माँ का विश्वास था कि वह सब कुछ समझती है। अपने झूठे विश्वास की तरह कि वह ठीक हो जाएगी, माँ एक दूसरी ही दुनिया में रहती थीं।

अपनी गोद में लिए माँ उसे जब मेरे कमरे में ले आती थीं, तब वह सचमुच मुझे बेहद खुश लगती। पर मैं उसकी उपस्थिति में विचित्र क़िस्म की परेशानी में पड़ जाता। मैं जानता था वह ऐसे रोग से पीड़ित है, जिससे कभी ठीक नहीं हो सकती। परेशानी मुझे माँ को लेकर होती। उसकी वजह से माँ को कुछ हो सकता था यह बात मेरे डर का मूल कारण थी पर माँ थी कि उसकी भयानक बीमारी के बाद आश्चर्यजनक तरीक़े से उससे घिर गई थीं। वे हमेशा उसे ऐसी जगहों पर ले जातीं, जहाँ वह खुश रहती। वह मेरे कमरे में खुश रहती और छत्रसाल की बनाई तस्वीर को देखकर चिल्ला पड़ती। उसकी भूली हुई चिल्लाहट के वापस लौटने से माँ का चेहरा खिल उठता या कभी-कभी अपने पलँग पर लेटे-लेटे खिड़की से वह यूकलिप्टस के पेड़ों को हिलते देखती तो खुशी में चिल्लाने के साथ-साथ उछलने की कोशिश करती, अपनी इस खुशी में वह उछलती तो कभी नहीं थी, थोड़ा-सा खिसक सकती थी।

अप्पा के मन में उसके लिए कोई मोह नहीं था। दिनों बीत जाते वे उसके कमरे में नहीं जाते। माँ के बार-बार कहने पर वे उसके कमरे में जाते और उसे बनावटी तरीक़े से तसल्ली देते। लेकिन वह पिता की उपस्थिति से बहुत डर जाती, और तमाम वक़्त अपनी आँखें बंद किए रहती।

उनकी गोद में बैठे कभी भूल से अगर उसकी आँखें खुल जातीं तो वह डर से चीख़कर एक हाथ के ज़ोर से ही माँ की ओर लपकती। तब अप्पा उसे माँ की गोद में डाल देते। वह बहुत छोटी लगती थी। पक्षाघात की वजह से वह अपनी असली उम्र तीन की तरह कभी नहीं लगी। आम बच्चों की तरह वह शायद ही कभी रोई हो। वह सिर्फ़ चीख़ती थी, लेकिन कुछ क्षणों के लिए उसकी भाषा वही थी। हम उसे चीख़ना कहते थे लेकिन माँ उसे ही उसकी जुबान मानती थीं। इसमें चौंकने वाली कोई बात नहीं, क्योंकि सचमुच माँ उसकी चीख़ों का अर्थ समझती थीं। दूध के लिए पानी या किसी भी काम के लिए उसकी चीख़ें अलग-अलग क़िस्म की होती थीं। क़ुदरत ने बचपन से उस बीमार लड़की को चीख़ने की जो ताक़त दी थी, वह दो ही काम कर सकती थी--एक उसके बचाव का और दूसरे उसकी ज़रूरतों को ज़ाहिर करने का। इसके अलावा बहुत कम मौक़े होते जब वह चीख़ती।

फ़ुरसत के वक़्त माँ उस बीमार लड़की की तारीफ़ें तो करतीं ही, साथ में उसकी अजीब बातें भी बतातीं। उनका कहना था कि वह जानती है कि 'तुम लोग कहाँ-कहाँ रहते हो, कब घर में रहते हो और कब बाहर, वह बहुत कुछ जानती है।' यह सब बताते हुए वह अपने उस झूठे विश्वास से भरी रहतीं कि एक ख़ुशनुमा सुबह वह एकदम ठीक होकर अपने पाँवों से चलने लगेगी, उस बीमार बहन को रात-दिन अपने से लगाये माँ ख़ुद भी बीमार लगने लग गई थीं। घर भर में एक अजीब-सी चुप्पी और घर न होने का माहौल बना रहता था। अप्पा की बनिस्बत मैं घर में ज़्यादा रहता था, इसलिए इस सबको ज़्यादा महसूस करता। अप्पा शायद घर के माहौल को अपने अनुशासन के मुताबिक पाकर निश्‍चिंत थे। लेकिन मैंने कहा न, शायद हो सकता है उन्हें सब-कुछ पता हो, कुछ भी हो सकता है...

माँ उस छोटी बहन को ढेरों नामों से बुलाती थी, यही एक वजह थी कि उसका कोई नाम निश्‍चित नहीं हो पाया था। माँ जब कभी कोई नया नाम सुनती तो उसे उसी नाम से पुकारती, और वह थी कि माँ के हर नए संबोधन, हर नए अजनबी नाम को सुनकर किलक उठती। जैसे वह अपने नाम की स्वीकृति दे रही हो।

घर भर में माँ और उस छोटी बहन का यह खेल चलता रहता। पर यह खेल ज़्यादा नहीं चला। एक दिन ग़ुस्से में आकर पिता ने उसे फौजी अस्पताल में दाखिल करवा दिया।

उस दिन माँ और दिनों से ज़्यादा उदास थीं। लगता था जैसे उनके हाथों से कोई चीज़ छीन ली गई हो। धीरे-धीरे सब-कुछ पहले की तरह होता गया। माँ दिन-भर में दस बार अस्पताल अपनी बच्ची को देखने चली जातीं। और मुझे महसूस होता जैसे कि घर में कम अस्पताल में ज़्यादा रहने लग गई हों।

छोटी बहन की चौथी सालगिरह के दिन माँ उसे अस्पताल से घर ले आई थीं, मैं जब-जब उसे देखने अस्पताल गया था तो वह ज़्यादा बीमार लगती। घर आकर खिले हुए चेहरे को देखकर लगता था जैसे वह ख़ुश हो, वह ख़ुशी सिर्फ़ कुछ क्षणों की थी, क्योंकि पलंग पर लेटने के बाद वह वैसे ही बीमार और उदास लगने लग गई थी।

माँ शायद उसकी सालगिरह के किसी काम में लगी थी कि दोपहर में ही अप्पा घर लौट आए थे। छुट्टी के अलावा ऐसे बहुत कम दिन थे, जब वे घर आते थे। इसलिए उस दिन थोड़ा-सा आश्चर्य हुआ था। वे बहुत ग़ुस्से में थे और जब उन्होंने छोटी बहन को घर पर देखा तो वे ग़ुस्से से ऊँची आवाज़ में चीख़ पड़े।

'इसे कौन अस्पताल से घर लाया,' उन्होंने ज़ोर से पूछा। मैंने माँ और अप्पा के बीच कभी ज़ोरों से बातें नहीं सुनी थीं। मुझे तो ऐसा भी लगता था जैसे उन्होंने सालों से बातचीत न की हो।

'आज इसकी सालगिरह है' माँ ने बहुत धीमी आवाज़ में कहा।

'लेकिन तुम इसे घर क्यों ले आईं? अप्पा के ज़ोर-ज़ोर से बोलने से माँ रोने लग गई थीं, तब मैं अपने कमरे से निकलकर नीचे चला आया था जो चीज़ अस्पताल में रहनी चाहिए, उसे घर में क्यों...

अप्पा ने बहन को चीज़ कहा तो माँ को ज़्यादा रोना आ गया–'आप इसे मारना चाहते हैं!

'तुम्हें चाहिए, इसे अपने हाथों ज़हर दे दो।'

यह सुनते ही माँ बेहोश होकर वहीं गिर पड़ी थीं। माँ के गिरते ही छोटी बहन आश्चर्यजनक तरीके से चिल्लाने लग गई थी। मैं अभी तय नहीं कर पाया था कि माँ को उठाऊँ या बहन के पास जाऊँ कि अप्पा ने माँ को उठाकर पलंग पर लिटा दिया था। तब मैं बहन के पास चला आया। मेरे आते ही वह चुप हो गई। वह कोशिश करके माँ की तरफ़ देखना चाहती थी लेकिन उस हिस्से को, जिस तरफ़ से माँ देखी जा सकती थी, वह हिला भी नहीं सकती थी।

कुछ देर बाद माँ को होश आया था, तब लेटे ही लेटे वे कुछ बड़बड़ाई थीं। अप्पा माँ के सामने की कुर्सी पर सिर झुकाए बैठे थे। माँ के होश में आते ही उन्होंने कहा, 'अब क्या हाल है?'

माँ फिर बड़बड़ाई। तब पिता ने धीमे स्वर में कहा, 'तुम नहीं जानतीं, जो बात अब मैं कहूँगा वह इससे भी ज़्यादा ख़राब है,' बिना रुके उन्होंने कहा, 'रियासत की सरकार की तरफ़ से देश निकाले का हुक्म हुआ है।'

'क्यों...' माँ ने उठकर परेशानी में कहा, 'आख़िर क्यों?'

'तुम नहीं समझोगी,' फिर थोड़ा ठीक होकर अपनी फौजी मुद्रा को वापस लाकर पिता बोले, 'तुम अपनी हिफ़ाजत रखो। यह तो मामूली बात है।' माँ के कमरे

से निकलकर बाहर बरामदे में उस दिन बहुत देर तक अप्पा ने मुझसे बातें कीं। मैट्रिक के बाद एफ.ए. में मेडिकल लेने की बात की और भी बहुत सारी बातें।

उस दिन शाम छोटी बहन की सालगिरह नहीं मनाई जा सकी। बीमार बहन की मरणासन्न हालत के बाद वह दूसरी दुर्घटना थी, जिसने शाम को बहुत अँधेरा और काला कर दिया था। मैं नहीं जानता था कि अप्पा को निकाले जाने का क्या कारण होगा, मैं उस रात भर सिर्फ़ सोचता यही रहा कि हम कहाँ जाएँगे...गरमी की उस रात जब अपनी छत पर सोते हुए मैंने खुला आसमान देखा था तब भी मैं पूरी साँस नहीं ले पाया था। मुझे लगा था, इतने खुलेपपन में भी कोई घुटन है...कोई घुटन जिससे मैं आसमान के किसी भी चमकते सितारे पर अपनी आँखें नहीं टिका पाता।

एक छोटे शहर में ऐसी बातें छिपी कैसे रह सकती हैं। दूसरे ही दिन हमारे परिचितों को सब कुछ मालूम था। मुझे छत्रसाल ने बताया था कि देश निकाले का मतलब है रियासत छोड़कर दूसरी जगह चले जाना। और उस हुक्म के मुताबिक हम अपने साथ कुछ भी नहीं ले जा सकते थे। हमारे पास जो ज़मीनें थीं, घर या ऐसी ही चीज़ें थीं, वे सब हमें छोड़नी पड़ेंगी। यही नहीं, हमारे संबंधियों तक को अपनी संपत्ति से हाथ धोना पड़ेगा। हो सकता है, किसी को सज़ा भी हो।

जब छत्रसाल मुझे अभी यह बता ही रहा था कि अप्पा के साथ आए पुलिस के एक बड़े दस्ते ने हमारे घर की तलाशी लेनी शुरू कर दी थी। मैं, छत्रसाल, अप्पा, माँ और छोटी बहन हम सब बरामदे में सिर्फ़ यह देखते रहे कि तलाशी लेने वाले लोग किस बेरहमी से सामान बाहर दालान में फेंक रहे हैं।

छोटी बहन की दवाइयों की शीशियाँ, कूड़े का ढेर और दालान से लगे हुए छोटे बगीचे की क्यारियों को खोदने का सामान भी तलाशी में शामिल था। बरामदे में पड़ा हुआ सामान इस बेतरतीब से पड़ा हुआ था, जैसे वह बाहर फेंकने की चीज़ें हों। असलियत यह थी कि वे चीज़ें हमें बाहर फेंकने की एक छोटी- सी शुरुआत थी।

उस तलाशी में ज़्यादा वक़्त मेरी किताबों और अप्पा के कागज़ों की छानबीन में लगा था, तलाशी लेने वाले लोगों के चहरे मैं उस वक़्त नहीं देख पाया था! सिर्फ़ उनके हाथ दीखते थे। वह हाथ कितनी जल्दी काम कर रहे थे। वे लोग कोई ऐसी चीज़ खोज रहे थे, जो संगीन थी लेकिन उन्हें मिल नहीं रही थी। दोनों तल्लों पर तलाशी ले रहे वे लोग पूछताछ के लिए एक-दूसरे के पास आते थे तो तलाशी कुछ देर के लिए थम जाती थी। लेकिन शाम होने तक भी उन लोगों के हाथ कुछ नहीं लगा था। शाम होते ही वे लोग हमारा सामान वैसे ही छोड़कर बाहर बरामदे

में आ गए थे, ठीक हम लोगों के सामने। अब एकदम आमना-सामना था। मुझे याद नहीं कब छत्रसाल वहाँ से चला गया था, मुझे महसूस ही नहीं हो पाया कि चले जाने की कोई बात हुई होगी।

वे लोग हमारी कुर्सियों पर बैठ गए। उनमें से कुछ सीढ़ियों पर। अब वे किसी के आने का इंतज़ार कर रहे थे।

वह एक दिन था, जब हमारे घर में दोपहर का खाना नहीं बना था, मुझे याद आया, उस रोज़ मेरी बहन का दूध भी तैयार नहीं किया गया था। अप्पा, मैं, माँ और छोटी बहन बरामदे के कोने में उस सारे दिन बैठे रहे। शायद, हम लोगों की कोई बात भी नहीं हुई थी। वह ख़ामोशी नई नहीं थी लेकिन लोगों के चलने-फिरने और बात करने के बीच हम लोगों की ख़ामोशी थी जो सब जगह तैर रही थी।

आश्चर्य इसका था कि उस रोज़ हमेशा की तरह दूध के लिए छोटी बहन ने चीख़-पुकार नहीं मचाई थी। लगता था; जैसे उसे किसी अनहोनी का पूर्वानुमान था। शाम को जब मैंने गौर से उसकी तरफ़ देखा तो मैंने पाया जैसे उसकी आँखें ठहर गई हों। एक क्षण के लिए मैं काँप गया था मेरे काँपने से वह कुर्सी भी काँप गई थी जिस पर मैं बैठा था।

छोटी बहन को देखने की बजाय मैंने अपने सामने बैठे पुलिस वालों को देखा। पर उनमें से शायद किसी ने गौर नहीं किया।

शायद अँधेरा घिर आया था जब पुलिस वालों का प्रतीक्षित गोरा अफ़सर आया। उसके आते ही वे सब सलामी मुद्रा में खड़े हो गए। उसने आते ही पहले पुलिस वालों द्वारा तैयार की हुई रिपोर्ट देखी।

उसने अप्पा की तरफ़ देखा।

'हैलो सिंह!' उसने जैसे ही कहा, अप्पा ने बनावटी और सूखी हँसी से उसका स्वागत किया।

'मुझे अफ़सोस है, आपको तकलीफ़ दी,' उसने औपचारिक मुद्रा में कहा, 'लेकिन हम इसके लिए मजबूर थे। उम्मीद है, आप हमें माफ़ करेंगे।' उसने एक अधिकारी को सामान अंदर रखने का इशारा किया।

'नहीं, नहीं। हम खुद रख लेंगे।' अप्पा ने कहा।

माँ छोटी बहन को गोद में लिए बैठी थीं, उस गोरे ने उन्हें लक्षित करके कहा, 'श्रीमती सिंह, हमें बहुत अफ़सोस है।' उसने धीरे से पास आकर छोटी बहन को छुआ तो वह घबराहट में ज़ोरों से चिल्ला दी। उस दिन, दिनभर वह चुप रही थी।

'बीमार है।' माँ ने कहा।

'ओह! मुझे मालूम नहीं था। जल्दी ठीक हो जाएगी,' गोरे ने कहा तो माँ खुश हो गईं। वह गोरा अफ़सर अप्पा को बगीचे के किनारे तक बातें करते-करते ले गया, और फिर सारे तलाशी दस्ते को लेकर लौट पड़ा।

मैंने गौर किया, अप्पा के चेहरे की तमतमाहट ख़त्म हो गई। फिर अप्पा के कहने पर मैंने और उन्होंने सामान कमरों में धकेलना शुरू किया। कुछ देर बाद छत्रसाल भी आ पहुँचा और वह भी काम में लग गया।

इतनी बड़ी दुर्घटना के बाद माँ और अप्पा मुझे ख़ुश लगे। माँ इसलिए कि गोरे अफ़सर ने बच्ची के ठीक होने की बात कही थी और अप्पा इसलिए कि तलाशी में कुछ नहीं मिला। उस रात फिर सोते हुए खुले आसमान के नीचे मुझे ऐसा महसूस हुआ जैसे अंदर और बाहर कहीं खुलापन न हो। जैसे एक अँधेरी गुफा में घुसने के बाद उजाले की दिशा न मिल रही हो।

दूसरी सुबह छत्रसाल ने बताया था कि तलाशी में कुछ न हासिल होने की वजह से देश-निकाले का हुक्म टल गया, लेकिन अभी तहक़ीक़ात होती रहेगी, मैं जानता था वह दुर्घटनाओं की शुरुआत टली नहीं थी, वह एक ऐसा वक़्त था जो बाहर से ठहरा हुआ लगता था, लेकिन अंदर से कुछ जल्दी-जल्दी ही गुज़रने की क्रिया तेज़ी से चल रही थी।

हमारे घर के आगे पुलिस का पहरा लग गया था। चाहे अप्पा के दफ़्तर जाते समय पुलिस वाला सलाम बजाता था, मुझे अंदर ही अंदर लगता था जैसे वे लोग हमें निकाल बाहर करने वालों के षड्यंत्र में शामिल हों। अकसर मेरे बाहर जाते या माँ के बाहर जाते हुए भी वह सलाम बजाता था, पर मैंने कभी उसका उत्तर नहीं दिया, जैसे अप्पा दिया करते थे। छत्रसाल का कहना था कि पहरा इसलिए लगा दिया गया है ताकि आने-जाने वालों की रिपोर्ट रखी जा सके। मेरे बार-बार पूछने पर भी छत्रसाल ने यह कभी नहीं बताया कि वह कौनसी वजह है, जिससे अप्पा के ख़िलाफ़ यह सब कुछ हो रहा है।

छुट्टियाँ ख़त्म होने और नतीजा निकलने के बाद जब मैं दाखिल होने के लिए अपने कॉलेज गया तो मैंने देखा कि कॉलेज की दीवार फौजी काग़ज़ों पोस्टरों से भरी पड़ी है। जो हमारे दोस्त पास हो गए थे उनके चेहरे तो कॉलेज में दिखाई दिए थे, लेकिन बाक़ी लोगों को हमने निचली कक्षाओं में भी नहीं देखा। बाद में पता चला था कि वे लोग, 'मिलिटरी ब्वायज' में भरती हो गए। जुलाई के बाद धीरे-धीरे हमारे शहर की फौजी गतिविधियों में तेज़ी आ गई थी। अब कॉलेज की आधी इमारत पढ़ाई के लिए और आधी इमारत नए सैनिकों के लिए अलग कर ली गई थी। गतिविधियों की तेज़ी के बावजूद एक ख़ालीपन, उजाड़पन था जो हमारे शहर पर छाया हुआ था। मित्र राष्ट्रों के जीवन के ख़ालीपन का वह असर था या कुछ और लेकिन उससे बचा नहीं जा सकता था। वह पढ़ाई के दौरान, खेल में या घर में भी आकर दबोच लेता था। एक निरर्थकता, सब चीज़ों का बेमानीपन और अपने फालतू पड़ते जाने का अहसास था, जो ख़ालीपन के रूप में अपनी शक्ल बना रहा था।

उस बार बारिश भी इतनी ज़ोर से शुरू हो गई कि हमारा शहर अनेक बार दूसरी जगहों से कट जाता था। जब सड़कें टूट जाती थीं, तब फौजियों की पैदल क़तारें छोटी-छोटी पगडंडियों के रास्ते सुदूर मैदानी इलाक़ों की ओर जातीं, जहाँ युद्धक्षेत्र की ओर ले जाने वाली रेलगाड़ियाँ या जहाज़ उनका इंतज़ार कर रहे होते। मैं उन फौजियों को देखता तो मेरे मन में उनके प्रति एक करुणा उमड़ आती। वे अपने घरों से दूर, बारिश-पानी की परवाह न करते हुए न जाने किस लक्ष्य के लिए खुद को बलि देने ले जाते थे। छत्रसाल ने मेरे मन में गोरों के प्रति इतनी वितृष्णा भर दी थी कि उनके साथ काम करना मुझे लगता था जैसे हम दूसरों के लिए काम कर रहे हों। कॉलेज में हम लोगों को रियासत के हुक्म के मुताबिक अँगरेज़ों की वीरता की कहानियाँ पढ़नी होती थीं। मैं जानता था, वह ऐसा वक़्त था, जब उन्हीं कहानियों की बदौलत हमारे मन में ज़्यादा नफ़रत पैदा होती थी।

हमें भाषा पढ़ाने वाले एक पंडित जी थे, जिनका घर हमारे घर के पास था। उनके सभी बच्चे हमारे दोस्त थे। वे उन लोगों में से थे जो अपना धर्म-कर्म तो ठीक रखते थे, लेकिन विद्यार्थियों के प्रति जो हमेशा विरोध का भाव रखते थे। हममें से ज़्यादातर पढ़ने वालों की उनसे गहरी छनती थी। उन पंडित जी ने मुझे बताया था कि अप्पा के ख़िलाफ़ सरकार क्यों है? रियासत के कामों में उनकी काफ़ी चलती थी, इसलिए उन्हें बहुत बातें मालूम थीं।

अप्पा के ख़िलाफ़ जो बातें थीं, उनमें रियासत में क्रांतिकारियों की मदद करने से लेकर सरकार के ख़िलाफ़ षड्यंत्र तक के जुर्म थे। लेकिन पंडित जी ने जो महत्त्वपूर्ण बात बताई थी वह यह कि अप्पा के ख़िलाफ़ कुछ गोरे लोग थे, जो उन्हें अपने रास्ते से अलग करना चाहते थे। ये बातें छत्रसाल को पता होंगी, अप्पा को भी, लेकिन मेरी माँ को नहीं। उन्हें ये बात पता भी कैसे चल सकती थीं, क्योंकि वे इस बुरी तरह अपनी बच्ची के आसपास सिमट आई थीं कि उससे बाहर उनके लिए कोई दुनिया नहीं थी।

जुलाई ख़त्म होने के बाद, या शायद अगस्त के शुरू के दिनों में जब सड़कें खुल गई थीं, हम लोगों को कॉलेज के सिलसिले में कहीं बाहर जाना था। शहर से बाहर जाने का वह मौक़ा मुझे अच्छा लगा था। लेकिन उन्हीं दिनों न जाने कैसे छोटी बहन की तबीयत ज़्यादा ख़राब हो गई थी और माँ अप्पा के कहने पर उसे अस्पताल में रखने को राज़ी हो गई थीं। ऐसे मौक़े पर मैं जाने की सोच भी नहीं सकता था। कॉलेज के भरे-पूरे दिनों के बावजूद मैं खुद को बेहद ख़ाली महसूस करता और मुझे लगता इसके भराव के लिए मुझे कहीं ज़रूर जाना चाहिए। वही एक मौक़ा था जो बहन की बीमारी से छिन गया था। माँ दिन-दिन भर अस्पताल, अप्पा दफ़्तर और मैं कॉलेज से जल्दी फारिग होकर घर में अपने कमरे में बैठा वक़्त

बीतने का इंतज़ार करता था। वक़्त था जो न जाने कैसे धीमे-धीमे बीतता था। बहुत धीमे-धीमे शामें आती थीं और शामों को ख़ूब लंबा कर जाती थीं।

वे दिन थे जिन दिनों अस्पताल में मेरी छोटी बहन को देखने वह गोरा अफ़सर भी जाता था जो तलाशी वाले दिन हमारे घर आया था। पता चला था वह सरकार का कोई बड़ा अफ़सर था जो रियासत के फौजी मामलों का विशेषज्ञ था। अधिकतर उससे मेरी मुलाक़ातें अस्पताल में ही हुई थीं। वह बहुत विनम्रता से पेश आता था, लेकिन न जाने मेरे मन में उसके प्रति एक संदेह का पेंच था, जिससे मैं उसकी विनम्रता पर भी शक करता था।

'तुम क्लब आया करो,' वह मुझे आमंत्रण देता था। मैं कई बार अप्पा की वजह से और छत्रसाल की वजह से क्लब जाता था। वह उस शहर की एक ऐसी नब्ज थी, जिससे आप सब-कुछ जान सकते थे। फौजी आदेशों से लेकर लड़ाई की ख़बरों की बातों का सिलसिला वहाँ चलता था। मैं खुद को कभी उन लोगों के बीच ठीक तरह से महसूस नहीं करता था। यही वजह थी कि दो-चार बार के अलावा मैं वहाँ कभी नहीं गया।

आख़िर एक दिन वह गोरा शाम को खुद मुझे अपने साथ ले गया। उसका नाम नेलर था और वह आयरलैंड का रहने वाला था। वह बहुत बातूनी था, और घर में चुप रहने की आदत पड़ने के कारण मुझे उसका बोलते जाना ज़्यादा पसंद नहीं था। क्लब में छोटे-छोटे खेलों के दौरान वह हर वक़्त माँ की तारीफ़ करता रहता था। हो सकता है माँ की चुप्पी और उनका उदास रहना उसे अच्छा लगा हो। क्योंकि माँ अब ऐसी उम्र में पहुँच गई थीं, जहाँ से उनके रूप की तारीफ़ करने का सिलसिला ख़त्म हो जाता है। पहले वह कितनी सुंदर रही होंगी, यह उनकी तस्वीरें बता देती हैं, लेकिन अब? अब उनका वह चेहरा कहीं नहीं रहा। उस चेहरे पर उस शहर की मटमैली धूल-सी चढ़ गई थी, एक ऐसी धूल, जो धीरे-धीरे आँखों, हाथों और शरीर को क्षीण करती रहती थी।

छत्रसाल उस शाम मुझे क्लब में ही मिला था, वह मुझे खींचकर कोने में ले गया, 'तुम नेलर के साथ आए हो?'

मैंने स्वीकार किया।

'तुम्हें इसके साथ नहीं आना चाहिए।'

मैं उसकी बात नहीं समझा, बोला, 'क्यों?'

'यह साला मुझे बलि का बकरा बनाकर भेजना चाहता है।' दो-चार गालियाँ सुनाकर और मुझे यह कहकर कि इसके साथ मत आया करो वह जब चला गया, तब मैं कुछ भी नहीं सोच सका। दरअसल, छत्रसाल की बातें उलझाने वाली थीं। लेकिन कुछ दिनों के बाद बातें खुद-ब-खुद सुलझ गई थीं। अप्पा ने हम लोगों को

वे बातें बता दी थीं। नेलर हम लोगों से संबंध बनाकर कुछ ऐसी बातें जानने की चाल चल रहा था, जिससे अप्पा पर फिर केस किया जा सके और उन्हें रियासत के फौजी ओहदे से हटाया जा सके।

वह बात क्या थी, जिसे नेलर जानना चाहता था, यह अब तक मैं नहीं जान पाया। दरअसल, दुर्घटनाओं का यह सिलसिला इस हद तक उलझ गया था कि कुछ भी जानने की इच्छा ख़त्म होती जा रही थी। पंडित जी से मैं पूछ सकता था, लेकिन उनसे पूछना भी अच्छा नहीं लगा। दरअसल, वे बातें फिर किसी दूसरी बात से जुड़ी हुई होती थीं, उन सब सिलसिलों से पार पाना मैं आसान काम नहीं समझता था, इसीलिए उन्हें जानने की इच्छा मेरे मन में मर-सी गई थी।

बाद के महीनों में फिर धीरे-धीरे एक सिलसिला ऐसा आया कि हमारे परिचित, हमारे जानकार सब हमसे कटकर रहने लगे। शहर की उन बातों को, जो लोगों के बीच प्रचलित थीं, मैं बिना पूछे भी जान सकता था; और मुख्य बात यह कि हम लोगों के साथ कोई अपना भविष्य नहीं जोड़ना चाहता था। कोई नहीं चाहता थी कि हमारी वजह से उन पर विपत्तियाँ आएँ। ऐसी हालत हो गई थी कि हम बिल्कुल अकेले पड़ गए थे। पहले छत्रसाल हमारे घर आता था, अब उसने भी बिल्कुल आना छोड़ दिया। वे ऐसे दिन थे, जब पूरा का पूरा दिन हमें बिल्कुल अकेले बिता देना होता था। माँ, अप्पा, मैं और मेरी छोटी बहन सब के सब अकेले पड़ गए थे। माँ बहन को अस्पताल से घर ले आई थीं। उसमें कोई तबदीली नहीं हुई थी, सिवा इसके कि वह छोटी-सी जान पहले की अपेक्षा ज़्यादा चुप और ज़्यादा कमज़ोर हो गई थी।

उन्हीं दिनों हमारे दूर-दूर बसे परिजनों की हमें ख़बरें मिली थीं, जिन्हें उनके घरों से निकाल दिया गया था, और जिन्हें रियासत छोड़ देने का हुक्म हुआ था। दूर किसी गाँव में शांतिपूर्ण जीवन बिताने वाली हमारी बुआ का हमें ख़त आया था, जो बाद में फौजी जासूसों ने हमसे माँग लिया था।

बुआ ने ख़त में उन जुल्मों का ज़िक्र किया था। वह चिट्ठी मुझे अब पूरी तरह याद नहीं, उसके हिस्से मेरे दिमाग़ में जगह-जगह छपे हैं, परतों की तरह। वे जब खुलते हैं तो सीधी तस्वीरें सामने आती हैं। मेरे बराबर उनके लड़के- लड़कियों को कुड़की वाले दिनों घर से जंगलों को भागना पड़ा था। मेरे फूफा न जाने कहाँ भाग गए थे। उनकी संपत्ति, घर, गाय, भैंस सबकी सब चीजें दो-दो आने में नीलाम कर दी गई थीं, केवल घर में ले-देकर बची थी तो एक बूढ़ी बुआ, जिन्हें तुरंत वह गाँव छोड़ देने का हुक्म था।

हमारे कितने ही रिश्तेदार होंगे, जिन पर इस तरह की विपत्ति आई थी। हम थे जो कुछ दिनों के लिए बचे थे। मैं अपने कॉलेज जाता तो वहाँ वे सब बातें सुनता, जो बुआ ने चिट्ठी में लिखी थीं बल्कि उनसे भी ज़्यादा भयानक।

जैसे ही कॉलेज पतझड़ के लिए बंद हुए थे वैसे ही मैं सिर्फ़ अपने घर में बंद रहने के लिए छूट गया था। मेरे जितने दोस्त थे, वे सब किसी आतंक की वजह से हम लोगों के घर नहीं आते थे, वे मुझसे भी कतराए रहते थे। कॉलेज बंद होने बाद मैं एकदम ख़ाली पड़ गया था। कोई ऐसा अख़बार या किताब नहीं थी, जिससे मैं अपना ख़ालीपन दूर करता, उस पतझड़ से सर्दियों के दिनों तक मुझे अकेले रहने का जो वक़्त मिला था, वह मेरी यादों से इस तरह चिपका हुआ है कि कोई भी धक्का उसे दूर नहीं कर सकता।

सर्दियों के दिनों में वह शहर ज़्यादा ख़ूबसूरत हो जाता था, लेकिन उन सर्दियों में उसे सिर्फ़ एक ही तरह पाया था कि वह शहर बाक़ी सालों से भिन्न हो गया है। बल्कि लगता था जैसे बाक़ी वर्षों से कट कर अलग हो गया हो। चारों तरफ़ ऊँची पहाड़ियों से घिरा वह शहर पर्यटकों के लिए कभी आकर्षण था, लेकिन जबसे फौजी गतिविधियाँ जारी हुई थीं, वहाँ किसी को आने का हुक्म भी नहीं था। हम जैसे लोगों के जो वहीं रहते थे, अलावा बाहर के लोग सिर्फ़ बसों के रास्ते से दूसरे गाँवों-शहरों को जा सकते थे।

लड़ाई में कुछ दिनों जब मित्र राष्ट्रों की फौजें पिट रही थीं, उन दिनों उस शहर का फौजी क़ानून सख़्त हो गया था। मुझे अब हँसी आती है कि सेनाएँ हजारों मील दूर दूसरी धरती पर हार रही हैं, लेकिन उस हार की सजा भुगतने की जिम्मेदारी इन छोटे-छोटे शहरों की क्यों थी?

अपने जाने के आख़िरी दिन छत्रसाल माँ से मिलने हमारे घर आया था।

'तुम कई दिनों से नहीं आए।' माँ ने उससे पूछा।

वह चुप रहा। जैसे उसके पास कोई जवाब न हो।

'मैं जानता हूँ,' मैं बोला, 'छत्रसाल जानता है कि हम लोगों की छाया भी ख़तरनाक है।'

'नहीं,' वह ज़ोर से चीख़ा और रो पड़ा, 'बात यह नहीं है। बात यह है कि मैं ख़ुद उस गोरे का शिकार बन गया हूँ, जिसकी वजह से तुम पर विपत्ति आई है।'

'कौनसी विपत्ति?' माँ ने हँसकर पूछा, 'यह तो मामूली बातें हैं, बेटे, पर मैं तो तुम्हारा इंतज़ार कर रही थी।'

वह ज़ोरों से रो रहा था। मैं शर्मिंदा-सा एक कोने में खड़ा था। मुझे पता नहीं था वह मेरी बात से रो रहा था या किसी और कारण से फिर भी उसके रोने से शर्म मुझे आ रही थी।

'क्या यह सच है,' उसे चुप कराने की नीयत से मैं बोला, 'कि तुम्हारा तबादला हो गया है।'

'सच,' वह सीधा खड़ा हो गया, 'वह गोरा मुझे सीधे लड़ाई में भेज रहा है।' माँ ने उसे न जाने कितनी बातें कहीं, उसे आश्वस्त किया कि लड़ाई में तो सब जाते हैं। पर उसकी घबराहट दूर नहीं हुई।

छत्रसाल के चले जाने के बाद, अचानक उस दिन मुझे लगा जैसे कोई ऐसी चीज़ चली गई हो, जिसके रहने से एक सहारा बना रहता था। जब पहले दिन उसने मुझे अपना डर बताया था और जब वह माँ का लाड़ला बेटा बन गया था, तभी मैं जान गया था कि एक दिन उसका तबादला ज़रूर होगा और जहाँ वह नहीं जाना चाहता था, वहाँ ज़रूर भेज दिया जाएगा। मैं ये बातें जानता था या नहीं, पर मुझे इसका हलका-सा अनुमान तब ज़रूर था। और वह बात सच हो गई थी।

पर फिर भी न जाने क्यों मुझे छत्रसाल पर शक था। उसका हमारे परिवार में बहुत नज़दीक आना और फिर अरसे तक छिटककर अलग रहना, ये सारी ऐसी बातें थी, जो मेरे संदेह को मजबूत करती थीं।

फिर भी उसके चले जाने के बाद सर्दियों के वे दिन मेरे लिए ज़्यादा सूने हो गए। ऊँची-ऊँची पहाड़ियों पर बर्फ़ नहीं गिरी थी, वे नंगी थीं। वे अपने नंगेपन में, अपने सूनेपन में किसी के लिए प्रतीक्षित थीं। लेकिन मेरे पास कोई प्रतीक्षा नहीं थी, सिर्फ़ उजाड़-से दिन थे, ऐसे दिन, जिनमें मेरे पास कॉलेज में भी कोई दोस्त नहीं आते थे, घर में माँ और अप्पा भी अलग रहते थे। अपना दरवाज़ा बंद करने के बाद छत्रसाल की बनाई आदमकद पेंटिंग ज़रूर मेरी आँखों के सामने होती थी, लेकिन वह भी उतनी ही सूनी, नंगी और बेमतलब हो गई थी।

न जाने कहाँ से माँ को एक पहाड़ी पंडित मिल गया था, जो माँ की हस्तरेखा के आधार पर बुरे ग्रहों के शमन के लिए पूजा-पाठ पर ज़ोर दे रहा था। उन कुछ दिनों सुबह-सुबह वह पंडित पूजा कर जाता था और माँ को और छोटी बहन को ढेरों आशीर्वाद दे जाता था। अप्पा को तो उसके बारे में पता भी बहुत दिनों बाद चला। मुझे मालूम था लेकिन मेरी दिलचस्पी उसमें नहीं थी। उन अकेले दिनों में मुझे अरुचि के बावजूद इतनी ख़ुशी ज़रूर थी कि उस पंडित के कारण माँ की दिनचर्या में तब्दीली आ गई थी।

माँ उसे पुरोहित जी के नाम से पुकारती थीं। मुझे बताया करती थीं कि उन्हें उन पुरोहित जी पर बड़ा विश्वास है। पुरोहित जी का कहना था कि हमारा संकट जल्दी ही दो-तीन महीने में टल जाएगा। लेकिन एक दिन उन पुरोहित जी पर ही संकट आ पड़ा। पूजा ख़त्म करने के बाद पूछताछ के लिए सैनिक उन्हें हमारे घर से पकड़कर ले गए थे।

बाद में उनका क्या हुआ, हमें पता नहीं। उन सूनी सर्दियों में अब कोई बाहरी उपस्थिति नहीं थी। माँ के पास बैठकर, अपनी छोटी बहन के साथ धूप सेंकने के

बहाने मैं ज़रूर माँ को व्यस्त रखता था, लेकिन उन सर्दियों के वे ऐसे दिन थे, जिन दिनों धूप भी हम लोगों पर मेहरबान न थी, हमारे दालान से कुछ घंटों के बाद ही धूप ग़ायब हो जाती थी, और हम वहाँ उठने की बजाय वहीं मकान की छाया में तब तक बैठे रहते थे, जब तक बैठे रह सकते थे।

न जाने किस दिन ख़बरों से पता चला था कि फौजियों की संख्या बढ़ाई जा रही है और इसलिए कॉलेजों से लड़के लिए जाएँगे। हमें कॉलेज में पता चला था कि कॉलेज अनिश्चित काल के लिए बंद कर दिया गया है। मैं फौज में जाने के लिए उत्सुक नहीं था। अप्पा और माँ भी फौज के ख़िलाफ़ थे। कॉलेज बंद होने से मैं खुश था, क्योंकि वहाँ सबसे अलग, लोगों के आतंकित चेहरों से अलग बैठना बिल्कुल अच्छा नहीं लगता था। उससे बेहतर अपना घर था। वहाँ चाहे अकेले पड़ने की बात थी, लेकिन वह अपमानजनक कम थी। चाहे मुझे कितनी ही बार सहना पड़ा हो, अपमान की चर्चा से मैं बहुत बचना चाहता था। लेकिन हम लोगों की जो हालत हो गई थी, उसमें कोई बचाव नहीं था।

आख़िर एक रात जब हम सोए हुए थे, हमें कुछ ही घंटों में रियासत छोड़ने का हुक्म हो ही गया। उस रात ऐसी ख़बर पाने के बाद हम कैसे सो सकते थे। हुक्म के मुताबिक हम कुछ भी अपने साथ नहीं ले जा सकते थे। किसी सरहद तक फौजी गाड़ी हमें छोड़ सकती थी, उसके बाद हम लोगों का दायित्व था। आधी रात में उठे हम सबके चेहरे इतने सियाह पड़ गए थे, जितना कि खुद रात का चेहरा था।

अप्पा शांत थे, लेकिन माँ अशांत थीं–'हम कहाँ जाएँगे?' माँ बार-बार बड़बड़ाती थीं।

मैं अपने बिस्तर के पास अपनी खिड़की से बाहर झाँकने लगा था, दूर आसपास के कोनों से, पहाड़ियों की सियाह छायाओं के पास बादलों के टुकड़े घिर रहे थे। वो आख़िरी दृश्य थे, जो मैंने उस रात देखे थे, उस शहर में जिसे कुछ घंटों बाद हम लोग छोड़ने वाले थे।

अप्पा बहुत शांत थे और माँ उतनी ही परेशान। सुबह होते ही, जब हमें जाना था, छोटी बहन अचानक मरणासन्न हो गई थी। माँ बहुत विचलित थीं। जब हमारे घर पर अधिकार करने वाले फौजी अफ़सर आ चुके थे और हमें वह घर छोड़ना था, तभी छोटी बहन नीली पड़ने लग गई थी। 'कोई डॉक्टर तो बुलाओ,' माँ ने कातर आवाज़ में कहा, 'बुलाओ न!'

अप्पा ने फौजी अफ़सरों की तरफ़ देखा। उनके चेहरे निर्जीव से थे। उनके पन में कोई भाव नहीं था।

अप्पा ने एक अफ़सर की तरफ़ देखा।

'मैं कमांडिंग ऑफिसर से पूछ देखता हूँ।' वह बोला।

अप्पा ने कहा, 'टेलीफ़ोन कर लो।'

'वह तो कबका कट चुका है,' उन फौजियों में से कोई बोला। एक अफ़सर दौड़कर सीढ़ियाँ पार कर कमांडिंग ऑफिसर से इज़ाजत लेने गया। वह कुछ ही देर में लौट आया था।

'डॉक्टर अभी आने वाला है।' वह बोला और फिर तनकर खड़ा हो गया।

जब तक डॉक्टर आया तब तक छोटी बहन की आँखें स्थिर हो गई थीं। मैंने उसका हाथ छूकर देखा तो उसकी नब्ज बंद हो गई थी।

अप्पा और माँ उसके पास बुत बने खड़े थे।

'इसे लंबी बेहोशी है' माँ बोलीं, 'अभी उठ जाएगी...बच्ची...मेरी बच्ची! उठो बेटे, हमें जाना है...।' माँ ने उसे आवाज़ दी। उसकी पुतलियाँ स्थिर थीं। आँखें खुली हुई और चेहरे पर एक ऐसा भाव था जैसे सब कुछ ख़त्म हो जाने के बाद निश्चिंतता का होता है।

डॉक्टर ने उसे देखा, 'मृत,' वह बोला।

'नहीं, नहीं' माँ बोलीं, 'एक बार फिर से तो देख लीजिए। देखिए न, बेहोश हो गई है।'

डॉक्टर ने फिर देखा, 'खेल ख़त्म,' वह फौजी डॉक्टर अपने ही अंदाज़ में बोला।

उसके बाद उसे वैसे ही छोड़कर हम उस शहर की सड़क पर बाहर निकल आए, जहाँ सर्दियों की धुंध ने सब कुछ अपारदर्शी बनाया हुआ था। पता नहीं, अप्पा ने माँ को कैसे समझाया होगा और वे बिना रोये हुए चल पड़ी थीं।

रोने के बारे में मैंने सोचा था, ऐसे मौक़े पर रोना-धोना बेकार होता है–बिल्कुल बेकार।

'पर अगर वह जाग गई तो...' माँ ने सड़क पर धुंध के बीच छिपे मुँह से कहा।

उनका किसी ने, इसमें से किसी ने जवाब नहीं दिया। मेरे मन में था जैसे हम अपनी सबसे बड़ी चीज़ वहीं छोड़ आए हों, जैसे हमने एक बहुत बड़ा अपराध किया हो। वह सफ़ेद छोटी-सी जान मेरी छोटी बहन उसी पलंग पर पड़ी थी, जिसमें वह अपने पंगु हाथों से सब-कुछ ज़ाहिर करती थी।

अब धुंध के बावजूद सड़क के एक कोने पर खड़ा मिलिटरी ट्रक दीख रहा था, जो हमें कहीं दूर छोड़ आएगा–किसी अनजान सरहद पर।

•

11

सन्नाटा

नरेश से आप न मिले होंगे। पर यह अपेक्षा भी कितनी मूर्खतापूर्ण है। साठ करोड़ में से कितने लोग होंगे कि जिनसे हम-आप न मिले होंगे। एक दूर-दराज कस्बे में वह रहता है, जिसका नाम साल में शायद ही एक दफ़े अख़बारों में छपता है। मैं भी उसे भूल ही गया होता अगर बीच-बीच में मुझे उसकी ख़बर न मिलती और यह पता न चलता कि वह कविता के बारे में एक 'लिंग्विस्ट' की तरह बहस करता फिरता है। कुछ चीज़ों की तरह–जिन्हें अक्सर अजायबघरों में देखने की तबीयत होती है–बहस करने वाले इंसान भी जल्दी से भुलाए नहीं जाते हैं। ख़ैर, तफ़सील में जाने से क्या, बिल्कुल जासूसी कहानियों के नायक की तरह वह एक दिन आया और बिल्कुल हाँफने जैसी स्थिति में आकर बोला, 'खाक पुरलुत्फ है तुम्हारा शहर।'

'तो तुम वह देखने आए हो, जो तुम्हारे कस्बे में नहीं है?' मैं उसकी जल्दबाज़ी और उसके ग़ुस्से-भरे लहजे से हैरान था। कोई आपसे वर्षों बाद मिले, थोड़ी-सी झिझक न हो, एक-दूसरे से सुनने की लालसा न हो, ढेर सारे लोगों के बारे में पूछने का सिलसिला आगे न बढ़े तो महसूस कैसे हो कि आप वर्षों बाद मिले हैं। वह तो आते ही वर्षों की दूरी को एक शिकायत-भरे लहजे से पार करना चाहता था।

उसने मेरी तरफ़ देखा फिर हाथ पकड़ा और धम्म से तख़्तपोश पर बैठ गया। वह तख़्तपोश की आवाज़ ही थी, पर वह बैठते ही जैसे डर गया था। जैसे उसने कोई बड़ी आवाज़ सुनी हो।

'क्या हाल है?' उसने बेहद औपचारिक होते हुए कहा। फिर कहने लगा, 'पूछने से क्या फ़ायदा? वह तो मैं देख ही आया हूँ।'

'तुम कब आए हो?' मैंने सोचा, इस धीमी बातचीत में वह सहज हो जाएगा और मैं उससे अपने कस्बे की सारी बातें पूछ सकूँगा। जैसे मेरी यह पूछने की बड़ी इच्छा थी कि तहसील के दफ़्तर के सामने गंदे नाले पर एक पुल बन गया है, तो वह कैसा लगता है। गोकि मुझे जैसे उम्मीद थी कि एक पुल की वारदात से ही जैसे शहर का नक्शा बदल गया होगा।

पर उसने मेरी बात का जवाब नहीं दिया। 'मैं स्टेशन पर उतरा और बाहर आकर ताँगे वाले से मोल-भाव की नीयत से खड़ा हो गया, पर कोई पूछने नहीं आया।'

अचानक मुझे हँसी आ गई तो उसने बात बीच में रोक दी और मुझे देखने लगा। 'तो तुम सोच रहे थे कि ताँगे वाले तुम्हारे गले में माला डालने के लिए आता?'

'तुम भी...।' वह कोई गाली निकालने वाला था, पर फिर चुप हो गया। यह 'तुम भी' हिकारत-भरी मुद्रा में किसी को नादान जैसा कहना था। 'मेरा मतलब है, ताँगे वाले, और चुप हों। सवारियों को आवाज़ न दें। घोड़े को गाली न दें। मतलब यह हुआ न कि सभी ताँगे वाले बीमार हैं।'

'यार, तुम समझते नहीं; आजकल अपनी-अपनी ग़रीबी के मारे लोग इस क़दर बेहाल हैं कि बहुत-सी बातें धीरे-धीरे ख़त्म हो रही हैं।'

'मानता हूँ, तुम समाजशास्त्री के चश्मे से देखने के आदी हो गए हो...।' अब नरेश चहकने लगा था—उसके हाथों में बोलों के साथ-साथ एक्शन की सक्रियता आ गई थी। 'धीरे-धीरे तुम कहोगे घोड़े की पूँछ छोटी होती जा रही है, क्योंकि अब उसका इस्तेमाल बहुत कम होता है और घोड़े को कौनसी चीज़ ढकनी है, जो आदमजाद ढकना चाहती है।'

'पर...'

उसने मुझे बीच में रोक दिया। सिर्फ़ उसके हाथ का इशारा ही था। 'मैंने एक ताँगे वाले को बुलाया तो वह बिल्कुल जी-हजूरी के लहजे में खड़ा हो गया। 'कहाँ ले चलना होगा हजूर?' जब मैंने उसे चालू क़िस्म के होटल का नाम बताया तो वह थोड़ा भी नहीं मुस्कराया। वरना एक बदनाम होटल में जाने पर वह बायीं आँख ज़रूर दबाता और बख्शीश का एक रुपया अलग से तय करता। पर उसने दबी जुबान से घोड़े से कहा, 'चल बेटे।' और वह अफ़गानी नस्ल का घोड़ा टट्टू से भी मरियल चाल से सड़क पर चलने लगा। स्टेशन पर भीड़ थी। लेकिन पहली दफ़ा चने बेचने वाले, पॉलिश करने वाले नहीं दिखाई दिए तो मुझे लगा, मैं कहीं ग़लत जगह तो नहीं उतर गया। पर बाहर बड़े-बड़े अक्षरों में तुम्हारे शहर का नाम लिखा था।

'लोग सिर झुकाए, चुपचाप चले जा रहे थे। कोई भागमभाग नहीं थी। बसें बहुत सधी हुई चाल से चल रही थीं। दुकानों के बाहर की जगह ज़्यादा फैली हुई लग रही थी। दीवालों पर कस्बाई क़िस्म के विज्ञापन वाले पर्चे नहीं थे। शहर में आम क़िस्म की रौनक नहीं थी।'

मैं फिर हँसने लगा, 'तो तुम आए कब थे यार!'

'अगर जोगिंदर मुझे न भड़काता तो मैं कभी इस शहर में न आता। उसने बताया था कि तुम स्टेशन पर ही उतरोगे तो तुम्हारे गिर्द होटलों के दलाल, जेबकतरे,

स्कूटरों के चालक और ताँगे वाले होंगे। वे तुम्हें घेरेंगे ही नहीं बल्कि कुछ एक तो तुम्हारा थैला या सूटकेस हाथ में लेकर तुम्हें ज़बदस्ती अपनी सवारी की तरफ़ ले जाएँगे। यार, ताँगे वाले तो कमाल हैं। तुम्हें कहेंगे कुछ नहीं, बस घोड़े से ही तुम्हारी नातेदारी बाँध देंगे।'

'ताँगे वाले सब जगह के एक-से होते हैं?' मैंने यह सवाल इसलिए किया ताकि वह अपना शहर याद कर ले और वहाँ की कुछ बातें बताए।

'कमाल है,' उसने जब कहना शुरू किया तो मुझे अपने कस्बे की कई बातें याद आ गईं। 'होटल में मैंने देखा श्मशान-सी चुप्पी थी। बेयरे ऐसे चल रहे थे जैसे उनमें चलने के लिए ही चाबी भरी हुई हो। जानते हो, मैं होटल में क्यूँ ठहरा? मैं बड़े शहर के मज़े लेना चाहता था। इसलिए मैं बेयरे के कान में फुसफुसाया था, 'क्यों भाई, कोई औरत नहीं मिलेगी?' और जानते हो उसने क्या जवाब दिया? बोला, 'साहब, अब औरतें अच्छी कालोनियों में चली गई हैं। होटलों का वह धंधा ख़त्म हो गया है।' नरेश मायूस हो गया।

'लोगों में पहले जैसी जान नहीं है।' मैं उसकी अपेक्षाओं को ज़मीन पर उतारने की कोशिश में बातचीत का ऐसा सिरा खोजना चाहता था कि वह उस वहम से मुक्त हो जाय। यही कि वह भूल जाए कि जो कुछ उसने लोगों से सुना है, वैसा कुछ, ठीक-ठीक वैसा ही कुछ वास्तव में कुछ नहीं है।

'खाक जान नहीं है। तुम समझते क्यूँ नहीं, बात कुछ और ही है। लोग गूँगे हो गए हैं।' वह यह बोलकर कुछ सहम-सा गया।

'दो महीने पहले जोगिंदर आया था और इसी होटल में उसने मौज-मज़ा किया था। इसी होटल में। वही कमरा। वही बेयरा।'

'वह झूठ भी तो हाँक सकता है...'

'अच्छा, चल अगर वह झूठ हाँकता है तो बाक़ी सब चीज़ें भी झूठ हैं। तुम्हारे शहर की बसों के धक्के...कंडक्टरों के मज़ाक...ख़ूबसूरत झूठ है। लड़कियाँ... दफ़्तरों के थके-हारे बाबुओं की रंगीन शामें...सब यानी कनाट प्लेस झूठ है।'

'वे तो सब चीज़ें ठीक वैसी हैं।'

'ठीक वैसी नहीं हैं।' नरेश जैसे थोड़े-से आवेश में चीख़-सा पड़ा था, 'ठीक वैसी नहीं हैं। मैंने यहाँ की हड़तालें, दोपहर के भोजन के वक़्त दफ्तरी बाबुओं के नारे, स्कूल-कालेज के लड़कों की शरारतों के क़िस्से...वे बहुत सुन रखे थे। वे कहाँ हैं? तुम सोचते हो, सब चीज़ें वैसी ही हैं।'

'देखो, किसी 'सिटी' के 'केरेक्टर' की बाबत...।' मैं उसे अपने ही ढंग से समझाना चाहता था। पर वह कुछ भी सुनने को तैयार नहीं था।

'सिडी...मुझे क्या करना है शहर के 'केरेक्टर' का। तुम यह बताओ, क्या तुम कभी अस्पताल गए हो?' यह कहकर भी उसने मेरी हाँ-ना की इंतज़ार नहीं की। 'मैं अस्पताल गया था। वहाँ वैसी ही भीड़ है। वैसी ही सड़न, वैसी ही घुटन। मैं वहाँ तीन दिन रहा। जानते हो, तुम्हारे शहर में मैं पाँच दिन पहले आ गया था। अगर जोगिंदर न कहता तो मैं कभी न आता। उसने शहर की खुशनुमा तेज़ी के साथ-साथ मुझे यह बताया था कि मेरा इलाज वहीं बड़े अस्पताल का डॉक्टर कर सकता है। यार, मैं बीमार हूँ।' वह अचानक उदास हो गया था। इतना उदास कि वह थोड़ी देर चुप रहता तो मुझे विश्वास हो जाता कि वह रोने वाला है।

'अच्छे हो जाओगे भई! पर पहले बताओ तो सही, मामला क्या है?'

'जमा रखो। जमा रखो। थोड़ा सब्र करो। थोड़ा सब्र करो पर यह बिल्कुल न समझना कि जो बातें मैं कह रहा हूँ वह बीमारी की वजह से हैं। अब मैं अस्पताल में रहा तो डॉक्टरों को नर्सों से इश्क के अलावा फुरसत ही नहीं है।'

'देखो नरेश, अगर तुम सीरियस हो तो ऐसी...'

'ओछी बातें न करूँ।' उसने अपने-आप ही मेरा वाक्य पूरा किया।

'नहीं, मेरा मतलब है बहुत-सी चीज़ें तुम अपने चश्मे से देखते हो।'

'बस...बस, तुम अगर सुन सकते हो तो सुनो, क्या इस शहर में बड़बोले लोग नहीं थे? मुझे याद है जब एक दफ़े एक नौकरी के सिलसिले में मैं आया था तो मुझे लगा था, यहाँ लोगों के पास बोलने के अलावा कोई काम नहीं है। जिस धर्मशाला में मैं ठहरा था, उसके बाहर पान की दुकान पर हत्या की वारदातें मामूली बात थी। वहाँ पर लोग मंडी में सब्ज़ी के भाव से लेकर विधवा विवाह, आर्यसमाज और राजनीति तक पर बात करते थे। मेरा अंदाज़ा था, जिस शहर में हिंदुस्तान के पाँच सौ से ज़्यादा भाषण देने वाले नेता इकट्ठे होते होंगे, वहाँ तो अपने-आप ही बड़बोले लोग पैदा हो गए होंगे।'

नरेश के आत्मालाप के बीच मुझे अपनी बाबूगीरी, अपनी बीवी के हुक्म और दूसरी चीज़ें भूल नहीं गई थीं। मैं इंतज़ार में था, वह चुप करे और एक नार्मल क़िस्म की गप्प की जाए और शामों के कार्यक्रम तय किए जाएँ।

वह फिर हाँफने की स्थिति में आ गया, बोला, 'जोगिंदर का कहना था, 'बेटा, पचास फ़ीसदी बीमारी शहर की हरकतें पी जाएँगी। बाक़ी तुम अस्पताल में रहोगे और कोई ख़ूबसूरत परी-जिस्म नर्स तुम्हें देखकर हँसेगी तो तुम एकदम ठीक हो जाओगे। पर अस्पताल में सब-कुछ था, साथ में था एक सन्नाटा। ठीक यही सन्नाटा तुम्हारे पूरे शहर में फैला हुआ है। ठीक वैसा ही मौत के डर जैसा।'

'असल में तुम पहले ही सब-कुछ तय कर चुके हो। लोग बोलते हैं। काम करते हैं। हँसते हैं।'

'ऑब्जेक्शन,' वह बोला, 'झूठ...झूठ...झूठ। कोई उस तरह नहीं हँसता। मुक्त और स्वच्छंद। ग़रीबी में, भूख में भी हँसी की एक मुक्तता है।'

'तुम जानते नहीं नरेश। अब वह मुक्त हँसी सिर्फ़ किताबी चीज़ रह गई है। शहर का दबाव तो देखो। आदमी की ग़रीबी तो देखो।'

'शहर में और ग़रीबी,' वह मज़ाक के लहजे में बोला, 'क्या फैक्ट्री मजदूर, घरेलू नौकर...सब साले 'लुम्पेन,' छँटे हुए...।'

'फिर तुम उन्हीं में चाहते हो कि तुम्हारी कल्पना जैसी चाहती हो...'

उसने मेरी बात नहीं सुनी। उसने हाथ से मुझे रोका और फिर जैसे पस्त पड़ गया। वह दीवार का सहारा लेकर फैल गया।

'तुम बीमार हो प्यारे, और अब कुछ अपनी सुनाओ। क्या बीत चुका है...।'

'मैं जब आया था, मैंने सोचा था, मैं मुल्क की राजधानी में आया हूँ। आख़िर यह किसी तीर्थ से कम नहीं है। आख़िर पूरे मुल्क की आँखें उन सुर्खियों पर लगी रहती हैं, जिनमें इस शहर का नाम होता है। तो मैं अपने कस्बे से आया। मैंने सोचा था, एक ठहरे हुए कस्बे से एक चलते हुए शहर की यात्रा कितनी मज़ेदार होगी। पर मैं जैसे-जैसे धीरे-धीरे शहर में घुसा तो तीन-चार आदमियों के अलावा किसी ने मेरी बातों का जवाब भी नहीं दिया। मसलन ताँगे वाले ने दो-चार बातें कीं, घोड़े तक को फुरसत नहीं थी। होटल में बेयरे ने सिर्फ़ अपनी असमर्थता ज़ाहिर की। बसों में कंडक्टर ने सिर्फ़ मंज़िल का नाम पूछा। शहर की दुकानों में हर जीन्स पर कीमतों की पर्चियाँ टँगी हैं। और तो और यार, औरतों ने मोटे-मोटे दुशालों से अपने जिस्म के नंगे हिस्से ढके हुए हैं।'

'तुम बहुत ख़ूबसूरत बयान करते हो।'

मेरी बात का ग़ुस्सा खा गया। 'ख़ूबसूरती की माँ की...। तुम समझते क्यों नहीं हो कि मैं तुम्हें सिर्फ़ एक बात बताना चाहता हूँ। मुश्किल यह है कि एक वाक्य की उस बात को लोग समझते नहीं हैं। मसलन, तुम अपना अख़बार उठाकर देखो। चिट्ठी-पत्री में भी लोग दरबारी लगते हैं। मैंने बस में ख़ूबसूरत मूँछों वाले की मूँछों की तारीफ़ कर दी तो वह नाराज़ होकर मुझे घूरने लगा। मैंने जब फिर कहा, 'साहब, मैं अच्छी मूँछों की तारीफ़ करने के लिए मजबूर हूँ तो बोला, 'ख़ामोश, वरना क़ानून ऐसे हैं कि तुम्हें बिना जुर्म बताए छह महीने-भर अकेले कमरे में बंद किया जा सकता है।' बस की एक सीट पर दोनों जवान लोग फुसफुसाकर बात कर रहे थे तो मैंने उनसे सिर्फ़ एक जगह का नाम पूछा तो वे न सिर्फ़ चुप हो गए थे बल्कि मुझे लगा था जैसे वे काँपने लगे थे। मुझे नहीं पता था कि उस जगह का नाम जेल रोड है।'

'बात यह नहीं है नरेश कि तुम उन कमज़ोर लोगों की बातें कर रहे हो, जो पत्ता खड़कने से डर जाते हैं। ज़्यादातर अपराधी लोग ज़्यादा चौकन्ने, गुमसुम और शक्की लगेंगे। अब क्या कहूँ...'

'तुम्हारा मतलब है, सारा शहर अपराधी लोगों से भरा है। डियर, तुम जिस तरह साफ़ पलट रहे हो वह बहुत आसान है। चीज़ों को 'अंडर लाइन' करके भी समझो।'

मैंने सोचा, अब क्या कहकर नरेश को दूसरी चीज़ों की तरफ़ मोड़ूँ? मैं कोई रास्ता तलाश कर ही रहा था कि नरेश ने फिर बोलना शुरू किया, 'मैं भी सोचता था, यह सब इकतरफ़ा है। पर इन पाँच दिनों में गली, मुहल्ले, पार्कों, बाज़ारों, में-जहाँ-जहाँ मैं गया हूँ, मुझे महसूस हुआ है, लोग धीरे-धीरे गूँगे हो रहे हैं। और हर गूँगा आदमी बहरा भी होता है। ख़तरा सिर्फ़ यह है। अगर तुम गूँगे का अर्थ समझ जाओ तो तुम्हें पता चलेगा, निरर्थक बोले चले जाना भी गूँगापन है। एक सार्थक सनक, एक बड़बोलापन जातीय गौरव भी तो होता है।'

मैंने चालाकी बरती और चुप हो गया। मैं जानता था, अगर मैं थोड़ी देर उसकी बातों पर टिप्पणी करना छोड़ दूँ तो वह चुप हो जाएगा। लगाम मेरे हाथ में आ जाएगी।

'मैं एक मंदिर सें गुज़र रहा था और लोग आरती कर रहे थे। आरती में जहाँ 'संकट' शब्द आता था उसे जैसे लोग बोलते ही नहीं थे।'

मैं ठहाका मारकर हँसा। 'तुम अतिशयोक्ति अलंकार का ठीक इस्तेमाल कर रहे हो।'

'अच्छा फिर चलूँ,' एकदम बीच में वह उठ खड़ा हुआ। –'अगर मैं एक दीवाल पर इंकलाब ज़िंदाबाद न देख लेता तो यार, मैं कभी का तुम्हारे शहर से विदा हो गया होता।'

'तुम्हें जलूस का शौक़ है तो कल ही इंतजाम कर देता हूँ। पर तुम चले कहाँ?'

बोला, 'मैं अब आख़िरी बार तुम्हारे गूँगे शहर की परिक्रमा करना चाहता हूँ।'

मैंने उसे लाख रोकने की कोशिश की पर नरेश ज़िद्दी इतना था कि वह एक मिनट भी फिर न रुका। नरेश को आप कभी न मिलेंगे। मुझे भी शायद वह वर्षों बाद मिले।

वह अपना चश्मा मेरे पास छोड़कर गया था। हमेशा की तरह शाम की बस से अपने घर की तरफ़ लौट रहा था मैं। बस में दफ़्तरों की छुट्टी के बावजूद भीड़ ज़्यादा नहीं थी। बसें ख़ूबसूरत, साफ़ और आरामदेह हो गई थीं। वे वक़्त से भी चलती थीं। यह टिप्पणी सिर्फ़ इसलिए दे रहा हूँ कि ऐसा भी सालों बाद हुआ था।

सड़कें साफ़ थीं। नहीं...नहीं, गंदगी के ढेर अब भी थे, लेकिन किनारों पर। 'सड़कें साफ़ थीं' का मतलब आदमी बहुत कम थे।

यह तो मैंने तभी ध्यान दिया। और मौक़ों पर ठीक ऐसे ही वक़्त इस सड़क पर लोग ही लोग होते थे। आख़िर वे लोग चले कहाँ गए? मैंने अपने-आपसे सवाल किए।

बस का रास्ता सदर बाज़ार से था। आज के दिन बाज़ार बंद था। भीड़ इसलिए भी कम थी। मैं थोड़ा-सा आश्वस्त हुआ। भीड़ कम है, यह बात अपने-आपमें आश्वस्तिदायक थी। एक ज़माने में भीड़ के साथ-साथ साँड या दूसरे जानवर भी इन सँकरी सड़कों पर दिखाई देते थे, दिखाई ही नहीं देते थे, ट्रैफ़िक के मामले में वे सबके लिए सिरदर्द बन जाते थे। पर तभी जैसे शाम पूरी तरह छा गई थी। बस की घर्राहट के अलावा सचमुच कोई बातचीत नहीं कर रहा था। थके हुए लोग होंगे, मैंने सोचा। एक पतली गली के अंदर से आदमियों की भीड़ निकल रही थी। इतने ज़्यादा लोग देखकर मैं थोड़ा हैरान था। बस की खिड़की से मैंने वे लोग देखे। शायद किसी मंदिर या फ़िल्म से छूटकर आ रहे हों, वो लोग।

लेकिन वहाँ कोई मंदिर नहीं था। सिनेमा-थियेटर नहीं था। मैंने उन लोगों को देखा। गुपचुप सिर झुकाए वे लोग चले जा रहे थे। उनके चेहरे दीखने मुश्किल थे। कुछ अँधेरा बढ़ रहा था और कुछ बस के शीशों पर तेल-सी चिपचिपी मैल थी। उन नरमुंडों के चेहरे कुछ अपनी ही छायाओं से ढक गए थे।

आख़िर वे कहाँ जा रहे होंगे? बस में एक अस्पष्ट फुसफुसाहट ज़रूर चली थी, पर फिर सब शांत हो गया था। बेतरतीब पाँतों में चलते उन लोगों के गंतव्य जानने की हलचल मेरे अंदर करवट ले रही थी। मैं चुपचाप बस खड़ी देखकर उतर गया था।

फिर एक ग्लानि-सी अंदर उमड़ी थी। मैं क्यों इस भीड़ के साथ हो लिया? हो सकता है यह कोई मातमी जुलूस हो। आख़िर लोग इतने ख़ामोश हैं। ऐसे मौक़ों पर किसी से यह पूछना कि जनाब, किसका इंतकाल हुआ है कितना बेहूदा लगेगा। पर थोड़ा साथ ही चलने पर और लोगों के चेहरे देख लेने पर मैंने अंदाज़ा लगा लिया था कि यह मातमी जुलूस नहीं है।

वह भीड़ अब तक एक खुले मैदान की तरफ़ जा रही थी। मैदान के बीचोंबीच एक अलाव-सा जल रहा था। अलाव के ऊपर दो लकड़ियों के सहारे एक बल्ली टिकी थी। उस बल्ली पर एक रस्सी झूल रही थी, जिसे मैं दूर से ही देख चुका था।

लोग चाहे चुप थे, लेकिन मुझे लगा, थे वे शाक़ीन, तमाशबीन। अलाव के पास पहुँच-पहुँचकर लोग बैठ जाते थे। अगली पात के बैठे लोगों के चेहरे आग

में दमदमा रहे थे। उनकी दमक ठीक वैसे ही थी, जैसी सेबों का रस बेचने वाली कंपनी के विज्ञापन में खड़े लड़के के चेहरे पर चमक होती है। लाल, सुंदर और स्वस्थ। वह ज़रूर उन जगहों का लड़का होगा, जहाँ बड़े लोगों के बच्चे रहते हैं। पर यहाँ, इस वक्त पिचके गालों वाले लोग थे। लगता था जैसे उनमें से कुछ लोग भूखे रहने के योगाभ्यास में दक्ष हों। आगे अलाव के पास बैठे लोगों की आँखों की चमक भी अजीब-सी चीज़ थी। जैसे परकोटों में फँसे पानी पर रोशनी का कोई अक्स पड़ रहा हो। झिलमिल-झिलमिल।

आख़िर ये लोग कौन थे? मैंने उन्हें पहचानने की कोशिश में आसपास के हरेक चेहरे को, अँधेरे में ही सही, गौर से देखना शुरू किया। इतने बड़े शहर में भीड़ में पहचान वाले का मिलना नामुमकिन नहीं है; पर ज़िंदगी फ़िल्मों की तरह संयोगों से भरी हुई नहीं है।

महीनों बाद मैंने इतने लोग एक साथ देखे थे। कुछ दिनों से जैसे मैं भूल ही गया था कि लोगों की तादाद इतनी है। यह मैदान भी अभी हाल ही में मैदान हुआ था। पहले यहाँ एक बस्ती थी। पर इससे क्या, अब इस वक्त मैं चीज़ों को नरेश के चश्मे से देख रहा था। वह अपना चश्मा मेरे घर छोड़ गया था। सचमुच लोग चुप थे।

और लोग अभी आ भी रहे थे। मेरे पीछे बहुत लोग खड़े हो गए थे। भीड़ और एक चुप भीड़ का दबाव बहुत भीषण होता है, यह सिर्फ़ अनुभव करने की चीज़ है।

मैं अनुमान लगाने लगा। शायद आल्हा के शौक़ीन लोग हों। पर यह मौसम और था। तब कोई जादू का खेल हो सकता है। आख़िर बल्ली और अलाव इन दोनों का क्या मतलब था। मेरी दिलचस्पी और जिज्ञासा दोनों इकट्ठी ही ख़त्म होने को थी कि तभी मैंने बल्ली पर चढ़े एक आदमी को देखा। दो और आदमी उसे थामने के लिए आगे आए, उस हल्की रोशनी में कुछ सूझा ही नहीं कि वे क्या कर रहे हैं। पर थोड़ी ही देर में एक आदमी उस पर उलटा लटका था। अलाव की रोशनी में उसके बाल सुनहले दीख रहे थे। उसका चेहरा दमक रहा था। वह ठीक वैसी ही दमक थी जैसी मैंने रसोईघर में बैठे, काम करते अपनी अम्मा के चेहरे पर वर्षों तक देखी थी। झुर्रियों से पटा अम्मा का चेहरा, ग़रीबी के अंक-अंक से चित्रित उनके चेहरे पर रसोई की आँच की दमक में अजीब क़िस्म की रोशनी आ जाती थी। उम्र के तय के लिए बहुत-से पड़ाव ओझल हो जाते थे।

मुझे उल्टे लटके आदमी का ख़्याल आया। उस सन्नाटे-भरी भीड़ में आदमी का आग के ऊपर सिंकना...मुझे याद आया। कहीं इसका 'रामतेल' तो नहीं निकाल

रहे हैं। मेरे पीछे एक आदमी टार्च की रोशनी में एक काग़ज़ पढ़ रहा था। अपनी दहशत छिपाने के लिए मैंने पीछे देखा तो काग़ज़ पर छपा था...क्या छपा था मैं ठीक-ठीक नहीं पढ़ पाया। कुछ-कुछ ऐसा था कि एक आदमी अपना गूँगापन ठीक करना चाहता है। आइए देखिए...ऐसी शैली में उस पर्चे पर कुछ हरफ़ मैंने देखे थे।

पीछे भीड़ इस तरह बढ़ रही थी कि मुझे साँस लेने में तकलीफ़-सी होने लगी। मैं कुछ बोलना चाहता था पर मुझे लगा, कुछ भी बोलना मुश्किल है। मैंने अपने गले पर हाथ फेरा और भीड़ से बाहर निकलने की कुलबुलाहट दिखाई। उस सन्नाटे से घबराहट बढ़ रही थी और दहशत-भरा दृश्य था उस आदमी का छटपटाना।

•

12

बाहर न भीतर

यह भी अच्छा हुआ। अब लेटे-लेटे मैं एक बहुत बड़े स्टेशन की अंदरूनी छतों की कड़ियों पर टिके कबूतरों के घोंसले और मधुमक्खियों के छत्ते देख रहा था। जिस जगह मैं लेटा था, वहाँ एक गोलाकार स्थल था। बिल्कुल गोल। जहाँ पर आदमी के हाथ पहुँच सकते—वहाँ तक दुनिया-भर के नाम लिखे हुए थे। किसी ने अपना पता, टेलीफ़ोन नंबर और किसी-किसी ने तो वहाँ वंशवृक्ष का पूरा इतिहास भी लिखा हुआ था। जो दो-तीन भाषाएँ मैं जानता था, उनमें गालियाँ, प्रेमिकाओं के नाम और मिलने की जगहों तक का ब्यौरा लिखा हुआ था। स्टेशन के उस बाहरी खुले आरामघर में अभी इतने खंभे थे कि अगर मैं पूरे महीने अपनी गाड़ी पकड़ने के लिए देर से आता रहूँ तो शायद उन चीज़ों को न पढ़ पाऊँ। बहुत सारे भावुक क़िस्म के लोगों ने कविता की पंक्तियाँ और शेरों के टुकड़े भी लिखे हुए थे। एक ने तो मनौती मानी हुई थी कि अगर फिर कभी इस शहर में आने का मौक़ा मिला तो मैं इस खंभे को फूलों की माला चढ़ाऊँगा।

गाड़ी छूट गई थी जब मैं स्टेशन पहुँचा था। टिकट मैंने पहले ही शहर की बुकिंग एजेंसी से ख़रीद लिया था। दूसरी गाड़ी का पता करने के लिए पूछताछ की खिड़की तक जाते-जाते मैंने तय कर लिया था कि दूसरी रात में या सुबह ही सुबह कोई गाड़ी जाने वाली होगी तो मैं रात स्टेशन पर ही बिताऊँगा। स्टेशन की बेंच पर सोना आरामदेह बेशक न हो, बहुत मुश्किल होता है, मैं यह बात मानने से इनकार करता हूँ। आख़िर वे बेंचें बनी ही इसलिए हैं कि कोई उन पर बैठे या लेटे। फिर सालों से, जबसे रेलें चालू हुई हैं, यानी मेरे जन्म से भी पहले से लोग उनमें बैठे-लेटे होंगे—शायद कोई, मेरे पुरखे...

बहुत खोजने के बाद भी मुझे प्लेटफ़ार्म के दूसरे कोने तक कोई ख़ाली बेंच नहीं मिली। लिहाजा मैं टिकट खिड़कियों से लगे खुले हाल में आ गया। उस जगमग हाल में लोग इस तरह बैठे हुए थे, जैसे अपने निजी कमरों में आराम के वक़्त बैठते हैं। टाँग फैलाए बूढ़े, एक तरफ़ को मुँह किए नौजवान और ख़ूबसूरत औरतें और लापरवाह क़िस्म के शोर करते बच्चे—उस शोर और भीड़ के माहौल में सोने और आराम की अपनी योजना पर मुझे हँसी आने को हुई।

फिर अपनी खोजी आँखों से मैंने एक गोलाकार खंभे के पास आदमी के लेटने-भर की ख़ाली जगह देखी। उस खंभे के एक ओर शीशे की पारदर्शी दीवालें थीं, जिससे स्टेशन पर आने वाली गाड़ियों का ख़ूबसूरत नज़ारा दिखाई देता था। दूसरी तरफ़ लाल ईंटों वाली बिल्डिंगें थीं, जो सामानघर, गोदाम और पुलिस स्टेशन को समाए हुए थीं।

ख़ाली जगह पर जाकर मैंने अपने अख़बार का आधा हिस्सा बिछाया और उस पर बैठ गया। अख़बार का दूसरा हिस्सा बिछाकर मैं लेट सकता था। लेटे-लेटे मैंने गोलाकार खंभों की ओर देखना शुरू किया–पास वाले खंभे पर नामों की क़तारें थीं। अच्छे और बुरे नाम। अच्छी और बुरी बातें।

लेटकर मैंने अंदरूनी छत का नज़ारा देखा। स्टेशन का असली इतिहास वहीं छिपा था। कड़ियों पर कबूतरों के झुंड के झुंड बैठे थे। उनकी आवाज़ों के सुर आरामघर के लोगों और गाड़ियों के बीच दबे हुए थे। छतों पर लगे जाले, कालापन और उखड़े पलस्तर को देखकर आसानी से स्टेशन के पुरानेपन को पहचाना जा सकता था।

अपना काला कोट उतारकर उसे कहीं सुरक्षित रखकर सोने का मेरा इरादा था, परंतु सुरक्षा की सिर्फ़ एक जगह थी और वह थी कि मैं उसका सिरहाना बना लेता। तब टाई ढीली कर कमीज़ के ऊपरी बटन खोलकर मैं आराम से सो सकता था। और इसी के साथ मैं एक ऐसे ख़्याल में खो गया, जिसमें गुम होकर घंटों बिताए जा सकते थे–वह ख़्याल था जब ख़ूब पैसे होंगे तो मैं किस तरह फ़र्स्ट क्लास वेटिंग रूम में सोया करूँगा–एकदम शेख़चिल्ली की मानिंद। शोर के बीच सोने के लिए तरकीबें निकालने में दिक्कत नहीं हुई। छतों पर सीलन से बनी रेखाओं के बीच लोगों के चेहरों की कल्पना करते-करते किसी भी क्षण नींद आ सकती थी। मसलन चर्चिल के चेहरे की तरह एक धब्बे के आसपास जब मैं दो गुलेल टाइप की अंगुलियों की खोज करने लगा तो मुझे लगा मैं बहुत थक गया हूँ। यही थकान बाद में नींद में बदल सकती थी।

इस थकान और इस नींद के ख़्याल को मैं दूसरे शहर में जाने और वहाँ के आराम की कल्पना से ढक देना चाहता था। मैंने मन-ही-मन तय किया कि अगली शाम और रात मैं जिस शहर जा रहा था, वहाँ के अच्छे होटल में बिताऊँगा। यह सोचते ही गाड़ी छूटने का मलाल और ज़मीन पर लेटे रहने की हीनता न जाने कहाँ ग़ायब हो गई। अपने शहर से बाहर जाने की ख़ुशी और सस्ते ही सही किसी होटल में रात बिताने का गोपनीय सुख, कुछ भी हो सब मजों से ऊपर था। ठीक जैसे अतीत के किसी कोने में पहाड़ों में बीते दिनों की याद, सुखकर यादों का भंडार सुरक्षित है–ठीक वैसी ही निजी और आत्मीय ख़ुशी हुई थी। बर्फ़ लदे पहाड़ों के दृश्यों की तरह एक चमक-भरी ख़ुशी।

अपने शहर की शामों से ऊबे मन के कोने में दूसरी जगह का ख़्याल भी रोमांटिक था। हालाँकि मालूम नहीं वह जगह कौनसी होगी। कई दफ़े तस्वीरें देखकर या अख़बारों में शहरों के बयानात पढ़कर लगता है कि सब शहर एक जैसे ही हैं। उन मकानों की, जो तस्वीरों में साफ़-साफ़ दीखते हैं, खिड़कियों की चौखटें भी एक जैसी हैं, गलियों और दुकानों के चेहरे भी वैसे ही हैं। तब निराशा होती, पर कुछ चीज़ें ऐसी थीं, जो हर शहर को दूसरे शहर से अलग करती हैं।

तभी शोर उभरा–उस आरामघर के उस शोर से अलग, जिसका मैं कुछ ही क्षणों में आदी हो चुका था, उस शोर के बीच सोचना रुक गया। मैं भूल गया कि कुछ सोच रहा था...

वह शोर ऐसा था, जो गाड़ियों की चीख़ों से भिन्न था। लोग बाहर की ओर भाग रहे थे। लाल कमीज़ों वाले कुली, बाबू लोग, सब बाहर की ओर भाग रहे थे। पहले मैंने सोचा, कहीं गाड़ियों की भिड़ंत हुई होगी या सर्कस के पिंजरे से कोई शेर भागा होगा। पर जैसे ही मैंने बाहर सड़क की तरफ़ देखा, मैंने पाया कि एक नौजवान को पीटते हुए लोग धक्का-मुक्की करते चले जा रहे थे।

सिर्फ़ यह जानने के लिए कि मामला क्या है, मैं उस भीड़ के पीछे, उसी अंदाज़ में चला। परंतु तब तक लोग थाने की बिल्डिंग तक पहुँच चुके थे। ठीक उस जगह के सामने, जहाँ मैं सोने की कोशिशों में व्यस्त था।

मैं वापस मुड़ा, क्योंकि दो पुलिसवाले भीड़ को तितर-बितर करने की तरकीबें इस्तेमाल कर रहे थे। उन तरकीबों में गालियाँ और धमकियाँ धारावाहिक रूप से सुनाई दे रही थीं। मैं धीरे-धीरे वापस आ रहा था कि किसी ने मेरे कंधे पर हाथ रखा, 'वकील साहब!...' वह पुलिस की वर्दी पहने एक सिपाही था।

मैंने अपने काले कोट की तरफ़ देखा, जिसकी वजह से उस पुलिसवाले को ग़लतफहमी हुई थी। मैंने फिर पुलिसवाले को गौर से देखा।

'हमारी मदद कीजिए साहब! मुंशी आज छुट्टी पर है और थाने का बाक़ी स्टाफ विदेशी मिनिस्टर की खिदमत में हवाई अड्डे गया हुआ है।'

'मैं...' मैंने उसे समझाना चाहा परंतु पुलिस वाले ने मुझे बीच में ही टोक दिया, 'आप चलिए साहब! मामला संगीन है। अफ़सर भी यहाँ कोई नहीं। आप ही क़ानून जानते हैं। अब इस भीड़ से निपटने के लिए ज़रूरी है कि कार्यवाही जल्दी करें।'

'पर...' मैंने उसे साफ़-साफ़ बताने की कोशिश की।

'पर-वर कुछ नहीं साहब। आप तो जाएँगे भी अब सुबह की ही गाड़ी से...फिर ज़रा आप चलिए तो सही। वरना भीड़ तो पुलिस चौकी को तोड़ डालेगी और आग लगा डालेगी।'

काफ़ी अविश्वसनीय मामला था। पुलिसवाला मेरे जैसे मामूली आदमी को वकील साहब समझे बैठा था। पुलिसवाले ने नम्रता में मेरे हाथ छुए और मुझे अपने पीछे चले आने का संकेत किया।

पुलिस चौकी अजीब-सी जगह थी। अंदर और बाहर बराबर भीड़ थी।

मेरे पहुँचते ही दो पुलिसवाले खड़े हो गए। उन्होंने आगे बढ़कर भीड़ को पीछे धकेलना शुरू किया।

एक बड़ी मेज़ के सामने एक नौजवान कुर्सी पर बैठा था। सामने एक लंबी मेज़ थी। उस बेंच पर स्कर्ट पहले एक चौदह-पंद्रह साल की लगने वाली लड़की बैठी थी।

'भागो-भागो...भीड़ क्यों लगा रहे हो...' बाहर पुलिसवाला दहाड़ रहा था। गालियों की बौछारों के बीच वह उन्हें धमकाने लगा, 'खड़े रहे तो एक-एक को अंदर बंद कर दूँगा। सूअरो, मुझे क्या देख रहे हो! फूटो यहाँ से।'

जो पुलिसवाला मुझे लाया था, वह अंदर आया और उसने मुझे पुलिस के लहजे में सलाम मारा, 'मेरा नाम सत्य वचन है सर! आपकी बड़ी मेहरबानी आप यहाँ आए।'

मैं हँसा, 'भाई मुझे करना क्या है—मामला तो बताओ!'

उसने एक लंबा रजिस्टर और क़लम मेरे सामने आगे खिसकाई, 'इनके बयान लिख दें हजूर! लौंडिया तो कुछ बकती ही नहीं। हमने इन्हें यार्ड में खड़ी ट्रेन के डिब्बे से रँगे हाथों पकड़ लिया, हजूर!' वह विजय-भाव से मुस्कराया।

'खड़े हो बे पाजी,' उसने बैठे हुए नौजवान को कहा। वह एकदम खड़ा हो गया। उसके खड़े होने के साथ डरी हुई लड़की खड़ी हो गई। मैंने देखा, उसकी स्कर्ट का एक किनारा और घुटनों के हिस्सों में ख़ून का कालापन जमा हुआ था। मामला मेरी समझ में आ गया था।

'रेप का केस है सर। इसके बयान लिख लें। यह बेईमान अपना नाम झूठ बताता है।' पुलिसवाले ने ज़ोर से हंटर उसकी पीठ पर मारा।

ठहरो भाई बयान तो लेने दो। जो यह कहता है, पहले वही लिख लेते हैं।'

उसने काँपती आवाज़ में कहना शुरू किया कि वह और प्रभा दोनों शहर से भाग रहे थे। दूसरे शहर में जाकर उनका रहने का प्रोग्राम था। आज ही शाम शिव मंदिर में उन्होंने शादी की थी। अब वे पति-पत्नी थे।

'पाजी!' पुलिसवाला चीख़ा, 'यार्ड के डिब्बे में क्या कर रहा था यह। सीधा-साधा रेप का केस है।'

बाहर भीड़ बेकाबू होती जा रही थी। स्टेशन के बाहर की चमकदार रोशनी में लोगों के सिर ही सिर दिखाई दे रहे थे।

मैंने उस लड़की से पूछा, 'डरो नहीं, सच-सच बता दो'

लड़की मेरे नरम व्यवहार को देखकर रोने लगी। रोते-रोते बोली, 'जो इन्होंने कहा, वही सच है।'

'तुम्हारी उमर क्या है?' पुलिसवाला बोला।

'अठारह साल।'

'झूठ!' पुलिसवाला आवेश में आ गया।

मुझे उसका बीच में बोलना अखर रहा था।

मैंने लड़की के बयान लिखे। जब उसने पता लिखाया तो पुलिसवाला परेशान हो गया। वह पटेलनगर के मजिस्ट्रेट की लड़की थी। पुलिसवाला चुपचाप बाहर की भीड़ को धमकाने लगा। उसकी आवाज़ मुझे साफ़ सुनाई दे रही थी, 'भागो यहाँ से। कुछ नहीं हुआ भाई लड़की रास्ता भूल गई थी। उसे लड़का यहाँ छोड़ने आया है। यही जगह तो है जहाँ से आदमी...'

'क्या तुम्हारे घर फ़ोन करूँ?' मैंने लड़की से पूछा।

वह ज़ोरों से चिल्लाई, 'नहीं हमें छोड़ दीजिए।'

'आप लोग आराम से बैठे रहें।' मैंने उन्हें समझाया और खुद डायरेक्टरी में उसके पिता का नंबर खोजने लगा। तभी एक दूसरा ही पुलिसवाला आ धमका, 'पहले डाक्टरी मुआयना होगा।' वह बोला।

लड़की रोने लगी।

'नहीं। मैं कोई मुआयना नहीं कराऊँगी।'

मैंने पुलिसवाले को अपने पास बुलाया और उसके कान में मजिस्ट्रेट का नाम बताया तो वह खिसिया गया और उसने लड़की तरफ़ हाथ जोड़ दिए।

बाहर भीड़ का ज़ोर कम हो गया और मैं सोचने लगा कि अब किसी बहाने से खिसकू और खंभे के पास जाकर सो जाऊँ कि तभी भीड़ का एक और रेला थाने की तरफ़ आता दीखा। पुलिसवाला अपना डंडा उठाकर बाहर की तरफ़ भागा। कुछ ही मिनटों में घास का गट्ठर उठाए दो गाँव वालों को वे लोग अंदर ले आए।

'पाजी, अफ़ीम का व्यापार करते हैं सर। यह देखो...' पुलिसवाले ने काली पोटली हाथों में नचाई, 'जेब से अफ़ीम बरामद की है।'

'माई-बाप,' पहले वाले आदमी ने गट्ठर नीचे पटककर कहा, 'हम तो अफ़ीम को जानते भी नहीं। इस हवलदार ने जबर्दस्ती मेरी जेब में ठूँस दी माई-बाप।' वह आदमी रोने लगा।

'सूअर, झूठ बोलता है। अभी चमड़ी के अंदर की अफ़ीम निकालता हूँ।' पुलिसवाला गुर्राया।

'चुप रहो,' मैंने कहा, 'बयान लिख लेने दो।'

'बयान की क्या ज़रूरत है हजूर,' वह हँसते हुए बोला, 'अफ़ीम तो इसकी जेब से बरामद हुई। गवाह सामने थे हजूर,' उसने हाथ से बाहर किसी को इशारा किया।

दो आदमी अंदर चले आए। मेरे कुछ पूछने से पहले ही उनमें से एक बोला, 'मेरे सामने इसकी जेब की तलाशी ली थी साहब! इसके पास अफ़ीम थी।'

मैंने अविश्वास से उसकी तरफ़ देखा, तो दूसरा जल्दी से बोला, 'हम झूठ नहीं बोलते साहब! रोज़ रात को हम गवाही लिखाते हैं।'

मैं कुछ कहता इससे पहले ही पुलिसवाले ने आदेश दे दिया, 'चलो बैठो उस जगह पर।' और वह खुद उनके पास चला गया और कुछ फुसफुसाने लगा।

गट्ठरवाला पहला आदमी रोनी आवाज़ में अलापने लगा, 'माई-बाप, मेरे पास बीस रुपये कहाँ हैं? कहाँ से दूँ आपको?'

उनका मामला मेरी समझ में आ गया। पुलिसवाले रिश्वत माँगते होंगे। तभी मैंने लड़की की तरफ़ देखा। मुझे टेलीफ़ोन नंबर खोजने की याद आई। मैंने नंबर खोज निकाला और उसके घर फ़ोन मिलाया। घंटी बड़ी देर बजती रही। काफ़ी देर बाद एक गुर्राने वाली मर्दाना आवाज़ ने पूछा, 'कौन, मैं मजिस्ट्रेट बोल रहा हूँ।'

'मजिस्ट्रेट साहब, मैं स्टेशन थाने से बोल रहा हूँ। आपकी लड़की यहाँ बैठी है।'

'शट अप...' उस आवाज़ ने कहा।

'आप आइए तो सही जल्दी, रेप का मामला है।'

'तुम हो कौन?'

मैंने अपना नाम बताया तो वहाँ से एक गंदी गाली मिली और फ़ोन कट गया।

फ़ोन कटने पर मुझे हैरानी हुई और जैसे-जैसे मैंने इस बारे में सोचा मुझे लगा, मैं थक रहा हूँ। बाहर भीड़ थी। सामने आरामघर में लोगों की चहल-पहल वैसी ही थी, खंभे के पास की जगह अभी ख़ाली थी और मैं वहाँ जाने के बारे में गंभीरता से सोचने लगा।

लंबे-ऊँचे क़द का एक आदमी अचानक दौड़ता हुआ मेरी मेज़ के पास आकर खड़ा हो गया। 'वे मुझे मार डालेंगे। बचाओ...मुझे बचाओ।' उसकी चिल्लाहट के बीच ही बाहर से कुछ लोग आकर खींच ले गए थे। मैं मामला समझने की फिराक में ही था कि बाहर जमा लोगों में से कुछ लोग चिल्लाए, 'मार डाला बेचारे को। चाकू से पेट फाड़ डाला।' उस आदमी की चीख़ें इतनी भयानक थीं कि कुछ ही क्षणों में वहाँ सन्नाटा छा गया था। जैसे लोगों के तालू चिपक गए हों।

पुलिस के सिपाही ने मुझे पूरी वारदात बताई। कुछ टैक्सी ड्राइवरों ने एक ड्राइवर का ख़ून कर दिया था। 'आप तो गवाह होंगे साहब!' सिपाही मेरी तरफ़ देखकर मुस्कराया। 'कई गवाहियाँ बड़ी कमाई की होती हैं, वकील साहब!'

'अच्छा भई, मैंने बयान लिख दिए हैं।' मैं घबराहट में जाने के लिए उठा तो पुलिसवाला फिर हँसा। उसकी हँसी में व्यंग्य था या कोई और घटना घूम रही थी मैं नहीं पहचान पाया।

'अब आप जा नहीं सकते साहब! पूरी कार्यवाही के बाद जाएँगे। बाहर लोग तो फ़ैसला सुनने के लिए उतारू हैं।'

पुलिसवाले का वाक्य पूरा हुआ तो तभी असाधारण शोर की एक हल्की-सी अनुगूँज हुई। ज़रूर कहीं कुछ हुआ होगा। मैंने कुर्सी पर बैठे-बैठे एक तरफ़ देखा। रेलवे अधिकारी कुछ नौजवानों को लिए आ रहे थे। रोशनी में सिर्फ़ उनके सिर दीख रहे थे। उनके चेहरे नहीं दीख रहे थे।

'बिना टिकट सफ़र करने वाले लोग है,' पुलिसवाले ने ही मुझे सूचना दी।

'अच्छा?' मैंने अपने आलस को छिपाकर उसका उत्साह बढ़ाने के लिए आश्चर्य प्रकट करने जैसी मुखमुद्रा बनाई।

'पर इनकी रिपोर्ट नहीं लिखनी,' वह बोला 'यह तो हम खुद निपट लेंगे! हमेशा का धंधा है साहब! इन लौंडों ने तो पैसे नाड़े के छेदों में छिपाकर रखे होंगे। सब निकाल देंगे साहब!'

टिकट कलैक्टर अंदर आया और उसने मुझे सलाम बजाया। मैं पहले समझ ही नहीं पाया। परंतु सलाम करने के बाद वह एकदम पुलिसवाले की बगल में जा खड़ा हुआ। उन लोगों ने आपस में कुछ खुसुर-फुसुर की और लगा जैसे मामला तय हो गया हो।

मैंने बाहर खंभे की तरफ़ देखा–वहाँ कोई आदमी ठीक उसी ढंग से लेट गया था जैसे मैं लेटा हुआ था। अचानक किसी को वहाँ देखकर ज़्यादा थकान महसूस हुई पुलिस थाने के बाहर जो भीड़ थी, वह धीरे-धीरे कम हो गई थी। दो-चार बूढ़े और फ़ालतू क़िस्म के कुली वहाँ ज़रूर खड़े थे। पर उनकी मुद्राएँ ऐसी थीं, जैसे वे दातुन-कुल्ला कर रहे हों और यह सोचकर खड़े हों कि लगे- हाथों तमाशा भी देख लिया जाए।

तब मुझे मालूम हुआ कि सुबह हो गई। नियोन रोशनियाँ धीमी और फीकी पड़ने लगी थीं। ताज़ी हवा उन बासी बत्तियों को जैसे स्वादहीन करार करने के लिए चल पड़ी हो।

सुबह हो गई थी। वही शायद मेरी ट्रेन का टाइम था।

'मुझे ट्रेन पकड़नी है,' मैं हड़बड़ाहट में उठा और मैंने अपना कोट ठीक किया। काले कोट पर कुछ सफ़ेद दाग लग गए थे, जो सीधे-सपाट दिखाई देते थे। रात

के अँधेरे में मुझे पता भी नहीं चला वे दाग कब, कैसे लगे होंगे। लड़की बेंच पर सोई हुई थी। लड़का जाग रहा था। दो-तीन और लोग जो कमरे में थे वे अजनबी-से दिखाई दे रहे थे।

मेरे उठने और आगे बढ़ने के साथ ही पुलिस की बड़ी गाड़ी दरवाज़े पर आ खड़ी हुई थी।

'मजिस्ट्रेट आ गए।' पुलिसवाला बोला।

लड़की जाग पड़ी थी। मैंने कमरे की तरफ़ देखा–शायद हवा की वजह से मेज़ के कागज़ भी फड़फड़ कर रहे थे। शायद मजिस्ट्रेट के आने से सब चीज़ों में ज़िंदगी आ गई थी।

'कौन है वह हरामी,' मजिस्ट्रेट की घरघराती आवाज़ पुलिस गाड़ी से उतरने वाले लोगों के बीच गूँजी, 'किसने मुझे फ़ोन दिया था?'

मैं दरवाज़े से हटकर खड़ा था, पर था बीच में, हिरण्यकश्यप की तरह बीच में। सुबह और रात के ठीक बीच में। अब वे लोग कुछ फुसफुसा रहे थे। ज़ाहिर है, मजिस्ट्रेट और पुलिसवाले मुझे फाँसने की योजना बना रहे थे। मैं ठीक बीच में खड़ा था। न बाहर और न भीतर।

•

13

फूल कह रहे हैं

बिल्कुल सपने की तरह था।

कि आपने कभी सोचा ही न हो। जैसे आपके पंख लगे हों और आप घाटियों-घाटियों की उड़ान भर रहे हों–ठीक ऐसे ही यक़ीन न आने वाली घटना थी। उस वक़्त मैं अख़बार खोले, पाँव तिपाई पर टिकाए अख़बार में किसी ऐसी ख़बर की तलाश में था, जिस पर दिन-भर तरह-तरह की अटकलें लगा गप्पी दोस्तों के बीच दुपहर और शाम बिता सकता। पर सुबह का वह अख़बार शाम के अख़बार की तरह बासी लग रहा था। न कुछ दिलचस्प ख़बरें थीं, न कोई ऐसा विज्ञापन जिसे पढ़कर थोड़ी देर के लिए ही सही अपना भविष्य सुखदाई लगता है। मसलन कोई ऐसा ऐलान कि सरकार नागरिकों के लिए सुंदर घर बनाने की योजना पर विचार कर रही है, थोड़ी देर के लिए ही ख़ुशी की एक लहर ले आती है कि देर-सवेर ही सही हमारे लिए भी यह सरकार कुछ करने वाली है।

लेकिन सारे अख़बार में ऐसी भी कोई ख़बर नहीं थी। उस दिन बिल्कुल एक घटनाविहीन अख़बार हाथ लगा था। कुल मिलाकर एक बड़े क़वि की मौत की ख़बर थी और वह भी पाँचवें पृष्ठ के आख़िरी कालम में। जैसे सिर्फ़ यह दायित्व पूरा करने की थी कि आजकल के अख़बारों का ज़िंदगी और साहित्य से क़ोई रिश्ता है। मैं हैरान था इस अहसास पर कि जैसे वह ख़बर मैं तीसरी बार पढ़ रहा होऊँ। हाँ, तीसरी बार। शायद वर्षों पहले यूनिवर्सिटी के दिनों, जब उस कवि की कविताएँ इम्तिहान के सिलसिले में लाजिमी थीं, पढ़ते हुए मुझे लगा था कि यह किसी दिवंगत कवि के उद्‌गार हैं। यह तो मुझे बाद में पता चला कि बुढ़ापे की दिशा में अग्रसर वे कवि अभी जीवित हैं और इन दिनों कोई बड़ी चीज़ लिख रहे हैं। दूसरी बार वह अहसास अचानक खोले गए रेडियो पर उन कवि महोदय की कविता-पाठ की घोषणा सुनकर हुआ था। हो न हो, कवि महोदय विदा हो गए हों और अब...

फिर भी, कुछ न पा सकने पर मैं एक शिकारी की तरह ख़बर खोज रहा था। इस उम्मीद के साथ कि हर अच्छी ख़बर या हर हौलनाक ख़बर पहले सिर्फ़

दो-तीन पंक्तियों में होती है और फिर कई-कई दिनों अखबारों के पन्ने के पन्ने उस ख़बर के विस्तार से भरे होते हैं। कम-से-कम किसी दिलचस्प ख़बर पा लेने की यह अपेक्षा भी किसी कौतुक से तो कम नहीं!

तभी निचले तल्ले से किसी ने जैसे मेरा नाम पुकारा। एक क्षण अख़बार में आँख गड़ाए रखने में जैसे कोई बाधा आई हो, पर दुबारा कोई आवाज़ नहीं आई तो मैंने फिर अख़बार की सतरों पर गौर से देखना शुरू किया। लेकिन कुछ ही देर बाद मुझे ज़ीने पर कुछ आदमियों के चढ़ने की, जूतों की जुतजुताहट की ज़ोरदार आवाज़ सुनाई दी। जैसे आनेवाले लोगों को बहुत जल्दी हो। बिना दरवाज़े पर थाप दिए वे सीधे कमरे में घुस आए। वे पुलिस के सिपाही थे।

बहुत बेरुख़ी से, मेरे उठते-उठते ही आगे वाले सिपाही ने पूछा, 'उनियाल क़ौन है?'

रस्मी मुस्कराहट में मैंने बात पूछने की गरज से कहा, 'कहिए क्या हुक्म है?'

'तो क्या...तुम...आप ही उनियाल हैं?' उसी पुलिसवाले ने रुककर कहा, जैसे वह उचित सर्वनाम की तलाश में हो।

'जी!...' मैंने हैरानी में उन सबको देखना शुरू किया। उन सबमें थोड़े-से बड़े अफ़सर जैसे लगने वाले आदमी ने अपनी जेब से ख़ाकी, मटमैला काग़ज़ निकालकर मेरे हाथ में थमाया। उस पर भद्दे, मुश्किल से पढ़े जाने वाले लहजे में कुछ टाइप किया हुआ था।

मुझे ठिठका देख, अफ़सरनुमा आदमी ने कहा, 'आपके नाम वारंट हैं। आपको इसी वक़्त पुलिस थाने चलना पड़ेगा।'

मैंने फिर काग़ज़ पढ़ने की कोशिश की। मेरे नाम के नीचे साइक्लोस्टाइल इबारत थी, जो पढ़ी नहीं जा सकती थी।

'अभी,' मैंने अफ़सरनुमा पुलिसवाले से पूछा, 'पर... ।'

'पर-वर कुछ नहीं साहब! आप जल्दी तैयार हो लीजिए, किसी को ख़बर करनी हो तो वह भी जल्दी कर लीजिए।'

दूसरा पुलिसवाला मेरे पास आया और बहुत उदारता से बोला, 'अच्छा हो आप किसी को यह भी इत्तिला दे दें कि वह आपकी जमानत की तैयारी कर लें। मामला सुबह ही सुबह मजिस्ट्रेट के सामने लग जाएगा।'

उनकी बातें सुनकर मैं समझ ही न पाया कि उन्हें मेरी ज़रूरत किस सिलसिले में हो सकती है। मुमकिन है कोई ग़लतफ़हमी हो। मुमकिन है किसी ने कोई ग़लत बयान दे दिया हो।

पर यह एकदम सपने की तरह था। यक़ीन न आने वाली बात।

'थाने चलकर आपको सब-कुछ पता चल जाएगा,' अफ़सर ने कुछ-कुछ व्यंग्य के लहजे में कहा फिर अतिरिक्त उदार होकर बोला, 'बस, तहक़ीक़ात करनी

है।' फिर वह मेरी ओर देखकर हँसा, 'आपको सारा मामला समझ आ जाएगा।' वह ज़्यादा ही विनीत हो गया था। जैसे मेरे घर में वह विनीत पुलिस-व्यवहार सप्ताह मनाने का पूर्वाभ्यास कर रहा हो।

'लेकिन कोई कारण भी तो हो?'

'बेहतर हो कि पूछताछ का काम थाने में ही हो। हमें तो वायरलेस पर ख़बर मिली कि आप उन लोगों में से एक हैं; जिन्होंने प्रधानमंत्री की कार रोकी और झगड़ते हुए मारपीट का काम किया,' कहकर पुलिस वाला हँसा।

कल शाम...मैं शाम को कहाँ-कहाँ था? याद करने लगा। लाइब्रेरी से किताब हाथ में ले मैं चाय पीने के लिए एक ढाबे में रुका। फिर चौराहे के बीच बने पार्क में कुछ देर सुस्ताया। ताश खेलने वाले फालतू लोगों को झाँकने के अलावा शाम मैंने कहीं नहीं बिताई हाँ, याद आया, चौराहे के पास कुछ देर के लिए कुछ कारें रुक गई थीं; और निहायत ड्रामाई अंदाज़ में शायद कुछ नौजवानों के एक-दो नारे लगाये थे।

शायद वहीं प्रधानमंत्री की कार रोकी गई होगी? भीड़ कुछ ही देर में छँट गई थी और मैंने घर लौटते हुए देखा था, उनमें कालेजों में पढ़ने वाले नौजवानों की शक्लें ज़्यादा थीं। लौटते हुए मुझे ऐसा लगा, ठीक वैसा ही अब याद आ रहा था कि जैसे कुछ बैंड-बाजे हों, क्योंकि जो धुन बज रही थी, वह अक्सर शादियों में विदाई के अवसरों पर बजती रहती है।

शरारतन मेरे ओठों पर हँसी आई और मैंने मन-ही-मन खुद से कहा, लो बेटा, हुई न सनसनीखेज़ ख़बर। कभी कल्पना भी नहीं की थी कि घर में पुलिसवाले आ!एँगे! और वह भी ऐसी वारदात के बहाने, जिससे कोसों दूर मेरा रिश्ता न था।

निश्चित रूप से ऐसी ख़बर के सामने अख़बारों की, पिछले सालों की ख़बरें कितनी निस्तेज़ लगती हैं। उस वक़्त मैं ध्यान ही नहीं दे पाया कि मैं कितना डरा, पाँव कितने काँपे।

पूछताछ के पहले दौर में शायद चालीस से भी ज़्यादा वक़्त मैंने यह दुहराया कि 'मुझे नहीं मालूम', 'मैं नहीं जानता।'

हारकर पुलिस अफ़सरों ने अपनी आँखें लाल कीं। और उस वक़्त तक सारे मामले को मामूली समझते, नाजुक समझने की कोशिशों में मैं थाने की चहल-पहल की तरफ़ ज़्यादा देखता रहा थाना मुंशी अपने अफ़सरों के होते हुए भी चपरासियों पर गरज रहा था, 'ओ ए माँ कं...अगर क़लम न मिली तो मैं रोज़नामचा किससे लिखूँगा? सालो, पुलिस थाने में रिपोर्ट लिखी जाने वाली क़लम ही गुम हो जाए तो...'

मुंशी के समकक्ष एक सिपाही रस लेने की नीयत से बीच-बीच में बोल पड़ता था, 'चौधरी, आज तुम्हारी क़लम गई और कल तुम्हारी...।'

'हरामियो, क़लम न मिली तो तुम्हें यही गाड़ दूँगा।' थाना मुंशी बोलते-बोलते थक गया था। बेहद सुरक्षित जगह में वह कितना अरक्षित है।

'देखो!' पुलिस अफ़सर ने अपनी हथेलियाँ बिछाकर कहा, 'केस इतना संगीन है कि तुम कम-से-कम तीन साल जेल में बंद रहोगे और पुलिस ने किसी दूसरे केस में धर लिया तो कभी-कभी तो ज़िंदगी-भर अंदर ही रहना पड़ता है।'

डर या अपनी कमज़ोरी की वजह से अब मामले की गंभीरता मेरी समझ में आई और समझ में आते ही थाने की चहल-पहल जैसे मेरी आँखों से ओझल हो गई।

पुलिस अफ़सर ने तजवीज रखी कि अगर मैं अपने दस साथियों के नाम बता दूँ तो वह मुझे वायदामाफ़ गवाह बना देगा और मैं बाइज़्ज़त बरी हो सकता हूँ। मेरी आँखों में झलके छोटे-से अविश्वास के बिंब को जैसे उसने पकड़ लिया। बोला, 'यह देखो फ़ाइलें। तुम्हें पता चल जाएगा कि कैसे-कैसे संगीन जुर्मों में थोड़ा बता देने वाले आदमी भी बरी हो जाते हैं।'

मैं जानना चाहता था। उन्होंने किसकी सूचना पर मुझे पकड़ा कि तभी रोते-बिलबिलाते एक नौजवान को थाने का सिपाही बेरहमी से पीटते हुए लाया। थाना मुंशी भी लपककर उस नौजवान के सामने गया और उसने भी दो-चार धौल इस कदर कसकर जमाए कि मैं अपने भविष्य के बारे में अचानक शंकालु हो उठा। अब पूछने की इच्छा नहीं हो रही थी, सिर्फ़ उस नौजवान का रोना महत्त्वपूर्ण हो उठा था।

'तो सोच लो...सोच लो,' पुलिस अफ़सर मेज़ से उठा और नौजवान के सिर के बाल पकड़ सीधे मेज़ की तरफ़ ले आया।

'क्यों बे उल्लू के पट्ठे,' पुलिस अफ़सर ने उसकी गाल पर ज़ोरदार थप्पड़ मारा, जिस बेरहमी से पुलिस के लोग हाथ सेंक रहे थे उसे देखकर मुझे लगा कि शायद कुछ देर बाद यही प्रयोग मुझ पर हो सकता है।

इस वक़्त तक वहाँ चार-पाँच ऐसे ही चेहरे आ गए थे, जिन पर डाँट-डपट, धौल-मुक्का उन्मुक्त होकर प्रयुक्त किए जा रहे थे।

आप सोच सकते हैं ऐसे मे मेरा दिमाग़ क्या काम कर सकता था...मन-ही-मन मैंने अपने तमाम दुश्मनों की एक सूची बनाई यही मौक़ा था, जब मैं सबको फँसा सकता था। बस, सारे मामले की एक विश्वसनीय कहानी मुझे गढ़नी थी।

और दूसरी सुबह के अख़बारों में वह आत्मस्वीकृति थी, सुर्खियों में मेरा नाम था। और तस्वीर थी कुछ ऐसी मुद्रा में जैसे मैं हत्यारों के किसी गिरोह का सदस्य हूँ।

पहली बार हैरान हुआ कि मेरी गढ़ी हुई कहानी को पत्रकारों ने किस रोचकता से ढक दिया था।...बिल्कुल फ़िल्मी ढंग से पार्क के एक कोने से सड़क पर जमा नौजवानों के हाथों में लाठियाँ, खुखरियाँ तो थीं ही। रंगीन क़िस्म का बैंड भी था, और सबके चेहरे किसी-न-किसी रंग से पुते हुए थे। उन लोगों ने पहले तो प्रधानमंत्री के ख़िलाफ़ नारे लगाए और फिर प्रधानमंत्री का गिरेबान खींच उन्हें बाहर निकाल लिया। बड़ी मुश्किल से, बिना हथियार इस्तेमाल किए छोटे-से सुरक्षा दस्ते ने, जो प्रधानमंत्री के पीछे जीपों पर सवार था, इस स्थिति पर काबू पाया। प्रधानमंत्री का मुस्कराता चित्र अख़बार का ज़्यादा हिस्सा घेरे हुआ था।

फिर उसी थाने में एक-एक कर मेरे दुश्मन, हैरत में, परेशानी में डरे-डरे पहुँचने शुरू हुए, जो जिस मुद्रा में पकड़ा गया, वह ठीक वैसे ही लाया गया। ग़रीब-सा लगने वाला वह नाई भी धीरे-धीरे थाने के अंदर आया, जो अक्सर मुझे देर तक अपनी दुकान में बिठाये रखता। अब बच्चू को पता चलेगा कि एक शरीफ़ आदमी को सताकर क्या सज़ा पाई जा सकती है?

उसका कसूर सिर्फ़ यही नहीं था कि वह मुझे मेरी पारी पर बैठने ही नहीं देता, बल्कि वह उन लोगों को मेरी पारी दे देता जो उस मुहल्ले के धनी-मानी लोग थे। मुझे उन लोगों से नफ़रत थी। वे बेहद भले-से लगने वाले लोग थे, लेकिन अपने नौकर-नौकरानियों को अक्सर पीटा करते थे। मैं सोचा करता, वे ग़रीब नौकर, जो बीमार, थके हुए, बिल्कुल मरने-मरने वाले-से लगते, सिर्फ़ उन मोटे पैसे वालों की वजह से धीरे-धीरे ख़त्म हो रहे हैं। नाई की पैसे वालों से सहानुभूति कभी-कभी मुझे इतनी चिढ़ाती थी कि मैं मन-ही-मन उसे ढेरों गालियाँ देता रहता कि इतने में मेरी बारी आ जाती और मैं शीशे पर प्रतिबिंबित शिव जी के केलेंडर में साँपों के विभिन्न घुमाव देखने लगता। वे साँप थे, जो शायद मेरे और दूसरे लोगों के रोंगटे खड़े कर देते, लिहाजा, गाल, दाढ़ी बहुत साफ़ करते।

नाई से मेरी ज़्यादा दुश्मनी नहीं थी, पर एक दस्ते की गिनती पूरी करने के लिए उसका नाम शामिल करना पड़ा था। फिर पुलिसवालों के लिए चाकू, उस्तरों का जो महत्त्व बनने वाला था, उसकी बात सोचकर मुझे अपनी दूरदर्शिता पर ख़ुशी हुई।

मेरा सबसे बड़ा दुश्मन वह स्कूल मास्टर था, जो अब बूढ़ा हो गया था और रिटायर्ड ज़िंदगी बिताने वाला था। वर्षों पहले उसने मुझे नौवीं जमात में फेल सिर्फ़ इसलिए किया था कि मैं ट्यूशन नहीं कर सका था। स्कूल में विद्यार्थियों के जत्थे-के-जत्थे मास्टरों के घर शाम को ट्यूशन पढ़ने जाते और साल के आख़िर में गुरु-दक्षिणा के स्तर से अच्छे नंबर पाते। मैं जो ख़ुद को सबसे लायक़ समझता था, नौवीं में सिर्फ़ उस मास्टर की वजह से फेल हुआ था। पुलिसवालों की

पढ़े-लिखे लोगों के प्रति नफ़रत और मास्टरी जैसे बेहतर पेशे में से भी अपराधी खोज निकालने की तत्परता थी कि वे सबसे पहले मास्टर को पकड़ लाए थे।

कोने की तरफ़ कूबड़ निकला मेरा दुश्मन, उस दफ़्तर का बड़ा बाबू था, जिसने कुछ सालों वजीफ़े के सिलसिले में मुझे सताया था। और लोग थे, जिनमें मेरे मुहल्ले का डबल रोटी बेचने वाला और मेरा पड़ोसी जिसकी बीवी अक्सर मुहल्ले में सबसे लड़ा करती थी। बाक़ी मेरे जैसे लेखक के रास्ते में आने वाले नामी-गिरामी लेखक थे। वे लेखक थे जिनके अपने लेख व्यवस्था की कड़ी आलोचना करते थे। लिहाजा मेरे बिना ज़्यादा कहे पुलिस ने ख़ुद उन पर बड़े-बड़े आरोप लगा लिए थे।

आख़िरी नाम ड्रामा कंपनी के एक लेखक डायरेक्टर का था। उसे मैंने एक पुरानी अदावत के बहाने जोड़ लिया था। कुल मिलाकर क़िस्से का सरगना उसी को बनाना अच्छा था, क्योंकि वह ड्रामाई अंदाज़ में सड़क रोकने, ड्रामाई कपड़े सुलभ कराने और पार्क में सिर्फ़ नाचने-गाने वालों की टोली का भ्रम देनेवाले कारनामों में सफल आदमी हो सकता था। भीड़ के कुछ चश्मदीद गवाह पुलिस ने ख़ुद जुटा लिए थे। सारे मामले को राजनीतिक रंग देने का काम भी पुलिस को देना था। क्योंकि अगर प्रधानमंत्री की हत्या के प्रयास को विपक्षी राजनीति का करतब न घोषित किया जाता तो ख़बर का राष्ट्रीय-अंतर्राष्ट्रीय महत्त्व क्या रह जाता?

इनमें से कुछ लोगों को क्या सज़ाएँ हो सकती हैं, जब मैंने पुलिस के बड़े अफ़सर से पूछा, तो बहुत दोस्ताना अंदाज़ में वह बोला, 'अब आपने हमारी इतनी मदद की है तो आप कहें तो सालों को एक-एक को जन्म क़ैद करवा दूँ। बस, बम फेंकने का एक क़िस्सा और जोड़ना पड़ेगा।'

अचानक मुझे पछतावा हुआ। इसलिए नहीं कि मैंने लोगों को ग़लत-सलत फँसा दिया था बल्कि इसलिए कि मेरे दिमाग़ में पक्के दुश्मनों के वे नाम याद आ रहे थे, जिन्हें लंबी सजाएँ दिलाकर कुछ तसल्ली मिलती। ऐसे लोग असंख्य थे, जिनसे मामूली अदावतें थीं।

आश्चर्य था कि मेरे दुश्मनों की तादाद बहुत ज़्यादा थी। आश्चर्य यह भी था कि मेरा कोई दोस्त नहीं था। ऐसा दोस्त, जिसे बचाने की मुझे कभी फिक्र हो सकती थी।

मेरे दिए नामों के अलावा बहुत-से लोग और थे, जिन्हें पुलिसवाले अपनी-अपनी अदावत की वजह से ले आए थे। वे बेकसूर लोग थे, वे पैसे वाले या अपराधी लोग नहीं थे।

यहाँ से पछतावे की हल्की-सी लहर आई थी। मैं उन लोगों को फँसवाना चाहता ज़रूर था, जो अपराधी थे पर हम जिन्हें पहचानते नहीं थे वे लाला लोग

जो धड़ाधड़ लोगों से पैसे ऐंठते थे। वे गुंडे जो मुहल्लों की ज़िंदगी अपने इशारों पर चलाते थे।

बड़ी जेल में आकर अपराधियों की लंबी क़तारें देखकर भी मुझे पछतावा हुआ। न जाने कितने लोग उनमें से मेरे जैसे फ़र्जी लोगों की वजह से गिरफ़्तार हुए होंगे। उनके घर वाले ठीक मेरे घरवालों की तरह से ग्लानि और डर की ज़िंदगी बिता रहे होंगे।

जेल में बेकसूर लोगों के बारे में सोचकर मुझे लगा कि असली कसूरवार लोग तो बाहर हैं और अंदर इस अल्पसंख्या में ज़्यादातर बेकसूर लोग। सिर्फ़ इस दीवार के पार उन्मुक्त हवा में कसूरवार अपराधी मज़े ले रहे हैं।

मैं वायदामाफ़ी की इंतज़ार में हर रोज़ अख़बार में वे दो पंक्तियाँ खोजता हूँ।

फँसे हुए लोग मुझे अविश्वास और डर से देखते। वे ना-नुकर करते रहने वाले लोग न जाने क्या बातें करते होंगे, क्योंकि मेरे पास आते ही वे चुप हो जाते। चुपके से दूसरी तरफ़ देखने लगते। बहुत मुमकिन हो वे भाग्य और ईश्वर पर भरोसा रखते हों।

यहाँ अकेले कमरे में बैठकर मैं सिर्फ़ बाहर के बारे में सोचा करता। अख़बारों के पन्नों पर किसी सनसनीखेज़ ख़बर का इंतज़ार जैसे ख़त्म हो गया था। खाना लाने वाला जमादार हँसकर अंदर आता और कहता, 'साहब, बाहर भी इसी तरह फूल खिले होंगे?' तब मैं जेल के बगीचे की ओर देखता। हवा में हिल-हिलकर फूल जैसे कह रहे होते।...

•

14

सड़क पर

सड़क के किनारे भीड़ जमा थी। वह मामूली भीड़ नहीं थी, क्योंकि मैंने दूर से नरमुंडों की उस जमात को देखकर अंदाज़ा लगा लिया कि ज़रूर कोई ख़ास मामला होगा। हालाँकि कई मौक़ों पर भीड़ बड़ी भी हो, लोग चुपचाप भी खड़े हों, बच्चे लोगों की टाँगों के नीचे सिर फँसाए खड़े हों और लंबोतरे नौजवान उचक-उचककर देख रहे हों–वहाँ जाकर सारा उत्साह ठंडा पड़ जाता था, क्योंकि उस जगह कोई दवा बेचने वाला नसीहत से भरा भाषण दे रहा होता या कोई दो आदमी एक-दूसरे को गंदी-गंदी गालियाँ दे रहे होते। तब निराशा भी होती और ज़रूरी काम के बहाने रुकने के सभी मंसूबे कमज़ोर पड़ जाते।

भीड़ देखकर हमेशा की तरह थोड़ी देर के लिए मैं अपना ज़रूरी काम भूल गया था। लोग चुप नहीं थे, इसलिए वे पेशेवर तमाशबीन नहीं थे। वे हम सब लोगों की तरह कुछ-कुछ फालतू लोग थे। उस वक़्त अपने फालतूपन को सार्थक बनाये रखने की भरपूर कोशिश में वे बोलते ही जा रहे थे। जब मैं भीड़ के गोल के क़रीब पहुँचा, तभी मैंने उन मिली-जुली आवाज़ों के बीच किसी बच्चे का चिल्लाना सुना। जल्दी-जल्दी सब-कुछ जानने की तरकीब के ज़रिए अनजाने ढंग से लोगों को धकियाते हुए मैं अंदर घुसा। मेरी उतावली और 'क्या हुआ' की मुद्रा को देखकर आगे वाला आदमी थोड़ा सिकुड़ा और जैसे ही मैं उसके क़रीब पहुँचा, बोला, 'सेब चुराने के जुर्म में लाला ने बच्चे को ख़ूब पीटा।' उसकी बगल में अच्छे खाते-पीते घर का मुच्छड़ नौजवान खड़ा था, बोला, 'साले चोर की तो ख़ूब मरम्मत होनी चाहिए।'

उन लोगों की बातें सुनकर मुझे लगा जैसे न्याय, क़ानून सभी का निर्णय वे ही लोग दे सकते थे। अब मेरी इच्छा सिर्फ़ रो, चीख़ रहे बच्चे को देखने की थी। आख़िर मैंने सोचा, जब इतनी मेहनत से भीड़ के बीच घुसा हूँ तो यह तो जानना ही चाहिए कि मामले की गंभीरता किस क़िस्म की है।

'छि:-छि:!' जिस आदमी को मैंने अंदर घुसने की कोशिश में फिर धकियाया, वह बोला वह कथित बूढ़ा आदमी था। उसके सिर के बाल बिल्कुल

सफ़ेद थे। वे माँग की दोनों तरफ़ ऐसे झुके हुए थे जैसे ऊनधारी भेड़ों के बाल होते हैं–रोएँदार हिलते हुए बाल। 'छिः-छिः!' वह अपनी नफ़रत जताने लगा तो मैंने सोचा–मेरे धक्का देने का उसने बुरा माना है। कुछ कहने से पहले पास जाकर उसकी आँखों में मैंने आँखें डालीं, तो वह बोला, 'छोटे बच्चे को मारना और वह भी इतनी बेरहमी से, निहायत बेवकूफ़ी ही हरकत है।'

'माफ़ कीजिए' कहकर मैं उसके आगे हो लिया। अब सिर्फ़ एक परत और थी, लेकिन लोग इस तरह सटे और ठुँसे हुए थे कि आगे बढ़ना नामुमकिन लगता था। पहली मर्तबा मुझे अपने छोटे क़द का अफ़सोस हुआ। फिर भी मैं उचककर देखने से बाज नहीं आया। और मौक़े की बात कि उचकने की कोशिश के दौरान मैं भीड़ की अगली पाँत में पहुँच गया। न जाने कैसे यह हुआ, जैसे एक तिलिस्म खुल गया हो।

लड़का फटेहाल था। यही कोई दस-बारह साल का। उसके रोने और सुबकने की आवाज़ बिल्कुल पतली थी। लड़कियों की तरह। वह इतना कमज़ोर था कि मैं कल्पना ही नहीं ही नहीं कर सका कि वह कभी सड़क पर चला हो। यह सोच ही नहीं सका कि उसमें यह चोरी करने का दम हो। वह निहायत कमज़ोर और आर्थिक अरक्षा की वजह से दब्बू क़िस्म के लड़कों की तरह की चीज़ था। उसके चेहरे पर साफ़ झलकता था जैसे वह बेहद भूखा हो। रोने की वजह से उसकी आँखों और नाक का गीलापन उसकी दर्दनाक हालत को बयान कर रहा था।

'अजीब अहमक है साला!' अगली पाँत में खड़ा एक आदमी बोल रहा था, 'कबूल कर ले कि तूने चोरी की है, तो लाला माफ़ कर देगा। एक सेब ही चुराया है न?' लड़का चीख़ के बीच ही बोला, 'झूठ है। बाबूजी, झूठ है। हम अजुध्याजी की कसम खाय के बोलते हैं, हमने चोरी नहीं की।'

'मर, साले! चोरी तुम जैसे ही लोग तो करते हैं।' सवाल पूछने वाला।

उकडूँ बैठा वह लड़का एकदम लेट गया और जैसे तड़पने लगा।

'नाटक करता है साला!' वही आदमी बोला।

लड़के के तड़पने के दृश्य को देखने के लिए लोग पास खिसक आएँ

'लड़के को बहुत मारा है, जी' वह बढ़ई क़िस्म का आदमी था, जो लड़के के प्रति सहानुभूति जताने की भाषा बोल रहा था, 'हम तो कितनी ही देर से देख रहे हैं। फलवाला तो ऐसे मारता रहा जैसे प्राण ही खींच लेगा।' उसके हाथ में छोटी-सी आरी थी, जो बातचीत के दौरान काँप रही थी। आरी का काँपता सिरा गवाह था कि बढ़ई झूठ नहीं बोला रहा था।

न जाने कब और क्यों, लोग खिसकने शुरू हुए तो कुछ देर बाद मैंने पाया कि उस बहुत बड़ी भीड़ में अब हम चंद लोग ही रह गए हैं। और उन लोगों के पास

भी आपस में बतियाने का कोई आधार नहीं था। आधार वह लड़का हो सकता था, जो अब चुप लेटा था। उसकी आँखें बंद थीं और उसके नंगे पेट पर साँस का उतार-चढ़ाव उस खतरनाक ख़्याल को स्थगित करने का सबूत था, जो दुर्घटनाओं के दौरान अकसर बड़े शहरों में वास्तविक हो जाता है।

बढ़ई की आरी अभी तक काँप रही थी। वह अपने आपसे बोला, 'ग़रीब की सुनवाई कहाँ हो सकती है, भाई! उसे तो सब-कुछ भुगतना पड़ता है। शुक्र है, ऊपर वाले, तू भुगतने के दिन तो उन्हें देता है।' वह शायद कुछ और बोलता कि लड़के के जिस्म में हरकत हुई और वह चीख़ते हुए उठ बैठा। कुछ ही क्षणों के बाद झाग के साथ उसके मुँह से ख़ून उलट पड़ा।

सिर्फ़ बढ़ई ने जाकर उसे थामा। तब मुझमें भी हिम्मत आई और मैं क़रीब गया। बाक़ी लोग जैसे तमाशे का आख़िरी हिस्सा देखने के लिए खड़े थे।

'वह कौन फलवाला था?' मैंने बढ़ई से पूछा तो लड़के ने अँगुली के इशारे से खुद बताया। सड़क पार ख़ूब सजी दुकानों में एक फल और फलों का रस बेचने की दुकान थी। काफ़ी चमकदार। बड़े लोगों के पड़ाव जैसी दुकान। तब मुझे ध्यान आया कि यह खुली सड़क, सफ़ाई और बड़ी दुकानें उस मुहल्ले का बाहरी हिस्सा हैं, जो शहर की अमीर बस्तियों में से एक है।

'मैंने चोरी नहीं की, साहब!' लड़के ने हिचकियों के बीच कहा, और फिर ख़ून उलटा। वह लाल, साफ़ लाल ख़ून मिट्टी के कणों में जल्दी ही सोख जाता था। वह ग़रीब का ख़ून था, जो उस मिट्टी में खाद की तरह शामिल हो रहा था। शायद फिर कभी वहाँ फूल के पेड़ लहलहा उठेंगे।

लड़का क़ाँप भी रहा था। मैंने बढ़ई से कहा, 'इसे अस्पताल ले चलते हैं। नहीं तो...' बढ़ई ने बहुत शांत भाव से स्वीकृति में सिर हिलाया।

पर लड़का हमारे पकड़ने के बावजूद चल नहीं पाया। वह खड़ा ही नहीं हो सकता था। किसी तरह हम लोग उसे पास ही एक डॉक्टर की दुकान तक ले गए। वहाँ भीड़ थी। काफ़ी देर बाद, फ़ुर्सत पाकर जब डॉक्टर ने लड़के की जाँच की तो कुछ लम्हों के लिए डॉक्टर चुप हो गया। मुझे लगा जैसे वह कुछ याद कर रहा हो। डॉक्टर ने फिर से लड़के का पेट टटोला। फिर कुछ सोचने की मुद्रा बनाई और बोला, 'इसे फौरन अस्पताल ले जाओ। शायद ऑपरेशन की ज़रूरत पड़ेगी।'

'अस्पताल!' बढ़ई ने यह शब्द दुहराया और बाहर आकर बोला, 'यह जिम्मेदारी तो साहब फलवाले को उठानी चाहिए। उसी ने लड़के के पेट पर घूँसे मारे थे।' लड़का बेहाल था। और उसकी आँखों में हम लोगों के लिए चमक थी।

मैं सोच रहा था, क्या होगा। हम लोग सड़क-चलते लोग थे। लड़के के सामने हमारे काम छोटे पड़ गए थे। मैं 'फौरन' शब्द पर अटक गया, जो डॉक्टर ने बोला था। इसका मतलब था कि उसे डॉक्टरी सहायता जल्दी मिलनी चाहिए।

लड़का धीरे-धीरे जैसे बुझ रहा था। उसका चेहरा देखकर मुझे लगा जैसे किसी बड़े पेड़ से सारे पत्ते झड़ गए हों।

'छोड़ें फलवाले को,' बढ़ई बोला, 'जिस बेरहमी से उसने मारा है, उससे तो लगता है कि वह अब कबूल नहीं करेगा कि कसूर उसका है।'

लड़के को लेकर जब हम अस्पताल पहुँचे, तब तक वह पस्त हो चुका था। उसका स्याह चेहरा जैसे किसी दूसरी दुनिया की चीज़ थी।

'तुमने कुछ खाया भी है?' मैंने लड़के से पूछा तो उसने हाथ हिलाकर इनकार किया और अपनी चार अँगुलियाँ खड़ी कर दीं। उसने चार दिनों से कुछ नहीं खाया था। बढ़ई ने चेहरा दूसरी तरफ़ कर लिया, बोला, 'हिंदुस्तान में यह आम चीज़ है। भूख और फिर बेकसूरों की मौत...' अचानक वह चीख़ पड़ा, 'कौन पूछता है इन लोगों को।' उसका इशारा कई तरफ़ था और मैं मन-ही-मन खोजने लग गया था कि वह कहना क्या चाहता है।

जब बड़े अस्पताल में जाँच हुई तब तक वक़्त का ज़्यादा हिस्सा बीत गया था। फिर नाम लिखवाने की बारी आई तो वहाँ अच्छा-ख़ासा हंगामा खड़ा हो गया। अस्पताल वाले किसी ऐसे आदमी को नहीं रख सकते थे, जिसका कोई सरपरस्त न हो। बातचीत और उसे दाखिल करने की जब कोशिशें जारी थीं, तब अस्पताल वालों को पता चला कि यह तो पुलिस केस होता है।

पुलिस का नाम सुनते ही बढ़ई की आरी ज़्यादा काँप गई। आरी की जगह वह मुझे कोई धीमी रेंगती चीज़ नज़र आ रही थी।

हम लड़के को लेकर अब अस्पताल के बाहर सड़क पर थे। जो घटना सड़क पर हुई थी, वह फिर सड़क पर आ गई थी। लड़का फिर तड़पने लगा था। फिर से ख़ून के छोटे-छोटे टुकड़े थूकते हुए वह अपने में हिम्मत बटोरने की कोशिश में लगा था।

उसे बहलाने के लिए या कहूँ अपनी तसल्ली के लिए मैंने उससे बातचीत शुरू की, 'आख़िर फलवाले ने तुम्हें मारा क्यों?'

हाँफते-हाँफते लड़के के मुँह से कुछ शब्द निकल रहे थे, जिनका मतलब था फलवाला उसके घर की ज़मीन ख़रीदना चाहता था, जहाँ झोंपड़ी डालकर वे लोग रहते थे।

'पर क्यों?'

इसका कोई जवाब लड़के के पास नहीं था। बस इतना ही कि वे बड़े लोग हैं और सारी ज़मीन पर, सारी चीज़ों पर उनका हक होना चाहिए। वह, उसके माँ-बाप, सब उन बड़े लोगों के ग़ुलाम थे। उनकी बहुत कम क़ीमत थी।

बढ़ई बैठा सुस्ता रहा था। लड़के की बात सुनकर वह भी बातचीत में शामिल हो गया।

'अब करोगे क्या?' बढ़ई ने पूछा। यह सवाल सब बातों के लिए था। इलाज नहीं होगा तो क्या करोगे, हम चले जाएँगे तो क्या करोगे, यहाँ से कहाँ जाओगे...वगैरह-वगैरह।

लड़का उकड़ूँ बैठ गया था और जवाब देने की हिम्मत बटोर रहा था। 'अब. ..अब फ़ैसला करूँगा। उन लोगों से हिसाब-किताब करूँगा...यह ज़्यादा दिन नहीं चलेगा।'

यह बेकार की थका देने वाली बातें नहीं थीं। मैं लड़के की हिम्मत का कायल हो गया था। लेकिन वह ज़्यादा देर टिक नहीं पाया था। वह इस तरह लुढ़का, जैसे खेल ख़त्म हो गया हो। हम उसकी तरफ़ लपके, तब तक वहाँ भीड़ जमा हो गई थी।

लोगों ने घेरे को और छोटा करना शुरू कर दिया। इनमें से ज़्यादातर लोग ऊबे हुए थे। कुछ बेरोज़गार लोग भी हो सकते हैं। फालतू और ज़्यादा फुर्सत वाले लोग भी काफ़ी तादाद में थे। उन सबके चेहरों पर 'क्या हुआ' खुदा था। अस्पताल के बाहर ज़मीन पर पड़े आदमी को देखने के लिए लोग टूटे पड़ रहे थे। ज़रूर कोई मज़ेदार घटना का इंतज़ार उन्हें होगा। पर वे लोग एक ग़रीब, फटेहाल को देखकर खुश नहीं हुए वे सिर्फ़ निराश लगते थे। दुखी भी नहीं थे।

हम लोग परेशान थे, क्या करें—कि तभी भीड़ को चीरता एक आदमी आगे आया। लोगों ने उसके लिए जगह दी। वह बड़ा डॉक्टर था। वह पास आया, उसने लड़के की नब्ज देखी—'इसे जल्दी अंदर ले चलो।' वह बोला, 'अभी वक़्त है।'

उसका पेट ख़ाली था, यह मुझे मालूम था। वे उसकी चीर-फाड़ कर सकते थे। पर उसके जिस्म में चीर-फाड़ को सहने वाला ख़ून नहीं था—मेरे अंदाज़ से ख़ून नहीं था।

बढ़ई अब बूढ़ा लग रहा था, बोला, 'कब आएगा वह दिन, जब सड़क पर ही फ़ैसला होगा!' वह न जाने क्या बुड़बुड़ा रहा था, 'आज की दिहाड़ी (मजदूरी) भी गई।'

उसके बुड़बुड़ाने के बीच मुझे याद आया कि मैं घर की एक ज़रूरी काम से निकला था। मुझे अपने बच्चे के लिए दवाई लानी थी।

खुली सड़क पर आगे चलकर फिर भीड़ जमा थी। पर अब वहाँ जाने की हिम्मत नहीं थी।

•

15

खोई हुई थाती

ठेठ बचपन की वह याद आज एक स्वप्न-सी लगती है। अविश्वसनीय और आश्चर्य से भरी हुई।

कभी-कभी मुझे लगता है कि वह महज़ एक कल्पना है। कल्पना अगर नहीं साबित हो पाती तो इस वजह से कि उस घटना को, दूसरी घटनाओं की तरह मेरी बड़ी बहन ने बार-बार दोहराया है। दोहराया भी इसलिए कि उसे बेहद अफ़सोस है कि मैंने वह एक चीज़ खो दी, जो मेरी माँ ने मरते वक़्त मेरे हाथों में सौंपी थी। माँ...मैं अक्सर अपनी बहन से लड़ने की इच्छा रखता हूँ। माँ नाम की उस औरत को मैंने सिर्फ़ एक फ़ोटो-भर में देखा है। वह कभी थी, कहीं थी इस बात से न सिर्फ़ मुझे ख़ास क़िस्म की बेचैनी होती है, बल्कि लगता है, यह सब झूठ है।

झूठ है कि मैं इस धरती पर उसी माँ से पैदा हुआ हूँ...पर यह क्या कभी झूठ हो सकता है? हर आदमी अभी तक माँ के पेट से जन्मता है। तो इसका मतलब है कि मैं स्वयं नहीं हूँ।...मेरे शरीर का कितना भाग दूध से बना होगा, इसका हिसाब लगाना तो कठिन है। दूध और दूध की खुशबू से शरीर और स्मृति बनती है। शरीर और उसके भीतर की आत्मा में कहीं विकसन होता है तो उसमें दूध का योग भी होता है। मेरे मस्तिष्क पर एक वैज्ञानिक सवार हो जाता है--जो लोग पाउडर का दूध पीते हैं--जो माँएँ अपने शरीर को चोखा रखने के लिए--अपने जिस्म से बच्चों को दूर रखती हैं, उनके बच्चों के किसी भी हिस्से में माँ का कोई योग है तो लोग कहेंगे, बिल्कुल भी नहीं। ...मैं अपनी बड़ी बहन से झगड़ना चाहता हूँ, पर उसकी याद करते ही मैं हताश हो जाता हूँ--उसके सामने पराजित, क्योंकि कभी-कभी उसी में मुझे भी माँ की एक झलक दीखती है। ममता और संदेह से परे प्यार का उमड़ता हुआ सागर जैसे उसकी आँखों में निरंतर झरता रहता है। मैं हरेक की बात पर अविश्त्रास कर सकता हूँ, पर उसकी बात पर अतिश्वास करने का मेरे पास कोई साधन नहीं होता। वह किसी दिन कह दे कि वह मंगल-ग्रह की यात्रा कर आई है तो मैं अविकल स्वीकार कर लूँगा, क्योंकि मुझे लगता है वह झूठ नहीं बोलेगी।...

तो उसने साढ़े तीन साल की उम्र की वह याद मेरे हृदय में ऐसी बिठाई हुई है कि मैं कभी-कभी अतीत के अँधेरे में झाँकने लगता हूँ। हिमालय की तलहटी का वह कस्बा याद आता है, नदी का छोर और अपने घर का एक निपट अँधेरा कमरा...यह सब तो याद करने से याद आता है, पर उसके बाद मेरा हाथ ज़ोरों से पकड़े वह चेहरा...वह आँखें–जो शायद याद ही का हिस्सा नहीं बल्कि मेरे अस्तित्व का हिस्सा है...कैसे मान लूँ वह झूठ है।...मेरी बड़ी बहन बताती है, उस दिन साढ़े तीन साल की उम्र में मेरा चेहरा चौहत्तर बरस के मेरे दादा जैसा हो गया था और मरती हुई माँ के चेहरे पर हल्की-सी तसल्ली तैर आई थी। उन्होंने मेरे हाथ में कोई चीज़ रखी तो बिल्कुल अपनी उम्र की चंचलता के मुताबिक मैंने वह चीज़ सीधे मुँह में डालनी चाही...'नालायक', माँ ने बहुत ही धीमी आवाज़ में कहा–'इसे हमेशा अपने पास रखना...' बस मुझे तो इन शब्दों की ध्वनि याद है। वह ध्वनि किसी जलतरंग से कम मिठास वाली नहीं थी। कभी-कभी जब मैं किसी चीड़ के जंगल से अकेला गुज़रता हूँ तो सहसा मीठी-मीठी घंटियों की आवाज़ गूँजने लगती है। एक अजीब-सा अनुभव होता है, जैसे पूरे जिस्म में कोई नई ही चीज़ प्रवेश कर गई हो। तो कैसे मान लूँ कि वह झूठ है...

बड़ी बहन ने बहुत बचपन में मुझे वे विवरण देने शुरू किए थे। उनकी भाषा, उन वाक्यों के शब्द–ठीक वहीं के वहीं हैं।...कि माँ ने बहुत प्यार से मेरा हाथ पकड़ा था। मेरी हथेली पर वह तांबई-सी चीज़ रखी थी। कहा था–'ले,' और हाथ में लेते ही जैसे मैं उसे मुँह में रखने वाला था मुझे बरजा, 'नालायक! इसे हमेशा अपने पास रखना। यह मुझे मेरी माँ ने दिया था। माँ की नानी से मिला था...तुम इसे अपनी शादी पर अपनी बीवी को दे देना। कहना...मरते वक़्त इसे किसी अपने बहुत प्यारे आदमी को देना...वक़्त आएगा कोई इसके भीतर की इबारत पढ़ेगा...' और बड़ी बहन बताती चलती है, 'इसके बाद माँ के बोलने की ताकत ही जैसे ख़त्म हो गई थी। घर में कोहराम मच गया था।' और बड़ी बहन मुझे उठाए बाहर चली आई थी। बाहर...मैं सोचता हूँ मैं अभी तक बाहर ही हूँ। खुली धूप और हवा में।

जब माँ मर रही थी, तभी बड़ी बहन ने कमरे के दरवाज़े के पीछे एक तश्तरी में थोड़ा-सा आटा रख दिया था, 'अब माँ जिस जन्म में आएगी, उसके निशान यहाँ पड़ जाएँगे।' यह एक खेल था जो बाद के वर्षों में जब तक बहन हमारे घर रही तो हम खेलते थे और आने वाले जन्मों की तरह-तरह की अटकलें लगाते थे। पर उस बरस जब माँ मरी थीं–उनके मरने के कुछ ही दिन बाद दालान के आड़ू के पेड़ पर एक घोंसले से चिड़िया का एक छोटा-सा बच्चा थप्प से ज़मीन पर आ गिरा था। हाँ, उससे पहले दीदी ने घोषणा कर दी थी कि माँ चिड़िया बन गई थीं। बड़ी बहन बताती है कि माँ के मरते ही दरवाज़े के पीछे आटे की तश्तरी पर चिड़िया के पंजे अंकित हो गए थे।

'छुटपन की उन बातों का अब अर्थ ही क्या है?' मैं अक्सर अपनी बहन से सामना होने के वक़्त यह संवाद रटकर रखता, लेकिन जैसे ही वह सामने आती मैं सब कुछ भूल जाता। हम लोग बूढ़े हो गए हैं। मेरी इच्छा अपनी बहन से यही कहने की होती तो वह रुआँसी हो जाती, कहती, 'तूने वह तावीज़ गुम कर दिया था...तुझे वह अपनी बीवी को देना था...'

वह शायद तावीज़ जैसी कोई चीज़ थी। माँ के मरने के बाद उसे धागे से बाँध मेरी बड़ी बहन ने मेरी बाँह के साथ बाँध दिया था। पर यह बैल के गले में घंटी बाँधने जैसा काम था। हर बार वह धागा खुल जाता, और तावीज़ गुम हो जाता। हम सब भाई-बहन उसे खोजने लगते और कुछ ही मेहनत के बाद हमें वह मिल जाता।

तो उस चीज़ का क़िस्सा एकदम झूठ नहीं है। कभी छुट्टियों में या सगे-संबंधियों में किसी के मरने या विवाह आदि अवसरों पर हम लोग जब इकट्ठे होते तो कहीं-न-कहीं से वह चर्चा छिड़ जाती और भाई-बहनों मे से कोई न कोई बढ़-चढ़कर कहता, 'उस दिन तो मैं कुएँ की जगत से उठा लाया था वह तावीज़'। यानी वह कोई चीज़ थी तो मेरी माँ को उनकी माँ ने और उनकी माँ ने मेरी नानी को दी थी...मैं कभी-कभी उस आदि माँ के बारे में सोचने लगता तो मैं खुद से सवाल पूछता–पहले पिता आए होंगे कि माँ?

सबसे ज़्यादा रहस्यपूर्ण बात थी कि अपने उस भूले बचपन में जब मुझे अक्षरज्ञान हो गया था, मैंने अपनी शरारतपूर्ण आदत से मजबूर हो वह तावीज़ एक दिन तोड़ डाला था। तोड़ डाला कहना शायद ठीक नहीं होगा, क्योंकि वह किनारे की पकड़ से ढीला होते ही खुल गया था और उसमें से एक काग़ज़ निकल आया था। बहुत पुराने क़िस्म की लिपि में उस पर कुछ लिखा हुआ था।

क्या लिखा था?...यही तो एक बात थी जिसे लेकर मैं बहुत संतप्त, पश्चात्ताप में पड़ा होता था। मेरी बड़ी बहन मुझे कोसती। कहती, 'तूने जीवन की सबसे अनमोल चीज़ खो दी दुष्ट।' और वह जैसे किसी दूसरी दुनिया में खो जाती-कहीं दूर देखने लगती, या चुप हो जाती।

न...न...यह सब स्वप्न नहीं है। मुझे तो यह भी याद नहीं कि मैंने इसमें कुछ जोड़ा होगा। उस बचपन के बाद मैं अपने जन्मस्थान, उस कस्बे की ओर भी नहीं गया। परंतु वहाँ का वह घर, दरवाज़े, घर के दालान में पेड़, घर की खिड़कियाँ और छोटी-सी पहाड़ी गली-ये चीजें मुझे पूरी तरह याद हैं। अपनी खिड़की से दीखने वाले पहाड़...उन पहाड़ों के सिरों पर चमकती बर्फ़...ये सब चीज़ें मुझे ऐसे याद हैं जैसे कल ही देखे गए दृश्य हों। उन्हीं दृश्यों में एक काँपते, कमज़ोर, बरजने वाले हाथ की पकड़ भी याद है...याद है उन आँखों में झरते उस भाव की...जिसमें करुणा, दया, प्यार, हताशा, पराजय...न जाने क्या-क्या था...कितने पलों के लिए देखा होगा उन आँखों ने? बड़ी बहन बताती है बस कुछ देर बाद ही तो दीपक बुझ गया था।

क्या मैं उस अँधेरे में चल रहा हूँ...अज्ञान का अँधेरा ही कहूँगा न कि मुझे कुछ पता नहीं है...। कितने ही बरस बीत गए...मैं सच और झूठ की दुविधा में फँसा हूँ...तर्क और ज्ञान...इस सिलसिले में मुझे ये दोनों भी झूठ लगते हैं।

बरसों बाद बाढ़ में फँसे उस शहर की एक फ़िल्म मैंने टेलीविज़न पर देखी थी...क्षण भर के लिए मैं अतीत के उसी बचपन में पहुँच गया था। मुझे वैसे ही घर दीखे...वह दालान...पेड़...नदी का उफान...और पहाड़...और पहाड़ के शिखरों पर श्वेत-सी बर्फ़ जिसके साथ-साथ एक सफ़ेद-सा उजाला चुपचाप जैसे उन हाथों पर छप गया था।

मैं वहाँ गुम हुआ तावीज़ खोजने लगता हूँ। स्मृति के हर तार को टटोलता हूँ. ..हर जगह तलाशता हूँ...सोचता हूँ एक छोटा-सा बच्चा लापरवाही में कहाँ-कहाँ अपनी चीज़ें छोड़ जाता है...कितने ही दिन हम वह तावीज़ खोजते रहे, बड़ी दीदी बताती है। फिर एक गोपनीय बात मुझे बताती है...पहले हम सोचते थे कि यह कोई टोटका है...सुरक्षा का टोटका। पर जब तुमने वह काग़ज़ तावीज़ से निकाल लिया और हरफ पढ़ने लगे तो उस विचित्र लिपि के बारे में विश्वास ही नहीं हुआ। तुम्हें हमने थोड़ा बहुत अक्षर-ज्ञान दिया था। माँ आनंदमयी जब तुम्हें गोद में उठाकर काली मंदिर में नाचा करती थीं, तब जो गीत तुम्हें याद हो गए थे, उनके कुछ शब्द ज़रूर लिख लेते थे, लेकिन तुम कोई गुप्त लिपि पढ़ने लगे, यह तो हैरत में डालने वाली बात थी।

मेरी बेचैनी-जिज्ञासा...इतनी बढ़ गई थी कि मैं व्यग्रता में बोल उठा—तो फिर क्या हुआ?

और बड़ी बहन हँसने लगी, 'हमने वह काग़ज़ उस शहर के सभी विद्वानों को दिखाया था। लोगों ने उस काग़ज़ की उम्र ही कुछ शताब्दियाँ बताई थीं। पर पढ़ कोई नहीं सका था। तू जो शरारती और धूर्त था, वही उसे पढ़ सका था। पता है तुझे एक रात लैंप की रोशनी में धीरे-धीरे तूने वह पढ़कर मुझे सुनाया था...वह भी आधा कागज।'

और मैं अपनी बहन की तरफ़ टकटकी लगाए उस दिन केवल यह जानने के लिए देखता रहा कि वह जितना भी सही पढ़ा गया उसका विषय मुझे बता दे...

'वह पढ़ने के बाद मैं स्वामी तपोवन के पास गई थी। उनके साथ तू भिक्षा माँगने तक जाता था। उनकी अँगुली पकड़े...नदी घाट पर शरारतें करता था। तो जानता है स्वामी जी ने क्या कहा?'

क्या कहा? मैंने तोता रटंत लहजे में कहा।

'उन्होंने कहा, अब मैं' इसे भिक्षाटन के लिए नहीं ले जाऊँगा। तू इससे पूरा कागज़ पढ़वा ले बेटा।...' पर तुझ जैसे दुष्ट ने वह तावीज़ ही कहीं खो दिया। मैं सोचती हूँ वह पढ़ना ठीक शकुन नहीं था...तूने पढ़ा था...वह बताते-बताते रुक गई,

'कहीं इसे बताने की कोई पाप तो नहीं लगेगा...' मैंने ज़िद्द की तो वह बताने लगी, 'उस काग़ज़ में लंबी उम्र पाने के तरीक़े लिखे थे...सब कुछ पाने के तरीक़े...और लिखे थे भूख पर विजय पाने के तरीक़े और रोग तथा कष्टों से छुटकारे के तरीक़े...'

और मैं उसी दिन से बहुत बुरी तरह बेचैन हूँ। हरेक से पूछ रहा हूँ क्या तुमने वह तावीज़ कहीं देखा है...उसके भीतर का काग़ज़ मैं ही पढ़ सकता हूँ। वह हज़ारों साल पुरानी लिपि में लिखा है—वह काग़ज़ भी है कि नहीं मुझे मालूम नहीं।

मैं दुनिया के सामने ग़रीबों, रोगग्रस्त लोगों, कष्ट में पड़े लोगों का कसूरवार हूँ. ..मैं अपराधी हूँ...काश कि वह काग़ज़ मेरे पास होता और मैं दुनिया के तीन चौथाई लोगों को कष्ट-मुक्ति के तरीक़े बताता...

अक्सर तीन-चार बरस के बच्चों को प्यार करते मैं उनसे पूछता कि तुम अपनी चीज़ कहीं खो देते हो तो कहाँ रखते हो और वे सब अपनी माँओं की ओर इशारा कर देते हैं, जिनके सिरहानों के नीचे वे अपनी मामूली से मामूली चीज़ छिपा देते हैं...अपनी माताओं के कान में वे अपनी गोपनीय बातें छिपा देते हैं...पर मैं...मैं बेशक़ीमती चीज़ खो बैठा था। हो सकता है वह किसी के हाथ लगी हो—मैं कहना चाहता हूँ कि कोई उसे फेंके नहीं...बल्कि उसके भीतर के काग़ज़ को निकालकर देखें—अगर भीतर काग़ज़ है और वह न पढ़ा जाए तो मान लें कि वह मेरी ही खोई हुई लिपि है।

सड़क चलते जब मैं किसी भिखारी को देखता हूँ तो मैं अपने अपराध के कारण उस ओर नहीं देखता। न रिक्शे चलाते पसीने में लथपथ मजदूरों को, न झोंपड़पट्टियों में बिलबिलाती पीढ़ियों को, न टट्टी के कनस्तर उठाए दलितों और खेतों में काम करते एक जून खाना न जुटा सकने वालों को...इन सबका अपराधी मैं हूँ।

मैं अपना सिर नीचे किए चलता हूँ। मुझे वह चीज़ अपनी पत्नी को देनी थी और फिर उसके आगे वंशों तक चलना था...लोग कहते हैं वह होने से वंश भी नहीं रुकता और मेरी बड़ी बहन बताती है... 'तूने वह अमोल चीज़ खो दी दुष्ट. ..कैसा अभागा है तू...कैसे अभागे हैं हम?'

मैं कसूरवार हूँ ओ भविष्य—इन तमाम विग्रहों, मृत्यु हत्याओं, तनावों की वजह मैं हूँ...

कैसे हो सकता है यह झूठ। आख़िर हम किसी माँ की गोद में पनपते हैं...मुझे मरती हुई उस औरत की आँखें याद आती हैं...वे मेरा पीछा कभी न छोड़ेंगी।

•

16

बदहवास

स्टेशन की सीढ़ियाँ चढ़ते ही बदबू का भभका हरेक को बेचैन कर डालता है और हर कोई हड़बड़ी में सीढ़ियाँ चढ़, ऊपर पुल पर आकर चैन की साँस लेने के लिए रुकता है कि तेज़ रफ़्तार गाड़ियों से उड़ी गर्द और धुएँ की हवा जैसे धीरे-धीरे किसी स्वाचालित क्रम से अंदर घुसने लगती है। हमेशा का अभ्यास था मेरा। पर उस दिन जैसे ही मैं सीढ़ियों की ओर लपका, ठीक पेशाबघर से सटी हुई ख़ाली जगह में मैंने करीने से सजे पतीले और एक सलज्ज-सी आकृति देखी। एक पल के लिए मैं ठिठका। 'तो,' उस आकृति ने जैसे मेरी आँख का सामना कर कहा हो। वह थी एकदम जवान। आबनूसी रंग का कच्चा चेहरा। और उसके चेहरे पर नितांत गँवई भाव था। दो-तीन ग्राहक ज़मीन पर बैठे खाना भी खा रहे थे। ध्यान रहे वह खाने-पीने की दुकान एकदम पेशाबघर से सटी हुई थी। सामने पहाड़गंज स्टेशन के ढाबों के पंजाबी मालिक जब-तब वहाँ आकर खुद को हल्का कर लेते होंगे।

नहीं...नहीं, अब मैं आपको सच ही बताऊँगा कि अचानक वह दृश्य देखकर मेरी आँखों के आगे आदिवासी गाँवों की हरियाली लाल-लाल ख़ूनी रंग में उभर आई थी। और जैसे एक बाँध—जो कच्ची-सी दीवार के सहारे टूटने-टूटने की प्रतीक्षा में हो—ठीक ऐसे ही सोचना भक-भकाकर जारी हो गया। न जाने कौनसा द्वार था कि मैं चाहकर भी, चलते-चलते अपने सोचने को रोक न सका। हो सकता है कोई विवेकवान इसे कल्पना के घोड़ों पर सवारी कहे...

अच्छा इस मामले के हर पहलू को गौर से देखा जाए वह पहली दफ़े का वाकया न था। मैं न जाने कितनी बार वहाँ से अपनी पतलून के पाँयचे उठाए, सर्दी-बरसात में गुज़रा था। न मैंने कभी गौर किया था किन सीढ़ियों पर झोले बेचने वाला बैठा था, न माँगनेवाला अपाहिज, न पेशाबघर के पास करीने से सजा भोजनालय...मेरी तरह शहर के असंख्य बाबुओं की नज़र भी इस ओर कभी नहीं गई। पुल के नीचे दाईं-बाईं तरफ़ सोते हुए परिवार-के-परिवार वर्षों से रह रहे थे। उनके बच्चे वहाँ पैदा होते, वहीं बड़े होते, वहीं वे अपने लिए जीवन के सपने

बुनते–सहसा मेरी स्मृति में स्टेशन के पास की भीड़ मार्च करने लगी। उनके क़दमों की आवाज़ जैसे बड़े-बड़े टैंकों से छूटने वाले गोलों की आवाज़ थी। मैंने अपने एक हाथ से दूसरे को छुआ–'हाँ यह मैं ही था मैं...' और मैंने वर्षों इस सड़क से गुज़रते, सीढ़ियाँ चढ़ते-उतरते उन्हें कभी नहीं देखा था उन्हें यानी वे लोग जो सचमुच जीवन के विषादपूर्ण नरक में जी रहे थे। सचमुच।

वह सलज्ज आकृति भी धीरे-धीरे भीड़ के रेले को ठेल कर स्मृति-पटल के केंद्र में चली आ रही थी। वह कोई पाँच तारा होटलों की सुंदरी नहीं थी। उसके चेहरे पर न क्रूरता थी, न चालाकी और न किसी क़िस्म का पछतावा। एक सहज ग्रामीण जिज्ञासा और अपने पहनावे में उसके पूरे शरीर से उमग रहा था कोई वासंती-सा भाव।...

सोचें तो वह क्यों शहर में आई होगी। हम अख़बारों से दुनिया-जहान समझने वालों के लिए हर चीज़ के कुछेक कारण गिना देना कहाँ कठिन है? क्या इतना ही आसान खेल है यह! तो नंबर एक अटकल है कि कोई उचक्का राँची के परे किसी आदिवासी क्षेत्र से उठा लाया होगा उसे। जनाब अख़बारनवीस फ़ौरी जी मिलें और उन्हें इस क़िस्से का एक भी सिरा पकड़ा दें तो।...तो वह कहेंगे, आओ खोजी पत्रकारिता के ज़रिए इसे खोजें, साथ में लगा दें थोड़ी-सी राजनीति की चाशनी। परंतु अगर वह लड़की भगाकर लाई गई हो तो इस निर्द्वंद्व भाव से वह अपनी उस छोटी-सी दुकान पर एक मालिकाना भाव से क्यों खड़ी रहती? क्यों न पुलिस को बुला, ख़ुद को नारी निकेतन में समर्पित कर भांडा नहीं फोड़ देती अपराध का!

धीरे से वह सलज्ज चेहरा स्मृति के कोने की तरफ़ जाने लगता है तो मैं उसे फिर अपनी ओर खींच लेता हूँ। और एक दूसरे पहलू से उस मामले पर गौर करने का प्रस्ताव रखता हूँ। मुमकिन है कि उस लड़की को किसी ग़रीब माँ-बाप ने बेच दिया हो? थोड़ी देर के लिए आप गंभीरता से सोचें कि बिके हुए आदमी में क्या आत्मसम्मान होता है? वह लड़की, जितने पल भी मेरी आँख उसे देख पाई–उतनी देर में उसकी आँखों से किसी प्रकार का वैसा हीनता-भरा भाव नहीं दिखाई दिया, जैसा कि एक बिके हुए आदमी में होता है। मुझे बहुत करीने से सजे वे पतीले याद आए याद आया भुक्खड़ की तरह खाने पर झपट्टा मारता रेलवे स्टेशन का कुली–जिसकी लाल वर्दी से आप उसे भारत के किसी भी कोने में पहचान सकते हैं। न...न...मैं ख़ुद ही निष्कर्ष निकालता हूँ, वह माँ-बाप द्वारा बेची गई लड़की नहीं थी। मैंने उसके चेहरे पर सागरीय क्षेत्रों का वह पिचपिचापन देखा था, जो अक्सर समुद्रतटीय क्षेत्रों की मेहनतकश औरतों को ज़्यादा मोहक बना डालता है। भला आत्मविश्वास से भरी उस सहज बाला में मेहनती गर्व का जो टटकापन था, उसे बेचे गए सामान की दासत्वभरी व्यर्थता से कैसे जोड़ें? फिर भी उस जगह जल्दबाज़ी में खाना खाते कुली के साथ जो दो लोग और थे–मैं उनके चेहरे

नहीं देख पाया था, लेकिन उनकी पीठों से सहसा मैं उनके जिन चेहरों को उकेर पाता हूँ, उससे लगता था वे अच्छे लोग नहीं थे। यह कहना कठिन है कि वे स्टेशनों के आसपास घूमने वाले उठाईगीर थे या बसों में अपना शिकार टोहते जेब कतरे। लेकिन उनकी सधी पीठों से लगता था कि वे उन परिश्रमी लोगों में से एक नहीं थे, जिनकी पीठ मेहनत के आधिक्य से कुछ लचीली होकर झुकी-सी लगती थी, सबसे बड़ा प्रमाण उनके कपड़े थे। उन पर इस्तरी हुई थी और वे इतने मैले कपड़े भी नहीं पहने थे, जिनसे मैं यह अंदाज़ा लगा लूँ कि सड़क के दूसरी ओर फैले अपेक्षाकृत महँगे ढाबों में वे खाना न खा सकते हों। आपको भी शक हो सकता है कि वे उस जवान लड़की को ताकने, उसके सामीप्य का क्षणिक सुख भोगने वहाँ आते होंगे। आते हों तो किसी की बला से...उन गाहकों के कारण उसका वह ढाबा चल रहा है गनीमत यही है।

ज़रा उस स्थान के बसाव के बारे में पूरा जान लें। वह दिन-रात चलने वाली सड़क है। जब ट्रेनों की आवाज़ाही रहती है तो कोई मुश्किल से वह सड़क पार कर पाता है। इतनी भीड़ कि कभी-कभी शक होने लगता है जैसे शहर से सब लोग स्टेशन की तरफ़ भागे आ रहे हों। कभी-कभी किसी ज़ोरदार ध्वनि-विस्तारक यंत्र से पूछने की इच्छा होती है कि लोगों, ठहरो थोड़ा, यह सोचकर ही यहाँ मत आओ कि इस सड़क पर घंटों ट्रैफिक जाम रहता है। पुल के एक ओर घनी बस्ती है तो पुल के दूसरी ओर पुराने घने बसे शहर का द्वार। पुल के नीचे दोनों तरफ़ ग़रीबों के कुल बसे हुए हैं तो स्टेशन की ओर सड़क के दोनों ओर दुकानें हैं। एक ओर विभाजन की त्रासदी से बचे शरणार्थियों की चमाचम दुकानें थीं तो दूसरी ओर ग़रीब, बेसहारा लोगों के फुटपाथी ढाबे, चाय की दुकान, नाई की दुकान, चप्पल बनाते शिल्पकार, फूँक से भरने वाले रबड़ के तकियों की दुकानें, हर माल पाँच आने की आवाज़ लगाने वाले कंघी व दूसरी सस्ती चीज़ों बेचने वालों की ज़मीन में फैली दुकानें। उस आदिवासी लड़की का ढाबा, पेशाबघर से सटे कोने में बैठा अपाहिज माँगने वाला व सीढ़ियों पर ताले, जूते मोजे व फटे-पुराने सिक्के बेचने-बदलने वालों की कतारें—इनमें से किसी की भी शक्ल मैंने कभी नहीं देखी थी। सेठों, साहूकारों, राजनेताओं, बुद्धिजीवियों ने भी उनकी शक्लें कभी नहीं देखी होंगी। वे अपनी कारों में सड़क या पुल से रोज़ ही निकल जाते होंगे। उन्हें फुरसत कहाँ है अब। बहुत से समतावादियों ने भी उन्हें नहीं देखा था। मुझे आश्चर्य इस बात का नहीं कि उन्होंने दुनिया की बहुत-सी चीज़ें नहीं देखी हैं, पर समतावादियों, साम्यवादियों और उदार क़िस्म के विश्ववादियों की एक बात पर हैरानी होती है कि वे दुनिया-जहान के मामलों में अपनी चिंता ही व्यक्त नहीं करते बल्कि अगली पाँतों में खड़े होकर विरोध में हस्ताक्षर करते हैं और दहाड़ते हैं। लेकिन उन्होंने भी कभी ऐसे लोग नहीं देखे? है न हैरान होने वाला मामला।

मैं चलते-चलते सोच रहा था। सोचने की गति मेरी चाल से बढ़ रही थी–कभी पीछे अतीत की ओर तो कभी सीधे आगे आने वाले भविष्य की ओर–ठीक सपने की तरह सोचने-विचारने की स्थिति थी। फिर न जाने क्या हुआ मैं आगे जाने की बजाय पीछे लौटा। पीछे लौटते ही मैं अभी हाल ही के बीते हुए वर्तमान में लौट आया था।

फिर वैसे ही मैंने सीढ़ियाँ उतरीं। अपने कंधे, बाजू भीड़ से बचाते मैं सीढ़ियों पर फैले सामान को गौर से देखने लगा। सूरज की गर्मी सहसा एक हल्की वसंत की ऊष्मा में बदल गई थी। दुकानों पर तैनात दुकानदार मुझे ऊबे हुए दीखे। लोग सामान देख रहे थे–पर ख़रीद नहीं रहे थे। अपाहिज भिखारी ऊँघ रहा था। उसके ठीक सामने भविष्य बताने वाली चिड़िया पिंजरे से निकल काग़ज़ों पर फुदक रही थी। भिखारी को अपने भविष्य की बिल्कुल चिंता नहीं थी। होमगार्ड का एक नौजवान ज्योतिषी के सामने झुका हुआ था। पेशाबघर के पास के ढाबे पर अब नए लोग आ गए थे। उनमें से कुछ इंतज़ार कर रहे थे, कुछ खाना ऐसे खा रहे थे जैसे खाना भकोस रहे हों। लड़की एक कोने में बरतन धो रही थी। लगभग सभी आँखें उसे ताक रही थीं। खाना भकोसने वालों की आँखों में ज़्यादा भूख थी। जो लोग इंतज़ार कर रहे थे उनकी आँखें बराबर धोती लड़की को घेरने में लगी थीं। लड़की उठी और उसने साफ़ किए अपने बरतन, अपने ही पल्लू से पोंछे। तभी मैंने जैसे एक दूसरा चमत्कार देखा। हाँ, यह चमत्कार ही था। देश और काल के नए आयाम का चमत्कार...

आप भी सोचेंगे कि यह क्या चक्कर है? पर थोड़ा अपनी स्मृति पर ज़ोर दें और देखें कि मैंने बताया था कि सड़क के इस ओर जो मुफलिसी का हाल दर्ज करने वाली दुकानें हैं, उनके दुकानदार पटरी पर ही अपने समग्र परिवार के साथ रहते हैं। देश यानी छोटी-सी जगह पर ही उनकी पूरी दुनिया है। काल यानी वे रात-दिन यहीं रहते हैं। यहाँ से हटने का मतलब है बेदखल हो जाना। इसलिए मुझे लगता है कि वे अपने सपनों में भी इस जगह से बाहर नहीं जाते।

थोड़ा रुकें और जैसा कि खुद मुझे साँस लेने के लिए थमना पड़ रहा है–सिर्फ़ यह हिसाब लगाएँ कि हम मिनट के कितने छोटे टुकड़े में साँस लेते हैं या छोड़ते हैं। यानी ठहरने और चलने के उस छोटे पल में बल्कि पलांत में सारी चीज़ें देख लेते हैं। मसलन किसी आदमी ने फटे मोज़े पहने हों और अचानक उनकी झलक हमें दिख जाए तो हम उन फटे मोज़ों के इतिहास से आदमी का पूरा अतीत झाँक सकते हैं। ऐसे ही इन लोगों के वृत्तांत इन छोटी-छोटी आवाज़ाही घटनाओं के बीच अचानक मेरी स्मृति में खुदे हुए हैं।

तो जिस चमत्कार की बात मैं कर रहा था, वह देश-काल का चमत्कार वहीं घटित था यानी दो फुट चौड़ी और अनंत विस्तार जैसी लंबी उस पटरी पर

आधा फुट जगह खाने वालों ने घेरी हुई थी, आधा फुट चमचमाते बरतनों ने और एक फुट में गृहस्थी का वह राजभवन था। उसमें चीकट हुए बिस्तर थे। उन्हीं बिस्तरों से सटे एक कोने में एक छोटा-सा बच्चा फटी हुई चादर से अपना सोया हुआ जिस्म झलका रहा था। और उसी के साथ गठरी हुआ आदमी का बदन था। बदन यानी मुझे दीखने वाला सुमुख। ठीक ऐसे ही चेहरे मैंने देखे थे। खाँसते, रिक्शा खींचते या बोरे उठाये पल्लेदार। वह स्वस्थ था या बीमार इसकी पड़ताल करने वाले डॉक्टरों की तरह मेरे पास समय नहीं था। यह चमत्कार था काल के अनंत विस्तार में एक गुडमुड-सी छोटी-सी जगह में पूरी गृहस्थी।

मुझे प्रलय का सपना याद आया। प्रलय का सपना यानी सारी धरती पानी में डूबी हुई है और बस चार फुट लंबे और तीन फुट चौड़े फट्टे पर एक पूरी दुनिया बसी हुई थी। इन्हीं के बाद फिर से विकसेगी दुनिया–हाँ इन्हीं के बाद...

कैसे...कैसे...मेरे दिमाग़ में घंटे छनछनाए ज़ोरों से धमाके हुए–अरे इस पेशाब भरी बदबूदार जगह में सिर्फ़ एक फुट के विस्तार में वह बच्चा बड़ा होगा और नापेगा अगली शताब्दी के विस्तार...

मुझे अपने कपड़ों पर शर्म आई अपनी भाषा मुझे चाकुओं की धारदार शृंखला लगी। मुझे लगा मैं आतंकवादियों की कतार में खड़ा हूँ। मुझे लगा मैं ही तो कहीं उनके लिए जगह संकुचित करने में नहीं लगा हूँ। अपने पाँव के नीचे मुझे क़ालीन बिछे दिखे। लकदक पाँच तारा बस्ती में फैलते मकान और...

मैं दौड़ने लगा। वहाँ रहकर मैं साँस कैसे लूँगा? फेफड़ों में साँस भरने के लिए मैं दौड़ने लगा। हाँ, यह दौड़ ही थी कि मैं उस सड़क से परे आ गया पर वह पटरी थी और वह सलज्ज-सी आकृति और वह बच्चा और अपाहिज–अरे ये सबके सब ठीक वैसे ही तो हैं जैसे सड़क पार के स्वस्थ, समृद्ध दुकानदार। उनके भी तो हाथ-पाँव हैं...पर फिर अचानक मुझे उस बच्चे की तस्वीर ने खींच लिया जो वहीं कहीं मेरी स्मृति में थी। मुझे याद आया फटी हुई चादर उसके साँस लेने से ऊपर-नीचे हो रही थी। मुझे याद आया उसके चेहरे पर मुस्कान तैर रही थी–कभी न कभी, कहीं न कहीं वह भविष्य में झाँक रहा था–

एक खौफ़नाक वर्तमान के विरुद्ध उसकी सजीली, कमसिन मुस्कान जैसे एक झंडे की तरह खड़ी थी। अडिग।

बदहवास-सा मैं सोचने लगा–सृष्टि के इस गर्भगृह में कौनसा चमत्कार घटित होने वाला है? मैं अपने बदहवास चेहरे को देखना चाहता हूँ पर वह तस्वीर–वह बच्चा आईना नहीं।

नदी की लहरों की तरह हर चीज़ हर दिशा की ओर बढ़ती दिखाई दे रही है...

•

17

बंद दरवाज़े के भीतर

अपनी बातें कहने लगता हूँ, तो कहीं अंदर से आवाज़ आती है कि ऐसा तो पहले भी कहा जा चुका है।

बस यहीं से उलझन शुरू होती है। सब-कुछ जो हो रहा है पहले भी चुका है। मसलन जन्म के वक़्त मेरी दादी ने मेरी शक्ल देखकर कहा, 'अरे, बच्चे की शक्ल तो एकदम अपने दादा से मिलती है।' मैं तो सिर्फ़ संदेह करता हूँ कि दादी अपनी कोई छिपी आकांक्षा पूरी कर रही होगी, या दादा के मरने के शोक को खुशी से लौटाने में तब्दील कर रही होगी, या 'जैसे मेरे पिता की शक्ल दादा से बिल्कुल भी नहीं मिलती थी...उसी एक चाह को पूरा कर रही होगी।' अपने पड़ोस के एक बच्चे के जन्म पर रस्मी बधाई देने के लिए मैंने मुँह खोला ही था कि उस बच्चे की दादी ने भी वही कुछ कहा, जो मेरी दादी कह चुकी थी।

और परेशानी यहीं से शुरू होती है। हर शब्द जो उच्चारा जाने वाला है, पहले से ही उन लोगों की जुबान के नीचे, हृदय के किसी कोने में या मनोकोष में मौजूद है।

तो क्या हर वह बात जो मैं कह ही रहा हूँ, इतिहास में कहीं कही जा चुकी है। तो मैं क्या हूँ...बस इतिहास का एक दुहराव-मात्र?

'उगाओ...उगाओ,' मेरा एक सिरफिरा दोस्त मेरी फ़िज़ूल की चिंताओं को देख मुझे कोसता है, 'हथेली पर सरसों उगाओ।'

वह तो बस मेरा तिरस्कार करने, मुझे नीचा दिखाने के लिए मौके तलाशता रहता है। पर ये जो लोग हैं, जिन्हें हम आप दूसरों से सुनते हैं कि वे तंत्रज्ञाता हैं क्या, सचमुच हथेली पर सरसों उगा देते हैं? तो फिर मुहावरे का क्या हुआ?

वर्षों पहले अपने हाथ में ख़ाकी लिफ़ाफ़ा उठाए मैं इस बस से उस बस में सफ़र कर अपने काम-धंधे की जगह पहुँचता था। उस लिफ़ाफ़े में अधलिखे ख़त या दूसरे ऐसे ही काग़ज़ होते थे। वह ख़ाकी लिफ़ाफ़ा मेरी पहचान था। एक बार मैं अपना चश्मा लाइब्रेरी में भूल आया था। वहाँ की एक महिला ने मेरे दफ़्तर में फ़ोन कर पूछा कि क्या लिफ़ाफ़े वाले साहब आ गए हैं। वही ख़ाकी लिफ़ाफ़े

वाले। मुझे लगा मेरा नाम, कुलवंश, मेरी लेखनी के उत्पाद्य, सब किसी संज्ञा का आकार नहीं बनाते क्या? उन दिनों के किसी भी आदमी से आप पूछेंगे तो वह ख़ाकी लिफ़ाफ़े वाले आदमी के कितने ही क़िस्से आपको सुना देगा। ख़ैर, मेरी एक पहचान थी, पहचान का चिह्न था।

कबीरदास ने कौनसी पहचान बनाई थी कि लोग उन्हें जानते। उन्होंने बस यही कहा कि 'दास कबीरा जतन से राखी। जस की तस पर धर दीन्ही चदरिया।' दास थे बेचारे। चादर कैसे मैली करते। वाह एक पंक्ति से ही कबीर का वर्गचरित्र झलकने लगता है।

काश ये बातें मैं ही कर रहा होता, पर अफ़सोस है, ये पहले भी कही जा चुकी हैं। पहले भी सुनी जा चुकी होंगी।

...टोपी वाला आदमी जा चुका है। वह ठीक दो बजे सड़क से गुज़रता है। उसकी टोपी के अंदाज़ से मैं शहर की अफ़वाहें पढ़ लेता हूँ। जब भी वह तनी हुई टोपी पहनकर निकलता है, मुझे मालूम पड़ जाता है कि ज़रूर मुठभेड़ में कोई आतंकवादी मारा गया है। वह दूसरों के शौर्य पर अपना सीना चौड़ा कर निकलता है। हर शहर में ऐसे कुछ लोग ज़रूर होते हैं, जो अलग-थलग पहचाने जा सकते हैं, पर वे हर शहर में होते हैं। करते भी वे ही बातें हैं, जो हमने सुनी हुई हैं।

बस सारी परेशानी की जड़ यही है। जो दूसरे करते, कहते हैं, हम बस उसका होना-भर हैं। मेरी इन परेशानियों के लिए जानते हैं आप, गुणीजन क्या कहते हैं?

वे कहते हैं मैं एक ख़ाली घड़े में से उलटकर कुछ दूसरे ख़ाली घड़े में उँड़ेल रहा हूँ।

श्वेतवाराह कल्प नामक एक ग्रंथ में जो कहा गया था, उसका भाष्य विष्णु शर्मा से लेकर आज तक के लोगों ने किया है तो हुई न यह दुहराव वाली बात।

यहीं तो है वह पेच। और आप कहते हैं कि मैं ख़ाली पतीलों से ख़ाली पतीले में कुछ उँड़ेल रहा हूँ। वह भी तो ख़ालीपन हो रहा है।

छोड़िये, मैं क़िस्से के बीच बहस ले बैठा। लो तो बहस धकेल रहा हूँ परे और लौट रहा हूँ क़िस्से की तरफ़।

जैसे ही मैं सोचने के लिए आँखें बंद करता हूँ कि धड़ से जैसे भीतर ही भीतर एक काले धब्बे के बीच से एक दरवाज़ा खुल जाता है। आइए...आइए, मैं आपको उसके भीतर ले चलता हूँ।

पर वह सब कहा हुआ नहीं है। मैं आपको भीतर ले चलता हूँ–यह एक मौखिक क़िस्म का आमंत्रण है। आप यानी बहुत से लोग–आप यानी वे लोग जो जीवन से ऊब गए हैं और शब्दों की सतरों में ही कुछ पाने की उम्मीद लगाए बैठे हैं।

लेकिन याद रहे जब तक मेरी आँखें बंद रहेंगी मैं आपको उस दरवाज़े से भीतर ले जा सकता हूँ। जैसे ही आँखें खुलेंगी, मैं इस दुनिया से लौट जाऊँगा—और फिर आप और मैं बिछुड़ जाएँगे। तो दरवाज़े के भीतर एक दुनिया है। दूसरी तरह की दुनिया जिसे हमने कभी नहीं देखा। मसलन दरवाज़े के बहुत क़रीब एक बेहद ख़ूबसूरत लड़की है—थोड़ा उसकी ख़ूबसूरती पर बातचीत की जाए। वह एक विरल नस्ल की सुंदरी है, जिसे हम सपनों में देखते हैं। यहाँ वह सिर्फ़ आपके लिए है। हाँ, आप ही के लिए और अगर मैं अंदर जाऊँगा आपके साथ तो मेरे लिए भी तमाम सुविधाएँ होंगी।

...वह प्यार करने वाली लड़की है। और सबसे बड़ी बात तो यह है कि वह है सिर्फ़ आपके लिए। और...और वह लड़की—बस उलझन यहीं है। वह लड़की तो आपके लिए है लेकिन आप...आप जैसे ही दरवाज़े से अंदर प्रवेश करते हैं, आपकी इच्छाएँ, आकांक्षाएँ सब ख़त्म हो जाती हैं।...आप ख़ुदा हो जाते हैं—इन पार्थिव इच्छाओं से ऊपर उठना कैसा लगता होगा? जब मैं आपकी आँखें देखता हूँ तो मुझे पश्चात्ताप होता है। वहाँ सिर्फ़ दुःख ही दुःख है। काश, मैं वह दरवाज़ा न खुलवाता और आप वहाँ न होते। थोड़ी देर के लिए था ही सही-बस यह सोचिए कि और अंदर प्रवेश कर अभी क्या देखना-भोगना होगा। मेरा ख़्याल है तमाम खोजियों की तरह आप भी जोखिम उठाने के लिए तैयार हो जाएँगे और आगे की यात्रा जारी रहेगी।

लेकिन यह दरवाज़े के पास ही अनिंद्य सुंदरी...उसकी आँखों में कामुकता-भरी प्यास है। उसका चेहरा उसकी प्यास को थाम पा रहा है—उसमें पनियाली-सी एक चमक है; और उस चमक का मतलब है समर्पण।

हम लोग दरवाज़े के भीतर जाते हैं तो जैसे एक चमत्कार-सा होता है। चारों ओर सपनों में देखी सुंदरता बिखरी पड़ी है। एक उड़ान भाव कि आप जहाँ चाहें जा सकते हैं। एक विद्यमानता कि आप हर जगह मौजूद हैं। एक त्रासहीन सुख का अहसास, लगता है दुःख किसी टहनी पर उगा फूल है, जो मुरझा गया है और मुरझाने के बाद कब का मिट्टी में मिल चुका है।

दरवाज़े के भीतर पहुँचकर लगा है अभी और दरवाज़े हैं। मैं आप लोगों के चेहरे की ओर देखने लगा हूँ। हाँ, आप सबके चेहरे मेरे जाने-पहचाने हैं। पर यह क्या हुआ कि हम सबके भवितव्यों से दुःख नामक चीज़ गुम हो गई है।

अब तो कल्पना भी नहीं की जा सकती कि कोई बुद्ध थे, जो पेड़ के नीचे बैठे थे और वहीं एक कठोर तपस्या के बाद उन्हें निर्वाण की अनुभूति हुई थी। वह निर्वाण जैसे एक दुहराया हुआ सत्य था। अमौलिक और पार्थिव। पृथ्वी पर ऐसी ही चीज़ उगती है, जिसे बार-बार उगना होता है...पर दरवाज़े के भीतर हवा की

खनक में भी एक मौलिकता है। वह स्वर एक अनिवार्य सुख और प्रतीति कराता है–जैसे सतत कोई राग हो...

ओह! आपके चेहरों को देखकर ही मुझे लगा कि इसमें तो वह आदमी भी है, जिसने शादी के बीस साल बाद अपनी बीवी को धक्का मारा था। हाँ धक्का, प्राण ले लेने वाला धक्का। वह पैसे वाले बाप का इकलौता बेटा था। उसे एक ग़रीब लड़की भा गई; और उसने आदर्शों का खोल ओढ़ उससे शादी कर ली। लड़की को लगा उसे स्वर्ग मिल गया। सुरक्षा और देवगुण संपन्न पति। फिर हालत बदली। उसकी पत्नी की सबसे छोटी बहन की शादी हुई। बदले हालात में उस लड़की को ख़ूब दहेज़ मिला। और...पति ने सोचा उसने जब शादी की थी तब उसे तो कुछ हासिल नहीं हुआ था। आदर्शों की सख़्त केंचुल से एक साँप निकला तभी. ..और उसने ग़ुस्से में अपनी पत्नी को धक्का दिया। कहा, 'तेरे बाप ने मुझ जैसे हीरे को कुछ नहीं दिया...कुछ नहीं दिया।' बीस साल बाद पत्नी की आँखों के सामने हीरा कोयला पड़ चुका था...अरे वही आदमी अब दरवाज़े के भीतर आ गया है।

उर्बीदत्त प्रेसवाला भी। उसने तीन शादियाँ की थीं। बारह बच्चे पैदा किए...और इस्तरी करते-करते उसके हाथ इस्तरी का एक हिस्सा बन गए। लाला गणपतराय की तरह जो सुबह प्रार्थना करते और शाम को दारू की बोतल सामने रखकर अपनी थकान उतारते...इस भीड़ में कितने लोग अंदर आ घुसे हैं...मुझे मालूम नहीं...मेरी आँखें तो बंद हैं।

भगवान बुद्ध जीवक के कान में कुछ कह रहे हैं। अब भगवान की मूर्ति अपनी बंद आँखों से तमाम मुल्कों में लोगों को कुछ दिखा रही है। कुछ का मतलब सिर्फ़ उत्सव न मान लीजिए। मेरी इच्छा हुई अपनी कमीज़ का कुछ हिस्सा दूँ। तभी मुझे नंग-धड़ंग जैसे ब्रौद्ध भिक्षुक कहते मिले–हमारा नंगापन प्राकृत है, लेकिन तुम्हारा नंगापन कपड़ों से ज़्यादा उजागर होता है...

बंद आँखों के भीतर के दृश्य तो मैं देख रहा हूँ। न जाने कौनसी चीज़ है, शायद स्मृति का सूत्र कि मैं अपने सामने खड़े लोगों का अतीत भी देख रहा हूँ–और उस अतीत में जब मैं उन्हें देखता हूँ तो मुझे अविश्वास-सा होता है। अविश्वास कि इतने हाड़-मांस के लोग तकलीफ़ों के इस लंबे असहनीय रास्ते से गुज़रे होंगे।

वह पल्लेदार–वह दो-ढाई मन की बोरियाँ उठाता है। एक के बाद एक सौ से भी ज़्यादा। पसीने से लथपथ वह फिर भी हँसे जा रहा है। हठयोग से भी कठिन योग है यह–पर न उसे निर्वाण मिलता है न सिद्धि, न चमत्कारी शक्ति।

और यहाँ वे सब लोग इच्छाहीन हो गए हैं। ठीक देवताओं की क़तार में खड़े। दरवाज़े के क्रम के बाद एक कुआँ है...मैं कुएँ से डरता हूँ। हाँ, बचपन में मैं एक दिन सीढ़ियों से कुएँ में उतर गया था। वर्जित कुएँ में। और वहाँ पानी में डूबी

सीढ़ियों से ऊपर की एक सीढ़ी में आदमी का कंकाल पड़ा था। क्या हम सब कंकाल हो जाएँगे। नहीं-नहीं-नहीं...अब मैं आँख नहीं खोल पाऊँगा तो इन दरवाज़ों से बाहर नहीं निकल पाऊँगा। मैं आँख इसलिए नहीं खोल पाऊँगा कि मेरे जिस्म के कण-कण में अब वह ताक़त बाक़ी नहीं कि मैं उस वास्तव का सामना कर पाऊँ–जो दुनिया में है और दुनिया की शक्तियों के कारण वह वैसी ही है–शक्तिशाली और क्रूर, अमानवीय और बलघाती। और मैं अपनी बंद आँखों से ही देखता हूँ कि कितने ही लोग हैं धरती पर, जिनकी आँखें यों तो खुली हैं, पर कितनी ही चीज़ों से उन्होंने वे बंद रखी हुई हैं। उन्हें ग़रीब, ग़रीबी, भुखमरी, बेरोज़गारी, अभाव, अशिक्षा, रोग, भीख माँगते लोग, बूढ़े अपाहिज...वे दीखते ही नहीं हैं...वे मौलिक और देवकोटि के लोग आज भी आलीशान मकानों से निकल, अपनी कारों में बैठ जाते हैं पर अपने ड्राइवर की आँख की विवशता नहीं देखते. ..मैं आँख नहीं खोल पाऊँगा और आप भी जो दरवाज़े के भीतर हैं, यहीं बंद रहेंगे। बंद आँखों वाले कौन होते हैं? अंधा कह देने से भी हम अपराध से मुक्त नहीं हो सकते। हमने तो खुद ही कुछ चीज़ों से अपनी आँखों बंद की हुई हैं।

कहीं भी अवसर पा बंद होने की अभ्यस्त आँखें...क्या यह दुहराना नहीं है? अभ्यास तो दुहराव ही है। क्या यह दुहराव अनंत काल तक चलेगा...कब... कब...खुलेंगी आँखें...?

•

18

सपनों का सच

बहुत-सी अटकलें, बहुत-सी गप्पें आपने सुनी होंगी, सुनाई होंगी। मैं जो सुना रहा हूँ वह सचमुच गप्प नहीं है। दिक़्क़त यह है कि मेरे पास ऐसा प्रमाण भी नहीं है कि आपके सामने रख सकूँ कि जो कुछ मैं कह रहा हूँ, वह एकदम सच है। मैं झूठमूठ प्रमाण जुटा भी लूँ तो आप यक़ीन कर लेंगे, इसका कम-से-कम मुझे यक़ीन नहीं है।

लीजिए, मैं प्रमाण दे रहा हूँ। मैं यानी इस गाथा का लेखक। सीधे-सीधे मैं यह कथा सुना रहा हूँ इसलिए मैं अपने जीवन से ही प्रमाण दूँगा। अप्रैल 1990 में मुझे सोवियत देश की एक संस्था से बुलावा आया। अब वह केवल रूस भर रह गया है। यानी यह सच है कि 1990 में सोवियत संघ था। यह ज़रूर है कि जब हम लोग उस देश में पहुँचे तो हमने लोगों में नए बदलाव के लिए ज़बर्दस्त आकर्षण देखा। अब लोग खुल्लमखुल्ला अपने नेताओं की, व्यवस्था और कम्युनिस्टों की आलोचना करने लगे थे। यह सब बहैसियत प्रमाण आपके सामने जुटा रहा हूँ। आप चाहें तो मेरी छुट्टी का रिकार्ड भी पलट सकते हैं कि मैं अपने दफ़्तर से उन दिनों छुट्टी पर था।

प्रमाणों का एक प्रकरण अभी शेष है। मेरे साथ कुछ भारतीय लेखक भी गए थे। ख़ैर, जब आप लेखक शब्द पढ़ेंगे तो आप अविश्वास से भर उठेंगे। हमारे दौर में लेखकों ने पाठकों से अपना विश्वास खोया ही है...फिर भी आप जो थोड़े बहुत पाठक बच गए हैं, कभी-कभी लेखकों की बचकानी कहानियों पर हँसते होंगे। मैं एक ऐसी पाठिका से मिला था जिसने कहा था, आप सब लेखक लोग झूठ होते हैं। प्रेम और समर्पण की ऐसी भावुकता-भरी बातें लिखते हैं कि सही जीवन में वैसा कर पाना न केवल असंभव होता है बल्कि कभी-कभी तो बचकाना और फिज़ूल लगता है। तो माफ़ करें, अब मैं लेखकों की सूची आपके सामने नहीं रखूँगा।

तो उस कान्फ्रेंस में दुनियाभर से लेखक इकट्ठा हुए थे और क्रीमिया जलडमरूमध्य के सिमफेरोपाल शहर में सम्मेलन का उद्घाटन हुआ था। वहीं मुझे एक ऐसे लेखक का परिचय मिला था, जो तब के सोवियत संघ के अस्त्राखान

इलाक़े का रहने वाला था और पेशे से वास्तु कलाकार था। वह हमेशा अपने हाथ में एक लंबी-सी फ़ाइल रखता था और अक्सर चुप्पा-सा किसी दूसरी ही दुनिया में खोया रहता था। पहली बार उसे देखकर लगता था कि आप इस आदमी से कभी भी दुबारा नहीं मिलना चाहेंगे। उसका चेहरा डरावना नहीं था। वह आक्रामक ढंग की बातें भी नहीं करता था। बस, उसकी आँखों में एक अजीब-सी खोजीपने की प्रखरता थी। आप सीधे उससे आँखें मिलाएँ तो एक पल भी टिकाए नहीं रख सकते थे। उससे मेरा परिचय हुआ और बस मैं लेखकों की भीड़ के रेले में इधर-उधर हो गया। मैं अस्त्राखान के उस लेखक को भूल ही जाता कि दूसरे दिन सुबह वह मेरे कमरे के बाहर दस्तक देते-देते मुझे पुकार रहा था।

शिष्टाचार के नाते मैं उसे अपने कमरे में ले आया।

'माफ़ करना,' वह बोला, 'आपको तकलीफ़ दी। पर यह बहुत ज़रूरी भी था। मैं आपको कुछ रहस्यपूर्ण बातें बताना चाहता हूँ।'

'अवश्य,' मैं अचंभे में होते हुए भी सामान्य बनने की कोशिश में था। मैं सोच रहा था कि यह भी उन पागलों में एक होगा, जो हर भारतीय को तांत्रिक और ज्योतिषी मानता है।

'पर यहाँ नहीं...' वह बोला, 'क्या आप कुछ देर के लिए मेरे साथ नदी-तट पर घूमना पसंद करेंगे।'

मैं असमंजस में था। अभी मैंने दातौन भी नहीं की थी और क़ायदे से मैं तैयार भी नहीं था।

'लेकिन...देखिए न...' मैं जो बोलना चाहता था, जैसे वह भाँप गया।

'ठीक है। आप इतनी देर में तैयार हो लें, मैं नाश्ता डिब्बों में बँधवा लाता हूँ। कहीं नदी किनारे ही नाश्ता कर लेंगे।'

वह अपने प्रस्ताव पर अमल करने के लिए उठ खड़ा हुआ। केवल शिष्टाचार के नाते मैं उसे 'ना' नहीं कर सका। अन्यथा आज यानी उस दिन, छुट्टी के दिन मेरे पास इतना अधिक लिखने-पढ़ने का काम था कि मैं सारा दिन अपने आपमें ही व्यस्त रहकर बिता सकता था।

अभी ये सारी बातें मैं आपको प्रमाण के तौर पर बता रहा हूँ। आप सिमफेरोपोल के उस एकमात्र बड़े होटल के अप्रैल के पहले रविवार के दिन होटल की हिसाब वाली किताब में दो नाश्तों के डिब्बे बंद होने की तसदीक कर सकते हैं। याद रहे उस किताब में हम दोनों के नाम और कमरों के नंबर भी दर्ज हैं।

होटल से बाहर हल्की-सी ठंड का बड़ा जादुई असर हुआ। वह तनाव, जो एक फालतू क़िस्म के आमंत्रण को कुछ ज़्यादा ही फालतू मान लेने की अनुमान से पैदा हुआ था, एकदम काफ़ूर हो गया था। होटल के पास ही नदी-तट था; और

दूर-दूर तक जहाँ तक देखा जा सकता था चैरी के फूल लदे बेहद ख़ूबसूरत पेड़ थे। सचमुच वह एक दिव्य दृश्य था। उसे देखकर हिमालय के बर्फ़ लदे पहाड़ याद आने लगे थे।

'बिल्कुल परियों की कहानी में पढ़े विवरणों जैसा है यह दृश्य,' वह बोला। मैंने दृश्य पर मोहित होते हुए अपना सिर हिलाया।

'हुआ यह कि रात में मुझे सपना-सा आया कि नदी-तट के सभी पेड़ों पर फूल लद आए हैं।'

हम तट की तरफ़ एकदम नदी जल की कल-कल सुनते आगे बढ़े जा रहे थे। पानी का झाग सुबह के सूरज की रोशनी में कुछ ज़्यादा ही चमक रहा था। पानी में घरों से फेंके गए कागज़, ख़ाली डिब्बे और पेड़ों से टूटी टहनियों के छोटे-छोटे गुच्छे बहे जा रहे थे। अनिर्दिष्ट-सी किसी दिशा की ओर...।

'आप कल्पना भी नहीं कर सकेंगे कि मैंने आपको क्यों तकलीफ़ दी? मैं जो आपको बताना चाहता हूँ उस पर आप यक़ीन कर लेंगे–मुझे भरोसा नहीं। पर जैसे आप यह छोटी-सी बहती नदी देख रहे हैं–चैरी के ये पेड़ देख रहे हैं–ठीक वैसी ही मेरी बातें हैं। हम आपस में एक दूसरे की बातों पर यक़ीन तभी करते हैं न कि वे हमें ऐसे विश्वसनीय आदमी के ज़रिए मिल रही हैं, जिसे हमारा विश्वास प्राप्त है।'

मैं सहमति में सिर हिलाए जा रहा था।

'थोड़ी देर हम कहीं बैठ न लें...' उसने कहा, सड़क के ऊपर चैरी के पेड़ों के नीचे चबूतरे से बने हुए थे। पर उन पर ज्यादातर जोड़ेनुमा युवक-युवतियाँ बैठे हुए थे और अपने देश में बोलने की आज़ादी का उपयोग वे एक-दूसरे के चुंबन लेते कर रहे थे। थोड़ी ही दूर पर नदी किनारे ही चैरी पेड़ के गिर्द बड़े-बड़े पत्थरों से बना एक चबूतरा था। हम वहीं बैठ गए। उसने अपनी बड़ी फ़ाइल खोलनी शुरू की। उसमें विचित्र से डिजाइनों वाले कागज़ ठुँसे थे। वह उन्हें एक-एक कर पलट रहा था।

'मैंने अपने 'ड्राइंग्स' सब इसी में रखे हुए हैं। असल में मैं एक ऐसे घर का निर्माण करना चाहता था, जिसमें आदमी निरोग जी सके।'

उसकी बात समझने के लिए मैं केवल प्रतीक्षा कर रहा था कि कोई सूत्र हाथ लगे।

'असल में बहुत दिन हुए हमारे घर में मुझे और मेरे भाई को कुछ विचित्र से अनुभवों का सामना करना पड़ा। सही तथ्य यह है कि मेरे भाई के दूसरे लोकों के आदमियों से संबंध स्थापित हो गए।'

'क्या कहा–दूसरे लोक...यानी कि आप भी यक़ीन रखते हैं कि कहीं कोई अन्य लोक है। इस तरह की, एक जैसी कथाएँ मैंने भी अख़बारों के माध्यम से पढ़ी

हैं। पर वे घोर निराश करती हैं। उनमें कोरी गप्प के अलावा शायद कुछ होता ही नहीं।'

'पहले मैं भी ऐसे ही सोचता था।'

'मुझे लगता है साम्यवाद की पकड़ ढीली होने के बाद आपके देशवासी भी इस तरह के अंधविश्वासों के शिकार होने लगे हैं।'

'आप मेरी बात तो सुनें। मेरे छोटे भाई का संपर्क उन लोगों से बीस बरस पूर्व हो गया था। तब दुनिया के अख़बारों में विचित्र मानों की ही ख़बरें छपती थीं।'

'अगर मैं आपकी जगह होता तो मुझमें भी अविश्वास जागता। आप हैरान होंगे, शुरू-शुरू में मेरे छोटे भाई ने जब मुझसे इस तरह की बातों का ज़िक्र करना शुरू किया तो मुझे लगा उसका दिमाग़ फिर गया है...कब कैसे उसे यह अनुभव आए–यह तो पुराना क़िस्सा है, और लंबा भी। मैं तो एक लंबी किताब इन अनुभवों पर बनाने वाला हूँ...।'

मैं चैरी के फूल देखने लगा। मुझे उकताहट ने आ घेरा था। मुझे फूलों के तथ्य अब जैसे मोहित करने में असमर्थ हो गए थे।

'मैं शुरू-शुरू के अपने अनुभव सुनाऊँ।' उसने मुझे चुप देखकर कहा, 'शायद इसमें आपकी दिलचस्पी न हो...।'

'नहीं...नहीं...क्या बात कर रहे हैं आप!' मैंने उसे दिलासा देते हुए कहा, 'आप कहिए न?'

'अस्त्राखान भी अजब जगह है। वहाँ ज़्यादातर लोग इस्लाम को मानने वाले हैं। मेरी बहन एक बार ईश्वर की प्रार्थना कर रही थी कि उसे कुछ ऐसा अहसास हुआ जैसे कोई लंबे चोग़े वाला आदमी आसपास आया हो। अब हालाँकि उसकी शादी हो गई। वह मुझसे कुछ ही बड़ी थी। एक ऐसी राज़दार कि मैं सोचता हूँ उसे मेरी हर बात पता है और मैं...मैं उसकी हर बात जानता हूँ।'

'वह अब भी वहीं अस्त्राखान में रहती है?'

'नहीं! मध्य एशिया में उसका पति कहीं काम करता है। बहुत दिनों से मुझे उसकी ख़बर नहीं मिली।'

'लेकिन आप तो मुझे कुछ बताने वाले थे?'

'हाँ...हाँ,' उसने जैसे कुछ याद करते हुए कहा, 'वही तो बता रहा हूँ। मेरे छोटे भाई ने सहसा एक दिन मुझे बताया कि वह पारलौकिक लोगों के संपर्क में है। सामान्य रूप से जैसा लोग इस अवसर पर कहते हैं, वही मैंने भी कहा कि तुम अपना इलाज करवा लो। पर वह इतना दृढ़ था कि उसने मुझे आश्वस्त किया कि एक दिन मुझे सत्य का परिचय करा कर ही रहेगा।'

'तो क्या आपको...'

'वही तो कह रहा हूँ। एक सुबह उसने मुझे उठाया और अपना हाथ मेरे मुँह पर रखकर कुछ भी कहने से वर्जित करते हुए खिड़की की ओर इशारा किया। बस वही क्षण था कि उसके हाथ की गर्मी जैसे मेरे शरीर में प्रवेश कर गई...पर यह जादू-सा भी तो हो सकता था...।'

'क्या महसूस हुआ आपको?'

'मुझे लगा उसके हाथों में बहुत गर्मी है। कुछ ही पल बाद मुझे खिड़की के पर्दे पर कोई आकृति उभरती दिखाई दी...।'

'तमाम वृत्तांतों में, जो भी आपने अख़बारों में पढ़े होंगे—यही कुछ कहा जाता है। इसमें कुछ नया नहीं है।'

'शायद आप ठीक ही कहते हों। लेकिन मेरा अनुभव...' उसकी आँखों में विचित्र-सी चमक आ गई।

'मेरा ख़याल है, जब भी हम अपनी बातों को पुष्ट करना चाहते हैं तो हम प्रमाणों का सहारा लेते हैं।'

'प्रमाणों का सहारा—आपका मतलब...आख़िर आप कहना क्या चाहते हैं?'

'यही कि जिस बात को आप कह रहे हैं, मैं उसे वैज्ञानिक गल्पों पर आधारित फ़िल्मों में देख चुका हूँ।'

वह हँसा। मेरी ओर उसने बेचैनी से देखा। 'देखिए अब अगर मैं कहूँ कि रात में ही मुझे दूसरे लोक से संकेत मिला है कि मेरे रहस्यों को जानने की यदि किसी में पात्रता है तो वह उस भारतीय में है...' और 'उस भारतीय' कहते हुए उसने मेरा नाम जोड़ा।

एक ऐसी स्थिति थी कि मैं उसमें फँस गया था। हम लोग वहाँ से उठे और नदी-तट पर उसके उद्गम की ओर चलने लगे। सिमफेरोपोल एक बेहद ख़ूबसूरत जगह है। नदी-किनारे घरों की सुंदरता देखने-लायक चीज़ थी। कहीं-कहीं छोटे-छोटे बच्चे खेल रहे थे। कहीं सुंदर महिलाएँ अपनी सखियों से बतिया रही थीं और कहीं-कहीं श्वेत पाखियों के झुंड आसमान में—नीले, सघन नीले आसमान में घूम रहे थे...।

'आपको मैं बताना चाहता हूँ कि जब मेरा संपर्क दूसरे लोक के लोगों से हो गया तो उन्होंने मुझे अपना काम करने से बरजा। उन्होंने कहा कि मुझे ऐसा घर नहीं बनाना चाहिए, जिसमें निरोग जीवन हो...'

'कितने लोग मिले आपको...और उनका क्या अधिकार कि वे आपको अपना काम करने से रोकें!'

उसने फ़ाइल में से एक लंबा काग़ज़ निकाला, जिसमें एक विशाल भवन का नक्शा था। वहाँ अनेक गुंबदों के बीच एक बड़े गुंबद का चित्र था।

'मैंने इसे 'मॉडल' के रूप में भी बनाया था। पर मॉडल के बीचोंबीच पिरामिडनुमा एक तिकोनाकार गुंबद उस लोक के लोग उठा ले गए। वे लोग सुदूर आकाश के शून्य में से आते हैं। उनका कहना है कि 'हाड़-मांस' की आकृतियों में बने मनुष्यों को बहुत कष्ट सहने पड़ते हैं।'

'तो क्या उनके लोक में कष्ट नहीं हैं?'

'कुछ ऐसा ही समझ लीजिए एक बार मैंने उनमें से एक आकृति से प्रार्थना की कि वह मुझे अपने लोक का दर्शन करा डाले। उसने कहा, संभव नहीं है यह। फिर भी मैं ज़िद करता रहा वह समझिए एक ऐसी आकृति थी, जो झिल्ली के पतले परदे से ढकी थी। अंत में वह मेरी बात मान गया, बोला रात में सपने में तुम हमारी बस्ती देखना, उसके बाद ज़रूरी हुआ तो तुम्हें अपने लोक में ले जाएँगे।'

'तो क्या वे ले गए?'

'पहले सपने की बात तो सुनिए उस रात मैंने सपना देखा कि एक पूरा शहर है, जहाँ घर हैं पर घरों की दीवारें नहीं हैं, पेड़ हैं पर पेड़ों की जड़ें नहीं हैं, लोग हैं पर लोगों के चेहरों पर दुख नहीं...ऐसी अविश्वसनीय दुनिया देखकर मेरी नींद जल्दी ही उचट गई...यह सपना बराबर अनेक दिनों तक मेरा पीछा करता रहा... पर मैं उसे पूरा नहीं देख पाया...मैंने फिर उस लोक के लोगों से मिलने का प्रयत्न किया और जब मैं मिला तो वे बोले कि तुम सपना पूरा देख ही नहीं रहे हो...'

'उनमें से दो लोग थे, जो एक नली जैसे अंतरिक्ष यान में बैठकर आए थे और दो लोग खुद जैसे उभर आए थे...'

'वाह...अवतारी पुरुष थे वे...'

उसे ग़ुस्सा आ गया, 'आप अविश्वास करिए पर तिरस्कार न करिए मैंने ज़िद की तो उन्होंने वहीं बैठे-बैठे मुझे अपनी दुनिया दिखाई।'

'कैसे?'

'वही तो मुझे यक़ीन नहीं हो रहा है। बैठे-बैठे मेरी आँखों के सामने एक हरी-भरी घाटी दिखाई दी। घाटी में वैसे ही मकान थे...वैसे ही लोग...वे लोग बहुत सुखी थे...वे एक दूसरे की सहायता कर रहे थे...एक दूसरे के प्रति आभार व्यक्त कर रहे थे...वे सुखी थे...मैंने उनसे प्रार्थना की...अनुरोध किया कि क्या वे ऐसे लोक का एक टुकड़ा, एक छोटा-सा टुकड़ा हमारी धरती को नहीं दे सकते...'

मैं क्रीमिया जलडमरूमध्य के शहर सिमफेरोपोल को दुबारा देखने लगा था।

'क्या इतना ही ख़ूबसूरत इलाक़ा आपने देखा?'

'वह दृश्य दिव्य था...पर मेरे पास तो असंख्य सूचनाएँ हैं। उस लोक के आदमियों ने बताया कि बस बरस-दो बरस में और भी कहर बरसने वाला है...।'

अब मैं क्या कहता। मैं खुद उसके सपने में जैसे शामिल हो गया था। मैं भी देखने लगा कि उस सपनों के देश में लोग सुखी हैं...काश हम वैसा ही कुछ यहाँ ले आते...

प्रिय पाठक अस्त्राखान का आदमी झूठ भी बोल सकता है...हम सब सच की दुनिया से झूठ की तलाश में हैं। कितने बरस बीत गए हैं अस्त्राखान के आदमी को मिले हुए...तबसे अब तक मैं लगातार वह सपना देख रहा हूँ...मैं सोचता हूँ, यह जीवन उलट होता। जो कुछ इस ओर दिखाई दे रहा है, वह सपना होता और जो कुछ उस ओर दिखाई दे रहा है, वह सच होता...

मैं फिर किसी दिन बताऊँगा, यह कब होगा...और कब उस लोक के लोग अपनी धरती का एक टुकड़ा हमें देंगे...

कभी-कभी मुझे ख़्याल आता है, सपने में सही...सपनों में तो वह टुकड़ा हमें हासिल कराया हुआ है...बस अस्त्राखान के वास्तुकार के उस भवन का इंतज़ार है। सपनों में ही सही...कुछ दिन हमारी दुनिया के लोग वहाँ रह लें...।

•

19

इंतज़ार में घटना

मैं गली की तरफ़ अपने दोस्त का पता पूछने के लिए मुड़ा था और मैंने सोचा था कि इन अच्छे घरों की तरफ़ मुड़ते ही कोई-न-कोई आदमी मुझे मेरे दोस्त के मकान का रास्ता बता देगा। इतना मुझे ख़याल था कि मेरे दोस्त का घर यहीं कहीं पास ही होना चाहिए। उसने जिस गली और जिन दुकानों का ज़िक्र किया था, उस तरह की चीज़ें यहीं थीं और इतना साम्य था कि अगर मैं हड़बड़ी में न होता तो मैं ख़ुद ही उसका घर खोज निकालता।

पर मैं जैसे ही गली की तरफ़ मुड़ा, देखा कि गली के बीचोंबीच बहुत सारे लोगों की भीड़ जमा थी और वे इस तरह चुप थे कि उसी से पता चल जाता था कि मामला संगीन है।

'हत्तेरे की!...' मैंने ख़ुद से कहा, 'यहाँ तो मामला ही और है। ऐसे गंभीर मौक़े पर कोई भी मुझे रास्ता बताने की तकलीफ़ नहीं उठाएगा।'

लोगों के कपड़े देखकर, कुलीनता और उनके बड़प्पन का अंदाज़ा लगाकर, मैंने फिर मन में तय किया कि पूछने में क्या हर्ज है। ये तो संभ्रांत लोग हैं। इनके मकानों की दीवारों पर लगा रंगीन पलस्तर बता रहा है कि इस महँगाई के ज़माने में ये लोग दीवारों पर अच्छा रंग करा लेते हैं और मामूली इंसानों से अपने को अलग ज़ाहिर करने का अपना शौक़ भी पूरा कर लेते हैं।

मैं यह सोचते-सोचते लोगों की उस भीड़ के क़रीब पहुँचा तो जैसे कोई आदमी नाक से सूँघकर यह बता दे कि यह गुलाब है—ठीक ऐसे ही मुझे लगा कि यह गंभीर मामला किसी की मौत का है। ठीक क़रीब जाने पर मैंने देखा कि वे लोग ज़मीन में पड़ी एक मृत देह के चारों तरफ़ खड़े हैं।

चुपचाप खड़े होने के अभिनय में पारंगत लोगों के बीच फँसकर अजीब-सी आने वाली झुँझलाहट का अंदाज़ा मैं लगाने ही जा रहा था कि कोट-पैंट पहने एक बहुत ही ख़ूबसूरत लगने वाले आदमी ने मुझसे कहा, 'कितने अच्छे आदमी थे!'

उसकी औपचारिक मुद्रा देखकर और ऐसे मौक़ों पर चालाकी से भाषा गढ़ने वाले आदमी का सामीप्य पाकर थोड़ी देर तो मैं चील के मुँह में साँप देखने जैसे

ढंग पर चकित रहा, पर अचानक मुझे अपनी हड़बड़ी और दोस्त की याद आई तो मैं कुछ परेशान हो गया।

मेरी परेशानी देखकर वह ज्योतिषी की तरह बोला, 'दुःख तो सबको होता है। अब मुझे ही देखिए, मैं उनका क़रीबी रिश्तेदार हूँ। सालों वह मेरे घर रहे हैं, मैंने उनकी हर तरह सेवा की है।'

'भाई साहब!' पीछे से किसी ने मेरा कंधा छुआ, 'सेवा...वह तो बहुत अच्छे आदमी थे। किसी की सेवा नहीं माँगते थे। अब देखिए, पिछले चार सालों के पूरे वक़्त में दो साल उन्होंने मेरे साथ गुज़ारे थे। और तो और, वह मेरे सगे भाई की तरह थे। पर क्या मजाल कि हमने किसी से कहा हो कि हमने उनकी बड़ी सेवा की...'

मुझे सुनाते हुए पीछे वाले आदमी ने ये बातें कोट-पैंट वाले को सुना दी थीं। वह बेचारा खिसिया गया था, लेकिन बोला, 'ज़िंदगी का क्या भरोसा! किसे पता था, वे यहाँ इसी जगह ख़त्म हो जाएँगे।' 'इस जगह' पर ज़ोर देने के साथ-साथ वह रहस्यमय ढंग से चुप हो गया। और फिर अपना मुँह मेरे कान के पास लाकर बोला, 'अब सब लोग जितने यहाँ जमा हैं, हमदर्दी दिखा रहे हैं।' वह कुछ और बोलता कि पीछे वाले आदमी ने भी अपने कान पास कर लिए

'क्या गुपचुप हो रहा है?' उसने लंबे आलाप में यह वाक्य कहा और इस क़िस्म से हँसने लगा कि जैसे उसने हमें रंगे-हाथों पकड़ लिया हो। 'देखो, देखो!' वह बोला, 'सबके सब मामे। और मामा का गवाह मेढक।'

उसने मुहावरे का जो इस्तेमाल किया था, मुझे उससे हँसी आ गई। उसकी बातों और मेरी हँसी की वजह से काफ़ी लोग हमारी तरफ़ देखने लग गए थे। मुर्दे की जगह जैसे मैं उनके आकर्षण का केंद्र बनने ही वाला था। एक क्षण बाद ही हो सकता था कि लोग मृत देह को छोड़कर मुझे घेर लेते। तो क्या मैं जीवित मृत देह न बन जाता?

बहुत भयानक ख़याल था। आदमी दूसरे की मौत देख सकता है, उसे कौतुक या मेले की तरह भी देख सकता है, पर अपनी मौत के बारे में, अपने या दूसरे के ख़यालों की बारी आते ही परेशानी हो जाती है। अगर मैं अकेला होता तो शायद न जाने कितना वक़्त इस सोचने में बीत जाता।

'सारे मतलब के यार हैं।' वही आदमी बोला, 'मेरी बीवी के भाइयो, अब लाश को ठिकाने लगाने की तो सोचो।'

कुलीन लगने वाले कुछ लोग उस आदमी की बातों पर टीका-टिप्पणी करने लगे। कुछ लोग चुप रहे। जो लाश के पास थे, वे इस तरह खड़े थे जैसे गणतंत्र की सालाना परेड में राष्ट्रपति के पास खड़े हों।

'अब भई, लाश कैसे उठा सकते हैं! पहले पुलिस आएगी तब न!' भरी हुई आवाज़ में कोई बोला, 'एक अच्छे आदमी के लिए मौत भी कितनी जालिम चीज़ है। बिना पुलिस के कुछ भी तो नहीं हो सकता।'

'पुलिस...पुलिस किस बात के लिए? चिता में आग लगाने के लिए और खोपड़ी फोड़ने के लिए तुममें से कोई भी तैयार नहीं क्या? अरे बेईमानों, घंटे-भर से तुम लोग रिश्ते खोज रहे हो। मरे हुए के बेटे नहीं बन सकते। आख़िर करोड़ों रुपया जो यह बूढ़ा छोड़ गया है, उसे तो तुममें से ही कोई-न-कोई हड़पेगा न! मेरी याद तुम्हें कब आएगी! चार सालों में से दो साल उसने मेरे साथ बिताए थे।'

यह वही आदमी था, जिसकी बातों पर वे लोग टीका-टिप्पणी कर रहे थे। उसकी आवाज़ की बुलंदी से लगता था कि वह मातम मनाने नहीं आया, अपना हिस्सा माँगने आया है।

'क्षमा करो, प्रभु!' सबसे आगे खड़े लोगों में सबसे ज़्यादा बूढ़े आदमी ने कहा, 'शरम करो। तुम तो बँटवारा करने आए हो जैसे। अरे, जो चाचा-ताए का है, वह आगे आए'

भीड़ में अचानक जान आ गई।

'अजी, मैं ताए के मामे का पुत्तर हूँ।'

'ओय, मैं तो सीधे ताए का पुत्तर हूँ, जी।' कुल मिलाकर पंद्रह आदमी रिश्ता बताने के लिए धक्का-मुक्का कर आगे बढ़ आए।

'तो कुछ क्रियाकर्म भी तो करना पड़ेगा?' किसी ने कहा

'उसकी क्या ज़रूरत है? बस हवन कर दो, काम खतम।'

इतनी बातों के होते हुए भी लोग अपनी बातों से बाज नहीं आए। वे अपनी-ही-अपनी बातों में मशगूल हो गए और जैसे ही छोटे-छोटे लोगों के गोल बन गए, मैं अकेला छूट गया। मैंने सोचा कि यह अच्छा मौक़ा है, निकल भागना चाहिए। दोस्त का पता किसी दूसरी जगह से पूछना चाहिए।

इतने में ही दूर खड़े एक सज्जन लपकते हुए मेरी तरफ़ खिंचे चले आए, शायद मुझे अकेला देखकर या शायद अपनी ही किसी वजह से।

'कितनी बेहूदगी है!' वह सज्जन बोले, 'आदमी को मरे घंटों बीत गए हैं। कोई इंतज़ाम भी नहीं करता। मैं तो इतनी देर से कहे जा रहा हूँ कि जल्दी से चलकर कोई इंतज़ाम करो भाई, यह एकदम नेचुरल मौत है, जल्दी से चलकर कोई इंतज़ाम कर लो। पर लोग हैं कि पहले यह हिसाब लगाने में लगे हैं कि उन्हें बूढ़े की जायदाद में कितना हिस्सा मिलेगा। किसी को उम्मीद है कि बूढ़े की जो रकम बैंक में है, वह बराबर बाँट ली जाए और इसके लिए वसीयत की ज़रूरत नहीं है। आपस में बाँटने का मामला है।' उस आदमी को यह ख़याल नहीं था कि मैं उसकी बात

सुन भी रहा हूँ या नहीं। बस वह मुँह मेरी तरफ़ किए बोले जा रहा था, 'इंतज़ाम करो, भाई!' उसने मुँह दूसरी तरफ़ मोड़ते हुए कहा, जैसे वह तमाम भीड़ को संबोधित कर रहा हो।

'इंतज़ाम! पुलिस आने ही वाली है, प्यारे! पता चल जाएगा कि बूढ़े को ज़हर किसने दिया। बूढ़े की जेब में डायरी है और उसमें यह लिखा है कि आज सुबह की चाय किसके घर पी थी।' भीड़ में से ही एक आदमी बोलने लगा। उसकी आवाज़ की तरफ़ सब खिंचे और इंतज़ार करने लगे कि वह कुछ और बोले।

'तो यह बात है!' मेरे पास खड़े सज्जन बोले, 'ज़रूर किसी ने ज़हर दिया होगा, साहब! पैसा भी क्या-क्या करवा देता है।' उस आदमी ने फिर भी यह परवाह नहीं की कि मैं सुन रहा हूँ या नहीं। वह बोलता चला गया। यहाँ तक कि भूल गया कि वह किसी को सुना रहा है। आख़िरी शब्द उसने इतने धीमे से कहा कि मैं भी नहीं सुन सका।

'क्या, क्या?' मैं अपने-आपको न रोक सका और पूछ ही बैठा।

'अरे साहब, सुबह तो बूढ़े महोदय बिल्कुल ठीक थे। पता चला कि उन्होंने किसी के यहाँ चाय पी। और चाय पीने के बाद वह गली में आए और गली में आकर धड़ाम से गिर पड़े। अगर मुँह से झाग ही निकलता तो हम समझते कि कोई बीमारी थी। कोई बीमारी नहीं थी, साहब!' उस आदमी ने अपनी बात रोककर लोगों की तरफ़ देखा—हिकारत की नज़र से।

'ये सब लोग हैं, जो पैसे के प्यारे हैं। कह नहीं सकते कि बूढ़े को मारने के पीछे किसका हाथ है। हरेक की महतारी को पता होगा कि बूढ़ा किसके लिए क्या छोड़ गया है!'

'महतारी को?' कोई बोला।

'हाँ,' वह बोला, 'ऐय्याश बूढ़े की दोस्ती उस हर औरत से थी, जो ख़ूबसूरत होती और उम्र की उस सीढ़ी पर बैठी होती, जहाँ से किसी भी तरह के रिश्ते पर शक नहीं किया जा सकता।'

'चुप ओय!' कोई ग़ुस्से में चिल्लाया, 'मरे आदमी के पीछे तो होश की बात कर।'

'होश की बात?' वह आदमी भी उसी तेज़ी से चिल्लाया, 'ज़रा सामने तो आ, बोलने वाले! मैं तुम्हें होश में लाऊँ। मैं तुम्हारी माँ से पूछूँगा कि ताई, वसीयत में तेरे हिस्से कितना आया? सब साले वसीयत के प्यारे हैं। अगर थोड़ी भी शान है तो डूब मरो तुम लोग।'

वह इतनी तेज़ी से बोल रहा था कि लगता था जैसे वह भाषण दे रहा हो। 'अच्छा, ऐय्याश बूढ़े के करोड़ों रुपयों में सब लोग अपने हिस्से का इंतज़ार कर रहे हैं।'

भीड़ में ज़्यादातर लोगों के सिर झुके हुए थे। वे मौत, मृत देह और अपनी पोल खुलने की शर्मनाक हालत में फँसे थे, इसलिए चुप थे। चुप में न स्वीकार, न अस्वीकार। और मज़ा यह कि हर कैंप में घुस जाओ। अस्वीकार से फ़ायदा हो तो बोलने वालों के कैंप में घुस जाओ। और अगर स्वीकार से फ़ायदा हो तो चुप रहने वाली टोली में।

'अरे भाई, यह तो बताओ कि बूढ़े ने कितना पैसा छोड़ा होगा?' कोई मज़ाक में बोला।

'पैसा!' वह यह बोलकर सीधे लाश के पास गया और उसने लाश की कमीज़ की अगली जेब से डायरी निकाल ली। डायरी के साथ ही सौ-सौ के कुछ नोट गिर पड़े। उसने फुर्ती से वे नोट जहाँ से गिरे थे, वहीं ठूँस दिए और फिर डायरी हाथ में लेकर पन्ने पलटने लगा। 'पिछले महीने की चार तारीख़ को बूढ़े के पास सात लाख तिरासी हज़ार रुपए थे। जिन लोगों ने इस महीने बूढ़े से पैसे लिए, उनके नाम पढ़ दूँ?'

लोग साँस रोके खड़े रहे। बूढ़े की डायरी के कुछ पन्ने पलट उसने नाम पढ़ने शुरू किए–'तीखे नाक वाली प्रेमप्यारी पाँच सौ रुपए...' नाम पढ़कर उसने भीड़ की ओर देखा। एक आदमी तेज़ी से भीड़ के बीच से गली की ओर जाने लगा। 'तीरथरामजी, कहाँ जा रहे हो! सुनते तो जाइए। आपकी माताजी प्रेमप्यारी ने इसी महीने पाँच सौ रुपया भत्ता पाया था।'

पर तीरथराम बिना कुछ सुने सीधे गली पार कर दूसरी तरफ़ मुड़ गया।

'और नाम पढ़ूँ! मोहिनीदेवी, एक हज़ार रुपए मोहिनीदेवी के पति रवींद्रजी यहाँ हों तो सुन लें।' यह बात कहते-कहते उसने भीड़ की तरफ़ देखा। एक आदमी लपककर भीड़ के पीछे चला गया था।

'लीजिए, श्रीमान मोहिनी भी चले गए। प्यारे भाई, अपनी जन्मपत्री तो लिए जाओ और न जाने क्या-क्या लिखा है यहाँ। इसमें तो पन्ने-के-पन्ने लिखे पड़े हैं।'

वह कौनसा सम्मोहन था कि लोग धीरे-धीरे उस आदमी के चारों ओर उसी तरह खिसक आए, उसी तन्मयता से जैसे वे उस लाश के आसपास खड़े थे।

'डायरी में कितने ही लोगों के नाम हैं।' पन्ने पलटते-पलटते वह आदमी सहसा चुप हो गया और गंभीरता से पन्ने देखने लगा।

'क्या लिखा है? क्या लिखा है?' किसी ने पूछा।

'बूढ़े लाला जी ने यह फेहरिस्त उन नामों की बनाई है, जिनसे उन्होंने क़र्ज़ लिया था।'

'लाला रामलाल से? नामुमकिन। एक कंजूस आदमी से क़र्ज़ कैसे लिया जा सकता है। कोई दूसरी वजह ज़रूर हो सकती है।'

'और नाम पढ़ो न, भई!' बोलने वाले को बीच में टोकते हुए कोई बोला।

'छि:-छि:! कैसा वक़्त आ गया है।' मेरी बगल में खड़े सफ़ेद बालों वाले एक वृद्ध महाशय बोले, 'आदमी की लाश पड़ी है, पर सब लोग तमाशाइयों की तरह उसकी ज़िंदगी को खोद रहे हैं। जो चीज़ मौत के साथ ख़त्म हो गई हो, उसे वहीं ख़त्म कर देना चाहिए।'

'आपका हिसाब भी लिखा है लाला जी, डायरी में!' ताने मारने वाली भाषा में कोई आदमी बोला।

मेरे लिए वे सब आदमी एक-दो-तीन नंबर थे। मैं उनका नाम नहीं जानता था। मुझे मालूम नहीं था कि उनके साथ पहले क्या हुआ था।

शायद मेरी मुद्रा देखकर या फिर मुझे उलझन में देखकर बगल ही में खड़ा एक आदमी बोला, 'ज़्यादा सुनने से क्या फ़ायदा?' उसने कानों पर हाथ दिया।

डायरी पढ़ने वाला ज़ोरों से बोलने लगा, 'अरे, यह पन्ना देखो, भाई! लाला जी लिखते हैं कि एक दिन इसी गली में कोई आदमी तड़प-तड़पकर लकवे से मर गया था। उसकी लाश किसी ने नहीं उठाई थी पूरे दिन। लाश उठने के लिए भी गली वालों ने चंदे के तौर पर मुझसे रुपए माँगे थे।'

...थोड़ी देर चुप होने के बाद डायरी वाला बोला, 'अगले कुछ पन्नों में उन लोगों के नाम लिखे हैं, जो वसीयत के हकदार हैं।'

'पढ़ो, पढ़ो!' एक साथ कई आवाज़ें भीड़ से आईं।

'देखना भई, कहीं मेरा नाम तो नहीं।' बारीक आवाज़ में कोई बोला तो एक क्षण के लिए लोग ज़ोर से हँस पड़े। कई जने तो इतने खुश नज़र आ रहे थे, जैसे उनकी बेटी की सगाई हो। लोग भूल गए थे कि सड़क के और उनके घेरे के बीचोंबीच सफ़ेद चादर में ढकी लाश पड़ी हुई है।

'अँ...अँ...यह रही वसीयतनामे की नक़ल।' उसने एक पन्ना हवा में फड़फड़ाया। फिर बोला, 'हैंडराइटिंग इतनी गंदी है कि पढ़ना मुश्किल है। मेरा ख़याल है कि इस हैंडराइटिंग को या तो कोई वकील पढ़ सकता है या कम्पाउंडर या पोस्टमैन।' उसने चारों तरफ़ मुँह घुमाया।

'हममें से कोई भी वकील, कंपाउंडर या पोस्टमैन नहीं है क्या? अगर कोई गंदी हैंडराइटिंग पढ़ने वाला है, तो जल्दी पढ़ ले। मुझे तो लगता है कि कहीं यह स्याही न ख़त्म हो जाए।'

वसीयतनामा देखने के लिए लोग किनारे-किनारे से लपकते चले आए। मैं उचककर देखने लगा-'आख़िर यह होने वाला क्या है?' मैंने खुद से पूछा।

'भाई, ज़रा लाश बचाकर।' किसी का पैर लाश को लग गया था। भीड़ वसीयतनामा यानी डायरी हाथ में लेने वाले के चारों तरफ़ घिर आई, 'मेरा पाँव लगा

था लाश को,' पीछे मुड़कर एक आदमी ने दूसरे से कहा, 'मुझे डर है कि कहीं लाश ज़िंदा न हो। लेटा हुआ सिर्फ़ यह देख रहा हो कि लोग एक भलेमानस के मरने पर क्या-क्या करने लगते हैं।'

'क्यों, जिस्म गरम लग रहा था क्या?'

उनकी बातों का असर दो-तीन आदमियों पर पड़ा और उन्होंने जान-बूझकर लाश के ऊपर का कपड़ा हटाया। तब मैंने देखा-वह एक निहायत बूढ़े आदमी की लाश थी। और मुझे हैरानी इस बात की हो रही थी कि वह कमज़ोर-सा आदमी सालों पहले क्यों न मर गया था। उसके चेहरे पर कड़ापन बता रहा था कि वह खुद भी अपनी ज़िंदगी से खुश नहीं था।

पर वह जो डायरी मैंने सुनी थी-इस बात की उलट थी। वह आदमी रंगीन, पैसेवाला और लोगों की ईर्ष्या का कारण था।

लोग हाथों में ले-लेकर डायरी देख रहे थे। वसीयतनामा पढ़ा नहीं जा रहा था।

'सारी चीज़ें तो मेरे नाम लिखी लगती हैं।' कोई बोला। उसके बोलते ही बावेला मच गया।

'अबे, तू कौन है...' थोड़ी देर धारावाहिक गंदी गालियाँ चलती रहीं। इसके बाद लोग थक गए लगते थे। वे अपनी-अपनी जगहों पर बैठ गए।

'क्या होगा वसीयत का? कौन पढ़ेगा?' दो बूढ़े आपस में ज़ोर-ज़ोर से बोलने लगे। दाढ़ी वाले ने अपनी दाढ़ी पर हाथ फेरा और सोचने लगा, 'लाला जी की दादी की मौसी का लड़का मेरा चचा है भाई, असली हकदार तो मैं ही हूँ।'

'चुप बे!' कोई बोला, 'ज़िंदगी भर तस्करी की है, आज रिश्तेदार बन रहे हैं!'

खड़े, बैठे, थके, ऊबे-सभी के सभी लोग एक-दूसरे की पोलें खोल रहे थे कि तभी मुझे याद आया कि मुझे अपने दोस्त के घर जाना था।

मैं इधर-उधर ऐसे आदमी की तलाश करने लगा, जो मुझे घर का रास्ता बता दे।

हाँफते हुए एक आदमी दौड़ता हुआ आया और दूर ही से बोला, 'लो, पुलिस आ रही है। किसी ने शिकायत दर्ज करवा दी है कि लाला जी को किसी ने सुबह चाय पिलाई थी, उसी में ज़हर दे दिया था।' वह कुछ और बोलता कि दनादन पुलिस की गाड़ी से उतरकर पुलिसवाले आ गए।

'कौन है इनका रिश्तेदार?' पुलिस अफ़सर ने पूछा।

सारी भीड़ में सन्नाटा छा गया। धीरे-धीरे खिसकने लगे। जब तक अपनी कार्यवाही के सिलसिले में पुलिसवाले काग़ज़-पत्तर लिखते, तब तक सारी भीड़ न जाने कहाँ खिसक गई थी।

सफ़ेद दाढ़ी वाला बूढ़ा लपककर उठा और उसने मुझे संबोधित कर कहा, 'ज़रा आइए तो वह बात हो जाए।' वह पुलिस की नजरों में खुद को काम-काज में फँसा आदमी बताना चाहता था।

पुलिसवाले कड़ी नज़र से इधर-उधर देख रहे थे। मैंने अंदाज़ा लगाया कि कुछ देर बाद उनकी आवाज़ों में कड़ापन आएगा और मोहल्ले के लोग पिघल-पिघलकर उन्हें खुश करने के लिए खुशामदी टट्टू बन जाएँगे।

बूढ़े ने मेरा हाथ पकड़ा और मुझे दूसरी गली की ओर खींच ले गया। बूढ़ा इतना तेज़ चल रहा था कि मुझे उसके पीछे चलने के लिए कभी-कभी तीन क़दमों की उछाल भरनी पड़ती थी।

'मुझे अपने दोस्त से मिलना है। उसका नंबर...है।' मैंने बूढ़े से कहा।

'फिकर न करो, बेटा, मैं भी उसी गली में रहता हूँ। पर वह गली मैं अब तक खोज नहीं पाया हूँ।'

•

20

प्रिज़्म

दरियों के ऊपर सफ़ेद चादरें बिछी हुई थीं। शामियाना ऊँचा था और कनातों का चटक रंग धूप को ज़्यादा तेज़ बना रहा था। लोग वहाँ मातम के लिए जमा हुए थे।

लोग चुपचाप आते और चुप-से बैठ जाते। उनमें बातूनी बूढ़े भी थे, जो थोड़ी देर चुप रहने के बाद पहलू बदलते और लंबी साँस भी लेते। नौजवान पीछे बैठे थे। वहाँ धूप भी सेंकी जा सकती थी और सड़क की चहल-पहल का मज़ा भी लिया जा सकता था। सामने की खुली खिड़कियों से झाँकते चेहरे भी देखे जा सकते थे।

एक बूढ़े ने अपने लंबे कोट की अंदर वाली जेब से अख़बार निकाल लिया था। 'कितनी दुर्घटनाएँ हो रही हैं!' वह बोला।

दूसरा बूढ़ा साथ खिसक आया था, 'क्या कहा आपने...? दुर्घटनाएँ? अजी, कुछ न पूछिए!'

बातचीत का सिलसिला चल निकला था। थोड़ी ही देर में चुप्पी टूट गई थी और लोग अलग-अलग होकर बातों में डूब गए थे। पीछे नौजवानों के बीच दिलचस्प बातें हो रही थीं। मैं उन लोगों से थोड़ा आगे बैठा था। वह ऐसी जगह थी, जहाँ धूप भी थी, और नहीं भी थी। अगर मैं खालिस धूप में बैठ जाता, तो मुझे झपकी आ जाती और सारे दिखावे का पटरा ही बैठ जाता।

'वह औरत किसी और के साथ चली जाएगी...' एक नौजवान कह रहा था।

'मुझे तो धूप लग रही है। साली जनवरी में भी धूप।'

किसी ने बात काटते हुए कहा, 'अब देखो, आजकल मरना भी कितना महँगा है!'

उन नौजवानों की बातों को मैं पूरी सुन सकता था, अगर थोड़ा खिसककर बैठ जाता। पर ऐसा हो जाने पर धूप का सारा साम्राज्य मुझसे छिन जाता।

क्या मैं वहाँ धूप सेंकने आया था?—यह सोचकर ही मुझे बेहद परेशानी हुई। वह एक ऐसी जगह थी, जहाँ मुझे ऐसा कुछ भी नहीं सोचना चाहिए था।

तभी एक अधेड़ औरत मेरे पास आकर बैठ गई। उसके कपड़ों से लगता था, जैसे उसने उम्र घटाने के लिए तंग कपड़े पहने हों।

'कित्ते साल का लड़का था?' अधेड़ औरत ने मुझसे पूछा।

'कौन लड़का...?' तभी मुझे याद आया, जवान लड़के की मौत हुई थी। 'उम्र तो ठीक मालूम नहीं...उनसे पूछिए।'

वह औरत धीरे से आगे बढ़ी, पर उस आदमी की तरफ़ नहीं गई, जिसकी तरफ़ मैंने इशारा किया था। कोने में, घुटनों में मुँह छिपाये एक लड़के को उसने अपनी तरफ़ बुलाया और फिर पीछे आकर मेरे पास ही बैठ गई।

'क्या उमर थी?' उसने लड़के से पूछा।

'चौबीस साल।'

'हाय! भगवान को भी क्या मंजूर होता है! देखो, अभी कुछ दिन पहले मेरा छब्बीस साल का लड़का भी भगवान को प्यारा हो गया...।' अधेड़ औरत के चेहरे पर एक चमक आ गई। लगा जैसे अपने बेटे की मौत के बाद उसे अब तसल्ली हो गई हो। दूसरे का दुख अपने अफ़सोस की तसल्ली बन गया था।

'भैनजी, आप अंदर औरतों में चली जाए।'

उसके जाते ही अंदर औरतों में रोना-धोना मच गया था। वह रोना काफ़ी देर तक चला। इस वजह से नौजवान उठकर कनातों से बाहर खड़े हो गए थे।

'साला रोना भी कितना गंदा काम है...।' बोलने वाला खाँसने लगा। 'बोर होने का पूरा इंतज़ाम किया हुआ है।'

'कोई मर गया है और तुम इस तरह बोल रहे हो!'

नौजवान लोग चुप हो गए थे।

धूप धीरे-धीरे सरक रही थी। जैसे शाम के वक़्त मकानों के सिरों से धीरे-धीरे ऊपर उठ जाती है, वैसे ही धूप पिछली कनातों के ऊपर चढ़ी रही थी। मैंने सफ़ेद चादरों की तरफ़ देखा। अचानक उस सफ़ेद रंग की जगह मेरी आँखों में गहरा लाल रंग उभर आया।

मैंने आँखें मलीं। लेकिन लाल रंग था, जो ज़्यादा लाल हो गया था। अब सारी चीज़ें लाल लग रही थीं।

शायद एक जगह देखने की वजह से ऐसा हुआ होगा। मैंने आँखें बंद कीं। बंद करते ही अंदर लाल रंग का समुद्र उमड़ने लगा।

मुझे कुछ सुनाई भी नहीं दे रहा था। इधर-उधर कुछ भी शेष नहीं था। मेरी इच्छा हुई चिल्लाऊँ–यह मुझे क्या हो गया है! मैं मातमपुरसी के लिए आया था और अभी उस घर के लोगों से मिला भी नहीं था। मुझे शर्म आ रही थी कि मैं क्या कहूँगा। पर अब लाल रंग का जो परदा आँख पर पड़ गया था, उसकी वजह से मुझे दिक्कत हो रही थी कि क्या करूँ!

मैंने आँखें खोलीं, तो लाल रंग के टुकड़ों के बीच सफ़ेद-सफ़ेद गोले तैर रहे थे।

चारों तरफ़ कुछ नहीं था, सिर्फ़ लाल रंग बह-बहकर इधर-उधर जा रहा था। बेतरतीब-सा बहाव था वह। ऐसा रंग मैंने कहीं नहीं देखा था। उसके सामने सब-कुछ कितना फीका लग रहा था। यहाँ तक कि अब मेरी हर इच्छा दब-सी गई थी।

न चाहते हुए भी मैंने अपने शरीर को छुआ। मुझे लगा, जैसे मैं वह रंग छू रहा हूँ। वह बहता, धीरे-धीरे टूटता और फिर एक बहाव में मिलता हुआ रंग।

तभी मेरे कानों में आवाज़ें आनी शुरू हुईं, अंदर औरतें रो रही थीं और बूढ़े आपस में बातें कर रहे थे। रंग का वह बहाव भी धीरे-धीरे टूटना शुरू हुआ, और जब मैंने फिर सफ़ेद चादरें, लोग और वापस आकर बैठे हुए नौजवान देखे, तो मुझे सब-कुछ नीरस और बेमतलब लगा।

'धूप चली गई है,' मेरे पीछे से कोई बोला। 'अब जल्दी-जल्दी हो जाए, तो सड़क के पार जाकर धूप में खड़ा हुआ जाए।'

'क्या कुछ होने वाला है?'

'हो सकता है, कोई कीर्तन-मंडली आए, या हवन हो...।'

'कुछ नी होगा,' बारीक-सी आवाज़ में फिर किसी ने कहा।

'हाँ, हाँ, कुछ नी होगा।'

किसी ने मुझे झकझोरा। मैंने जरा-सा मुड़कर देखा, वह दुकानदार-सा लगनेवाला आदमी था। उसके होंठ कटे हुए थे और उसके कपड़ों से हल्दी-मिर्च की-सी बू आ रही थी।

'क्या नी होगा?' उसने मुझसे पूछा।

'क्या?'

'आपने ही तो कहा था, कुछ नी होगा।'

'मैंने कुछ नहीं कहा'

उसने दूसरे की तरफ़ मुड़कर यही सवाल किया। मुझे लगा, वह बारी-बारी सबसे पूछने लगेगा।

'संगतरामजी हैं।' कोई बोला, 'अंदर भैनजी बेहोश हो गई हैं।'

बैठे लोगों में कोई खड़ा नहीं हुआ।

मैंने अपनी ओर देखा। अपनी जेब से एक काग़ज़ निकाला–सिर्फ़ यह देखने के लिए कि कहीं मैं किसी दूसरे का कोट पहनकर तो नहीं आया।

'आपको मालूम है, वह मरा कैसे?' एक बूढ़े ने पूछा।

मैंने इनकार में सिर हिलाया।

'वह पेशाब करने जा रहा था कि अंदर ही बेहोश हो गया।'

वह मर गया। मेरे लिए इससे ज़्यादा जानने की इच्छा जगाना भी मुश्किल था। कोई मर जाता है, उसका अस्तित्व ख़त्म हो जाता है, क्या यह काफ़ी नहीं? मुझे

उस बूढ़े पर दया आई, जिसके पास बताने की बहुत सारी चीजें थीं, पर उसने मेरे चेहरे की तरफ़ देखकर यह परवाह नहीं की कि मैं कुछ जानना नहीं चाहता। वह बोला, 'मंगलवार का दिन था और रात के दस बजे थे। वह पेशाब करने गया और वहीं ढेर हो गया!' उसने अपने चेहरे से अफ़सोस टपकाया। 'जवान मौत कितनी बुरी है! उसकी शादी दो साल पहले हुई थी। कोई बता रहा था, अब उसका बच्चा होने वाला है।'

ख़ूबसूरत बूढ़े ने इधर-उधर देखा। फिर कहा, 'इस ख़ानदान में सब ऐसे ही मरते हैं। दो साल पहले इस लड़के का ताया मरा था, तो वह भी पेशाबघर जाते हुए मंगलवार को मरा था। पिछले साल इसका चाचा मरा, तो वह भी ऐसे ही। सालों पहले इसका दादा भी ऐसे ही मरा था।'

अचानक मुझे लगा कि बूढ़े की बातों में मेरी दिलचस्पी जाग रही है। पर मेरे पास जो सवाल था, वह पूछने के काबिल नहीं था। मैं जानना चाहता था...

'हर साल ये लोग कनातें लगाते हैं। इस खानदान में होता ही ऐसा है।'

'हाय!' बूढ़े ने यह कहकर फिर अफ़सोस टपकाया। उसके चेहरे से बेचारगी टपक रही थी। 'अभी दो दिन बाद तो इसके छोटे भाई की शादी थी। भगवान की भी कैसी मरजी होती है!'

'अब अगर इसकी औरत ही पढ़ी-लिखी होती, तो कोई समस्या न होती।' वह बोला, 'दूसरी शादी भी तो नहीं कर सकती, अब बच्चा जो होने वाला है।'

'संगतरामजी, भैनजी बेहोश पड़ी हैं।'

वह बूढ़ा जल्दी से खड़ा हो गया, मेरी तरफ़ बेचारगी में हँसा, 'मेरा ही नाम संगतराम है।'

' जो आदमी आवाज़ दे रहा था, उसकी तरफ़ देखकर वह बूढ़ा बोला, 'कहाँ?'

'अंदर औरतों में हैं।'

बूढ़ा लपककर सामने के दरवाज़े से अंदर चला गया। जिस जगह से वह उठा था, उतनी जगह की साफ़-सफ़ेद चादर नज़र आने लगी थी। मैंने नज़र हटा ली। ख़ून का रंग फिर उभर सकता था।

इधर-उधर सब लोग बातों में लगे थे। मेरी बगल में बैठे दो लोग किसी नीलामी की बातें कर रहे थे। 'वारे-न्यारे हो ज़ाएँगे।' एक दूसरे को समझा रहा था।

वे सब बातें बेहद उकताहट भरी थीं, लेकिन उस जगह वे बेहद सच्ची थीं। हर आदमी अपने में मस्त था, जैसे उनकी बातों के बाहर कोई दुनिया न हो:

अंदर औरतों ने फिर चीख़ना शुरू कर दिया था।

'क्या हुआ?' किसी ने पूछा।

'कुछ नहीं। शायद कुछ याद आ गया होगा। मैं अब थोड़ी देर पहले अंदर गया था तो लड़के की माँ सिर्फ़ यह कहकर रो रही थी कि हाय, मेरे पूत ने मुझे नाचते हुए नहीं देखा।'

'नाचते हुए?'

'हाँ उस लड़के ने अपनी माँ को कहा था कि माँ, भाऊ की शादी में इस बार तू ख़ूब नाचियो।'

मेरे मन में हुआ कि उनसे पूछूँ कि क्या उसकी माँ नाच दिखाने के बाद लड़के को मर जाने की इजाजत दे देती! पर यह पूछने का मतलब था कि एक गंदी बात पूछना।

तभी एक लड़का उस ख़ाली जगह में आकर बैठ गया। पड़ोसी के कान में बोला, 'माँ ने कहा था, तू वहाँ हो आइयो। पर मुझे तो मालूम ही नहीं कि अफ़सोस किससे ज़ाहिर करूँ!'

पड़ोसी ने कोई जवाब नहीं दिया। लेकिन अचानक मुझे याद आया कि अफ़सोस ज़ाहिर करना है। पर क्या कहकर अफ़सोस ज़ाहिर किया जा सकता है, यह मुझे मालूम ही नहीं था। मुझे अगर उस लड़के की माँ के सामने खड़ा किया जाता, तो तय था, जनवरी के दिनों में भी मुझे पसीना आ जाता।

मैं यह सोचने लगा कि मैं अपना परिचय क्या दूँगा। पीछे कोई कह रहा था, 'आज पूरनमासी है, शाहजी! लाटरी के टिकट ख़रीद लो, वारा-न्यारा हो जाएगा!'

कुछ ही देर में लोग सफ़ेद चादरों से उठ गए थे। वे सब बाहर सड़क पर लाटरी वाले से लाटरी के टिकट ख़रीद रहे थे। वे सब सुखद भविष्य के लिए अपने भाग्य पर भरोसा रखे हुए थे।

मैं अपने मन में कहीं कुछ खोज रहा था उस लड़के की मौत के बारे में, जिसकी शक्ल मेरी आँखों में बन ही नहीं रही थी।

औरतें कुछ-कुछ अंतराल के बाद रो रही थीं। किसी की मृत्यु का वही जीवंत प्रमाण था।

उठने के पहले मैंने सड़क के दूसरे सिरे की तरफ़ देखा। एक बच्चा मिट्टी में खेल रहा था। वह धूप में न था, लेकिन जिस तरह वह हँस रहा था, उससे लगता था, जैसे धूप के सब रंग उसके चेहरे पर हैं। मुझे पहली बार अफ़सोस हुआ। उस बच्चे को देखकर क्या अफ़सोस हो सकता था, यह मैं नहीं जानता।

•

21

खंडहर

किसी आदमी का चेहरा देखकर खंडहर याद आने लगे तो क्या कहेंगे आप? यही न कि यह अविश्वसनीय बात है। एक कोरी गप्प। दो-एक पल यह बात कहने वाले को संदेह की निगाह से देखने का भी ख़याल आता है। दूर की कौड़ी खोज लाने वाले खोजियों की सूची में रखना पड़ेगा फिर से...।

मैं भी खुद हैरान हूँ। जैसे अपने बीच से बाहर निकलकर खुद को देख रहा हूँ। आख़िर यह हुआ कैसे? कि मैं किसी को देख रहा हूँ—और वह न दिखकर मुझे कोई दूसरी ही चीज़ नज़र आ रही हो।...

बात तो ख़त्म भी हो जाती। आख़िर देखे हुए तिलिस्म या जादू भी तो अक्सर कुछ दिन असर डालने के बाद फिर कहीं भी स्मृतियों के स्थायित्व में नहीं रहते।

तो वह आदमी एक निपट अजनबी था। मैंने जीवन में पहली बार ही देखा था उसे। पर देखने की हल्की-सी ललक फिर भी मौजूद थी। लिहाजा मैंने उसकी तरफ़ दुबारा देखा। देखते ही लगा जैसे उसके होंठ कुछ बुदबुदा रहे हों, जैसे वह कुछ कहने के लिए बेचैन हों। उसकी पोशाक, उसके खड़े रहने के अंदाज़ में एक ख़ास क़िस्म का अभिजात झलकता था। उसमें एक अकड़ थी, वह अकड़ जो लोगों से उनका सुख ऐंठने में गुरेज न करे। वह अकड़, जैसी अक्सर हम नेताओं की आदत में शामिल पाते हैं।

शायद उसकी अकड़ ही थी कि मुझे कोई पुराना राजभवन याद आ गया। बहुत मुमकिन है उसके चेहरे की ओर देखते ही कोई पुरानी याद में शामिल राजभवन आ गया हो। चाहे इन दोनों चीज़ों में कोई एकता न हो, एक संयोग की तरह दोनों का जैसे कोई संबंध जुड़ गया हो। वह एक ध्वस्त जीर्ण खंडहर राजभवन...उस आदमी के चेहरे पर जैसे वह सब-कुछ अंकित हो।

यह बात कितनी अविश्वसनीय है। आप ही मुझे कोई ऐसी बात सुनाते तो मैं अविश्वास में पहले भौचक हो आपकी ओर ताकता और फिर गौर से आपको देख हँस पड़ता। देखने लगता कि आपके दिमाग़ का कोई पेंच तो ढीला नहीं हो गया?

बहुत मुमकिन है कि आपकी बात अनसुनी कर मैं आपको मनोचिकित्सक देसाई का पता और फ़ोन नंबर भी दे डालता, आपकी हालत देख मुरव्वत में उनके नाम एक सिफ़ारिशी पत्र भी लिख सकता था।

लेकिन यह सब जब खुद मेरे साथ ही घट रहा हो तो अपने बारे में कौनसी सलाह कायम रखूँ। जैसे कोई निदानहीन रोग हो।

उस आदमी के चेहरे पर होठों के कानों से सटी दो झुर्रियाँ थीं, न मालूम-सी, अदृश्य। और दुर्भाग्य कि मैंने वही पहले देख लीं। उन्हीं झुर्रियों में अंकित था जैसे कोई इतिहास।

ठेठ बचपन में लंबी बीमारी के बाद मैंने वे झुर्रियाँ अपने चेहरे पर भी देखी होंगी–और मुझे याद है कि स्कूल मास्टर ने टिप्पणी की थी–ऐसी झुर्रियों वाले आदमी का भविष्य और उसका कोई भूतपूर्व अतीत बहुत जोखिम-भरे होते हैं। मैंने तो शायद सिर्फ़ बचपन से ठठ् दिमाग़ में रोपे उस विचार के दबाव में हर आदमी के चेहरे की झुर्रियाँ देखने की कोशिश में ऐसा आदतन किया हो। मुझे क्या मालूम कि मैं किसी चक्र में फँस जाऊँगा। चक्कर नहीं चक्र–एक गोलाकार वर्तुलाकार-सा भँवर...

उस चेहरे के साथ ही आ खड़ी हुई थी ध्वस्त, पुरानी किंतु अतीत की आलीशान इमारत। उस इमारत का मानचित्र इतना साफ़ था कि अब में महीन-से-महीन ब्यौरे भी जुटा सकता था।

मैं उस अहाते में घुस सकता था, जहाँ घास या झाड़ियों के हल्के छायादार अँधेरे में एक अंजान-सी भयावहता दुबकी रहती है। मेहराबदार खिड़कियों की छतरियों के नीचे जैसे कुछ देर के लिए छाया ठिठक जाती है...ठीक वैसे ही उस जगह जैसे वक़्त ठिठका हुआ था।

क्षणांश के लिए मैं उस प्रभाव से मुक्त होने के लिए चेतन हुआ। एक आदमी के चेहरे से मैं कहाँ पहुँचा गया था–पुराने खंडहरों के बीच, पर अब शायद मैं उस पूरे खंडहरी इलाक़े की यात्रा किए बगैर लौट नहीं सकता था। यह भी तो वहम हो सकता है–कहीं एकदम समानांतर चलने वाले ख़याल ने मुझे उकसाया और अपने तमाम अविश्वासों के साथ अब मैं उस पुरानी इमारत के द्वार पर था...।

आप क़हीं द्वार पर खड़े हों और बिना दस्तक दिए दरवाज़ा खुलने का इंतज़ार कर रहे हों–तो उस इंतज़ार में कितनी कोफ़्त छिपी होती है, यह अनुभव अनेक लोगों को होगा। सिर्फ़ दस्तक देने के लिए जैसे मैं उस चेहरे को याद करने लगा, जिसने मुझे खंडहरों की दुनिया में पहुँचाया था। सचमुच वह दस्तक देना ही था। दरवाज़ा फटाक से नहीं खुला–पर कोई चीज़ थो जो शब्दहीन खुल गई थी।

वह पुरानी इमारत यानी ध्वस्त राजभवन एक अल्बम की तरह था, जिसमें चित्रों की क़तारें जैसे अलग-अलग पन्नों पर अटकी हुई थीं। खंडहरों के बेतरतीब चित्र।

और चित्रों से हमारे आत्मीय लगाव का भी तो अंदाज़ा लगाया जा सकता है—बस यही जानने के लिए कि उन खंडहरों में वह सबसे अच्छी चीज़ कौन थी, जो सबसे ज़्यादा मोहित करती है।

पर अब अगर मैं यह कहूँ कि वह सबसे अच्छी चीज़ या वह बिंदु या वह मोहित करने वाला अहसास जैसे कहीं ओट में चला गया था, तो क्या यह सबसे अधिक अविश्वसनीय बात न होगी! अविश्वसनीय बातों का अगर हम कोई संदूक बना लें और उसमें से कोई एक चीज़ उठाकर कहें 'देखो, यह रही सबसे अधिक अविश्वसनीय चीज़,' तो कैसा लगेगा? क्या झूठ के बंडल में महान झूठ उठाया जा सकता है? यह ठीक सपने जैसा मामला है। कोई दृश्य दिखा और फिर वह अचानक कहीं विलुप्त होकर दूसरी ही चीज़ दीखने लगे। ठीक वैसे ही छलावे से भरा है यह खंडहरी अहाता। यानी यह अल्बम--पुरानी इमारतों, ध्वस्त राजभवन जैसे खंडहरों का अहाता।

फिर भी मैं जैसे किसी अभिशप्त आदमी की तरह विशाल खंडहर यानी विशाल राजभवन के अंदर जा पहुँचा। अंदर जाना तो बेहद आसान था, पर एक अनजान जगह, उस जगह के शिष्टाचार से अपरिचित होकर जांना विचित्र क़िस्म के हीन भाव से भरा जाना होता है। बड़बड़ी में जैसे बढ़ते या एक ओर होते मैं पुरानी, बड़ी मेज़ से जा टकराया। वह मेज़ देखकर मैं बस चकित रह गया।

यह बताना तो भूल ही गया कि पहले, यूनिवर्सिटी से स्नातक बनने के बाद बेकारी के दिनों में मैंने पुरात्त्व विभाग का एक छोटा-सा कोर्स पढ़ा था। मेरा लालच तो वह मामूली वजीफ़ा था—महज़ इतना छोटा वजीफ़ा कि मैं दो वक़्त सादे से ढाबे में खाना खा सकता था। उस वजीफ़े की याद कर मैं अक्सर मन-ही-मन हँसता हूँ। वह एक ऐसा वजीफ़ा था, जिससे यदि मैं एक कमीज़ सिलवाने की ख़्वाहिश रखता तो कमीज़ तो बन ही जाती, पर या तो मुझे उसकी एक बाँह आधी सिलवानी पड़ती या उसकी लंबाई किसी बच्चे के क़द की रखवानी पड़ती यानी वह वजीफ़ा किसी तरह से 'दोनों सिरों को मिला नहीं सकता था'। अँग्रेज़ी के इस मुहावरे का मुहावरेदार अनुवाद इस वक़्त हाज़िर नहीं कर सकता। तो पुरातत्त्व के उस 'कोर्स' का ज्ञान था कि मैं वह मेज़ देखकर चकित रह गया था।

उसकी क़ीमत पुरातात्त्विक सामान बेचने वाला भी तय नहीं कर सकता था। वह इतनी ख़ूबसूरत थी—अब भी कि मेरे पास उतना बड़ा कमरा चाहे नहीं था फिर भी मैं कहीं तंबू लगा—उसे अपने कब्ज़े में रखने की तजवीज बना सकता था।

वह केवल अपने पुरानेपन की वजह से ही महत्त्वपूर्ण नहीं थी। न सिर्फ़ मीनाकारी या उस पुराने अनुपलब्ध पेड़ की लकड़ी होने के ऐतिहासिक महत्त्व के

कारण ही महत्त्वपूर्ण थी बल्कि वह एक विरल कला थी, जिसकी वजह से उस मेज़ की अकल्पनीय क़ीमत आँकी जा सकती थी।

मेज़ के ऊपर सिर्फ़ गर्द जमा थी। धूल। और अगर कोई सामान्य मौक़ा होता, या मैं पूरे होशोहवास में होता तो धूल की परतें गिनकर हिसाब लगाता कि इतने इंच मिट्टी बढ़ने में कितनी शताब्दियाँ लग जाती होंगी? वह पूरा खंडहर ही कई शताब्दियों की निर्मिति थी।

उस अहाते में, पहले ही देख आया था कि कितनी ज़मीन फालतू पड़ी हुई थी। वहाँ बैठक के कमरे कितने बड़े थे और ज़ाहिर था कि वहाँ क्या-क्या चीज़ें होनी चाहिए थीं। मैं इसकी खोजबीन करने लगा था। और देख-देखकर हैरान था कि कोई व्यक्ति ज़मीन की इतनी फिजूलख़र्ची भी कर सकता है।

बहुत मुमकिन है, वह शाही मिजाज का हिस्सा हो या पुरखों ने कभी ज़मीन के मामले को लेकर कंजूसीपूर्ण रवैया न अपनाया हो।

टूटी खिड़की के एक हिस्से से मुझे बाहर की ओर देखने का मौक़ा मिल गया था। उस तरफ़ लंबे-ऊँचे दरख़्त थे। बूढ़े-पुराने पेड़। और ढलवाँ-सी ज़मीन पर हरी घास गलीचों-सी बिछी पड़ी थी। शायद ढलवाँ ज़मीन होने के कारण ही वहाँ कोई इमारत न बनायी जा सकी हो। इतनी ख़ाली ज़मीन अगर आज शहरों में होती तो ज़मीन के 'व्यापारी' लाभ का सौदा न कर डालते? जहाँ ज़मीन ख़ाली नहीं है वहीं टुकड़े-टुकड़े के लिए तरसे लोग खड़े हैं...

क्या यह खंडहर और इसके आसपास पुरानी पड़ी चीज़ें, यह अहसास हमेशा ऐसा ही रहा होगा? कोई चीज़ अब जिस रूप में भी है—वह अपनी स्थिति में पुरानी है। आह! पुराने अवशेष, कभी तो इनमें जीवन के संदर्भ रहे होंगे और जब इनमें जीवन रहा होगा तब...

मैं अब उस खंडहर से ही अतीत की यात्रा करने लग गया था। ठीक जैसे अल्बम पलटना होता है...पहले ही मैं इस अहसास की गिरफ्त में था और उन निर्जीव स्थितियों के पीछे कहीं अतीत में एक जीवंत, चहकने वाला जीवन था, जिसे देखने के लिए अब लालायित हो पड़ा था।

बाहर देखने की बजाय मुझे अंदर से देखना चाहिए। यह ख़याल आते ही मैं मुड़ा तो मैंने सामने के दरवाज़े पर लटकी पर्देनुमा कोई चीज़ देखी। वह मकड़ी का जाल भी हो सकता था, धूल के टिकाव वाली कोई लटकती चीज़। वही तो एक चीज़ थी जिसकी खोजबीन कर कोई पुरावेत्ता या जीव विज्ञानी बरसों या शताब्दियों की अटकल बिठा सकता था।

अतीत की उस यात्रा में एक अनाम गुफा पार करने जैसी हालत थी। वेल्स महोदय की अटकलपच्चू गाथा की तरह मैं किसी उलट चलने वाले बायस्कोप के सामने खड़ा हो गया था।

पर्दे से सटी एक मनमोहक आकृति जैसे मेरी कल्पना में उभर आई हो। वह मेरी कल्पना नहीं थी बल्कि चेहरे से खंडहर में पहुँच पीछे अतीत की ओर चुपचाप एकांत की कोई अनदेखी छवि थी। किसी स्मृति को, जो हम दूसरों की स्मृतियों या किताबों से बना लेते हैं, हलके-से अपने परिचय के घेरे में लेने वाली आनुमानित-सी भावना थी।

उस धुँधलके से मैं साफ़-साफ़ उस आकृति को, जिसे मैं कल्पना समझ रहा था, देख सकता था, जैसे वह जीती-जागती आकृति थी। पर बरसों पुरानी आवृत्ति। खंडहर के दर्द से पीड़ित औरतों वाली। पनीली, ख़ौफ़ से भरी आँखें जैसे अभी कुछ घटने वाला हो या घनी धुँधलायी-सी कोई चीज़ पहले घटी हुई हो।

पूछने की हिम्मत नहीं हुई। तभी तिलिस्म जैसा कुछ सहसा घटा। मेरे चेहरे के आगे कोई मूर्ति-सा चल रहा था। आकस्मिक और अपरिचित-सा था वह। कोमल नारी देह के बिल्कुल विलोम के रूप में, वह विरूप घने बालों से ढँका पुरुष था।

कौन हो सकते थे वे दोनों...यह सोचते ही मुझे पसीना आने लगा। वे भूतकाल के भूत भी हो सकते थे...और सिर्फ़ भुतहा ख़याल का एक हिस्सा। मैं पसीने-पसीने हो गया। यही नहीं कि कुछ शताब्दियों पहले के हमारे पुरखे न केवल क्रूर थे बल्कि बर्बर भी थे। वे लोग उन्हीं पिछली शताब्दियों के लोग थे। उनके खुद के चेहरों पर ऊबड़-खाबड़पन था—अनुशासनविहीन एक अराजक मुद्रा।

उन दोनों चेहरों की आँखों में मैं झाँक पाता तो शायद गहरे अतीत के चिह्न मिलते। बहुत दूर कहीं अनदेखे लोक के...मैं यह सोचते-सोचते भी डर रहा था। एक अनाम डर मेरे हृदय में पनपने लगा। मैं किसी सहारे की तलाश करने लगा। कोई दीवार का कोना या कोई खंभा...या कुछ भी।

अब मैं खंडहर से कैसे वापिस जाऊँगा—और तब अगर वह चेहरा कहीं चला गया तो क्या मैं वापिस अपनी दुनिया में लौट सकता हूँ?

अपनी दुनिया में...। वहाँ खंडहर नहीं है। लोग खंडहरों को भी सुसज्जित कर रहे हैं—इस दुनिया में सब चीज़ें बाहर से रूपवान हो रही हैं। और अंदर—जहाँ मैं हूँ—वहाँ की दुनिया कितनी ख़ौफ़नाक है...

कब बाहर निकलूँगा मैं...

•

www.ingramcontent.com/pod-product-compliance
Lightning Source LLC
LaVergne TN
LVHW060447051026
849518LV00002B/652
* 9 7 8 8 1 2 8 8 2 0 5 7 1 *